本书为国家社科基金项目“当代西方文论范式转换中的文学性研究”
（项目编号：14XWW001）的结项成果

当代西方文论范式转换中的文学性研究

王　凤　著

科学出版社
北京

内 容 简 介

“文学性”是当代西方文学理论中的一个重要关键词，其内涵和意义由文学理论范式决定。语言学范式中，文学性是文本固有的和内在的特性，表现为语法、技法、形式或结构等客观层面。现象学范式中，文学性指文学的意向性，是一种主观建构的产物。修辞学范式中，文学性指修辞性，内在于文本之中，决定着文本和阅读的意义。文化学范式中，文学性指范例性，指文学处于理论普遍性与文本具体性之间的某种特殊功能或用途。随着当代文学理论从语言学范式到现象学范式，再到修辞学范式，最后到文化学范式的发展，文学性的意义经历了一个从学科意义到经验意义，再到修辞意义，最后到理论意义的不断建构与重构的过程。

本书适合西方文学理论领域的研究者和教学者，包括高校教师、博士研究生和硕士研究生阅读和参考。

图书在版编目（CIP）数据

当代西方文论范式转换中的文学性研究/王凤著. —北京：科学出版社，2021.11

ISBN 978-7-03-070448-1

Ⅰ. ①当… Ⅱ. ①王… Ⅲ. ①文学理论-研究-西方国家-现代 Ⅳ. ①I109

中国版本图书馆 CIP 数据核字（2021）第 223088 号

责任编辑：杨　英　赵　洁/责任校对：贾伟娟
责任印制：李　彤/封面设计：蓝正设计

科学出版社 出版
北京东黄城根北街 16 号
邮政编码：100717
http://www.sciencep.com

天津市新科印刷有限公司 印刷

科学出版社发行　各地新华书店经销

*

2021 年 11 月第　一　版　开本：720×1000　1/16
2022 年 1 月第二次印刷　印张：14 1/4
字数：300 000

定价：98.00 元

（如有印装质量问题，我社负责调换）

前　言

文学性概念于 1919 年由罗曼 · 雅各布森（Roman Jakobson）在《最新俄诗》中率先提出，用以指文学具有的独特性，之后逐步通过译介，在美国、法国、英国、德国等国家产生了强烈的影响，特别是随着维克托 · 埃利希（Viktor Erlich）《俄国形式主义：历史与学说》（*Russian Formalism：History-Doctrine*）一书英文版的出版和再版，以及李 · T. 雷蒙（Lee T. Lemon）和马里恩 · J. 瑞斯（Marion J. Reis）的英译《俄国形式主义批评：论文四篇》（*Russian Formalist Criticism：Four Essays*）的出版，俄国形式主义进一步扩大了其影响，与之相随的文学性概念也成为文学理论界的一个焦点，并且，随着内涵的不断拓展，文学性概念产生了丰富的理论意义和批评价值。

在国内，"文学性"一词最早出现在 20 世纪 30 年代，泛指与文学作品形式相对而言的文学品质与价值。在当时的语境下，"文学性"主要指与"政治性"、"人性"、"党派性"、"阶级性"以及"历史性"等相对的文学的特质。20 世纪五六十年代，许多文学杂志中大量使用"文学性"，大多意指文学的"虚构性""想象性"等。到了 80 年代中后期，一直到 90 年代，为了摆脱极左思潮对文学构成的一种厄境，以及由商品经济大潮带来的对文学观念的冲击，文艺理论界开始重申"纯文学"概念，提出回归文学自身的本体性诉求。与此相呼应，文学性又得到了人们的关注，但基本上都是以一种感悟式阐发而非理论阐释的方式，文学性内涵并没有得到明确的界定。从 21 世纪初开始，人们开始大量关注并引介西方的文学性概念，在此基础上进行本土化的阐发，由此形成了文学性研究的中国现象。

从 1921 年文学性概念作为雅各布森所谈论的文学研究的唯一对象首次出现开始到目前为止，文学性的内涵和意义经历了长达一个世纪的演变、更替和发展，从而成为现代西方文论中的一个重要关键词。之所以说它是一个重要的关键词，是因为在某种意义上，它成为与 20 世纪西方文学理论几大重要范式的转换有着密切关联的一个概念。或者更确切地说，它的内涵和意义的嬗变与 20 世纪重要文学研究范式之间的转换与更替有着密不可分的关系。一方面，文学性衍生于文学，因而与文学概念一样，它本身作为一个具有多层面、多维度、多蕴含的意义丰富的术语，一旦成为讨论的中心和关注的焦点，便会因观念不同、视角各异等因素激发出丰富多样的各种话语形态，再由这些话语形态生发出更多的话语链，经彼此关联与促发，汇集构成了 20 世纪西方文学理论话语色彩纷呈的学术景观。另一方面，文学性与文学概念之间又存在着根本的差别。“文学性”虽然衍生自文学，但它不像文学概念的构成那样宽泛，如 M. H. 艾布拉姆斯（M. H. Abrams）的文学四要素所表示的，它所指涉的内容也没有文学那样具体，可以以小说、诗歌以及戏剧等体裁或形式来具体呈现。作为对文学本质特征的概括和界定，它显得更为抽象和神秘。然而，在 20 世纪学科知识和学术话语生产逐渐趋于专业化、学科化和科学化的背景下，正是倚重或依据这种对文学特性的界定，当代文学理论从一开始便努力纠偏之前文学研究与其他学科共用文学的现象，围绕文学性问题进行理论阐发，建构自身的独立话语体系，以此划定文学学科的学术地盘和研究领域，从而在整个学科和学术体制中占取一定的资源和利益，正如费尔迪南·德·索绪尔（Ferdinand de Saussure）对语言学研究所做的观察。他在审视 19 世纪语言学的发展之后认为，语言学之所以没有发展成为一门科学，主要原因是它从未试图确定自己的研究对象，而科学要采取恰当的方法，第一步就是明确研究对象，因此，他将语言划分为两个层面，即言语和语言，然后以言语现象下面的语法规则和普遍结构即语言作为语言学的研究对象。那么，与此相似，20 世纪之初，俄国的文学理论家为使文学研究成为一门科学，将研究对象锁定在更为抽象的文学性身上，成为文学性研究当代景观的肇始者。

然而，究竟是否存在着文学性？如果存在，它以什么方式存在？这些问题构成了关于文学性的首要问题。特里·伊格尔顿（Terry Eagleton）曾经论证过文学并不存在，以说明传统用以界定文学的方式的无效性：要么是一种客观的、描述的文学，要么是一种仅仅凭个人臆想而被指称的文学。与伊格尔顿的论证结果如出一辙，雅克·德里达（Jacques Derrida）也说过：“没有任何文本实质上是属于文学的。文学性不是一种自然本质，不是文本的内在物。”[①]雷纳·韦勒克[②]（René Wellek）在仔细考察了“想象性”、“语言性”、“虚构性”和“创造性”等对文学本质的描述后，认为这些描述都不能从总体上令人满意地概括出文学的特征。德瑞克·阿特里奇（Derek Attridge）曾指出：“简而言之，自文艺复兴以来，试图区分文学与非文学语言的行为都是失败的，但这种失败必不可少，正是通过这些失败，作为文化实践的文学才得以一直被构建。”[③]与此相反，俄国形式主义者

① [法] 雅克·德里达:《文学行动》, 赵兴国等译, 北京: 中国社会科学出版社, 1998 年版, 第 11 页。

② 因翻译版本不同, 雷纳·韦勒克还有雷纳·威莱克、勒内·韦勒克等译法。

③ Derek Attridge. *The Singularity of Literature*. London: Routledge, 2004, p. 1

坚持作为文学研究独特对象的文学性的存在，如弗雷德里克·詹姆逊（Fredric Jameson）对俄国形式主义的评价，“俄国形式主义者的独特主张，便是顽强地坚持内在文学性”[①]。众多文学理论家也从各自的理论立场对文学性进行了概括。例如，茨维坦·托多洛夫[②]（Tzvetan Todorov）将文学的抽象性确定为文学的特性；保罗·德曼（Paul de Man）认为研究文学就是研究文学的修辞性，文学阅读因而是一种修辞性阅读；斯蒂文·克纳普（Steven Knapp）将文学兴趣视为文学的特性，以抵制文学批评的理论化；乔纳森·卡勒（Jonathan Culler）将文学性视为文学作品的典范性。

总之，无论将文学性界定为文学作品的语言结构和艺术技巧等可以进行实证的客观属性层面，以此作为文学与科学抗衡的武器，还是将其界定于语言的修辞层面，由此推演出文本意义和阅读的不确定性，抑或是以文学的想象性和虚构性为出发点，认为文学性实则指后现代场景中渗透在社会生活方方面面并从根本上支配着后现代社会生活运转的话语机制和意识形态，抑或将文学性视为借以对其他学科领域进行殖民化而渗透一切学科领域的叙事性，就其实质而言，这些关于文学性的种种界定都并非旨在为文学设定一个类型判断或价值判断的框架。相反，它们事先已经被各种理论设定或限定，文学规定性的不同恰好反映了各个理论出发点和批评侧重点的差异，因而才形成了关于文学性的差异化阐释和话语陈述。也就是说，是文学理论和观念的差异事先决定了文学性描述的差异，而不是相反。

对于这一点，托马斯·库恩（Thomas Kuhn）有相关论述。他认为，任何理论和知识都带有偏见：“一个人所看到的不仅依赖于他在看什么，而且也依赖于他以前的视觉概念的经验已经教会他去看什么。”[③]也就是说，理论或者观念已经事先决定了研究对象。伊格尔顿曾把文学理论的限定性要素分为三种：研究什么？怎么研究？为何研究？[④]也就是研究客体、研究方法以及研究目的三要素。因此，一般而言，任何一种文学理论首先要反映文学和文学批评的本质，可以用两种熟悉的方式为自己提供一种明确的目的和特性：一种是根据特定的批评方法来限定自己，另一种是根据理论的对象或客体来限定自己。但是，因为文学批评方法的多样性使得这些方法在意义方面没有任何共同的东西，作为研究客体的文学本身并没有稳定性可言，因而也就没有固定的锚点来寻求一种必需的统一性。既然研究客体的统一和批评方法的统一的想法都是错误的，那么，任何按其方法或对象来限定文学理论的企图都注定无效。伊格尔顿因此拒绝文学的本体论研究或者方

---

① [美] 弗雷德里克·詹姆逊：《语言的牢笼马克思主义与形式》，钱佼汝、李自修译，南昌：百花洲文艺出版社，1997 年版，第 34 页。

② 因翻译版本不同，茨维坦·托多洛夫还有茨维坦·托多罗夫的译法。

③ [美] T. S. 库恩：《科学革命的结构》，李宝恒、纪树立译，上海：上海科学技术出版社，1980 年版，第 93 页。

④ [英] 特里·伊格尔顿：《当代西方文学理论》，王逢振译，北京：中国社会科学出版社，1988 年版，第 284-310 页。

法论探寻，转而把文学理论的目的作为研究的出发点。当然，他从其一贯所持的政治性批评立场出发，主张文学研究应该超越狭隘的文学形式范围，摆脱自由人文主义思想的限制，积极参与社会的道德和政治实践。可见，伊格尔顿提出的文学理论的对象限定性、方法限定性和价值限定性揭示了我们所讨论问题的反面，即对象、方法或价值决定了理论的存在形态。但他忽视了（或许是由洞见产生的盲点）作为有“偏见”的理论本身已经设定了对象、方法或价值，正如他的文学政治理论所产生的限定性一样。

那么，20 世纪西方文学理论在不同的范式中呈现出的不同视点和形态，产生了关于文学性的不同表述。这些从不同维度表现出来的关于文学性的话语，深化了关于文学的种种认知，集中折射出当代西方文学理论范式转换得以呈现的具体形态。换言之，当代西方文学理论范式及其转换是以文学性概念的内涵和意义及其更替为轴心进行的。

基于上述文学性对于 20 世纪西方文学理论构建以及理论范式转换的重要意义，本书旨在以观念展开的方式，既以文学性为切入点，又以文学性为主线，厘清沿着这一主线生发的各种文学理论话语及文学批评形态，还原文学性得以产生的当代理论语境，历史性呈现这一世纪概念的内涵和意义得以丰富化、复杂化和时代化的理论逻辑和学理依据；同时，也将繁复多变的当代西方文学理论统摄于文学性这一个视角加以透视，以更为集中深入的方式观察各种具体理论形态间存在的差异和共通性，以此洞察当代文学理论沿着文学性概念演变的轨迹，也可为预测、展望或探索 21 世纪以及未来文学理论的发展趋势提供借鉴。

王　凤
2021 年 7 月
于西安

目　录

第 1 章 绪 论

20 世纪 90 年代后期以来，文学性在国内引起的广泛而持续的讨论，使得有人慨叹它成了一个“艰难的话题”。[①]在某种意义上，的确如此。文学性不但与本就复杂难解的文学概念相互纠结缠绕，与当代纷繁多样的文学理论话语相互影响，更重要的是，它与中国语境中的纯文学观念产生了不可避免的关联。纯文学观念本身作为一种被建构和生产的文学知识，与中国新文化运动以来尤其是 20 世纪 80 年代以来的社会生活密切相关，社会政治样态及其变迁、精神和文化价值诉求及其多元化、文学研究作为学术话语生产方式及其更迭等，都对它产生了重要的影响。如果试图在这种由各种千丝万缕的关系交织而成的概念、话语、观念和思想网络中来谈论文学性，或进一步而言，如果试图细察、厘出并廓清文学性在其诞生、发展、流变等各个阶段上，于各种语境中以及置于各种视点下产生的各种形式及意义，以及这些形式与意义间的理论渊源、逻辑关联、形态差异等，则不啻为自己虚构了一座宏大无比的希望大厦，且如果一路走下去，注定会发现，这座大厦终将幻化成为一个空中楼阁，可望而不可即。

但是，这并不就意味着文学性如一吓人的怪物，面目狰狞得不可以窥其貌。若选取一个适切的观察视角，然后从该视角进行透视，还是可以探其幽，发掘人之不察、不视或不识的。这正是本书试图进行的一个尝试：从 20 世纪西方文学理论范式的主要设定框架和特定范畴中，来探究文学性内涵及其意义的建构与重构问题。

那么，何谓文学性？在经历过 20 世纪初以来国内外文学理论界各学派和流派之间彼此论争的纷纷扰扰之后，这一世纪之间仍然解答无定，一如吴晓东的感叹，“80 年代也是我们对文学有信心的时代，想通过文学来观察中国社会文化的变迁，

① 冯巍:《回到雅各布森: 关于“文学性”范畴的语言学溯源》载于《文艺理论研究》, 2018 年第 3 期, 第 89 页。

通过文学来了解整个20世纪以及我们当下的生活世界。而今天，文学全方位退守，日益萎缩的还有作为一种意识形态的审美主义。所以我想也许到了寻找新的更有活力的范畴的时候了，这个范畴可能已经不再是审美，而是文学性。”①，或如毕光明等人的期冀，“只要人性中有共同的东西，且这种东西永不改变，那它就会使不同时代的不同的人产生共同的需求，作为语言作品的文学得以满足这种共同需求的就是所谓的‘文学性’吧”②，抑或如德里达的断言，“没有任何文本实质上是属于文学的。文学性不是一种自然本质，不是文本的内在物”③，或者如韦勒克在仔细考察了“想象性”、“语言性”、“虚构性”和“创造性”这些对文学本质的描述后生发的感慨，“每一术语都只能描述文学作品的一个方面，或表示它在语义上的一个特征；没有单独一个术语本身就能令人满意”④。文学性似乎无所不在，但又无所定形，然则，这正是它的魅力所在。假设它已然是一个得以界定的清晰明确的概念，那么，它的智性活力和思想催生力极有可能早在一个世纪以前就凝滞如僵了。

但是，我们如果以慎微的眼光加以仔细梳理，精心辨析，则不难发现，20世纪围绕文学性的各种纷纭斑驳的说法，其言说方式因理论视角的不同可大致分为以下四种：第一种，从语言学理论的视角，将文学性视为文学语言的特质性，先在于文学文本之中；第二种，从现象学理论的视角，将文学性视为一种看待语言的结果，存在于一种意向性之中；第三种，从修辞学理论的角度，视文学性为一种修辞性，存在于文本意义的不确定性之中；第四种，从文化学理论的视角，将文学性视为一种范例性，存在于具体性与普遍性之间。⑤从20世纪西方文学研究整体情况来看，这四种理论视角之间没有绝对意义上的先后关系，也没有完全的相互替代关系，只是在不同的时期占据了相对的主导地位。

那么，是什么来决定这种主导地位呢？雅各布森曾提出，文学科学研究的对象是文学性。对于研究对象，索绪尔认为，与经验科学中对象或现象独立于关于该对象或现象的概念框架不同，科学中绝非对象先于观点，而是观点创造了

---

① 吴晓东:《文学性的命运》，广州：广东人民出版社，2014年版，第22页。

② 毕光明、姜岚:《虚构的力量：中国当代纯文学研究》，北京：社会科学文献出版社，2005年版，前言，第2页。

③［法］雅克·德里达:《文学行动》，赵兴国等译，北京：中国社会科学出版社，1998年版，第11页。

④［美］勒内·韦勒克、奥斯汀·沃伦:《文学理论》，刘象愚、邢培明、陈圣生等译，南京：江苏教育出版社，2005年版，第16页。

⑤ 特里·伊格尔顿曾经论证界定文学的方式，即一种客观的、描述的文学，以及一种仅仅凭个人臆想而选定称作的文学。乔纳森·卡勒总结过两种界定文学性的方式，即语言的方式以及看待语言的方式。分别参见 Terry Eagleton. *Literary Theory: An Introduction*. Beijing: Foreign Language Teaching and Research Press, 2004 和 Jonathan Culler. *The Literary in Theory*. Stanford: Stanford University Press, 2007.

对象。[①]所以，他设定了“言语”和“语言”两个概念，并非意在提供关于语言的真正本质的知识，而是为了把作为规则系统的语言设定为语言学唯一的研究对象，以此构建关于语言这一概念的知识。换言之，对象是被理论建构出来的。那么，可以据此认为，作为文学研究对象的文学性之所以呈现出不同的形态，是因为不同的理论观点使然。或者说，是由于四种不同的文学研究范式，才确定了四种不同的看待文学性的方式。

范式是一个科学研究共同体公认且必须遵循的范例，为科学研究提供一种模型，由库恩在 1962 年出版的《科学革命的结构》（*The Structure of Scientific Revolutions*）一书中率先提出。为了说明科学理论发展的某种规律性，他将范式界定为那些“普遍承认的科学成就，在一段时期中它为科学工作团体提出典型的问题和解答”[②]。既然范式是一定科学时期指导科学研究的某种理论架构与概念体系，是各种具体研究共同遵循的基本理论与出发点，它就必设定自己的理论、方法和标准。

之后，在库恩科学研究范式概念的启示下，人文社会科学领域就具体相关学科的范式进行了探究。美国社会学学者肯尼斯 · D. 贝利（Kenneth D. Bailey）认为，在社会科学中，范式就是“观察社会世界的一种视野和参照框架，它由一整套概念和假定组成”[③]。在他看来，这些概念和假定为观察者提供了观察世界和解释世界的一个窗口，观察同一现象或解决同一问题的范式不同，对现象的解释或问题的看法就会不同。或者反过来说，对同一现象的解释或问题的看法不同，就意味着现象观察或问题解决范式的不同。在文学研究领域，H. R. 姚斯（H. R. Jauss）在 1969 年对文学研究中的范式问题做了重要探究。[④]姚斯认为，文学研究与自然科学的发展有着相似的进程，有着文学共同体所一致遵循的主导范式及其变化或更替，因此，他提出，文学批评的每一种范式不仅解释批评家探讨文学的既定的方法论体系，还对既定的文学原则进行解释。即是说，它既建立了一整套理论和概念体系，也创造了相应的阐释技巧和阐释客体。他还仿效库恩的范式及革命理论，提供了一个文学研究范式转换的宏观构架：从“前科学”阶段的古典主义-人文主义范式到 18、19 世纪的历史主义-实证主义范式，再到 20 世纪初的审美形式主义范式，之后，读者接受理论将会成为新的范式而代替审美形式主义范式。在库恩和姚斯的阐释基础上，国内的文学研究者对文学理论范式也做了探

---

① [瑞士] 索绪尔:《普通语言学教程》，张绍杰导读，北京：外语教学与研究出版社，2001 年版，第 8 页。

② [美] T. S. 库恩:《科学革命的结构》，李宝恒、纪树立译，上海：上海科学技术出版社，1980 年版，序言，第 iv 页。

③ [美] 肯尼思 · D. 贝利:《现代社会研究方法》，许真译，上海：上海人民出版社，1986 年版，第 31 页。

④ 见 [德] 姚斯、[美] 霍拉勃:《接受美学与接受理论》，周宁、金元浦译，沈阳：辽宁人民出版社，1987 年版，第 275-279 页。

讨。姚文放依据文学研究中心的内部与外部之分，将 20 世纪西方文学理论范式划分为形式主义和历史主义两大范式，指出其间呈现出从形式主义范式到历史主义范式的转变，并探讨了这种范式的转换对文学理论话语的更新所具有的决定性作用或产生的必然要求。[①]董学文在分析了库恩的范式概念与姚斯的范式论之后指出，文学理论中的范式“实际上是观察和分析文学问题的一种视野、一种参照框架”[②]。但是，无论是将 20 世纪西方文论范式做形式主义与历史主义之分，还是做审美形式主义和读者接受理论之分，都显得过于笼统、模糊，不能最大限度地展现当代西方文论的丰富全貌。

在综合分析并借鉴前人研究成果、参考艾布拉姆斯关于文学四要素说的经典阐释模式的基础上，本书认为，20 世纪西方文学理论范式就是针对文学性问题形成的特定理论视角或理论眼光，在这种特定的视角或眼光下，形成了一种特定的观察、分析、阐释文学性的方法，由此建立了一种特定的文学性理论话语。同时，不同文学理论范式之间的转换意味着文学理论视角的转变，也决定着文学性话语的更新或替代。如前所述，围绕文学性这一重要问题，20 世纪的文学研究产生了四种不同的理论视角，即语言学、现象学、修辞学和文化学视角。基于此，我们可以确定西方当代文学理论的四种范式，它们分别是语言学范式、现象学范式、修辞学范式和文化学范式。

文学理论范式决定着文学性的具体内涵，理论的发展过程也是文学性概念内涵从语言学范式到现象学范式再到修辞学范式最后到文化学范式这一转换过程中不断变化的一个过程，更是文学性意义得以被建构与重构的一个过程，因此，任何关于文学性的话语只能置于它所属的范式框架和理论语境中才具有有效性，否则会成为一种误读或误判。

第一，语言学范式中的文学性。20 世纪初，西方社会人文学科领域的语言学转向与科学主义思潮对文学研究产生了重要影响，文学的社会学研究模式以及文学外部批评方法受到了强烈质疑。人们将研究对象以及研究重点转向了文学文本自身，在文学研究领域内寻求一种符合文学科学发展规律的科学实证主义方法，成为俄国形式主义、英美新批评和法国结构主义诗学的主要目标。虽然三者采取了文本的本体论立场，但是，在文学性具体为何物方面，则存在着根本的差别：俄国形式主义将文学性界定为语言手法和技巧带来的陌生性，英美新批评认为文学性就是文本结构的统一性，法国结构主义诗学认为文学性在于文学的抽象性和不及物性。

俄国形式主义理论家超越方法论争论的界限，以建立一门具体的文学研究科

---

① 姚文放：《文学理论的范式转换与话语更新》载于《文艺理论研究》，2014 年第 5 期，第 161-170 页。

② 董学文：《文学理论学导论》，北京：北京大学出版社，2004 年版，第 208 页。

学为己任，本着打造文学的科学研究精神，以形式研究方法为突破口，打破传统文学研究中以内容为主的社会学研究范式，将构成文本的语言的地位和作用凸显出来，探讨文学如何通过各种手法、技巧和程序在语音、语义、语法、情节以及文体等语言形式方面显示自身的特殊性，并以此建构出自己的文学性概念。

英美新批评派从“结构”这一艺术作品形式中内含的各种组成要素、各个侧面、各个维度或者各个层面进行探讨，认为诗歌或艺术是由形式构成的自足结构，正是这个结构统摄了文本中可能存在的既相互指涉又相互冲突的诸要素，最终将这些冲突力量以一种审美方式给予平衡、协调和统一，从而呈现出文本的意义。因此，这个结构是一个意义的结构，它生成结构的意义或曰一种意义感，即一种仿佛是或好像是的感觉或感知。人类需要这种感知来把握非语言的意义所在，从而让世界呈现在我们面前，并且，这个世界是为“我们”而形成的。所以，对于新批评而言，对意义的感知即意义感与意义的获取一样重要，它指向自身，有助于形成一种生活的真实感和经验感，最终在审美意义上而非认识论意义上完善自身，如同诗歌的结构。据此，文学性就体现为文学文本这种异质结构性和结构异质性。

法国结构主义诗学家旨在建立一门文学研究的科学，但其前提条件是文学内在的总体性，即超越具体文学作品并支配这些作品的一套内在的文学法则和程序，正是这套文学法则和程序让文学作品的意义生产成为可能。它隐含在文学话语表层特征下面，提供一套普遍可用的、有效的文学作品阐释程序和方法。因此，结构主义理论者将自己的文学研究称为诗学，旨在从文学内部探讨文学话语的各种特性，确立一些总的规律，建立一种总体结构。根据他们的观点，错综复杂的文学现象是由现象背后的内在结构及其在整体文学体系中的位置决定的，意义在本质上是一种关系性存在，因此，文学性表现为一种不及物性。基于此，茨维坦·托多洛夫把文学的抽象性视为文学性，罗兰·巴特（Roland Barthes）将符号性视为文学性，热拉尔·热奈特（Gérard Genette）从文学体裁发展史的角度提出了三种文学性：虚构性、形式性以及条件性。从托多洛夫到巴特再到热奈特对文学性的论述来看，他们都对雅各布森关于“是什么东西把一个文本变成艺术作品”的提问感兴趣，而不是对“文学性是什么”这一问题感兴趣，因为相比后者从本质规定的角度出发，前者从一种功能性角度出发，更能符合结构主义诗学的基本理论立场。

第二，现象学范式中的文学性。20世纪西方人文社会科学领域发生的哲学转向中，对文学研究产生重要影响的哲学流派之一便是埃德蒙德·胡塞尔（Edmund Husserl）的现象学。胡塞尔的现象学将纯粹的先验意识确定为知识的基础，侧重于对意识的意向性结构进行分析。因而，现象学文论者注意研究作品和读者的联系，认为文学研究不能像新批评和结构主义诗学等形式分析那样仅仅从作品入手，而是必须把读者纳入研究视野，由此形成作者、作品和读者之间现象学意义上的关系：作品由作者创造，但离开作者之后，它便只是物质的、静止的；而读者是主体的、活动的；只有读者才会使它成为作品，因此读者与作者地位是平等的，没有高低之分。现象学批评以日内瓦学派、杰弗里·哈特曼（Geoffrey Hartman）和 J. 希利斯·米勒（J. Hillis Miller）的意识批评为代表，侧重于文学的意识纯粹性特点，强调文学作品是作者意识的纯粹再现，是作者对客观世界中一切相关认识经过悬置和判断终止后形成的纯粹意识的结晶，是对客观世界本质的揭示，正是这种纯粹意识赋予了客观世界以意义和秩序，使客观世界不再被动地、孤立地外在于人类意识，而是成为人类的重要经验领域，构成人类精神的一种集中表现形式。因此，文学的特性就是体现在文学作品中的精神纯粹性特质。以罗曼·英伽登（Roman Ingarden）①、沃尔夫冈·伊瑟尔（Wolfgang Iser）、姚斯等德国的接受理论家为代表的批评家凸显文学文本作为意向性客体的意向性特征，侧重于文学文本表现其意向性的各个方面，重点揭示文本意义生成所依赖的主观的、客观的和社会的可能性条件和机制。因此，他们关注的是文本中的结构，认为文学特性体现为文学文本的意向性。美国读者反应批评家斯坦利·费什（Stanley Fish）等侧重于读者作为意向性结构中意识主体这一特征，突出读者作为阅读活动的意识主体在赋予文本意义过程中的意向性建构及其限制，将文学特性界定为读者的意向性或者看待语言的方式，因而，在他们看来，一段文字是不是诗歌，主要取决于读者是否把它解读为诗歌。

第三，修辞学范式中的文学性。在西方传统哲学思想中，修辞学一直是哲学假想的敌人。到了 19 世纪，随着真理的本质问题凸显出来，这种传统关系受到了以弗里德里希·尼采（Friedrich Nietzsche）为代表的思想家的强烈质疑。尼采从语言是修辞的观点出发，将真理视为修辞的产物，认为真理最终也变成了谎言，形而上哲学也因之不再能够妄称自己为真理的占有者。与修辞之于哲学一样，自古希腊开始，哲学与诗歌（文学）就被纳入了一种对立的关系模式中，且一直由哲学占领着主导地位，文学只能屈居于其下。同时，文学自古以来便与修辞紧密相连，且因为文学大量使用修辞而被视为充满着谎言和欺骗，从而远离理念、真理或善；但作为模仿的模仿，它又以再现或反映遥远的理念、真理或善为目的，从而服膺于哲学。到了 19 世纪，尼采驳斥了哲学对于艺术的优势。他认为，艺术以谎言的形式讲述着真理，而哲学的一切知识本身具有一种拟人化性质，因此包含着非科学的或隐喻的因素，也就是艺术的因素。

在 20 世纪的后现代语境中，当一切话语都被视为修辞的时候，文学与修辞之间的关联比以往任何时候都更加紧密。当哲学本身被视为充满修辞的时候，文学

① Ingarden 也译为英加登。

与哲学之间的传统关系比以往任何时候都更加令人质疑。以德里达、德曼、罗兰·巴特和韦恩·布斯（Wayne Booth）为首的文学批评家，或从传统的修辞学意义上来研究文学与修辞，或从解构的意义上来看待文学、哲学和修辞，从而拓展了文学修辞批评的新的维度。德里达从作为西方形而上哲学基础的逻各斯中心主义和语音中心主义出发，来解构艺术或文学的形而上学基础。他解构了文学的模仿和再现作用，取消了哲学与文学之间的对立，在此基础上，提出了自己的文学性观念。一方面，他宣称没有文学，更不存在文学性即文学的本质；另一方面，他又将文学称为一种奇怪的建制，以表明文学是一种建立在传统基础上，却又对这个传统进行对抗或破坏的事物。

不同于德里达站在批判西方形而上在场哲学的立场，德曼以文学批评家或文学阅读者的身份，主张一种修辞性或寓言式的文本阅读方式。他断然摒弃了对象征的形而上阐释，转而大力阐发寓言对于文学意义的重要性。在他看来，语言特别是文学语言在本质上是修辞性的，具体而言是寓言性的，而寓言的本质就是不确定性、悖论性和矛盾性。在此基础上，他将文学性视为把修辞功能突出于语法功能和逻辑功能之上的语言的一种运用。在这种修辞观下，哲学不再追求严谨，哲学语言充满比喻，这时它就成为文学，文学也成为哲学。巴特认为，整个文学传统就是对神话的主动认同，是一种文学语言的神话修辞术，要反对处于这种神话体系中的文学，最佳的抵御方式就是创造一种文学次生神话，将原初的文学神话再度神话化，使之成为次生神话的能指形式。布斯从西方传统修辞学的本义出发，认为小说叙述的目的在于劝说读者，对他们产生一定的效果，所以，他将小说的叙述技巧视为修辞手段，将作者、叙述者、小说人物和读者之间的关系视为一种修辞关系，作者采用的一切修辞手段就是为了加强这种关系。这种修辞关系不仅存在于小说中，而且存在于其他一切文学作品中，具有不可或缺的内在性，它要求作者必须要承担起自己的责任，具有自己的道德判断。

第四，文化学范式中的文学性。20 世纪 70 年代后期，人们将文学批评的对象迅速转向文学文本之外，文学的政治学、社会学或历史学研究等成为一种主导的文学理论范式。人们对文学文本的分析主要集中在与种族、阶级、性别等相关的政治、社会或意识形态因素，而非语言属性、文本结构或文本价值等美学因素，文学研究成为政治学或社会学的一个分支，文学研究的理论化或理论转向也成为一种潮流。在这种模式下，文学性内涵的界定也随之发生了变化。文学性既不是一种固定的文本特性，也不是看待语言的一种特别方式，而是一种由理论所预先设想的文学的某种特殊功能或特殊用途。在马克思主义批评话语中，文学成为一种表现被意识形态化了的个人生活经验的独特方式，正是这种表现生活经验的独特方式明确了文学的规定性。路易斯·阿尔都塞（Louis Althusser）等将文学性表现为文学文本与它们所隐含的意识形态话语间的距离或断裂。海登·怀特（Hayden

White）通过解读 19 世纪欧洲历史学和历史哲学大师的历史著述，指出这些历史作品中存在的文学性或叙事性，即体现在历史领域预构中的虚构性、历史故事的情节化模式和描述历史编纂风格的比喻模式等，而且，这种历史叙事性存在于一切历史著述中，体现了历史中的艺术性成分。在文学批评的理论转向时代，文学性已经不复有原初的意蕴或含义，关于文学性的表述以及关于文学价值的评价都需要在新的语境下进行再确定，以重建文学的信誉，表明其在新的文化主流话语、文化生产形势与交流方式中所处的地位和发挥的作用。如此，探查文学性问题与探究理论性问题被关联起来。这种关联要求摈弃那种以文学性作为区分文学与非文学的标准的观念，回到文学性问题产生的起点：为区别于其他学科，文学研究应如何设定自己特有的研究对象？在新的情势下，这一问题演变为：理论应该以什么作为自己的研究对象，来表明自己是文学理论而不是其他理论？正是基于这一点，作为文学特性的文学范例性被卡勒提了出来。卡勒认为，文学是一种具体性与普遍性的特殊连接。换言之，文学正是通过个体的和具体的展现，将特殊性与普遍性、具体性与抽象性、个体性与群体性结合起来，从而成为一种范例性的特殊结构。这种范例性正好体现了理论与文学之间的张力：从表现普遍性的意义上讲，文学的就是理论的；从通过个体事物体现普遍意义上讲，理论的就是文学的。

根据库恩的观点，一种新范式（即科学革命）尽管与它的前驱即旧范式之间有着明显的差别，但并不意味着新范式必定会同旧范式发生冲突或与之毫不相容，为什么呢？在他看来，新范式是从旧范式中产生的，尽管不再以传统的方式得以使用，但它们“通常混合着传统规范以前用过的许多概念上和操作上的词汇和注解”[①]。同时，他认为，新旧范式之间的论争常常包括的问题是“解决哪一个问题更有意义？”这就意味着，新范式针对新现象所揭示的，是在旧范式下无法看到的自然界的另一方面的秩序，因而，它代替的是对某一方面知识的不察而不是另一种不相容的知识。[②]董学文认为，“任何一种文学理论都有沿用、借用、化用、转用或合用其他理论‘范式’的因素和成分。绝对的‘原创’是没有的”[③]。以此来看的话，上述 20 世纪四大文学理论范式（也包括处于各范式下的各种具体理论）之间的关系并非水火不相容，而是在空间意义上的一种和谐共存。它们彼此相互补充，相互完善，因为每一种范式讨论或解决的是另一种范式不知道的现象，或者是自己认为意义更重大的问题。这些现象或问题构成了探查文学性问题的根本出发点或基本论域，各理论针对彼此之间的差异展开的合理性辩护也好，修正也好，抵制也罢，都在无形中拓展了、丰富了、深化了关于文学性研究的视野、维度和意义，正如埃德蒙·威尔逊（Edmund Wilson）所言，“事实当然不是一套方

① [美] T. S. 库恩:《科学革命的结构》, 李宝恒、纪树立译, 上海: 上海科学技术出版社, 1980 年版, 第 123 页。
② [美] T. S. 库恩:《科学革命的结构》, 李宝恒、纪树立译, 上海: 上海科学技术出版社, 1980 年版, 第 79 页。
③ 董学文:《文学理论学导论》, 北京: 北京大学出版社, 2004 年版, 第 208 页。

法论或价值观完全被另一种取代，相反，一切是在反复对抗和修正中生长的”[①]。

再回到“文学性”这个本书的核心词语。也许有人会称，关于“何谓文学性？”这一问题，实则是“何谓文学？”这一问题的另一种问法。也就是说，回答了“什么是文学？”也就回答了“什么是文学性？”这也许仿效了塞缪尔·泰勒·柯勒律治（Samuel Taylor Coleridge）回答“什么是诗？”时采取的模式。柯勒律治曾说：“什么是诗歌？——这个问题几乎与‘什么是诗人？’属于同一个问题——回答一个问题，也就解决了另一个问题。”[②]当然，在柯勒律治看来，诗人作为诗歌意义的赋予者和创造者，他神秘完美的想象和天才般的思想构成了诗歌艺术所体现的经验范畴和认识领域，因此，在认识论的意义上，二者可以同一。但是，文学与文学性之间不是创造与被创造、创作者与创作物之间的关系，而是一种事物与属性的关系，或者是一种具体与抽象的关系。在日常生活中，当我们说到“文学”的时候，立即出现在脑海里的通常是具体的小说、诗歌或戏剧作品等，还包括作家的姓名，或许还有作品中的角色等，而当我们听到“文学性”的时候，一时间脑际里可能会白茫茫一片。为什么如此呢？从逻辑上的概念来讲，“文学”作为一个集合概念，既有它的上位概念，即艺术，也有它的下位概念，如诗歌、小说和戏剧等，同时，还有与它并行的概念，如雕塑、音乐和绘画等。然而“文学性”作为一个抽象的单一性概念，既难以确定它的上位概念，也难以确定它的下位概念。另外，根据逻辑常识，文学一定有很多属性，但其中必有与其他艺术形式相区别的本质属性，即文学的规定性。那么，文学性是文学属性中的一种呢，还是就是那种文学的规定性？如果是前者，文学性也可能存在于其艺术形式之中；如果是后者，文学性就只能存在于文学之中了。

之所以从逻辑角度来简要区分文学和文学性，是因为试图表明这样一种观点，即如果脱离特定的理论和历史语境来理解文学性，尽管符合逻辑，也会无果而返。例如，20 世纪 80 年代发生文学理论的文化转向之后，产生了两种普遍的观点。一种观点是，文学理论的对象已经不再是文学具有的独一无二的文学性了，文学研究也不再是传统意义上关于文学的研究，它已经泛化为一种广泛的政治学的、社会学的、历史学的或文化学的研究。另一种观点是，文学性不再是文学的独有特性，它也存在于其他非文学作品中，文学与非文学之间没有性质或类别的不同，由此，一切都成了文学，抑或说，一切都成了非文学。如此一来，一切似乎显得十分混乱，完全远离了雅各布森当初提出文学性概念的初衷，即从研究对象上而不是别的方面将文学研究与哲学、历史、社会学等学科区别开来：只有文学研究

---

① ［美］埃德蒙·威尔逊:《阿克瑟尔的城堡: 1870 年到 1930 年的想象文学研究》，黄念欣译，南京: 江苏教育出版社, 2006 年版，第 9 页。

② ［英］塞缪尔·泰勒·柯勒律治:《文学传记: 柯勒律治的写作生涯纪事》，王莹译，北京: 中国画报出版社, 2019 年版，第 251-252 页。

才研究文学性，其他将文学用作材料的学科研究的则是文学的其他次要属性。因此，我们如果要厘清这种理论上的混乱，就必须回到使得人们将文学性做这般看或做那般看的特定的理论中去，因为人们看到了什么或没有看到什么，以及如何理解他所看到的，依赖于这种理论所提供的视点以及他依据这种视点进行的预设，正是这种预设决定了文学性被看待的方式。几乎所有理论都是带着某种预设的，且人都是有着理论倾向的，即使称自己没有理论倾向也是一种倾向。正是基于此，本书以文学性为切入点，考察20世纪西方各种文论范式何以在其特定的理论、方法和标准下建构出自己的文学性概念，而后这种文学性概念又何以被其他范式给予重构，以此努力尝试比较全面、系统地探究在文学性概念的建构与重构中，当代西方文论界围绕文学性问题所产生的诸多话语。当然，对问题的回答或解决又会创造出新的问题，或者说解决旧问题的过程也是一个产生新问题的过程。同时，本书也以文学性为视点，洞察各个文学理论范式之间的共通性与根本差异，为进一步探索21世纪文学研究范式提供一种可能的理论借鉴和参照。

其实，关于文学性话语的语境问题，最值得一提的是国内学人念兹在兹的纯文学情怀。当初选择该主题进行研究，也是很大程度上受到这种情怀的感染所致。在中国本土文化语境中，与其说纯文学是一种文学类型，不如说它更是一种关于文学的观念，是一种“书写事件中能进入人的精神性世界的那些东西”[①]。在纯文学精神性之光的烛照下，文学性就成为一种与人类的经验存在和生命本真状态密切相关的观念，“坚守文学性的立场是文学研究者言说世界、直面生存困境的基本方式，也是无法替代的方式”[②]。因此，在某种意义上，与西方文化语境中文学性概念不同，国内语境中的文学性是一种并不负载过多理论意蕴和理论张力的观念，是一种体现人的生命感和生命存在的意识，是一种精神性的思想感悟。

而这，也许是迄今为止关于文学性的话语中存在的最大差异吧。

---

① 陈晓明:《“纯文学”的情怀——评毕光明、姜岚的〈纯文学的历史批判〉》载于《文艺争鸣》, 2014年第1期, 第153页。

② 吴晓东:《文学的诗性之灯》, 上海: 上海书店出版社, 2010年版, 序言, 第2页。

第 2 章 中西语境中的文学性

引　言

中国文艺理论界对西方文学理论中的文学性概念情有独钟，这可以从近 30 年来该领域中文学性研究的数量上反映出来。20 世纪 90 年代以前，关于文学性的学术研究一直存在，但只是偶见，比较零碎。真正从理论层面上进行探讨开始于 20 世纪 90 年代末期，在 21 世纪初达到可谓炽热的状态，研究成果数量激增，可谓形成了文学性研究的中国现象。这种现象与中国的纯文学情怀紧密相关。20 世纪初的中国，以“民主与科学”的时代精神为指引的思想文化界，经历着一场深刻的变革，而成为这场革命的首要和重要阵地的，是作为文化传统重要表征的文学。因此，以文学改良为先导的新文化运动重新清理了中国文学的谱系，将表现人的情感的纯文学提上正统地位，同时把杂文学排除在文学的大门之外。

同样地，在同一时期的俄国，也经历着世纪之初带来的剧烈思想文化震荡。这种震荡首先在文学界引起了强烈的反响，一场解除词语与意义之间的固有联系、以凸显语言符号的自在性为目标的先锋文学运动如火如荼地开展起来，并得到俄国形式主义批评者的理论辩护。因而，文学创作者与批评家密切联系，互为印证，成为当时俄国文学界的一大特色。带着语言学转向和科学主义思想印痕的俄国形式主义由此开启了西方当代文学批评理论的大门。

无论中国还是西方，关于文学性的思想都诞生在这场负载着重大意义的文学领域的世纪转型中。但是，文化语境的差异势必导致对同一事物的看待、理解、和表达方式等的差异。在中国，“文学性”作为一个词语，在西方文学性概念引介到国内学界之前就已经得到较多的使用。但与西方语境中的不一样，它是被作为一种关于文学性质的观念而使用的，因此，它没有特定明确的内涵，也没有负载过多的理论意义，更不是一种携带着本体论立场用以区分文学与非文学的根本标准。它主要与纯文学概念密切相关，更多地指文学作品区别于其政治性、革命性、商业性、大众文化性等的一种属性。而且，这种属性在很大程度被赋予一种抽象的、精神的或形而上的存在。在西方，“文学性”一词一出现，便作为一个概念而存在，有着其特定的界说方式和理论目标。它首先出现于雅各布森 1921 年发表的《最新俄诗》一文中，之后经由了俄国形式主义理论家鲍里斯·艾亨鲍姆（Boris Eikhenbaum）、维克托·什克洛夫斯基（Viktor Shklovsky）、扬·穆卡若夫斯基（Jan Mukarovsky）和尤里·迪尼亚诺夫（Yury Tynyanov）等的阐发。1955 年，埃利希在海牙出版的英语著作《俄国形式主义：历史与学说》首次将文学性翻译为 literariness，文学性自此得以在西方迅速传播，逐渐演进成为西方文学理论中的一个重要关键词。

因此，将中国语境中的文学性观念与西方文论中的文学性概念并置加以考察，得以一窥两者之间由于历史文化语境的不同而存在的明显差异，有助于我们更深刻地理解中国学界看待西方文学性概念的特定视角和方式，以及采取这种特定视角和方式生成的理论话语。

2.1 作为一种精神感悟的文学性

要了解中国的文学性观念，首先需要理解纯文学。“纯文学”并非一种绝对概念，它是一个相对范畴，是相对于承载了不同社会功能、具有明显功利性的文学而言的。作为一种文学类型，无论在具体的语言技术层面，还是在宏观的艺术审美方面，纯文学都较其他文学类型更集中、更鲜明、更强烈，也更自觉地体现了文学性观念。也就是说，纯文学是文学性观念的物质载体，它“肯定在历史生成过程中已被较为普遍地认定的文学的本质特性（讨厌的本质论！），和更充分体现这一性质所发挥的特殊功能——审美功能”①。

2.1.1 纯文学的发展

中国的纯文学诞生于 20 世纪初，从较明显的意义上讲，主要经历了两个发展阶段。第一个阶段从新文化运动时期一直延续至 20 世纪 30 年代。此阶段前半期，纯文学主要相对于杂文学而言，以小说、诗歌和戏曲为文体标记，以情感表现为内容区别于杂文学；在后半期，主要以表现人的生活状态区别于革命文学或战斗文学。第二个阶段为 20 世纪 80 年代中后期，主要相对于商业文学、大众文学、

① 毕光明、姜岚：《虚构的力量：中国当代纯文学研究》，北京：社会科学文献出版社，2005 年版，前言，第 2-3 页。

流行文学和严肃文学等而言，强调文学的现代性审美价值。

2.1.1.1　新文化运动时期的纯文学

纯文学概念自 20 世纪初由日本引入后，王国维、鲁迅、周作人、朱希祖、胡适、杨鸿烈、施蛰存以及朱自清等文学家或文学批评家相继就纯文学与杂文学观念进行了阐发，但基本上延续了托马斯·德·昆西（Thomas de Quincey）关于“力的文学”（literature of power）和“知的文学”（literature of knowledge）的划分法：前者旨在“动情”（to move），后者旨在“教诲”（to teach）。[①]以此区分为基础，人们形成了 20 世纪初现代文学史上关于纯文学和杂文学的观念。例如，金受申在 1933 年出版的《中国纯文学史》（上）的“绪论”中写道：“纯文学就是有情感的文学——活文学，力的文学——中国文学的分类家，把讲哲理的文字，载道的文学——死文学，硬性文学，知的文学，杂文学——都拉入文学范围之内，这是一件极大的错误。”[②]总的来看，杂文学是以启迪道德与输入智识为主要目的的文学，纯文学是以传达情感和表现意形美为主要宗旨的文学。

在这种纯文学观念的支配下，文学的范围发生了变化。实际上，文学指的就是纯文学，体现在文体上，就是诗歌。朱希祖在其《中国文学史要略叙》中说：“今则主张狭义之文学矣，以为文学必须独立，与哲学、史学及其他科学可以并立，所谓纯文学也。”[③]刘经庵在《中国纯文学史纲》一书的“编者例言”中所声明的作为编写重点的中国的纯文学，指的就是诗歌、词、曲和小说。[④]对此，陈介白在为该书作的“序”中评价说，刘经庵在编著中侧重于对纯文学进行分类，并非偏爱，也不是趋时，只是因为诗歌、词、曲和小说等含有的艺术成分稍多，传统的载道思想较少，保持了文学的真面目，而杂文学如《左传》《论语》等，除文学成分以外还有很多别的成分存在，在哲学和经学内也往往论及，不独属于文学，因此，这种分类是一种新颖的见解。[⑤]在某种意义上，这也是陈介白自己关于纯文学有别于杂文学的观点。童行白在《中国文学史纲》中基于纯文学重情重辞彩、杂文学重知重说理的性质加以区分后认为，“纯文学之内容为诗歌、小说、戏剧；杂文学之内容为一切科学、哲学、历史等之论著”[⑥]。

20 世纪初期，人们急于廓清纯文学与杂文学的范围，主要出于两个原因。第一，当时，西方各种思想大量涌入中国，其中，注重人的主体性的现代生命哲学、

---

① Frederick Burwick. *Thomas de Quency: Knowledge and Power*. New York: Palgrave, 2001, p. 115

② 金受申：《中国纯文学史》(上)，北平：文化学社，1933 年，第 1 页。

③ 朱希祖：《朱希祖先生文集》(一)，台北：九思出版有限公司，1979 年，第 301 页。

④ 刘经庵：《中国纯文学史纲》，北京：东方出版社，1996 年版，绪论，第 1 页。

⑤ 刘经庵：《中国纯文学史纲》，北京：东方出版社，1996 年版，序，第 2 页。

⑥ 童行白：《中国文学史纲》，上海：上海大东书局，1947 年版，第 1 页。

情感美学和教育学等哲学思想被视为可以用来塑造中国国民性的重要理论武器。这一点在新文化运动主将梁启超的思想中尤为明显。对于梁启超而言，塑造国民精神、改造国民性的具体手段就是培养国民的情感。他遵循的理论逻辑是：一个人的性格分为“理性”与“情感”两部分，理性重点在于让人知晓是什么、该做什么以及如何做；情感则激发人们做事的激情和动力，作为情感中正向、积极因素的趣味，构成最为活跃、最为旺盛的生命力的集中体现，它能够激发人的一切能量，使人达到一种忘我、无私的境界。因此，相对于培养理性而言，人们更需要的是培养审美情趣，以此铸造人格特性，强化情感维度，最终改造国民性。在人类创造的知识体系中，唯有审美艺术才能担当起情趣培养的重任。那么，何谓文学呢？胡适在《文学改良刍议》中的解释是：文学“须言之有物”，而他所谓的“物”，就是指情感和思想，且“情感者，文学之灵魂”，情感亦“美感”，文学之美就是情感之美。[①]这为中国现代文学的生存和发展找到了新的依据，确立了新的基础。第二，新文化运动倡导的主题之一就是科学精神。在文学研究方面，科学精神主要体现为文学的文体。陈独秀呼吁重树科学精神，以改造旧文学和旧哲学。除了陈独秀外，傅斯年和蔡元培等都力陈在自己所处时代中以科学方法治文学的必要性。他们认为，中国人传统上以治文学与哲学为重，缺少对科学的兴趣，更严重的是，大多数国人都轻视甚至蔑视科学，但是，从西方近代的发展来看，文学却是以科学为基础的。因而，他们呼吁，须以西方为鉴，反对违反科学的文学，大力提倡利用科学的文学，让科学为文学服务。1918年底，蔡元培在《北京大学学刊》发刊词中指出，“治文学者，恒蔑视科学，而不知近世文学，全以科学为基础”[②]。因此，以“科学”的名义对传统的旧文化发轫，力倡采取科学的方法进行新文学文化建设，成为新文化运动者的一种共识。以科学的方法建设文学，在新文化运动倡导者看来，主要指要明确文学的文体及其特征，目的仍然则在于将文学与其他文类区别开来。例如，在《论短篇小说》中，胡适针对时人把笔记杂谈、不构成长篇小说的作品都称为“短篇小说”这一弊端，提出应该效仿西方的短篇小说，它们“在文学上有一定的范围，有特别的性质”，并且自己为短篇小说提供了定义，对短篇小说的文体特征进行了界定与阐释。[③]

所以，20世纪初期，人们以塑造国民性为鹄的，以构建纯文学为路径，把哲学、历史和政治等注重知识的学科从文学研究领地中遣散出去，从学科知识体系角度确立了文学与这些学科的并列地位，构建并提高了文学自身的主体性和自治

① 胡适：《文学改良刍议》载于姜义华主编《胡适学术文集·新文学运动》，北京：中华书局，1993年版，第20页。

② 转引自刘为民：《“赛先生”与五四新文学》，济南：山东大学出版社，1997年版，引言，第7页。

③ 胡适：《胡适学术文集：新文学运动》，姜义华主编，北京：中华书局，1993年版，第475页

性[①]，从知识分类角度奠定了纯文学得以存在的合理性，也为中国现代文学与中国现代文学史构建提供了合乎学科发展的逻辑起点。同时，在以寻求文学文体为突破口来呈现时代所需的科学的文学实践中，形成了纯文学作为文学应该具备的特征，包括情感特质、语言特质以及文体特质等，这为纯文学的存在提供了科学的依据和支撑。

到了 20 世纪 30 年代，中国文坛由左翼文学观念和实践占主导地位，但也出现了纯文学的繁荣局面。在纯文学作家看来，左翼文学政治性太强，过多地把文学作为一种宣传工具，因而"远离政治"成为纯文学的创作口号。作家们努力让作品显示出超然客观的态度，凸显艺术的超功利性，以此避免作品的政治倾向。1932 年，苏汶以《"第三种人"的出路》一文为左翼作家针对自己的质疑进行反驳和辩护。他指出，"文学形式低级到某一程度，它必然是要减少文学性的……拿大众化作为一种策略上的后退则可以，作为暂时过渡则可以，然而同时还要说这无损于艺术价值却是诡辩而又武断"[②]。此处，文学性或艺术价值与党派性、革命性或阶级性相对，表现了纯文学观念与左翼文学观的对立。

以《现代》、《论语》、《文学》及《人世间》等期刊和现代书局、中华书局以及大东书局等出版社为阵地，纯文学的发展形成了较为壮观的局面。特别是《现代》期刊成为纯文学的大本营，以戴望舒和徐志摩等为首的现代派诗人产生了非常大的影响力。"诗歌方面，远离政治的纯诗占据了 1930 年代中后期诗坛的主要位置"[③]。在散文领域，由 20 世纪 20 年代周作人发起的美文运动得到了扩展，远离政治的小品文成为潮流，占有不小的地盘，"现在时髦的文章，是小文章……可以称为小品"[④]。在小说方面，远离政治的京派文学也受到欢迎。京派作家对人欲横流的都市怪诞景观表现出轻蔑和憎恶，喜欢在平凡的人与事中描绘人性的美，如作为其代表作家之一的沈从文曾经说过，"我要表现的本是一种'人生的形式'，一种'优美，健康、自然，而又不悖人性的人生形式'"[⑤]。在这些作家的眼中，单纯描写、反映阶级性和政治斗争不仅是拙劣之举，而且也违背社会生活实情，

---

① 关于文学自主性的问题，马克思・韦伯（Max Weber）从现代性的发生角度讨论了审美或艺术的自主性是何以产生的。现代性的实践以及现代文化的特点，是把现代的宗教和形而上学的基本问题分为三个不同的领域：科学、道德和艺术，亦即知识、伦理和审美。这三个领域各自对立，成为一种专业化结构，文学随着这三个领域的独立而得以历史性产生。康德提出了更早的理论依据。他在《判断力批判》中构建的哲学体系包括科学、道德与艺术，审美作为科学与道德的中介构成了第三个环节，也构成了一个独立的领域，成为文学自主性和艺术自主性的理论源头。

② 苏汶：《"第三种人"的出路：论作家的不自由，并答复易嘉先生》载于《现代》，1932 年第 1 卷第 6 期，第 774 页。

③ 李玮：《纯文学：1930 年代文学发展的另一种可能性》载于《南京师大学报》（社会科学版），2006 年第 4 期，第 146 页。

④ 韩侍桁：《大小文章》载于《现代》，1933 年第 3 卷第 3 期，第 319 页。

⑤ 转引自许道明：《京派文学的世界》，上海：复旦大学出版社，1994 年版，第 14 页。

还不如转而描写普通人的真实生活与纯粹感情，这样的文学才更真切、真实、富于感性。

然而，20 世纪 30 年代后期抗日战争的爆发中断了纯文学的发展潮流，抗日成为艺术的主题，如《现代》杂志主编施蛰存回忆，“想不到爆发了抗日战争。我的职业变了，生活环境变了，文学创作的精神条件和物质条件也都变了”[①]。自 30 年代末 40 年代起，一直到 70 年代，纯文学作为一种发展主流被截断，代之而起的是另一种意义上的进步文学，即战斗文学或革命文学。后者本着以集体神话和集体想象的方式，以最大限度地唤醒民众的民族意识、国家意识或发展意识为目的，顺应了特定历史时代实现民族解放、国家和平、建设发展等宏伟目标，但是，在占有和占用公众思想阵地的同时，却黯淡了生发于个体情感体悟和生命体验的丰富想象力底色。随着 80 年代新时期文学的兴起，人们在新的现实环境中重新产生了对人自身的关注，使得本质上作为精神气候表征的文学不再囿于革命的、阶级的文学传统，纯文学又以其人生关怀和心灵自由的艺术品格获得了新时期的复兴。

2.1.1.2 新时期的纯文学

如果说上述第一个阶段以情理来区分纯文学与杂文学，突出文学的感性和情感特质，以作为个体存在的人的本真弱化革命文学或政治文学的裹挟性，强调纯文学中人性的突出地位，那么，第二个阶段，即 20 世纪 80 年代中后期，纯文学则以人自身的精神价值体现区别于大众文学、消费文学和商业化写作等。此阶段的纯文学之“纯”，主要表现在它用自身特有的语言创造出一个语言乌托邦或艺术审美乌托邦，以对形式的追求表明对现实的批判与评价，以一种特立独行、不群于世的精神姿态表达出一种“现实不可言说”或“现实无以言说”的思想意识，彰显了纯文学所持有的远离政治介怀、偏离社会思想主流、摈弃群体价值、疏离大众话语模式等的中间立场和精英意识。在这种主要用语言营造出的纯粹的空间中，人是一种纯粹的主体性存在，不依存于外在的物质世界，因而是一种自由的精神存在。

但是，纯文学并不是一个依靠自身循环形成的概念，它的形成与新时期中国政治、经济和文化新体制的建立和变革紧密关联，由该时期的历史文化、社会结构、政治制度、经济状况及艺术审美等诸多因素联合推动。无论是 80 年代中期对革命文学的拨乱反正，还是 90 年代面对改革开放后蜂拥而至的各种西方文化思潮对国内文学冲击采取的一种逃避或纠偏策略，它都难以避免地受到社会历史变革的裹挟，最终参与其中。因此，纯文学之所以“纯”，并不在于它与外部现实毫无关联，而是与其他处于共同社会历史语境、面对相同的社会生活事实、享用共同思想文化资源的文学话语类型相比，它重点关注的不是所讲述内容的社会、政

---

① 施蛰存:《十年创作集》, 上海: 华东师范大学出版社, 1996 年版, 引言, 第 1 页。

治或文化意义，而是关注文学叙述本身的独特方式以及这种方式传递出的信息，即通过独特的主题话语、人物形象、语言修辞和叙事模式等文学本身的方式，来表征人在复杂环境中作为审美主体进行审美选择的自由，而这种自由正是人的一种存在性本质。或许，这种选择转而成为纯文学针对社会现实发言的一种策略，如伊格尔顿所言，“文学文本在它所言之外之上总多少含有某些‘真实的’意图”[①]。与第一阶段中纯文学旨在唤醒现代国民情感、培养国民趣味，从而让他们摆脱麻木不仁的状态相比，该阶段中纯文学的目标在于张扬当代个体的主体性和精神特性，防止人们在社会历史变革大潮的裹挟中丧失对生命的敏感性和生命本身的精神特质。

纵观之，无论处于哪一个阶段，纯文学努力探寻的都是一种超然的、纯粹的姿态，并以这种姿态回归作为文学灵魂的人的生存状态和思想情感本身，以艺术方式激发人们对这种生存状态和思想感情的感悟或认知，从而获得一种独特的审美的终极存在。

2.1.2　纯文学与文学性

既然纯文学具有相对性，那么，任何本质主义的看法或观点都会因脱离具体的历史语境而显得空泛而无效。但是，无论其产生的历史条件如何，纯文学在很大程度上都表现了文学的一种理想生存状态，即回归文学自身，还原文学的艺术生命力，因为这种回归象征着人向自我的回归、人的个体生命力的回归，而人对自身生存状态的关注、对自我生命的渴求，则是人性中永远不变的要素。无论时代和区域如何变化，人的思想如何具有差异，这种变化和差异决定的只是文学的形态和功能表现上的差异，不变的是文学在最深层上所体现的人性的根本需求。这种需求就是纯文学诉之于彼的文学理想，也就是文学性，“只要人性中有共同的东西，且这种东西永不改变，那它就会使不同时代的不同的人产生共同的需求，作为语言产品的文学得以满足这种共同需求的就是所谓的‘文学性’吧”[②]，有国内学者如是说。这种表述似乎把文学性描述得非常诡秘，实则指的是，审美是人的一种天性，审美需求是人的一种本质性需求，它体现了人类自身对自由的渴求和对生命的回归，而通过语言文字进行审美是人类先天具有的一种能力和内在需要，同时，文学又是语言的艺术性得以体现得最充分的场所，因此，以语言艺术性为其形式特征的纯文学实际上从更深层次上反映了人类向本真的生命本性和审美自由的回归。

---

①［英］特里·伊格尔顿：《文本·意识形态·现实主义》，张冲译，载于王逢振、盛宁、李自修编《最新西方文论选》，桂林：漓江出版社，1991 年版，第 430 页。

② 毕光明、姜岚：《虚构的力量：中国当代纯文学研究》，北京：社会科学文献出版社，2005 年版，前言，第 2 页。

在20世纪初的新文化运动时期，人们赋予纯文学情感表现特征，使之与以传输知识为目标的杂文学区别开来，把文学或审美从知识或科学的框架中独立出来，符合了康德关于西方现代文化分野的表述。纯文学在以诗歌、戏剧和小说为主要体裁获得审美独立地位的同时，也被新文化主将们倡导为“人的解放”的一大重要领域。所谓唤醒人的情感，并不是那种超越社会生活与历史现实的纯粹的、美感式的感性体验，而是激发人们对生活于其中但往往熟视无睹的社会生活现实产生情感上的反应。在这种情感反应的支配下，人们才能转而关注现实社会的生活、思想和文化状况及其弊端，积极参与到新文化革弊求新的时代任务之中。胡适在《建设的文学革命论》一文中指出，小说的材料决不能采用“官场妓院与龌龊社会”，而应该包括“工厂的男女工人，人力车夫，内地农家，各处大负贩及小店铺”，以及“一切家庭惨变，婚姻苦痛，女子之位置，教育之不适宜……”[①]显而易见，胡适主张文学描写下层普通民众日常生活中真实的遭遇、不满与痛苦，其原因就在于，这些描写能够激发具有亲身体验的大众对于社会生活现实的强烈不满情绪。如此，就为新文化运动目标的实现集聚了巨大的民众力量。

如果说这个阶段的文学性观念因纯文学忙于确立自身在中国现代文化体系中的合法地位而只停留在文学的情感方面，那么，20世纪80年代进入新时期后，借审美主义浪潮迎来复苏时刻的纯文学则凸显了文学性更加深刻的存在意义。在这个阶段，与其说“‘文学性’是文学的灵魂”[②]，毋宁说文学性是纯文学的灵魂。与主要反映社会生活、知识权利话语与意识形态等社会状况的非纯文学相比，当时的纯文学在现代先锋艺术精神的号召下，将自己的理想设定为满足人的审美需求，以此回归人的纯真生命状态。因而，它需要以更高的艺术水平、凭借内心的想象力构筑一座充盈着人本关怀、彰显现代个体作为审美主体的自由的精神大厦，以证明尽管在外部的现代社会的各种挤压下，人仍然具有内在的、独特的自我生成性。相应地，文学性已不再单单停留于文学的语言艺术或技巧层面，而是被擢升至关于人的存在层面，成为人的存在的经验性体现，如吴晓东所言：

> “文学性”天生就拒斥历史理念的统摄和约束，它以生存的丰富的初始情境及经验世界与历史理念相抗衡。“文学性”因此是一个值得我们倾注激情和眷顾的范畴，它是与人类生存的本体域紧紧相连的，或者说，它就是人类的经验存在和人性本身的体现。从这个意义上说，坚守文学性的立场是文学研究者言说世界、直面生存困境的基本方式，也是

---

① 胡适:《中国新文学大系 第二集 建设理论集》，赵家璧主编，上海：上海良友图书印刷公司，1935年版，第136页。

② 毕光明、姜岚：《虚构的力量：中国当代纯文学研究》，北京：社会科学文献出版社，2005年版，前言，第4页。

无法替代的方式。[①]

由此，文学性的尺度构成了纯文学的尺度，坚守文学性的立场就是坚守纯文学的立场，两者可以互为界定。

从 20 世纪 90 年代以后延续至今，随着理论一统天下局面的形成，文化研究成为一种范式，在社会转型过程中显示出自身的优势。此时的纯文学就不再具有之前享有的荣光，反而在理论的一路高歌中显得有点落伍和落寞、过时和狭隘，让"热衷纯文学的人好像要背负一点罪感"[②]。然而，正是因为文学研究在各种理论的总体言说和统一概述下失去自己的研究对象而泛化为文化研究，文学文本成为与电影、电视、广告和畅销小说等一样的文化文本。同时，文学的泛政治化使得文学文本成为种族主义、阶级思想、性别主义、殖民主义等各种权力话语竞争的场所，最后连审美行为本身都具有了政治无意识，如詹姆逊所称，"审美行为就是意识形态本身，美学生产或叙事的形式，就其虚构的意象性或形式地'解决'不可转移之社会矛盾作用，本身就被当作一种自治的意识形态行为"[③]。在这种情况下，一方面，我们可以说文学的边界愈来愈模糊，文学越来越多样化，因而文学的概念越来越宽泛，什么都可以成为文学。另一方面，我们也可以说，文学已无边界可言，因为原来的领地已经被瓜分、侵占，文学已经被消解。无论是泛化还是消解，都不是文学本真的状态。此时的纯文学，在陈晓明的描述中成了一个理想：

> 纯文学并不能被实体化，也没有本质化的存在，或许它并不存在……但我们也并不能因此就放弃"文学"的概念，我们总是怀着一种关于文学的理想性态度在谈论文学。同样如此，之所以要借助"纯文学"的概念，是因为如今"文学"的概念越来越宽泛，边界愈来愈模糊，文学越来越多样化、分层化。因此，有一种与传统经典文学联系更为紧密的文学，有一种不能被观念性的强大力量全部消除的文学，不能被快感、消费和娱乐全盘清除的文学，它们或者是一种文本，或者是文本中的质素，或者是文字的痕迹，总之，是书写事件中能进入人的精神性世界的那些东西。[④]

人们从文学现象中挖掘社会的、政治的、道德的、思想的、历史的、文化的、意识形态的内容，使得从审美角度来理解文学显得单薄而狭促，文学独立存在的价值更加受到质疑。在这种文化和社会视角下，一切形式的艺术审美，更不用说

---

① 吴晓东:《文学的诗性之灯》，上海: 上海书店出版社, 2010 年版, 序言, 第 2 页。

② 毕光明、姜岚:《虚构的力量: 中国当代纯文学研究》，北京: 社会科学文献出版社, 2005 年版, 前言, 第 1 页。

③ [美] 詹姆逊:《快感: 文化与政治》，王逢振等译, 北京: 中国社会科学出版社, 1998 年版, 第 70-71 页。

④ 陈晓明:《"纯文学"的情怀——评毕光明、姜岚的〈纯文学的历史批评〉》载于《文艺争鸣》, 2014 年第 1 期, 第 153 页。

纯文学的艺术，都被视为一种向审美乌托邦的沦落。既然如此，纯文学作为审美的艺术形式就不再符合新的理论话语的政治期望或要求。也就是说，艺术性的尺度已经不再适用。但是，纯文学的形式虽然无以延续，但作为其内核表现的文学性，也就是那种精神性的东西却应当保留下来，也就是有人所谓的剩余的文学性。这种剩余是文学自身的一种先天能力，是文学的无意识，剩余下来的文学性则是文学中不可简略、消除的东西，“作家在创作中总是有某种东西可以逸出来，不可能完全被束缚到既有的观念、观念的框架和意识形态的框架里”[①]。也就是说，文学在社会规约性的宏大理论、观念或意识形态框架之外，必然会有一些没有也不能够被完全规定、概括和束缚的细节，这些细节无论是政治的还是道德的，历史的还是生活的，都反映了人类和个体生命中最为本质的层面，也就是文学性最强的东西。对于这一点，莫言曾经有所阐发，他在《讲故事的人》中曾说：“每个人心中都有一片难用是非善恶准确定性的朦胧地带，而这片地带，正是文学家施展才华的广阔天地。只要是准确地、生动地描写了这个充满矛盾的朦胧地带的作品，也就必然超越了政治并具备了优秀文学的品质。”[②]莫言所谓的朦胧地带，就是指那些不能根据政治、道德、伦理等社会既定标准加以衡量的生活中的模糊或可能的区域，其间，美与丑、善与恶、对与错之间没有截然的鸿沟或分明的界限，人们面临的是一种过去没有解决、现在无法解决、将来也未必能够解决的悖论性生存困境。那么，文学的独特性便在于将这种无法标准化与明确化、无法加以价值判断的处境和经验通过想象呈现出来，通过审美的方式还原人的生存本质。

因此，从某种意义上说，文学性的本质在于，既拒绝用一种理论的、宏大的、历史的、抽象的眼光看待事物，也排斥过分关注和沉溺于个体的心理和心灵，而是以具体的、精细的、深刻的、真实的方式展现（而非判断）人的经验世界、历史境遇、生存状态和精神诉求。正是这一点赋予了文学性解除文学面临的当代困境的方式。根据吴晓东的看法，今天，“文学全方位退守，日益萎缩的还有作为一种意识形态的审美主义。所以我想也许到了寻找新的更有活力的范畴的时候了。这个范畴可能已经不再是‘审美’，而是‘文学性’”[③]。也就是说，在文学研究发生文化转向之后，一切皆可文本化，如果还依靠传统的文学概念来保持传统的文学与非文学之间的确定界限，恪守传统的文学地盘，则注定会败退而归的。但是，如果以文学性来看待这一切，则会是另一番景象。如前所述，文学性包含了一种境遇化、事件化或历史化的方式，以处理人在具体历史中的真实存在或感性存在，这样，它就可以把某种历史、某种观念、某个事件等重新置于一个情景去

① 吴晓东：《文学性的命运》，广州：广东人民出版社，2014年版，第41页。

② 莫言：《讲故事的人》载于林建法主编《讲故事的人》，沈阳：辽宁人民出版社，2014年版，第7页。

③ 吴晓东：《文学性的命运》，广州：广东人民出版社，2014年版，第22页。

理解、去看待，把传统意义上文学外部的东西加以内部化，以境遇化的方式把很多东西拉回到文学的视野中，也就是把传统意义上非文学的东西加以文学化。如此一来，文学性本身便具备了开放性、跨越性和策略性。例如，可以用文学性来跨越小说与非小说世界之间的传统鸿沟：把历史的东西或观念的东西拉进小说的叙事逻辑，将历史或观念具体化或境遇化，或者小说化，使其成为符合小说逻辑的材料。然而，用文学性来策略性地应对文学所面临的日益萎缩的当代困境，并非人人都认可的方式或途径，捷克作家米兰·昆德拉（Milan Kundera）就曾对此表现出一种充满绝望的忧虑："假如小说真的应该消失，那并非因为它已精疲力竭，而是因为它处于一个不再属于它的世界之中。"①

政治化地理解文学，是 20 世纪某些特定历史语境中，中国文学的一个深厚传统。预先从一个政治正确的立场出发，依顺主流意识形态来反映生活，成为文学实践中的一个常态。在这种背景下生发出来的纯文学，就是为了撇清文学与政治之间的瓜葛，以文学性表明自己的自足立场。纵观之，无论是 20 世纪初的纯文学，还是 30 年代或 80 年代的纯文学，文学性所指都并非限于作品的艺术性或语言形式，而是更多指向通过语言艺术彰显的超越政治、阶级、道德、意识形态等限制的人的生存本身，以及在历史的生存过程中表现出来的人的感情和精神，即具象的人性和人心。人首先作为社会中的个体具有独特的生命体验和精神特性，这种生命体验和精神特性彰显了他们作为特定时代的一个经验主体对生命意义、价值观念与生存含义等的独特体验。

究其根源，这种文学性观念应该与中国文学思想中自古就有的生命立场相关。所谓文学的生命立场，指的是文学表现人的性情，而人的性情就是人的生命，性情有生命做底子才得以表达，所以，文学以性情自内而外通达生命。古人因志、因性、因情而作诗，"温柔敦厚，诗教也""思无邪"等，这些传达和表述的正是这种立场。所以，新儒家代表人物钱穆认为，中国自《诗经》以来的全部文学都可以称为心学，故中国古人称文心，"文心即人心，即人之性情，人之生命之所在。故亦可谓文学即人生，倘能人生而即文学，此则为人生之最高理想，最高艺术"②。这是对中国文学的简练概括。依据这种立场，文学的价值就是生命的价值，文学的危机就是生命价值的危机。现代中国文学正面临着这种危机，"现代中国人，普遍感到生命黯淡，灵魂无所归依，但今日的文学无视这些惨淡的价值事实，只一味地去迎合那些事功层面的趣味，没有气魄张扬一种超越精神，更无法坚持有方向感的灵魂叙事，为心灵内在的力量作证，那个被欲望、物质闷了多年的生命如何才能翻转过来？"③因而，创造一个

---

①［捷］米兰·昆德拉:《小说的艺术》，董强译，上海：上海译文出版社，2014 年版，第 22 页。

② 钱穆:《现代中国学术论衡》，北京：生活·读书·新知三联书店，2001 年版，第 217 页。

③ 谢有顺:《文学的常道》，北京：作家出版社，2009 年版，自序，第 3 页。

清澈、澄明的审美世界，在其中舒展自由的生命，还原人的生命意识和价值精神，既成为文学性的现代性内涵，也作为它的不变内涵，最终构成纯文学不死的根源。

概言之，中国文化语境中，纯文学之纯或文学性表现在，文学以诗性之光烛照作为文学灵魂的人的生存状态和思想情感，并以艺术激发读者对这种人类生存状态和思想感情的感悟或认知，获得一种独特的审美的终极存在。纯文学的文学性尺度有两种，一为艺术性尺度，二为精神性尺度，精神性尺度是根本，寓于艺术性尺度之中，艺术性尺度服务于精神性尺度。也就是说，文学性承载了双重功能：它既是形式，又是内容；既是审美，又是精神；既是理想，又是现实，如同赫伯特·马尔库塞（Herbert Marcuse）在《审美之维》（*The Aesthetic Dimension*）中对艺术性与政治性之间的关系进行的阐释，“艺术的政治潜能在于艺术本身，即在审美形式本身”[①]。也就是说，艺术的政治或艺术的道德并非完全等同于现实社会中观念的或抽象的政治或道德。它通过文学性的处理或者文学性之灯的观照，已经被具体化为生活经验的内容，最后转换成为人在追求生命价值过程中的一种生存体验，作为丰富生命内涵，使生命维度更加多元化的一个途径。它虽来自俗世，却归于灵魂，是纯文学给自己不死的灵魂安置的归所——文学性。这或许就是国内学界有人称“诡秘的文学性”[②]“文学性是处于一切的边缘的幽灵”[③]的重要原因之一吧。

2.2 作为一个概念的文学性

文学性作为西方文学理论中的一个关键词，自《最新俄诗》提出以来，引发了西方学者关于其内涵和语义的众多阐释，围绕该概念生发了各种不同的理论观点、理论话语或理论视角，从而构建了一种文学研究体制内的知识生产体系。同时，文学性也以其涉及的多维度和多层面推动了体制内知识生产与体制外理论话语的相互结合，使得20世纪西方文学理论成为整个西方文学批评史上一幅最为宏广、系统和完整的图景，正如国内学者所论，“由于关键词连接了研究范围中的理论支点，成为确定范围的话语前提并构成共享条件下的话语指向，所以，关键词不仅形成了学术共同体的认知条件，而且以此带来了文学研究的生产性”[④]。

---

① [美]赫伯特·马尔库塞:《审美之维》，李小兵译，桂林：广西师范大学出版社，2001年版，第189页。

② 陈晓明:《审美的激变》，北京：作家出版社，2009年版，第81页。

③ 陈晓明:《文学性是处于一切的边缘的幽灵》载于《黄河文学》，2007年第10期，第20页。

④ 王晓路:《关键词与文学研究》载于《外国文学》，2019年第2期，第84页。

2.2.1　历史理论语境

语词最重要的一个要素是其语义。不论作为表达形式的语言符号本身如何多样，人们总是重点关注语词表达的意义。这种意义不仅是字面上的含义，它更多承载了语词赖以产生的特定历史时空中和文化语境下的特殊含义。人文学科体系中需要对复杂的人类社会生活经验进行总括性阐发，但出于简洁需要而以词语形式出现的关键概念或关键词，尤其如此。既然所有的关键词“都有着其自身的历史发生学、历史语境、构成方式、话语指向与话语系统中的连接点、认知序列中的作用、跨文化转换等”，且它的“历史性出场与人文学术各分支领域的推进与阶段性认知水平、思想文化的作用以及与学术共同体之间的借鉴有关”①，那么，文学性作为 20 世纪西方文学理论体系中的一个关键词，自然与其出场之前的理论语境，即 20 世纪初俄国未来主义诗歌发展、语言学研究趋势以及科学主义思潮密切相关。

2.2.1.1　俄国未来主义诗歌的发展

20 世纪初的俄国，以未来主义、立体主义和达达主义等流派为代表的俄国现代派诗歌流派发展非常繁荣，雅各布森晚年就曾经说过：“我是在艺术家中间成长起来的。”②他所称的与之交往的艺术家，如帕维尔·菲洛诺夫（Pavel Filonov）、米哈伊尔·拉里奥诺夫（Mikhail Larionov）、纳塔莉亚·冈察诺娃（Natalia Goncharova）、卡西米尔·马列维奇（Kasimir Malevich）、维里米亚·赫列勃尼科夫（Velimir Xlebnikov）、阿列克谢·克鲁乔内赫（Aleksej Kruchenykh）和弗拉基米尔·马雅可夫斯基（Vladimir Majakovskij）等，都是 20 世纪初俄国先锋艺术的代表人物。这些艺术家对传统艺术表现手法和形式的颠覆，尤其对艺术材料本身的凸显，对雅各布森的思想观念和语言研究方法产生了重大影响。一方面，他以阿吉亚格诺夫（Aljagrov）为笔名进行未来主义诗歌创作，同时将自己的诗歌创作体验与诗学研究结合起来，逐步建构自己的语言诗学思想，这些思想集中体现在《未来主义》（“Futurism”）（1919 年）、《最新俄诗》（1919 年）、《达达主义》（“Dadaism”）（1921 年）以及《论艺术中的现实主义》（“On Realism in Art”）（1921 年）等早期作品中。其中，《最新俄诗》是关于雅各布森的青年偶像之一赫列勃尼科夫诗歌的论文，正是在该篇论文中，他非常明确地提出了文学性概念。

俄国现代派先锋艺术的最主要特点是注重艺术形式及其创新。诗人们在诗歌形式方面进行了丰富多样且相当深刻而系统的创造，尤其以未来主义对语言形式

① 王晓路:《关键词与文学研究》载于《外国文学》, 2019 年第 2 期, 第 85、89 页。

② Roman Jakobson & Krystyna Pomorska. *Dialogues*. New York: Cambridge University Press, 1980, p. 7

与技巧方面的大胆探索最为突出。关于诗歌语言，未来主义的一个基本观点是，诗歌语言与日常生活语言及其交际功能不同。在象征主义诗人那里，这一点也得到强调。德米特里·谢尔盖耶维奇·梅列日科夫斯基（Dmitri Sergrrvich Merezhkovsky）在演讲《论衰落的原因与当代文学新趋势》（“On the Causes of the Decline and on the New Trends of Contemporary Literature”）中提出，“伟大的艺术现在是并且一直都是宗教信仰的产物”，“象征主义艺术是一种法术，一个通达更高真理的方式，是俄国通过文学进行精神复兴的基础”[①]。因此，为了透过现象与表面，深入神秘的内容与内核，诗歌或者艺术需要寻求与传统不同的语言，迥异于作为日常生活交际的语言，整个诗歌逻辑也要超越日常生活逻辑的局限，因为“陈旧的艺术形式规定了经验，将视线限定在可见的物体和事物上面”[②]。但是，象征主义诗歌艺术的目的在于通过隐喻、象征与暗喻等艺术手法，来表现于瞬间感悟到的形象背后的神秘内容，所以，艺术手法与形式还保留为一种传统的手段。但未来主义诗人质疑一切以内容为目的的文学，包括象征主义。在他们看来，象征主义艺术在形式方面的创新还不够，还没有发挥诗人在使用语言方面具有的无上权力。诗人可以任意使用生造词和派生词，以此来扩大诗歌语言的使用。最后，诗人变成了语言的创造者，他切碎词语，割裂词语，别出心裁地进行词语组合，以此来拆解掉艺术与生活、语言与对象之间的界限，从而艺术就是生活，语言就是对象。因此，革新语言或者进行语言革命成为未来主义的首要任务。什克洛夫斯基评论说，以前的作家语言太多流畅、太过优美，以至于思想通过语言畅通无阻，未来主义者则要创造一种“崎岖不平的语言”。

韵律、词汇形式与结构成为未来主义诗人发挥其语言革新的最佳场所。伊戈尔·瓦西里耶维奇·谢维里亚宁（Igor Vasiljevic Severianin）把诗歌文本看成是语词的堆积，他要让每一个词都成为意外的“礼物”，因此，他用词是反逻辑的、偶然的，发音是出乎意料的。在语言实验与革新方面最为大胆的，当数赫列勃尼科夫，他堪称一个一意孤行的语言探险家。对他而言，诗歌就是一个进行语言实验的场所，诗人就是揭示语言规律的实验员——创造新词，但并不破坏语言规则。于是，他由词根创作走向词语本身的创作，再走向自在词的创造，最后走向超智语言的创作，以探求语言形成的普遍规律，创造未来世界的语言。另一个未来主义诗人马雅可夫斯基也是一个用诗歌创新语词形式的热衷的探究者和实践者。他认为是由语词产生思想，而不是相反，因而，语词就是

① Bernice Glatzer Rosenthal. *Dmitri Sergrrvich Merezhkovsky and the Silver Age: The Development of a Revolutionary Mentality*. Martinus Nijhoff: The Hagure, 1975, p. 44.

② Bernice Glatzer Rosenthal. *Dmitri Sergrrvich Merezhkovsky and the Silver Age: The Development of a Revolutionary Mentality*. Martinus Nijhoff: The Hagure, 1975, p. 50.

诗歌的目的，诗歌的发展受语词的制约。诗歌中每一个语词都具有自主性、自为性和自生性，都具有色彩和声音，它们汇集成为一个词语的、音响的或色彩的世界。

在 20 世纪初充满战争阴影和世界冲突的动荡不安的年代里，俄罗斯“白银时代”（The Silver Age）的先锋派艺术家们对社会、对自身、对自然乃至整个宇宙的看法产生了根本性改变，他们顺应轰轰烈烈的政治革命，发起了一场审美的艺术和思想革命。他们以革新语言方式为途径，把语言从诗歌思想和内容的制约中解放出来，与日常语言的逻辑与功能区分开来，凸显了诗歌创作中语词的首要地位和重要作用，“旨在摧毁传统的形式观念，革新自身的感知和认知，超越现实达到‘更高的世界’”[①]。所有这些为雅各布森的文学性概念出场做好了文学场景的厚重铺垫和材料的有力支撑。

2.2.1.2　20 世纪初的俄国语言学研究

19 世纪末 20 世纪初，波兰语言学家博杜恩·德·库尔特内（Baudouin de Courtenay）的形式主义语言学方法论和索绪尔语言学思想对俄国语言学研究产生了较大影响。库尔特内将语言研究分为进化的方法和静态的方法，认为语言作为一个静态体系，是其中的各个语言要素彼此发生各种关系的场所。索绪尔语言学将语言分为语言和言语两个方面，将作为普遍语法规则和规律的语言设定为研究对象。根据阿普列相·尤里·捷列尼戈维奇（Apresyan Yurity Derenikovch）的看法，这种向语言学研究的转向分为两个层面：向语言宏观世界的转向和向语言微观世界的转向，前者指的是语言学研究涉足其他一系列人文社会科学领域，与这些人文社会科学产生一系列的广泛联系，并相互作用，由此丰富语言学研究的对象和研究方法；后者指的是语言学研究将单个的词列为精心分析的对象，出现了语言学科自身方法的词典化。[②]在俄国，1915 年前后由一批文学与语言学研究的年轻学子成立的莫斯科语言学学会（The Moscow Linguistics Circle）和彼得堡诗歌语言研究会则把这两个层面统一整合了起来。两个学派组织尽管研究方法不同，莫斯科语言学学会更偏向语言研究，彼得堡诗歌语言研究会将语言学视为一个与文学研究有关的且对文学研究有益的学科，为文学研究方法创新提供支持，但两者的一个共同基础是保持语言学与文学之间紧密相连和互动的关系。因此，它们形成了共同的主张或观点：第一，诗性（文学）语言不同于日常（实用）语言；第二，诗歌语言被界定为对后者的反叛或创造性的改变；第三，艺术是手法，对于艺术而言，“怎样”及“为

① Bernice Glatzer Rosenthal. *Dmitri Sergrrvich Merezhkovsky and the Silver Age: The Development of a Revolutionary Mentality*. Martinus Nijhoff: The Hagure, 1975, p. 4.

② 转引自李海斌:《俄国语言学研究中的词典化现象》, 黑龙江大学博士学位论文, 2015 年, 第 3 页。

了何种目的”的重要性远胜于“什么”及“出于什么原因”；第四，文学在本质上应被视为一种现象，而非文学外各种现象的表现，比如社会关系、历史事件和心理精神等。

这就意味着语言学与诗学的联姻具有了共同的物质基础——语言。从语言的角度看待文学，那么，就会产生以下认识：第一，文学语言既是当下时代活语言的反映，又是时代语言规范的反映，还是个体艺术家语言风格和言语个性的反映；第二，艺术语境与语境存在着相互关系；第三，可以对作品进行语音、词汇、语义、句法、语用、篇章、话语等分析。也就是说，每部文学作品构成了一个语言体系，这个体系由各种语言材料和表现形式构成，这些表现形式之间存在着相互关系，从而构成整个作品的语言整体。雅各布森将语言学与诗学之间的关系视为一种必然存在的联系，因此十分赞同杰里米·边沁（Jeremy Bentham）的观点：“一切虚构物都仅仅依赖语言而存在，尽管这种虚构现实上不可能，但必不可少；语言的虚构不应该被误认为是现实存在，也不应该认为是语言学家的创作幻想，实质上，它的存在只能归因于语言，尤其是话语的语法形式。”[①]从某种意义上说，这为他一直践行的诗歌的语言学研究或者语言的诗性功能研究提供了一种理论基础。

2.2.2 概念的出场

上述俄国未来主义诗歌的发展以及语言学研究的诗学倾向使得文学性概念的出场成为必然。1919年发表的《最新俄诗》一文，是雅各布森以俄国未来派诗人赫列勃尼科夫的诗歌创作为基础探讨文学研究对象的一篇论文。正是在该篇论文中，他明确提出了文学性概念。在提出该概念之前，他首先讨论了诗歌具有自生性和自我价值，然后对诗歌语言、情感语言和实用语言进行了区分，认为诗歌语言与情感语言具有共同点，即两者都更关注自身，声音与意义之间的关系更紧密，且转喻式联系被背景化而使得语言更具有创新性。另一方面，诗歌语言把情感语言中必不可少的交际功能降到最低程度。诗歌语言对话语主题不太关注，而情感语言对韵律不太关注。随后，他便提出了文学性概念。

> 假若造型艺术是自足的视觉材料的样式，假若音乐是声音材料的样式，而舞蹈具有自身价值的材料则是姿势，那么诗歌就是自足的、以自己为中心的。
>
> 诗歌具有自身的审美功能。
>
> 文学研究的对象不是文学，而是文学性，亦即使该作品成为文

① Roman Jakobson. “Poetry of Grammar and Grammar of Poetry” in *Lingua*, 1968(21), pp. 598-599.

学作品的那种东西。但是现在的文学研究者像警察抓捕嫌犯一样，无论是碰巧在街上路过的行人，还是出现在公寓里面的人，统统抓起来。

文学史研究者利用能够获得的所有材料——传记的、心理的、政治的、哲学的，创建的不是文学科学，而是学科大杂烩，他们没有注意到自己已经偏向了哲学史、文化史和心理学等其他学科。其他各种学科则都利用文学为其目的服务，但只是作为有缺陷的二手资料的文献。如果文学史要成为科学，必须认定“手法”（device）是它唯一的研究对象。因此，最为根本的问题是手法的使用及其合理性。[①]

紧接着，雅各布森用了较多的篇幅讨论未来派诗歌中文学手法的种类，如进行变形、制造时差、增加实用语言的新鲜成分如词类、表音词、外来词等。

通过将文学研究的对象设定为确定的、具体的、实在的等艺术手法，雅各布森排除了文学批评家和文学史家以哲学、历史、文学思想等为研究对象的可能。此后，在 1980 年发表的《关于诗歌语法讨论的后记》（“A Postscript to the Discussion on Grammar of Poetry”）一文中，他指出诗歌的语言学研究是一个双重视界：一是语言的科学，二是关于语言的特殊应用，且再次提及了文学性，认为“文学性就是语词进入诗歌时的变形以及使得变形得以产生的手法系统，是语言学家在分析诗歌时发展的主题”[②]。

有人指出，雅各布森之所以提出文学性概念，“是为了使文学摆脱意识形态的控制，使文学和文学研究走向独立和自律，使‘文学科学’走上‘科学化’轨道”[③]。也就是说，雅各布森提倡文学性来寻求文学研究的独立性，实则是以审美独立来替代对当时俄罗斯意识形态操控的直接对抗。这种判断显得笼统，且过于武断和牵强，具有陷入泛意识形态化窠臼之嫌。首先，从诗歌以形式为先、以语言为材料的观点出发，雅各布森提出文学性概念，与其作为一个语言学家的理论出发点是一致的。彼得堡诗歌语言研究会大多数成员都是文学研究者，与他们一样，雅各布森所在的莫斯科语言学学会的首要关注点也是文学，其次才是语言学，那么，他的理论出发点自然是语言学而非文学。加之其早期生活经历中与艺术家的密切关系、自身的文学创作和教学经历，才使他比同时期的语言学研究者更为关注文学语言的特征，并将其作为自己开展语言学研究的一个重要场域，以此使自己的语言学理论通过文学文本得到具体有效的注解与阐释。并且，他将文学语

---

① Roman Jakobson. “Modern Russian Poetry” in *Major Soviet Writers: Essays in Criticism*. Ed. Edward James Brown. London: Oxford University Press, 1973, pp. 62-63.

② Roman Jakobson. “A Postscript to the Discussion on Grammar of Poetry” in *Diacritics*. 1(1980): p.23.

③ 冯巍：《回到雅各布森：关于“文学性”范畴的语言学溯源》载于《文艺理论研究》，2018 年第 3 期，第 94 页。

言作为一种语言类型探求其特殊性，在理论上和方法上都可以作为语言学研究的有益尝试。

其次，维克托·什克洛夫斯基的思想对雅各布森产生了极大影响。身为彼得堡诗歌语言研究会的核心人物和最重要的形式主义批评家[①]，什克洛夫斯基在1917年发表的《作为技巧的艺术》（“Art as Technique”）一文中提出的一个重要概念就是“艺术性”，即“艺术是体验事物艺术性的方式，而事物本身并不重要”[②]。另外，他使用的“技巧”一词与雅各布森的“手法”为同一个词，加之从时间序列上来看，什克洛夫斯基的艺术性与雅各布森的文学性存在前后关系，虽然没有明显证据证明雅各布森阅读过《作为技巧的艺术》一文，但他很大可能受到了前者的影响。韦勒克曾断言年轻的雅各布森“服膺彼得堡学派的学说思想”，用俄语撰写的许多文章不过是“表示赞同或者发挥了形式主义者的某些理论学说。凡此种种，都是一位年仅二十二三岁的后生的作为，评判起来，应该说尚未成熟”[③]。

最后，20世纪初西方哲学的语言学转向和科学主义思潮，为雅各布森以语言学的视角来建构文学研究的科学性提供了思想上的支持、理论上的资源以及方法上的可能。文学要作为一门科学，必须有明确的、具体的、特定的研究对象，而先锋派文学对语言的陌生化运用和纯技巧的呈现，无疑展现了文学中以语言为材料的实验，索绪尔语言学理论中语言符号的能指与所指二元划分从理论上提供了形式即意义的支持。

雅各布森的文学性概念对于文学研究领域的历史性贡献或历史意义表现在三个方面。第一，明确了区分科学的文学研究和非文学研究的标准在于研究对象的不同，只有科学的文学研究才是针对文学性的研究，首次将文学研究提到科学的地位。第二，首次明确了文学研究应该具有明确的研究对象这一命题，并将文学性引入文学研究领域，既加强了人们对文学本质的意识，增强了文学之于其他学科的独立性，又强化了对文学研究自身主体地位的意识。第三，为20世纪的西方文学理论生产提供了新的增长点，虽然他从语言学家的立场笃定文学性就是指语言技巧和程序等，但同时他以文学性为切入点的文学的语言学研究范式，为阐释、建构其他文学理论或文学批评实践提供了借鉴。

但是，纵观20世纪文学理论的发展，人们并没有囿于雅各布森设定的文学性内涵的限制，即诗歌的语言属性，而是冲破他所建构的科学的文学研究的前提，

---

① Lee T. Lemon & Marion J. Reis. *Russian Formalist Criticism, Four Essays.* Lincoln: University of Nebraska, 1965, p. 3.

② Hazard Adams & Leroy Searle. *Critical Theory Since Plato.* 3rd edition. Beijing: Peking University Press, 2006, p. 800.

③ ［美］雷纳·韦勒克:《近代文学批评史》(第七卷), 杨自伍译, 上海: 上海译文出版社, 2009年版, 第655页。

从各种不同的思想资源、哲学观点、文化立场等来设定自身理论框架内或研究范式内的文学性内涵，显示出文学性概念自身的建构性。

2.3　当代西方文学理论范式

20 世纪是西方乃至整个世界文明发展进程中历史画卷最为波澜壮阔、人类思想文化最为动荡震撼、人类经验最为深刻透彻的一个世纪，作为对反映人类社会历史现实、思想文化状况、精神美学体验以及情感生活经验的文学现象进行理性反思和理论阐释的一种重要模式和方式，当代西方文学理论也经历了形态样式最为纷繁、形态更迭最为频繁、话语生产最为繁盛的一个世纪，文学批评自觉及文学理论自觉达到了前所未有的高度，因而，这个世纪被理论家们称作“批评的世纪”或“理论的世纪”，如同 T. S. 艾略特（T. S. Eliot）的阐述，批评像呼吸一样不可避免，当我们阅读一部作品并感受它的激情时，我们不可能只是连接通过我们脑海的东西而不进行批评。一方面，文学批评和文学理论得以以一种学院化或体制化的学科身份成为正统学术话语生产领域的一个分支，被正式纳入学科教育体系，同时也成为人文学科知识生产的一个重要领域，因此得到更系统、更广泛、更纵深的推动和发展。另一方面，20 世纪哲学、语言学、心理学、人类学、社会学、符号学、政治学、经济学乃至自然科学的极大发展，为文学批评和理论生产提供了众多的可能性。学科视野之间的交叉、学科话语之间的渗透、学科范式之间的叠合，生发了更为丰富复杂的话语模式，以至于伊格尔顿满意地声称，自己的《文学理论导论》（*Literary Theory: An Introduction*）（第 2 版）“自 1983 年出版以来，读者除传统意义上的文学批评家和文化理论家外，还包括律师和人类学家，在某种意义上，这也许并不奇怪，该书正要表明的是，实际上并不存在一种仅仅产生于或适用于文学的‘文学理论’”[①]。

2.3.1　范式类型

20 世纪西方文学理论的一个突出特征，是呈现出了四大理论范式。艾布拉姆斯提出，作品、艺术家、世界、欣赏者构成了艺术作品的四大要素，他认为虽然所有理论都将这四个要素纳入了自己的范围，但几乎所有的理论都只明显倾向于其中一个要素，批评家往往将其中的一个要素作为主要考察范畴，并以此来界定、划分和剖析艺术作品的主要范畴，形成借以评判作品价值的主要标

① Terry Eagleton. *Literary Theory: An Introduction*. Beijing: Foreign Language Teaching and Research Press, 2004, p. iii.

准。[①]因此，他将从古典时期发展至 20 世纪的文学批评理论划分为模仿说、实用说、表现说和客观说四种模式。艾布拉姆斯是以文学为研究对象这个前提来提出四种文学研究模式的，但如果按照雅各布森提出的文学研究的对象是文学性这一观点来看，则可以如前面序言中所论，提供另外一种文学研究框架。这一框架由语言学范式、现象学范式、修辞学范式和文化学范式组成，各种范式设定了自身的文学性概念内涵，并在设定的框架下生发出了不同的文学理论话语、文学批评实践、文学意义和价值判断标准等，构成了当代文学批评理论的总体框架。

第一种，语言学范式。20 世纪初人文社会科学研究领域的语言学转向，使文学研究从 19 世纪关注作品的社会学、文献学、心理学及历史学等方面的意义，转移到对文学作品本身作为一个独立自主的文本结构的特征的关注。人们开始将文学语言视为一种特殊语言，从语言本体的角度阐释文学作为一种语言构造物的内部肌理和客观特性，并由此将文学性界定为文本本身的、固有的、内在的特性，这种特性表现为语言、技法、形式或结构等文本的客观层面。语言学范式主要体现在俄国形式主义、英美新批评以及法国结构主义诗学等几种形式批评理论及其批评实践中。同时，尽管这几大批评同样关注文学的形式要素，认为文学文本具有不可调节性，但由于处于不同的社会文化语境，它们关注文学形式的出发点、侧重点、理论诉求以及希望达到的目标都有着明显的差异。

第二种，现象学范式。胡塞尔现象学思想中关于意向性结构的分析成为当代西方文学理论的一个重要理论资源。在传统的现象学意义上，不存在独立于意识之外的客体，也不存在没有关联对象的意识，所以，意识总是具有指向性或相关性。以此来理解文学，就构成文学作为语言审美艺术的独特的存在方式，即文学文本既不是一种物理存在，以纸张、墨迹等物理的方式呈现出来，也不是一种如同数字、几何图形等类似的纯粹的观念性存在，而是作为一种意象性客体存在于个人的意向性活动之中，产生于具体的时间并在时间中发生流变。因此，文学研究强调文本阅读者或批评家的主观能动性和创造性。文学文本是读者主观反应下的产物，文学的特性是一种主观建构性。根据这种观点，创作与批评之间的界限不再那么稳固不变。这种范式之下的文学理论主要有意识批评、读者接受理论和读者反应批评等。

第三种，修辞学范式。在 20 世纪的后现代语境中，当一切话语都被视为修辞的时候，文学与修辞之间的关联比以往任何时候都更加紧密。当哲学本身被视为充满修辞的时候，文学与哲学之间的传统关系比以往任何时候都更加令人质疑。

---

① M. H. Abrams. *The Mirror and the Lamp: Romantic Theory and Its Tradition*. New York. Oxford University Press, 1953, p. 7

以雅克·德里达、保罗·德曼、罗兰·巴特和韦恩·布斯为首的文学批评家，或从传统的修辞学意义上来研究文学与修辞，或从解构的意义上来看待文学、哲学和修辞，从而拓展了文学修辞批评的新的维度。

第四种，文化学范式。20 世纪 70 年代，由世界范围内的文化震荡引发的人文社会科学领域的重大文化转向，将文学研究的重点拉回到了 20 世纪以前的文本外部研究，文学泛化为文化，一切泛化为文本。马克思主义文学批评、新历史主义批评、女性主义文学批评、后殖民主义批评、后现代主义理论及酷儿理论等各种理论流派占据了文学研究领域。它们以文本的文化性阐释或政治性解读来批判一切割裂文本与外部世界联系的形式主义，将文学归为一种审美意识形态或者具有强烈意蕴的身份政治学。当然，它们也努力表明，文学的意识形态性或身份政治性解读并非庸俗社会学解读能与之相提并论的，在进行文本的症候性阅读或意识形态审美过程中，文学本身作为一种可以调节（mediated）的介质，起到了其他形式的文本不可替代的作用。

20 世纪文学理论范式的转移不只是研究对象或重点的偶然转移，还反映了文学性观念的历史性和根本性变化。每一次转移的结果，导致对前一种研究思路和格局的批判性扬弃，从而引发整个文学性观念的变革，正如美国文论家简·P. 汤普金斯（Jane P. Tompkins）对读者批评的看法，"由于把重点放在读者方面往往会销蚀继而破坏客观的文本，注重读者作用的批评就越来越致力于重新界定文学研究的目的和方法。……起初，知识重点从一部文学作品的叙述者向它所指的读者发生一次小小的转移，结果却变成了世界观的改变"①。

上述所归纳的四种文学理论范式可以勾勒出当代西方文学理论围绕文学性概念内涵的发展而产生演变的大致轮廓。实际上，每一种文学批评理论都有其阐释和评价的有效范围、合理性原则和事实性标准，这些范围、原则和标准构成了一整套理论体系，而这一套理论体系又属于更大的思想体系。因此，不能以贴标签式的方式安置或归类某种理论。尽管如此，每一文学理论与其他理论的关键性分歧，或者从更大的层面上讲，每一文学理论范式与另一文学理论范式之间的根本性差异，仍然可以在其基本的理论出发点或根本理论立场中体现出来。在每一种理论范式下的各种文学理论话语中，对文学性的看待方式也成为观察它们之间差异的一个根本视角，因为"关键词内涵了文学研究的阶段性观念，即人们在此领域中所展开的话语前提和表述指向"②。

---

① Jane P. Tompkins. *Reader-Response Criticism: From Formalism to Post-Structuralism*. Baltimore and London: The Johns Hopkins University Press, 1980, p. X.

② 王晓路：《关键词与文学研究》载于《外国文学》, 2019 年第 2 期，第 89 页。

2.3.2 文学与文学性

对于“文学研究的对象是什么？”，人们通常会回答“是文学”，而在俄国形式主义批评者看来，文学研究的对象不是文学，而是文学性。那么，如果进一步追问，则会出现“什么是文学？”和“什么是文学性？”两个问题。

从表层意义上，“什么是文学？”与“什么是文学性？”是一个问题的两种问法，或者是有着同构性质的两个问题，回答了前者也就为后者提供了答案，反之亦然。然而，从深层次上探究，两者之间有着目的论意义上的差别。

“什么是文学？”这一问题一直是一个悬而未决、言人人殊的经年历久之问。首先，从逻辑上讲，“什么是文学？”所指向的是文学作为一类具体事物的集合性概念所具有的内涵和外延，有其上属范畴和下分种类，是一个可以描述的术语，尽管各种描述之间可能不尽相同、完全不同，甚至可能相互抵触、排斥①，但是，“什么是文学性？”这一问题所指向的文学性概念，是一种没有上属范畴和下分种类的抽象性概念，没有清晰的论域。因此，文学的具体表现形态是多样的、具体的，文学性的表现形态则呈现出单一性。如果将文学作为研究对象，就会显得过于宽泛，将文学性作为研究对象，则更为集中，更具有针对性。一般而言，通过一个集中的对象来研究围绕该对象的不同理论，更有助于加深这些理论之间的差异性的认识。或者反过来说，通过各种不同理论对于同一研究对象的阐释，可以理解关于该对象的话语的多样性和丰富性，深刻理解该对象是如何被重重建构起来的。

因此，文学性在20世纪西方文学理论范式转换中便成为一个关键概念，对文学性的界定方式或看待方式决定了各理论范式的出发点。形式主义批评以语言及其结构本身为切入点，在文本内部寻找文学性所在，探究各种形式要素所带来的客观意义及其呈现方式，对文学进行去神秘化。现象学批评采取一种现象学方式，或通过对意识和意向性的强调将文学性阐释为一种精神性特质，以此为批评的创造性提供合理依据，摆脱批评对于文学的寄生地位或依附属性，将文学与批评置于同一层面上，或者从读者理解或心理感受的视角来看待文学性，认为文学性在于读者的一种认知体验或者审美体验，这种体验不以获得或确定一种明晰的意义为最终目的，而是以阅读、阐释这一行为及其过程本身为旨归，从而获得独特的审美愉悦或认知体验。修辞学批评结合传统修辞学和现代修辞学思想，认为文学是作者和读者之间的一种交流行为，是作者通过各种修辞手段或技巧向读者发出吁请接受其信仰思想的一种方式，或者文学本身就是一种讽喻，没有确定的意义

---

① 关于文学的定义，从古至今，中西文学批评界都有众多说法，其中，尤以I. A. 瑞查兹在其《文学批评原理》中援引的西方自亚里士多德以来的20多种对文学的描述为甚。参见I. A. Richards. *Principles of Literary Criticism*. 2nd edition. London and New York: Routledge & Kegan Paul, 1926, pp. 2-3.

可寻，真理与谬误的悖论式存在就是意义本身。泛政治化和泛历史化的文化批评或理论不再将文学性阐释为文本具有的特性，而是将它与理论性问题关联了起来，为审美意识形态泛化中文学的本体性地位寻求定位点。

那么，在上述意义上，文学性可与文学相关，也可与文学无关。与文学的相关性表现在，文学一定是具有文学性的。与文学的无关表现在，文学性并非文学所特有。换言之，文学性并非一定是判断文学与非文学的标准。显而易见，以文学性而非文学为研究对象，文学研究的疆界得以外移，研究论域得以拓宽，理论视野得以延展。这正是 20 世纪西方文学理论成为人文社会科学领域一个重要分支的重要原因之一。

小　结

中国文艺理论界对文学性概念情有独钟，形成了文学性研究的中国现象。但是，与西方的文学性概念不同，在中国，文学性是通过一种对于文学生命或精神的体验或感悟而生发的，因此，没有特定的、明确的内涵，也没有负载过多的理论意义，更不是一种携带着本体论立场用以区分文学与非文学的根本标准。它与中国学界关于纯文学的观念密切相关。纯文学是一个相对范畴，是相对于承载了不同社会功能、具有明显功利性的文学来说的。它努力探寻一种超然的、纯粹的姿态，并以这种姿态回到作为文学灵魂的人的生存状态和思想情感本身，以艺术方式激发人们对这种生存状态和思想感情的感悟或认知，从而获得一种独特的审美性的终极存在。无论其产生的历史条件如何，纯文学在很大程度上都表现了一种文学的理想生存状态，即回归文学自身，还原文学的艺术生命力，因为这种回归象征的是人向自身的回归，而人对自身生存状态的关注、对自我生命的渴求，是人性中永远不变的要素。文学从最深层上体现的是人性的根本需求，这种需求就是纯文学诉之于彼的文学理想，也就是文学性。所以，中国文化语境中，纯文学或文学性表现在作为文学灵魂的人的生存状态、思想情感和精神诉求。纯文学的文学性尺度一为艺术性尺度，二为精神性尺度，精神性尺度是根本，寓于艺术性尺度之中，艺术性尺度服务于精神性尺度。

文学性作为西方文学理论中的一个关键概念，其历史性出场是诸多因素共同作用的结果。未来主义等俄国先锋艺术注重艺术形式及其创新，在诗歌形式方面进行了丰富多样且相当深刻而系统的创造与革新，尤其以对语言形式与技巧方面的大胆探索最为突出。同时，19 世纪末 20 世纪初，库尔特内的形式主义语言学方法论和索绪尔语言学思想对俄国语言学研究产生了较大影响，特别为从语言学角度看待文学提供了新视角。第一，文学语言既是当下时代活语言的反映，又是时代语言规范的反映，还是个体艺术家语言风格和言语个性的反映；第二，艺术语境与语境存在着相互关系。第三，可以对作品的语音、词汇、语义、句法、语用、篇章、话语等展开分析。也就是说，每部文学作品构成了一个语言体系，为语言学与诗学的联姻提供了共同的物质基础——语言。另外，20 世纪初西方哲学的语言学转向和科学主义思潮也提供了理论支撑和思想基础。

当代西方文学理论范式可以分为语言学范式、现象学范式、修辞学范式和文化学范式四大主要类型。语言学范式将文学语言视为一种特殊语言，从语言本体的角度阐释文学作为一种语言构造物的内部肌理和客观意义，将文学性界定为文本本身的、固有的、内在的特性，表现为语言、技法、形式或结构等文本的客观层面。这种范式主要体现在俄国形式主义批评、英美新批评、法国结构主义诗学几大形式主义批评的理论话语和批评实践中。现象学范式将意向性结构置于其批评框架之中。从胡塞尔现象学思想中的意向性结构出发来理解文学，文学文本既不是一种物理存在，以纸张、墨迹等物理的方式呈现出来，也不是一种如同数字、几何图形等一样的纯粹的观念性存在，而是作为一种意象性客体存在于个人的意向性活动之中，产生于具体的时间并在时间中发生流变，因此，应强调文本阅读或批评家的主观能动性或创造性，将文学文本视为读者主观反应下的产物，文学的特性是一种主观建构的产物。这种范式主要体现在意识批评、读者接受理论和读者反应批评的实践中。修辞学批评结合传统修辞学和现代修辞学思想，认为文学是作者和读者之间的一种交流行为，是作者通过各种修辞手段或技巧向读者发出吁请接受其信仰思想的一种方式，或者文学本身就是一种寓言，没有确定的意义可寻，真理与谬误的悖论式存在就是意义本身。文化学范式将文学研究的重点拉回到了文本外部研究，同时也引起了文学批评的理论转向，各种理论流派占据了文学研究领域，它们以文本的文化性阐释或政治性解读批判一切割裂文本与外部世界联系的形式主义，将文学归为一种审美的意识形态或者强烈的身份政治学。在文化研究模式下，文学性的界定方式发生了变化：文学性既不是一种固定的文本特性，也不是看待语言的一种方式，而是一种由理论所预先设想的文学的某种特殊功能或特殊用途。因而，理论问题与文学性问题关联了起来。这种范式主要体现在 20 世纪 70 年代后的批评理论及其实践中，如马克思主义批评、新历史主义批评等。每一个文学理论范式与另一个文学理论范式之间的根本性差异，可以从其关于文学性的基本出发点或根本理论立场中体现出来。也就是说，在每一种研究范式下的各种文学理论话语中，对文学性的差异化的看待方式也体现了它们之间的根本区别。

第3章
语言学范式：作为一种特殊语言的文学

引　言

20世纪初，西方社会人文领域的语言学转向与科学主义思潮在文学研究领域中的影响主要体现为以下几个方面。第一，在科学研究观的影响下，文学研究的出发点、研究对象和研究重点发生了转移。20世纪前，文学研究的出发点在于传递思想知识，为生活提供道德启示，如马修·阿诺德（Mathew Arnold）所论："诗歌是言说事物的最美的、赋予人印象最深刻的、最广泛有效的方式，因而无比重要。"[①]以此为出发点，文学研究大多以文本之外的世界为对象，将文学视为形象反映世界生活的一面镜子，通过它探究、挖掘其中的作家思想、生活风俗形态、社会历史文化以及哲学宗教观念等，并作为阐释社会、政治、历史、文化、心理和哲学等的一种有效途径，目的在于"就知识的所有分支领域，包括神学、哲学、历史、艺术、科学，探寻事物本来的真面目"[②]。到了20世纪初，这种社会学式的研究受到了强烈的质疑，人们认为文学研究不应屈尊为其他学科提供二手资料，它应该建立自身的科学研究体系。本着此出发点，人们主张文学研究应该明确自己的研究对象，那就是文本本身，因而，构成文本的语言、语音、格律、修辞、语义、语法、情节、叙事和结构等都成了研究重点。第二，文学研究的方法发生了根本性改变。随着文学研究对象的改变和研究重点向内转移，那种印象式的、感悟式的或点评式的方式已经不再符合文学科学研究的要求，在文学研究领域内寻求一种符合文学科学发展规律的科学实证主义方法，成为众多文学理论家的一

---

① Matthew Arnold. *Essays: Literary and Critical*. London: J. M. Dent & Sons Ltd., 1906, p. 105.

② Matthew Arnold. *Lectures and Essays in Criticism*. Ed. R. H. Super. Ann Arbor: The University of Michigan Press, 1990, p. 258.

致目标，而语言理论和研究方法正好为他们提供了理论资源和方法论借鉴。

俄国形式主义、英美新批评和法国结构主义诗学是20世纪西方文学理论流派中以文学形式研究为主的重要派别。虽然从发展时间来看，它们各自不同，且作为文学理论流派，具有各自的理论侧重点和方法策略，但是，它们之间存在着或深或浅的理论渊源，采取的基本立场具有共通性，即都采取一种文本的本体论立场：文学研究以构成文本本身的内在要素而非影响文本的外在因素作为主体。最早提倡建立文学研究科学的俄国形式主义，将文学文本中的形式、手法或技巧作为研究对象，探究这些技巧如何通过陌生化处理将自动化了的日常语言扭曲、变形，转变为文学语言，从而强化人们的审美感受，延长审美过程。与俄国形式主义不同，英美新批评是一种学院派批评，出于在体制内建立文学学科的需要，努力寻求一种可以教学的、区别于其他学科研究的文学研究方法，旨在探究文本中格律、反讽、语义、结构、肌质、意义等各种文本要素，以及这些要素如何在张力中最终形成一个有机统一体，即文本结构本身。法国结构主义诗学以索绪尔语言学理论为基础和出发点，探讨众多文学文本内在的、深层的一般规律和结构，正如从具体的语言使用中建立起抽象的语法结构一样，它旨在从结构整体观上揭示文学意义得以产生的条件和可能性。

基于上述的本体论立场，三种形式批评理论都将文学语言视为一种特殊的语言，认为这种语言与日常语言以及其他学科语言有着根本区别，强调对作为文学本质属性的文学性的探究。具体而言，俄国形式主义批评将文学性界定为语言手法技巧带来的语言的陌生性，英美新批评认为文学性就是文本结构的有机性或统一性，而对于法国结构主义诗学，文学性则在于文学的不及物性。

3.1 艺术手法与形式陌生化

受科学实证主义思潮的影响，20世纪的俄国形式主义理论家认为，文学研究要成为一门独立的科学，一是必须立足于作品本身，二是弄清文学研究的对象。因此，他们超越方法论争论的界限，以建立一门具体的文学研究科学为己任，本着打造文学的科学研究精神，以形式研究方法为突破口，打破传统文学研究中以内容为主的社会学研究范式，将构成文本的语言的地位和作用凸显出来，探讨文学如何通过各种手法、技巧和程序在语音、语义、语法、情节与文体等语言形式方面显示自身的特殊性，以此建构出自己的文学性概念，正如艾亨鲍姆在《“形式方法”的理论》（“The theory of the‘formal method’”）开篇时所阐明的，“所谓形式方法，就是旨在建立文学科学的努力，使文学科学具有独立性和以事实为依据，而不是来自某种特殊的方法论”[①]。

3.1.1　科学与文学研究

从 19 世纪末至 20 世纪初近 30 年的时间被称为“俄罗斯的文艺复兴时代”[②]。在这个时期，亚瑟·叔本华（Arthur Schopenhauer）、亨利·柏格森（Henri Bergson）、阿尔弗雷德·德·维尼（Alfredde de Vigny）、尼采等众多西方现代社会哲学家的思想及其他人文艺术成果被译介到俄国，为知识界和思想界的思考与探索提供了新的理论、视角与思路，人们得以重新审视本民族的历史和文化传统，并展开了富有开拓性的创造活动，文学创作的繁荣和文学批评理论的繁荣就是活动的重要成果之一。关于文学批评的科学性问题，或者从广泛的意义上，关于科学实证方法与审美批评的关系问题，在俄国文学界一直存在着争论，而这种争论的肇始者当数俄国形式主义理论家。他们极力倡导并致力于建立一种科学的诗学。那么，何谓科学的诗学？韦勒克等提出了四种常见的看法：第一，遵循一般科学的客观性、无我性和确定性；第二，因袭自然科学的方法探究文学作品的前身和起源；第三，利用计量学的方式如图表、坐标图等研究文学；第四，从生物学的角度用生物学概念探究文学的进化问题。[③]但俄国形式主义理论家从自己所处社会的思想背景和文化条件出发，根据自己的理论需求和理论诉求，建构了自己的文学诗学的科学观，明确了建立科学的文学研究所必需的前提和基础。为此，艾亨鲍姆强调：“所谓的形式方法源自为文学科学所进行的抗争，文学应是一种独立且真实的科学，它不是某一特定方法论的产物。”[④]

3.1.1.1　文学研究中的科学主义

一般来说，20 世纪以前西方文学理论的发展大致可以分为两个阶段。第一个阶段是古典主义阶段，从古希腊时期到文艺复兴时期。在这个阶段，主要以柏拉图和亚里士多德为主提出了一整套文艺创作、欣赏和价值判断学说，后来的思想家如昆图斯·贺拉斯·弗拉库斯（Quintus Horatius Flaccus）、马尔库斯·图利乌斯·西塞罗（Marcus Tullius Cicero）、朗吉努斯（Longinus）、乔万尼·薄伽丘（Giovanni Boccaccio）等都继承了柏拉图和亚里士多德的主要学说。古典文学理

---

① Boris Eichenbaum. “ The theory of the ‘formal method’” in *Russian Formalist Criticism: Four Essays* . Ed. and Trans. Lee T. Lemon & Marion J. Reis. Lincoln: University of Nebraska Press, 1965, p.26

② 张杰、汪介之：《20 世纪俄罗斯文学批评史》，南京：译林出版社, 2000 年版，第 19 页。

③［美］雷·韦勒克、奥·沃伦：《文学理论》，刘象愚、邢培明、陈圣生等译, 北京：生活·读书·新知三联书店, 1984 年版，第 2 页。

④ Boris Eikhenbaum, “The theory of the‘formal method’” in *Russian Formalist Criticism: Four Essays.* Ed. and Trans. Lee T. Lemon & Marion J. Reis. Lincoln: University of Nebraska Press, 1965, p. 120.

论的基本思想是：艺术是对包含理性、秩序的自然的模仿，是对具有一定运行规律、内在结构和规则秩序的外部世界的真实的、客观的反映，所以，文学理论关注艺术所反映的自然和社会的本质。第二个阶段是现代时期，即从文艺复兴时期到 19 世纪末。这个时期产生了菲利普·锡德尼（Philip Sidney）、约翰·德莱顿（John Drydon）、亚历山大·蒲柏（Alexander Pope）、塞缪尔·泰勒·柯勒律治、威廉·华兹华斯（William Wordsworth）、珀西·比希·雪莱（Percy Bysshe Shelley）、马修·阿诺德（Matthew Arnold）、奥斯卡·王尔德（Oscar Wilde）等文学批评家。随着自然科学和人文科学的发展，该时期的文学批评实践呈现出多元化和专业化的趋势。人们在批评中更多地关注个人的心理、行为和感情，以及对人的心理、行为和感情产生重要影响的社会环境，包括社会思想、道德规范等。总的来看，在这两个阶段，文学批评主要坚持的是古典的艺术反映论，主要对象是作品反映的外在世界，且经验式和印象式言说占据着批评话语的主流位置，批评缺乏理论化与系统化。按照伊格尔顿的说法，18、19 世纪的批评并不是我们现代意义上的专业批评，它缺乏一种知识的或理论的基础，很大程度上取决于人们对生活经验的感性或印象，“批评自身公开成为一种辩论，成为人们的一种劝服活动，常常引发矛盾”①。

然而，19 世纪末 20 世纪初自然科学的迅速发展，给文学以及文学批评带来了强烈的影响，那种在个人理解和阐释的基础上对作品优劣、作家品位雅俗和作品价值高低等进行判断和评价的传统批评，随着文学研究的系统化而逐渐受到诟病，“评价已逐渐成为该学科的次要任务了”②。伯特兰·阿瑟·威廉·罗素（Bertrand Arthur William Russell）对此有所描述：“近代世界与先前各世纪的区别，几乎每一点都能归源于科学……科学带来的新概念对近代哲学产生了深刻的影响。”③在西方，科学于 17 世纪取代神学在知识界的优势地位，人们开始摆脱关于世界的神学性质的想象和知识表述，好奇心从想象性的渐渐转成了科学性的。到了 18 世纪，自然科学的影响渗透到社会生活各个领域，实验科学的方法开始成为改造各个学科的方法，科学精神开始成为时代精神。人文社会科学以经验主义哲学家大卫·休谟（David Hume）为代表，休谟倡导在哲学中采用科学实验的方法。为此，他将自己的巨著《人性论》（*A Treatise of Human Nature*）的副标题命名为“对道德主体采用实验推理方法的一个尝试”（“Being an Attempt to Introduce the Experimental Method of Reasoning into Moral Subjects”），因为他相信，“对于人性，一切科学总是或多或少地有些关系……人类不仅是推理的存在者，而且

① Terry Eagleton. *The Function of Criticism*. London and New York: Verso, 2005, p.10.

②［英］安纳·杰弗森、戴维·罗比等:《西方现代文学理论概述与比较》，包华富、陈昭全、樊锦鑫等译，长沙：湖南文艺出版社，1986 年版，绪论，第 15 页。

③［英］罗素:《西方哲学史》（下），马元德译，北京：商务印书馆，2017 年版，第 45 页。

也是我们进行推理的对象之一”[①]。书中，他不仅运用了推理的方法说明其观点，而且采用了较为烦琐的实验推理方法，提供了具体的实验证据。鉴于此，人们通常称该书是“将牛顿的‘实验方法’运用于精神世界的一次探险”[②]。

19 世纪，自然科学与社会学相结合，产生了实证主义。实证主义的观念基础是社会学，与自然科学并无根本区别。根据这种观念，社会文化现象与自然现象本质上是同类的，那么，社会学应该采用自然科学的方法论，强调经验和感性资料在社会学认识中的作用，重视观察和实验对于获取可靠性真理的决定性作用，而作为学者的社会学家，应该本着科学的态度，对研究对象与所获得结果的本质放弃任何价值判断。实证主义代表人物奥古斯特·孔德（Auguste Comte）提倡一种社会学研究的科学主义，主张一切自然科学的指导精神与基本方法就是社会学的指导精神和基本方法，试图结束社会学与自然科学相割裂的状况，让社会学成为自然科学的直接发展和继续。由此，他提出了“实证的”六点含义：第一，现实的，即一切知识必须以观察到的事实为出发点，反对神学与“形而上学”的幻想；第二，实证的，即知识必须是有用的，反对知识去满足无用的、空泛的好奇心，必须有益于我们个人和集体生活不断改善；第三，确实的，即反对对那些不着边际的、悬而未决的问题作抽象议论，应致力于个人的以及人类精神的一致；第四，精确的，即反对超越实在现象的事物，观点应具有明晰性与坚固性；第五，积极的，即反对形而上学否定现实的破坏倾向，以建设为目的；第六，相对的，即因为人们对现象的研究受到人的内在状况和外在状况的限制，具有相对的意义，所以，我们必须反对以往哲学追求绝对知识的倾向。[③]

在孔德实证思想的影响下，法国文艺理论家伊波利特·阿道尔夫·丹纳（Hippolyte Adolphe Taine）开创了实证主义美学的先河。他主张在艺术研究活动中采取实事求是的科学态度，从具体事实出发，总结文艺的发展规律，并提出“种族、环境、时代”三要素说，倡导采用大量历史资料进行精神文化和艺术创造研究，探究并证明文学与其产生的外在世界之间的关系。实际上，丹纳开创了文学社会学的先河。文学社会学将文学分为两个部分，其中，文学生产、传播与接受这一外在部分，是经验可以把握的部分，从科学意见上讲，是客观的、中立的，不具有意识形态性，因而可用经验的、统计的方法进行研究；文学内在审美部分，属于主观思辨部分，无客观确定标准。以文学的生产者即作家为例，他必定会与其他人一样，与社会中的其他人存在父母、兄弟、朋友、邻居等各种关系，对作家的研究就必然关乎其出身、个人经历、生活方式、经济状况、年龄以及信仰等

---

① David Hume. *A Treatise of Human Nature*(Volume 1). Ed. David Fate Norton and Mary J. Norton. Oxford: Claremdon Press, 2007, p. 4.

② 周晓亮：《休谟哲学研究》，北京：人民出版社，1999 年版，第 57 页。

③ 欧力同：《孔德及其实证主义》，上海：上海社会科学院出版社，1987 年版，第 30-31 页。

与其文学创作和作者身份有关的因素，而所有这些关系和因素都能通过社会调查的经验方法获得。据此，雷内·艾金伯勒（René Etiemble）说："美学的一切都要从确凿的研究那儿获得。"[①]

由此可见，自19世纪始，为了证明自身的科学性，科学方法比以往任何时候在人文学科领域的研究中都受到重视和使用，尤其在审美这一被传统视为仅属于主观经验的领域，这无疑为20世纪文学理论的科学化趋势奠定了思想基础。

3.1.1.2 文学的科学批评观

20世纪初的俄国文学批评界，不乏提倡对文学进行实证式研究的理论家，亚历山大·维谢洛夫斯基（Alexander Veselovski）就是其中的一个。他相信只有现象或事实才可以成为实证的东西，因此注重各种连续和重复的事实，并对大量的事实进行比较分析，进而归纳概括，得出普遍性原则和规律，"你可以把对象分成各个部分来研究，从某一方面来考察，每次你都能取得某种结论，或获得一系列局部性的结论……这样，步步深入，你就会达到最终的、最充分的概括，这实际上也就表达了你对所研究的领域的最终的观点"[②]。维谢洛夫斯基对俄国形式主义者产生了重要影响，正如米哈伊尔·巴赫金（Mikhail Bakhtin）的评价所示："形式主义者几乎没有同他（指维谢洛夫斯基——笔者注）展开论战，并很快开始向他求教……"[③]

与维谢洛夫斯基同样关注具体事实的，还有阿克梅主义（Akemeism）和未来主义（Futurism）学派。阿克梅主义主张，文学作品要通过确定词语的具体含义和描写的准确性、清晰性和客观性，再现事物的具体可感性和可触摸性，以此克服象征主义的神秘性和艺术表现上的模糊性。也就是说，诗歌应该具有造型艺术即视觉的效果。阿克梅主义的代表人物奥西普·艾米里耶维奇·曼德尔什塔姆（Osip Amireyevich Mandelstam）认为，贯穿一切纷繁复杂文学现象的轴心就是词，是词本身延续了俄罗斯文学传统，与语言的隔离，就是与历史的隔离。未来主义作家赫列勃尼科夫在《词语如是说》（"The Word as Such"）、《字母如是说》（"The Letter as Such"）《我们需要一个词语的处女》（"We Want a Word Maiden"）、《词语的分析》（"Analyzing the Word"）等文章中主张，让词摆脱意义的负担，以纯音响、纯形象的功能诉诸读者的听觉和视觉，以此号召诗人们努力发现词的内部规律，进而不按逻辑和语法规范去进行新词的组合，以体现真正自由的、富有活力的艺术语言。也就是说，作品中除词语外，作者、思想等其他一切都完全

---

①［法］雷内·艾金伯勒：《比较文学的目的、方法、规划》，戴耘译，载于干永昌等选编《比较文学研究译文集》，上海：上海译文出版社，1985年版，第108页。

②［俄］维谢洛夫斯基：《历史诗学》，刘宁译，天津：百花文艺出版社，2002年版，第5页。

③［苏］巴赫金：《文艺学中的形式方法》，邓勇、陈松岩译，北京：中国文联出版公司，1992年版，第79页。

退出，“一件艺术作品就是词语的艺术，任何倾向和文学再现都要从其中驱逐出去”[1]。在未来主义者看来，这种创造新词的行为并不破坏词语的意义，反而具有非常重大的意义，因为只有在不断创造新词的过程中，俄罗斯民族语言才能保持其鲜活的生命。正是在这种科学主义浪潮以各种形态和各种姿态涌现并漫卷整个世界的历史时刻，俄国形式主义理论走在了文学研究科学的开拓者和探索者之列。

实际上，俄国形式主义理论家所称的文学研究科学就是一种文学的实证主义研究，一如艾亨鲍姆所称，“形式主义运动的特点就是对于科学实证主义具有新的激情”[2]。但从比较全面的角度考察，这种文学的实证主义研究与 19 世纪丹纳或其他人所提倡的实证主义美学或文学社会学研究不同，两者间的差异主要从以下几个方面表现出来。

首先，俄国形式主义者倡导文学研究的科学性，旨在确立文学研究作为一门学科的学术合法地位。文学研究的科学性主要体现在两个方面。第一，文学研究之所以成为一门学科的原则性理据，是因为具有其特有的研究对象，即文学性。如同各门自然科学一样，它们都有一门专属于自己的领地，是有关一个特定对象的学科。第二，文学研究采用其特定的方法，避免从抽象、普遍的原则出发，只针对具体的、确定的文学材料进行经验式而非思辨式的观察、分析。如此，科学性与文学性成为统一而非对立的概念，诗学或者文学研究被提到了一个重要地位。

其次，俄国形式主义的实证主义研究重心，从旧文学实证研究关注文学生产、传播和流通等相关的外部事实，转移到文学内部的材料事实即语言形式上，实现了研究对象的转移。什克洛夫斯基对此进行了形象的比喻：“在文学理论中，我从事的是其内部规律的研究，如以工厂生产来类比的话，我关心的不是世界棉布市场的形势，不是托拉斯的政策，而是棉纱的标号及其纺织方法。”[3]

再次，俄国形式主义的实证主义文学研究确立了一种新的语言美学和进化原则。对于俄国形式主义者而言，无论是区分文学语言与日常语言，抑或标准语言与诗歌语言，目的都不在于建立一套严格的语言差异系统，分出高低不同的语言等级序列，而在于研究作者如何通过各种手法和技巧进行语言形式创新，并让读者产生一种审美的陌生感，凸显语言自身作为本体的存在，同时在通过感觉陌生化不断克服感觉自动化的过程中，建立起一种辩证的、动态的语言发展和进化历史观。

---

① Velimir Khlebnikov. *Collected Works of Velimir Khlebnikov* (Volume One). Trans. Paul Schmidt, Ed. Charlotte Douglas. Cambridge and London: Harvard University Press, 1987, p. 255.

②［俄］鲍·艾亨鲍姆:《“形式方法”的理论》，丁兆国译，载于朱刚编著《二十世纪西方文论》，北京：北京大学出版社，2006 年版，第 33 页。

③ Hazard Adams & Leroy Searle. *Critical Theory Since Plato*. 3rd eition. Beijing: Peking University Press, 2006, p. 870.

最后，俄国形式主义的实证主义文学研究确立了一种文学审美现象学。20世纪初，胡塞尔致力于以“现象”为研究对象，将纯粹现象学体系构建为“一门本质上全新的科学，”“描述它相对于一切其它科学的独一无二的位置，并证明它是哲学的基本科学”①。之所以如此，是因为他认为，“现象”被诸如心理学、物理学、历史学、文化研究等众多学科加以挪用，如心理现象、物理现象、历史现象、文学现象等，造成许多歧义或者不确定的意义。为了改变这种情况，他将“现象”的特殊性提升到科学意识层次，以科学的方式使我们把握现象学固有的本质。为把现象学建立成为一门严格意义上的科学，他提出采用本质直观和先验还原的方法，悬置所有经验和知识，直接面对现象即意识本身。在某种意义上，俄国形式主义者的出发点与现象学一致：澄清文学研究与哲学、历史学、社会学、心理学、文化研究等混淆不清的状态，确定文学研究自己的研究对象，采取科学的研究方法，从事实观察出发，注重直观感受，不做任何的理论或思想预设，以建立一门真正的关于文学语言形式与结构审美的纯粹诗学，因为“艺术的存在就是为了使人恢复对生活的感知，为了让人感觉事物，感知本身就是审美目的”，而方法则是“通过特殊技巧创造的词语”②。

3.1.2 形式的问题

艾亨鲍姆曾断言，“衡量一门科学是否有生命力，其方法不在于看它确立了多少真理，而是看它克服了什么谬误”③。那么，俄国形式主义理论家主张通过形式研究的方法对文学进行科学研究，并最终建立一门真正的文学科学，其旨趣就在于克服传统文学研究中的局限，纠正其中存在的谬误和根深蒂固的传统观念，“这些观念不仅在文学研究中，而且在一般的艺术研究中被尊为金科玉律”④。在当时，这些所谓存在于文学研究中的根深蒂固的传统关系以及被尊奉为金科玉律的东西，主要指从19世纪末以来的现实主义、历史主义、马克思主义、象征主义、宗教文化批评以及20年代初流行的庸俗社会学等传统思想和理论，它们运用美学、心理学和历史学等原则进行社会分析或历史文化批评，把文学领域和文学问题与其他领域和其他问题混淆起来，从而使文学成为可有可无的“弃物”或者“无

---

①［德］胡塞尔：《纯粹现象学通论：纯粹现象学和现象学哲学的观念》（第一卷），李幼蒸译，北京：商务印书馆，1992年版，第42页。

② Hazard Adams & Leroy Searle. *Critical Theory Since Plato*. 3rd edition. Beijing: Peking University Press, 2006, p. 870.

③［荷兰］佛克马、易布思：《二十世纪文学理论》，林书武、陈圣生、施燕等译，北京：生活·读书·新知三联书店，1988年版，第15页。

④［俄］鲍·艾亨鲍姆：《“形式方法”的理论》，丁兆国译，载于朱刚编著《二十世纪西方文论》，北京：北京大学出版社，2006年版，第31页。

主之物”。[①] 例如，在20世纪第一个十年达到鼎盛时期的象征主义理论，主张把艺术与哲学、宗教探寻结合起来，宣扬所谓新宗教意识，强调艺术的宗教底蕴。[②] 这些传统在俄国形式主义者看来，已经构成了20世纪文学研究发展的阻力。把文学研究拉入科学的轨道、以科学的方法建立文学研究科学，成为排除这些阻力的唯一途径，也是自然而然的选择，如艾亨鲍姆声称的那样。[③] 因此，他们提出了文学科学研究的关键所在，这就是，抛开一般性原则以及一切抽象的种种哲学美学前提，从具体的文学事实和细节着眼，确定属于文学自身的具体材料和形式，在此基础上探讨这些形式的发展，“我们的特色就是试图创立一门独立的文学科学，研究只属于文学的材料。我们唯一的目标就是确认文学艺术本身的理论事实”[④]。

3.1.2.1　形式与内容的同一

“形式”在俄国形式主义理论话语中是一个与文学性密切相关的概念。什克洛夫斯基声称，文学理论研究的对象是“文学的内部规律”，而内部规律指的是“文学形式变化的问题”。[⑤]据此，形式包含了静态的形式本身以及动态的形式变化两个部分，它本身并不与内容相对立，而是为了取代传统的、已经失去了艺术性的程序或技巧，因而文学的演变史就主要呈现为文学形式的更替过程。

传统的形而上学体系中，一方面，形式为思想或意义赋形，使思想或意义得以显现出来成为主导者，而自己则居于从属者的地位；另一方面，形式因本身具有的审美意蕴和价值，一直力求着获得合法的地位。人类自历史开始就一直保持着对形式或外观的愉悦，对装饰或游戏的爱好，为此，伊曼努尔·康德（Immanuel Kant）的审美无功利说、关于合目的的目的性观念为审美划出一块专属于自己的领域。但正如艾亨鲍姆所说：“从哲学到具体艺术之间还有一条漫长的路，而哲学中关于适用的和必要的、合目的性的和不合目的性的议论，对于艺术却无多大帮助。”[⑥]王尔德“为艺术而艺术”的艺术观虽然凸显了艺术之于社会生活的独立性，但在19世纪前的西方文学批评史上，无论是模仿说还是表现观，文学作品的

---

① Hazard Adams & Leroy Searle. *Critical Theory Since Plato*. 3rd edition. Beijing: Peking University Press, 2006, p. 870.

② 张杰、汪介之：《20世纪俄罗斯文学批评史》，南京：译林出版社，2000年版，第24页。

③ 艾亨鲍姆称：“摆脱哲学美学和意识形态理论来思考艺术，艺术对事物便有了自己的视角。我们必须转向事实，放弃普遍系统和一般性问题，从‘中间’开始，研究艺术让我们必须面对的事实。艺术要求我们从近处观察它，而科学则要求我们处理具体的事物。”参见［俄］鲍·艾亨鲍姆：《“形式方法”的理论》，丁兆国译，载于朱刚《二十世纪西方文论》，北京：北京大学出版社，2006年版，第33页。.

④［俄］鲍·艾亨鲍姆：《“形式方法”的理论》，丁兆国译，载于朱刚《二十世纪西方文论》，北京：北京大学出版社，2006年版，第31页。

⑤［俄］维·什克洛夫斯基：《散文理论》（上），刘宗次译，南昌：百花洲文艺出版社，2010年版，前言，第3页。

⑥［俄］维·什克洛夫斯基等：《俄国形式主义文论选》，方珊译，北京：生活·读书·新知三联书店，1989年版，第34页。

内容一直占据着优于形式的地位，因为内容决定并生成了意义，文学的任务则是生成、表达、传递意义。形式在该过程中扮演着一个配合者的角色，发挥着媒介的作用，尽其所能以各种方法让意义以可感可知的方式呈现出来，最终实现文学的社会功能、道德功能和审美功能等。

20 世纪初的俄国形式主义理论家发现，文学的内容先导观导致了文学沦为哲学、政治学、历史学、心理学等学科的附庸，为这些学科提供二流的材料，由此而丧失了自己的地位。基于这种理解，他们以文学性为切入点，提出文学的形式就是其独立性与独特性所在，文学研究的对象除形式外别无他物，至于传统意义上文学所反映的、所附属于的其他学科的内容，应该留给哲学家、历史学家、心理学家们去探究。他们的这种观点颠覆了传统诗学中内容作为优先者和决定者的地位，把形式作为决定文学之为文学的主导要素提了出来，赋予其胜过于内容的革命性的意义。什克洛夫斯基在其《作为“风格”概念的情节分布》一文中鲜明地体现了这一点：“文学作品是纯形式，它不是物，不是材料，而是材料的比。”[①]换言之，内容已经不构成形式的参照物，形式也非用来表达内容，所有的艺术品都是作为一个现有模式的比较物和对照物而被创造出来的。一个新的形式不是为了表达一个新内容，而是为了取代已经丧失其艺术性的旧形式。

俄国形式主义理论家拒绝文学的社会反映说，强调文学作品借以区别于其他作品的形式，并非要排斥或贬低作品的内容，也不是要否定内容，而是认为文学作品的形式反映的就是形式本身，形式本身就是内容，“怎么讲？”的问题就已经型构了“讲什么？”的问题，两者之间不是高低主次关系，而是一种叠合关系。文学传统的构成序列方式，就是各种形式不断经历陌生化与自动化，或经过前置成为主导因素，或经历自动化成为背景因素，就这样不断更替，不断变换。因此，文学史就是一部文学形式陌生化与自动化的历史，否定内容的存在就是否定、推翻了自己的理论立足点。那么，俄国形式主义者并没有摈弃内容概念，也不否定内容的重要性，而是置换了传统意义上的内容内涵，为内容的理解赋予了新的维度。维克托·日尔蒙斯基（Viktor Zhirmunsky）认为，诗歌语言协会的重要贡献就是批判了传统的艺术内容与形式的二元划分。根据这种传统理解，文学包含了社会、宗教、政治等文学外部材料，故包含了审美成分和非审美成分，因而不能成为一个审美的统一体。但是，如果将艺术视为一个统一的审美整体，其中的一切主题，包括韵律、语义、结构、风格等，都进入这个整体，参与审美意象的创造，成为文学形式的构造要素，激发读者的兴趣或注意力，让他们感受到艺术性，如此，就避免了文学作品中表达与被表达、审美与被审美的双重性。如果说形式成分意味着审美成分，那么，艺术中的所有内容事实也都成为形式的现象。

---

① 方珊：《形式主义文论》，济南：山东教育出版社，2002 年版，第 82 页。

因此，在俄国形式主义理论视角下，形式的内容就是艺术作品的内容，它已经镶嵌在形式的审美表现之中，形式与内容由此而得到了最大限度的统一和同一。

3.1.2.2　作为形式内容的手法

俄国形式主义理论家本着文学的科学研究对象应该是文学性即文学作品的形式结构这一理论出发点，将诗学的任务设定为，通过对形式或现象进行描述、分类和解释，来研究作品的结构方式。综合维克托·什克洛夫斯基、鲍里斯·托马舍夫斯基和日尔蒙斯基等的论述，作为艺术作品特质的手法或程序大致包括以下几个方面。

第一个方面是诗歌中的语音。包括韵律，表现音的强弱、长短和轻重，以及音韵，指元音、辅音的特殊安排以及音调的升降。

第二个方面是诗歌中的词语。包括词的形式（语法）结构、构词、词形变化及语义。每个词都有自己的词汇特性和词汇色彩，在宏观层面上受作家所处时代、民族和环境制约，微观层面上受作家个人态度影响，因此，词的意义具有不确定性。词汇色彩从其使用的语境中获得，且只能在它所处的活动与状态之外才能被意识到。词汇种类包括旧词、新词、外来词、民间语、标准语等。

第三个方面是诗歌中的句法。每一个表达一定内容的句子，都是诗歌情节分布发展的胚胎。

第四个方面是主题。诗人所运用的每一个词本身就已经是主题，并且都可能展开为艺术的细节，即词汇主题。主题由语义表达的意义组成，是作品具体要素的意义的统一，既可以是整个作品的主题，贯穿全部作品，也可以是其中各个部分的主题。文学作品需选择具有迫切性、有趣味的主题，对主题的共同兴趣由文学作品所产生的历史条件决定，而最重要的条件则是写作技巧以及写作上的创新。

第五个方面是结构。根据语言自身功能变化，艺术材料按某种连续性、序列排列、分布性质分布，随任务而异。具体的句子按意义进行组合，形成由主题共性联合起来的结构。

第六个方面是体裁。作为一个统一体，一切程序从属于共同的任务，形成风格，或者说所有程序在作品中并非对立、自在的，它们之间相互制约，形成一个统一体，并在这个统一体中获得自己的审美价值。

上述六个方面构成了俄国形式主义理论中所探究的艺术手法或艺术程序，但绝非仅为他们所称的文学科学研究的对象的全部。他们还将艺术程序在时空中的演变视为艺术的一种特质，迪尼亚诺夫所称的“艺术程序的演变永远表明艺术的特殊性质”[①]表明了这一点。这种演变一方面试图体现文学研究作为一种科学方法

① [俄] 维克托·什克洛夫斯基等:《俄国形式主义文论选》，方珊译，北京：生活·读书·新知三联书店，1989 年版，第 66 页。

的系统观、动态观和历史观，另一方面，也是更重要的，旨在证明形式主义方法的科学性。迪尼亚诺夫以新旧电影中蒙太奇技术的情况做了类比。在旧电影中，蒙太奇作为联合、黏结的手段，服务电影的情节内容，但在新电影中，它通过特写等方式本身被凸显出来，让观众可以感觉到它作为技法的存在。诗歌中的情形也类似。以情节为例，虽然在不同时代、不同民族的艺术作品中可能发现相似或者相同的要素，也确实存在相似或相同的要素，但总体而言，每个文学时代和文学流派都有其特殊的程序系统，表现为总体上的文学体裁或文学风格的差异。因此，艺术程序都经历着一个诞生、发展、衰老、死亡的过程。一种新的艺术程序得到作家的广泛使用，但随着不断的使用会变得越来越僵化，最后逐渐丧失自己的功能和活力，成为传统。为了克服程序的僵化和自动化，作家就要不断地进行翻新，发现新的艺术程序。也就是说，后辈作家要对前辈作家使用过的程序进行别样化的使用，并赋予崭新的含义。

3.1.2.3 形式的陌生化

艺术程序的使用是为了实现艺术任务，那么，艺术的任务或者说使命是什么呢？俄国形式主义理论家认为，艺术的创造不是为了传达关于事物的知识和思想，不是为了让人了解这个世界，而是实现一种艺术效果，让人感受到这个世界，这种感受本身就成为传达某种艺术效果的形式。例如，在论述艺术的悲剧和悲剧性时，艾亨鲍姆认为，悲剧的最终目的不是让观众对戏剧主人公动恻隐之心而泪流满面、伤心欲绝，这只能是对艺术家的批判或否定。相反，悲剧的成功在于，“观众宁静地坐在沙发上，并用望远镜观看着，享受着怜悯的情感。这是因为形势消灭了内容。怜悯在此被用作一种感受的形式”①。人的情感，正如一切思想、一切观念一样，成为艺术结构的素材。恩斯特·卡西尔（Ernst Cassirer）曾经就此表达过自己的观点，即艺术欣赏中，“我们不再生活在事物的直接的实在之中，而是生活在纯粹的感性形式的世界中。在这个世界……情感本身解除了它们的物质重负，我们感受到的是它们的形式和它们的生命而不是它们带来的精神重负”②。那么，怜悯作为一种艺术的特殊程序，被用作一种激发享受的形式，因而与其平时生活中体验的真实情感不同，成为一种新的情感，如同其他情感一样，本身成为一种构成要素。悲剧艺术家的任务就是如何使得这种唤起情感的特殊程序更精巧、更独特，产生更强的艺术感染力。在这一点上，俄国形式主义者深受席勒悲剧思想的影响。席勒认为，“人性的最高内容是以最优美的形式表达出来的”③，因此，理想的或最完满无缺的悲剧就

---

①［俄］维克托·什克洛夫斯基等:《俄国形式主义文论选》，方珊译，北京：生活·读书·新知三联书店，1989年版，第40页。

②［德］恩斯特·卡西尔:《人论》，甘阳译，北京：西苑出版社，2003年版，第180页。

③［德］席勒:《审美教育书简》，张玉能译，南京：译林出版社，2012年版，第205页。

是，在这部悲剧之中，“被激起的同情是比较少运用题材的作用，而更多地是最好地运用悲剧形式的作用”[①]。

与什克洛夫斯基一样，其他形式主义理论家也从不同的角度强调，艺术任务在于发挥艺术程序具有的审美功能。日尔蒙斯基从理论诗学与历史诗学的不同任务出发，主张诗学的任务是解释这些诗歌程序的艺术意义，解释它们相互间的联系和本质的审美功能，而一个艺术表达体系被另一个风格体系取而代之，原因是被取代的体系已经不符合艺术趣味、生活感情和时代审美。鲍里斯・托马夫斯基（Boris Tomashevsky）在《主题》（“The Theme”）一文中讨论情节分布中的主人公这一艺术程序时主张，那些具有浓厚且鲜明情感色彩的角色叫作主人公，他引起读者的怜悯、同情、喜悦和痛苦。在《诗学的定义》（“The Definition of Poetics”）一文中，他更加明确了作为诗歌艺术效果的审美情趣或审美兴趣。诗使我们产生的兴趣以及在读诗歌作品时所产生的情感，在心理上近似于由感受艺术作品、音乐、绘画、舞蹈、装饰而唤起的兴趣和情感。他以“眼睛”和“星星”两个词语之间的转喻为例说明这一点。在使用星星的直义或基本特征时，如“昏暗的星星”、“消逝的星星”或“天琴星座中的星星”，与把眼睛称为星星时的感受是不一样的：使用后者时能感觉到闪光明亮的特征，这是因为，将眼睛称作星星时，倾注了某种欢乐和欣赏的感情色彩。因此，使用转喻具有激起某种感情、引发某种感觉的效果。同理，艺术中的一些其他语义程序，如借喻、修饰语等，虽然破坏了原有的逻辑内涵，但能激起由一定形象所产生的感情联想。

那么，为什么要把艺术任务与激发情感或实现审美效果关联起来？什克洛夫斯基对此的解释是，“我们对因循守旧的喜爱有时竟达到了令人吃惊的地步，总是兴致勃勃地重复同一样东西。规范化在任何地方也没有象在文学史中具有这样强大的抵抗力。在这里，它常常达到令人着魔的程度。同一个僵死的模式可以存在一二百年，直到某一位狂怒的新闻记者将其动摇为止”[②]。因为因循守旧，什么都变得习以为常，这种习以为常的状态使人们丧失了对生活的感觉和感知，生活变得虚无、无意识，所以艺术的存在就是为了使人恢复对生活的感知，为了让人感觉事物，引起对事物的感知，而不是提供识别事物的知识。在这里，什克洛夫斯基通过主张艺术激发人们对现实生活的感受，在艺术与生活之间画上了等号。这与他之前提出的“艺术永远是独立于生活的，它的颜色从不反映飘扬在城堡上空的旗帜的颜色”[③]观点截然对立。既然艺术独立于生活之外，不反映生活，它

---

①［德］席勒：《审美教育书简》，张玉能译，南京：译林出版社，2012 年版，第 319 页。

②［俄］维克托・什克洛夫斯基等：《俄国形式主义文论选》，方珊译，北京：生活・读书・新知三联书店，1989 年版，第 32 页。

③［俄］维克托・什克洛夫斯基等：《俄国形式主义文论选》，方珊译，北京：生活・读书・新知三联书店，1989 年版，前言，第 11 页。

又何以能够激发对生活的感知呢？

于是，他提出了陌生化概念。陌生化就是通过艺术作品中艺术手法的扭曲、变形或更新来达到延长艺术感受的目的的一种方法。当然，根据什克洛夫斯基的观点，这种感受是对艺术特性或艺术性的感受，不是对艺术本身或其他事物的感知。以上文中提到的“星星”一词为例，当第一次在文学作品中采用转喻技巧把眼睛比作星星时，因为星星是一种给人带来光亮的事物，所以通过这种转喻，人们感受到的是喜欢、愉悦。但是，如果这种技巧长期不断使用，人们就变得对此习以为常、视而不见，提供不出任何有意义的话语。此时，就需要采取陌生化的方式，在这种技巧所处的系统中进行艺术技巧的扭曲或变形，换为另一种新的艺术形式，重新唤起人们的审美感受。

当今，陌生化概念已经拓展，扩大到文学以外的其他领域，但是，就 20 世纪初的俄国形式主义理论家而言，它专指文学领域。那么，回到上述的一个问题：他们如何让艺术通往生活了呢？或者说，他们把艺术性感受与生活感知联系起来是违背了他们的理论前提的，又如何在他们的前提下解释这种联系具有的理据性或学理性呢？这可以从以下两个方面进行解释。

第一，艺术形式反映人的生活。根据俄国形式主义理论家的基本观点，词是诗歌的材料，诗便是用词的艺术，诗歌史便是词的发展史或曰语文史。诗人把概念从它所寓的意义系列中抽取出来，并借助于词（比喻）把它掺杂到另一个意义系列中去，使我们的耳目为之一新，觉得对象进入了新的系列，以此实现语义学的发展。词或语言本身就是带有强烈国家或民族历史文化印记的载体，特定语词的使用反映了特定时代、特定民族、特定社会生活的状况、审美经验型构和心理现实。因此，文学艺术通过语词将艺术与生活连接了起来。文学是关于用词的艺术，但很大意义上用词是偏离其基本特征即基础语义的，总是在特定的语境中以使用技巧的陌生化被赋予附加的特征或语义，由此附带一定的词汇色彩，产生新的意义，表达出一定的感情和态度，使读者产生强烈的艺术感染力。这种审美兴趣或艺术兴趣让他们感受到与语词紧密联系的人的情感，感受与语词紧密联系的人的生活。以日尔蒙斯基对浪漫主义的研究为例，他认为，浪漫主义诗人非常反对诗歌形式常规的约束，总是打破章法，追求与其感受相吻合的富有绝对表现力的、新颖的艺术形式，表达作为个体的激情和生命情感，那么，“诗歌易于变成自身体验和亲切印象的日记，变成‘人的文献’”①，因为“有多少艺术家，就有多少种独特的手法”② 在古典主义作品中，古典主义诗人都遵循每一种诗歌体裁

①［俄］维克托·什克洛夫斯基等:《俄国形式主义文论选》，方珊译，北京：生活·读书·新知三联书店，1989 年版，前言，第 351 页。

②［俄］维克托·什克洛夫斯基等:《俄国形式主义文论选》，方珊译，北京：生活·读书·新知三联书店，1989 年版，前言，第 355 页。

独特的艺术规律，沿袭规定的特殊结构，但在他们眼里，艺术是一种神圣的技艺，他们都通晓并乐于服从规律，这些规律和特殊结构都保持着其意义，不是束缚，而是激励着诗人的创造性劳动。所以，他们虽然因循守旧，墨守成规，但喜爱自己所从事工作的技巧，把它视为审美完善所必需的条件。可见，形式即风格，风格即人，人即生活，不同的艺术形式反映了不同的生活。

第二，形式具有情感道德价值。卡西尔在《人论》中写道："人类文化并不是从它构成的质料中，而是从它的形式、它的建筑结构中获得它的特有品性及其理智和道德价值的。"[①]换言之，构成文化的语言符号及其组织结构都带有特定的情感或情绪色彩。强调语言结构的俄国形式主义理论家也意识到符号形式与情感、道德的不可分离性。例如，什克洛夫斯基在以列夫·托尔斯泰（Leo Tolstoy）通过陌生化技巧把熟悉的鞭笞动作变得陌生为例的时候，认为作者之所以进行反常化，是因为他想刺激人类的良心。一个作家采用什么艺术手法，一定有其情感影响或者道德考量，什克洛夫斯基的分析表明了这一点。所以，也许出于理论的盲点，也许出于意识的自觉，又或许出于一种理论的自我防备，俄国形式主义理论在提出文学性是文学固有的本质属性的时候，并没有排斥诗歌中可能存在的其他事实。如果程序不是存在于诗歌中的唯一事实，那么，它就不是文学发展的唯一因素，这一点为俄国形式主义理论家留置了自我辩护的空间或余地。艺术程序的更替也并非仅为程序在一个封闭的相互制约的特定系统中程序的陌生化、前置或后置，艺术史也并非单纯的文学体裁史和文学风格史。用日尔蒙斯基的话说，诗歌形式的发展甚至与整个时代的处世态度的变化都有紧密的联系。从这个意义上说，艺术中巨大而重要的进步一般都同时囊括了全部的艺术，并与精神文化的普遍发展有关联。

如此看来，俄国形式主义理论中被强调的文学性，并非某些理论家们所自称的那样是与生活无关的艺术的形式，文学的科学研究也并非如其所称的只是对艺术形式的客观研究。恰恰相反，俄国形式主义为文学和文学研究划定一块专属的领域，与其说是为自己的科学研究新方法提供合理的支撑点和框架，不如说是为文学和文学研究提供新的任务和新的问题。新的任务和新的问题不单纯是从学术史的角度而言，而且也是文学理论家们面对自己所处的时代和社会陷入思想知识混乱、产生世纪末精神焦虑时采取的一种应对策略。这正是一种强烈情感的体现，是一种形式的情感冲动。卡西尔指出了这种形式冲动背后的美善统一的情感意义，即"审美的自由并不是不要情感，不是斯多葛式的漠然，而是恰恰相反，它意味着我们的情感生活达到了它的最大强度，而正是在这样的强度中它改变了它的形式"[②]。

---

① [德] 恩斯特·卡西尔：《人论》，甘阳译，北京：西苑出版社，2003 年版，第 63 页。

② [德] 恩斯特·卡西尔：《人论》，甘阳译，北京：西苑出版社，2003 年版，第 180 页。

3.1.3 陌生的文学性

对于俄国形式主义理论，弗雷德里克·詹姆逊曾评价道："俄国形式主义者的独特主张，便是顽强地坚持内在文学性，以及固执地拒绝脱离'文学事实'而转向其他的理论形式。因此，不论他们的系统思维的最终价值如何，文学批评只能从他们的起点开始，马克思主义对它们的最有条理性的抨击（如托洛茨基与布哈林对他们的指责）也从未否认过他们在起始时这种方法论上的正确性。"[①]詹姆逊承认俄国形式主义者在批评方法上坚持的系统性与科学性，但否认其批判理论价值的合理性和有效性，认为这主要归因于这些理论家从一开始便误认了文学事实，即把文学性确定为文学事实的本质，致使他们偏离了文学批评应有的起点和方向，最终被限制在语言牢笼的藩篱内。然而，詹姆逊忽略了一个事实，那就是，俄国形式主义理论家们几乎无一例外地强调重视艺术形式所产生的审美感受，以至于把它作为一个整体系统的艺术程序的唯一功能。如果从科学本身的价值而言，文学研究科学具有自身的知识价值和实践价值。在知识价值方面，关于艺术性或诗歌形式的知识，包括音韵、词汇、修辞等方面的知识，以及关于这些知识的演变的知识，无疑具有极大的思想和教育价值。从实践价值方面来看，他们强调艺术敏感性对于生活感受性的推动和促进效力，主张挖掘艺术形式中引发审美情趣的程序功能，因而能够促使人们更加关注文学作品的艺术性，使他们的艺术敏感性更强、更深刻。这对于其时代而言，无疑具有非常大的实际价值。

那么，与其说俄国形式主义者坚持追求的是科学真理，不如说他们是在 20 世纪初人文思潮和科学思潮并涌的现代主义浪潮中，在俄国国内形势动荡不安、意识形态斗争复杂的年代，在艺术形式发展处于激烈而快速的变换之中，利用时代情势的特点，确立了自己的理论优势，主张艺术程序的不断更新与变化，以此来更新文学和文学批评观念，用文学研究科学化来接替西方传统的文学的社会学、政治学、历史学、道德和宗教等阐释。实际上，有人反对说，俄国形式主义理论家们的形式主义方法也并不能成为真正意义上的科学研究，因为严格意义上的科学研究的结果可用作预测，而他们采用的材料对比原则却不能让他们做到这一点，因为他们只能"用否定的标志来确定新的方向，丝毫未提出肯定的内容和历史过程的方向"[②]。具体而言，根据俄国形式主义的陌生化原则，一种新的艺术手法、题材、体裁或风格最初能让人产生强烈的艺术感受，但如果经常使用，人们便对它习以为常，由此产生一种机械的、自动的反应，这时，艺术家应当在相应的系

---

①［美］弗雷德里克·詹姆逊：《语言的牢笼：马克思主义与形式》，钱佼汝、李自修译，南昌：百花洲文艺出版社，1997 年版，第 34 页。

②［俄］维克托·什克洛夫斯基等：《俄国形式主义文论选》，方珊译，北京：生活·读书·新知三联书店，1989 年版，第 363 页。

统内创造出一种新的艺术手法、题材、体裁或风格，以重新唤起人们的艺术感觉或感受。但是，艺术家只知道旧有的需要被代替，但却不知道或者至少不明确具体以什么来代替。另外，也有人发出疑问，什克洛夫斯基的经典代表作《作为技巧的艺术》题目中，只是把艺术的特性归于艺术的技巧方面，这是否还意味着作为艺术特性的表现还有其他方面？其实，我们大可不必纠结俄国形式主义理论家所主张的文学研究是不是真正意义上的科学研究，因为人文学科（包括社会学）的研究与自然科学的研究在研究旨趣、理论归向以及研究方法上都有着重要的甚至根本的差别。况且，科学也只是人类经验世界的一部分，并非意味着一切，A. S. 爱丁顿（A. S. Eddington）曾说过："科学世界的问题是一个更广泛问题——即一切经验问题的一部分"[①]，W. C. 丹皮尔（W. C. Dampier）也曾言："我们都知道人类精神的有些领域，不是物理世界所能管制的。在对于我们四周万物的神秘感觉中，在艺术的表现中，在对上帝的皈依中，灵魂在向上生长，并且在其中找到其天性固有的渴望的满足"[②]。重要的是，这些理论家用自己独特的思想和理论视角，引导人们把注意力聚焦到了文学性上面，并以此为研究对象提出了自己的文学研究形式方法论，再用这种方法论为自己划分出合理的范围，划定区别于传统文学研究的清晰界限，最后根据这个范围和界限确定研究任务和实施途径，使文学研究不至于与其他领域混淆起，沦落为一种无疆界的、无规律可循的、随意阐发式的活动，从而成为雅各布森所称的什么都像但什么都不是的大杂烩。

因此，如果把文学中存在的其他事实称为文学的社会性，俄国形式主义理论家提出的文学性就是对文学的社会性的一种反常化或陌生化，把人们从长期以来形成的文学社会观传统从无意识和自动化中拉出来，而他们的艺术形式研究方法则成为替代和更新其他研究方法的艺术程序，通过概念和程序的双重陌生化，来唤醒人们对文学和文学研究的新的意识，达到前置化文学科学的目的。

然而，俄国形式主义通过增强艺术感受力来增强对生活感知的初衷，却因其理论与批评过于专业化和精英化，只能停留于理论层面，在实际操作层面没有实现的可能，或者有保留地说，实现的可能性很小。毋庸置疑，对艺术品中的艺术程序进行辨析、分析和比较，需要语音学、词汇学、语义学等方面的专业知识，受到语文学方面的专业训练，但一般的读者却缺乏这些知识和训练。所以，让文学性从最初专业化概念变成一个自动的、习以为常的概念，需要相当长的时间。况且，俄国形式主义理论家大多是大学里的知识分子，具有较高的文学素养，又通晓欧洲多国语言，而且，他们作为分析研究的文本主要是俄国文学，很少涉及

① [英] 爱丁顿：《物理世界的本质：科学思想的变化与哲学的本质》，张建文译，北京：中国大地出版社，2016 年版，第 325 页。

② [英] W. C. 丹皮尔：《科学史及其与哲学和宗教的关系》（下），李珩译，北京：商务印书馆，2009 年版，第 713-714 页。

俄国之外的其他国家。因此，文学性研究最终成为只囿于少部分人进行理论操演的一个领域，文学性最终成为一种陌生的文学性。

尽管科学与艺术分属于世界的不同领域，但艺术家们一直致力于尝试在两者之间寻求一个契合点。除了俄国形式主义理论家做出的开创性的不懈努力之外，还有英美新批评理论家进行的努力探索。穆卡若夫斯基认为，“结构”这一概念比“形式”更加科学，内涵也更为丰富，因为“结构”建立在各个部分的相互作用所组成的内在统一性上，这种相互作用不仅与各部分的肯定性相关、一致和协调，也包括它们之间的矛盾和冲突。[①] 这个关于结构的观念或者说理想，是由英美新批评家来阐明或实现的。

3.2 文学作为矛盾统一体的结构

作为20世纪上半叶在西方先后出现的两种重要的形式批评理论，俄国形式主义与英美新批评在理论出发点、批评视角和批评方法上有无渊源？如果有，是何渊源？

对于此，文森特·B. 里奇（Vincent B. Leitch）指出，俄国形式主义理论最初由韦勒克通过其1949年出版的《文学理论》一书和埃利希于1955年海牙出版的《俄国形式主义：历史与学说》一书引介到英语国家，到20世纪六七十年代，俄国形式主义理论家的代表性著作才通过大量英语翻译得以流传。在两次世界大战之间这一段时间，亦即英美新批评开始发展和盛行之前，两个理论流派之间几乎没有交集和交流。亦即说，俄国形式主义没有对英美新批评产生直接影响。所以，里奇只是从比较的角度就二者之间理论观点的异同进行了简要阐述，且认为异大于同。[②]里奇的概括式总结虽然有其合理性，但终究显得粗疏。其实，细查起来，俄国形式主义对韦勒克的文学理论观形成了重要的影响。而且，如果说一个理论与另一个理论的差异根源在于两者的理论前提不同，因而导致它们在研究对象、

---

① 见 René Wellek. “Theory and aesthetics of the prague school” in *Discrimination: Further Concepts of Criticism*. New Haven and London: Yale University Press, 1970, p. 278.

② 根据里奇的观点，它们的相同点包括：1. 都以语言研究为主，将文本视为一种自主的、统一的、有序的诗的语言结构；2. 都反对传记批评、历史批评和印象批评等学院派批评；3. 都采用文学的标准对旧有文化和传统进行过滤，以此对文学经典进行再评价；4. 都以康德的审美思想为理论前提。差异包括：1. 新批评因其根植于有机社会的丧失和情感分崩离析的悲观历史观而弥散着托利党保守主义和神学色彩，俄国形式主义美学则无宗教依托；2. 俄国形式主义坚持用科学方法对作为文学的科学以描述诗学的方式进行实证研究，新批评则因反对科学而进行阐释和评价；3. 新批评比俄国形式主义对文学的认知维度更感兴趣，认为文学传递了一种不能诠释的、非科学的知识；4. 俄国形式主义关注语言的诗性运用以及文类，新批评将对意义的批评作为自己的一部分，对后者关注很少；5. 新兴批评研究文本结构中各要素的统一，而俄国形式主义探究各个要素对文学标准的偏离；6. 新批评致力于揭示体现出完性美的结构与情感的统一，俄国形式主义则不太重视价值和判断批评。参见 Vincent B. Leitch. *American Literary Criticism from the Thirties to the Eighties*. New York: Columbia University Press, 1988, p. 54.

研究目的、研究方法等方面呈现出差异的话，里奇并没有指出这种根本性的差异。

3.2.1　结构的异质统一性

20 世纪 20 年代，雅各布森离开莫斯科，移居布拉格，建立了布拉格语言学学会（The Prague Linguistic Circle），韦勒克加入了该学会。学会成员还包括一些为避开国内日渐严重的政治形势而流落到布拉格的重要形式主义批评家，如穆卡若夫斯基。从一定意义上说，这应该是俄国形式主义思想对新批评理论产生的最直接的影响，体现在韦勒克与奥斯汀·沃伦（Austin Warren）合编出版的《文学理论》（*Theory of Literature*）一书中。该书的“第四部：文学的内部研究”的“引言”部分和“第十三章：谐音、节奏和格律”[①]两个部分都对俄国形式主义有较多指涉和讨论，在其他章节中，也出现“日常语言与文学语言”“主导”“程序”等俄国形式主义理论中常见的术语。在“引言”部分[②]，韦勒克和沃伦综合列举了给文学作品研究带来了新活力的一些重要的文本研究派别，他们特别指出：“特别精采（彩）的还有俄国的形式主义者及其捷克和波兰的追随者们倡导的形式主义研究法。”[③]在论及俄国形式主义理论家对传统的内容与形式的二元划分进行激烈反对时，韦勒克和沃伦表示赞同，认为这种二分法把一件艺术品分割成了粗糙的内容以及作为其附加成分的纯粹的外在形式。以此为出发点，两位理论家提出了自己的看法。在作为形式的语言中，既含有具有美学效果的形式，也同时包含没有美学效果的形式，作为内容的事件一旦编入情节，就成为形式的部分。而如果按照传统划分，两者之间的界限就会模糊不清。因此，为避开传统划分带来的麻烦和弊端，合理的方法是根据是否具有审美效果划分为材料和结构。这里，材料指的是一切与美学没有什么关系的因素，结构指的是具有美学效果的因素，两者都同时包括了传统意义上的内容和形式的一部分。最后，他们得出结论，“这样，艺术品就被看成是一个为某种特别的审美目的服务的完整的符号体系或者符号结构”[④]。据此，与其说韦勒克和沃伦用材料/结构组合置换了传统的内容/形式组合，毋宁说是撤销了后者，因为根据他们的定义，结构是为审美效果服务的，而材料不具有审美因素，所以，文学作品就是一种结构。显而易见，这种方法与俄

① 参见［美］雷·韦勒克、奥·沃伦：《文学理论》，刘象愚、邢培明、陈圣生等译，北京：生活·读书·新知三联书店，1984 年版，第 181-185 页。

② 第四部分是《文学理论》一书最重要、最核心的部分，前三部分都在为作者的理论出场做铺垫，而作为该部分的引言，作者重点表明了自己理论的出发点或者说前提条件。参见［美］雷·韦勒克、奥·沃伦：《文学理论》，刘象愚、邢培明、陈圣生等译，北京：生活·读书·新知三联书店，1984 年版，第 145-147 页。

③［美］雷·韦勒克、奥·沃伦：《文学理论》，刘象愚、邢培明、陈圣生等译，北京：生活·读书·新知三联书店，1984 年版，第 146 页。

④［美］雷·韦勒克、奥·沃伦：《文学理论》，刘象愚、邢培明、陈圣生等译，北京：生活·读书·新知三联书店，1984 年版，第 147 页。

国形式主义在认定文学是一个引发审美感受的程序系统时所采用的逻辑如出一辙。

在韦勒克提出文学作为结构概念之前，英美新批评派对结构的概念多有阐发。克林斯·布鲁克斯（Cleanth Brooks）曾论述，虽然“结构”这个词作为诗学术语肯定不会完全令人满意，但人们必须就结构来论述诗。当然，这种所谓结构绝非传统概念上可以包含内容的“形式”，而是“以进入诗中素材的特性为限……这种素材的特性提出需要解决的问题，而问题的解决就在于素材的次序安排”[①]。W. K. 维姆萨特（W. K. Wimsatt）吸收了亚里士多德、黑格尔、柯勒律治对于普遍与具体、统一性与多样性之间关联的思想，认为诗歌是一个因复杂而统一的结构，“每首真正的诗都是复杂的诗，只有靠其复杂性才具有艺术的统一”[②]。

如果说《文学理论》“就方法论而言，可以说是为‘新批评’派作了一次很好的总结”的话[③]，那么，韦勒克关于艺术作品的定义就具有了代表性。因为方法论首先是在明确了研究对象之后才能确定，在一个特定的理论视域中从特定的理论视角和观念出发而给定的定义，本身就是揭示研究对象的一种最重要的方式。英美新批评家们采取的内部研究方法，无论是术语式的概括，如本体（ontology）批评、张力（tension）批评、反讽（irony）批评、语境（context）批评、客体（object）批评、语义（semantics）批评等，还是论点式的阐发，都是从“结构”这一艺术形式中内含的各种组成要素、各个侧面、各个维度或者各个层面进行探讨的，且构成结构的要素之间呈现出互相影响、互为因果、彼此交融等众多样态的关系，由此产生英美新批评派诸多不同的批评视角，形成了各有特色的阐发重点，提供了丰富的理论洞见，从整体上形成了英美新批评的文学性观点。

关于艺术是一个统一结构的问题，韦勒克在《近代文学批评史》（*Modern Literary Criticism*）（第六卷）中进行了更为详细的阐发。他认为，艺术作品的连贯性、统一性和有机性概念具有古老的历史，而非一个新产生的现代比喻。最早可以追溯到柏拉图和亚里士多德，到 19 世纪，柯勒律治对其进行修正和补充，推演出自己的有机统一概念，之后成为美国和英国批评家的直接源头。据此，英美新批评派坚持认为艺术属于审美领域，具有审美过程相互作用的特殊性质，审美心境只能通过一部艺术作品的连贯性和统一性才能够引发出来。那么，文学研究的对象就不能设想为一个随心所欲的结构，而是一个统一体，是“一个总体，一

---

①［美］克利安思·布鲁克斯：《释义误说》，杜定宇译，载于赵毅衡编：《“新批评”文集》，北京：中国社会科学出版社，1988 年版，第 212 页。

② 亚里士多德认为美的基础是变异中的统一，塞缪尔·泰勒·柯勒律治说，“美从其本质上考虑，即从其类型而不是从其程度上考虑，是多变为一，而多依然可见”，而一件艺术品“其丰富性与维持统一性的部分之多样性成正比”。参见［美］威廉·K. 维姆萨特：《具体普遍性》，赵毅衡译，载于赵毅衡编：《“新批评”文集》，北京：中国社会科学出版社，1988 年版，第 297 页。

③［美］雷·韦勒克、奥·沃伦：《文学理论·中译本前言》，刘象愚、邢培明、陈圣生等译，北京：生活·读书·新知三联书店，1984 年版，第 2 页。

个完形，一个格式塔，一个整体"[①]。正是基于这个艺术整体结构观，英美新批评派认为，文学的功能不在于提供抽象的知识或信息、明晰寓意的启示意义或明白阐述一个思想体系，而在于使艺术作品作为一个相对脱离其渊源和效果的客观存在。所以，他们将文学批评的目的设定为"偏重阐明作者在言外的态度见解，解决的或未解决的张力和矛盾，而非阐明一首诗的形式"[②]。可见，在坚持一部艺术作品是一个独立结构以防止它成为一个简单的交流工具的意义上，英美新批评派仍然是形式主义者。

因此，如果说俄国形式主义本着为世纪初的文学和文学研究的地位做合法性辩护的立场，以语言手法或程序为研究对象，替文学和文学研究划分出一块独立的地盘，然后以文学实证主义研究为方法，借助语言学研究背景和语言学理论知识，在不到 20 年的时间内建构出一套虽然不太完整但颇具特色的科学的文学批评理论，那么，发展时间上更为持久、思想来源更加丰富、理论体系更为完整、批评家多数具批评家和作家身份的英美新批评，则从诗歌或艺术是一个由形式构成的自我存在的客体这一理论视点出发，将文学性指向文学作为一个统一的和独立的文本结构，然后对被统摄入这个统一结构的各种层面的要素进行细读、分析、阐释、评价，创建了一套得以体制化、规范化、实用化的文学理论及批评实践方法。

3.2.2　印象批评与科学批评之间

大多英美新批评者围绕文学的本质问题，以文学语言与科学语言之间的根本区别为争论点，阐述了自己的观点。当然，以英美批评惯有的实用主义思想来看，他们争论的出发点、最终目标以及最终结果，并非如俄国形式主义理论家一样建立一套科学的文学批评话语体系，而是确定出一种证明自己批评立场与理论假设合理性的前提条件，并在此前提下建立起一套系统的、可操作的批评实践规范。就其批评实践而言，英美新批评更多采用评价和阐释而非描述的方法针对个体作品进行判断[③]，称不上是一种科学的批评，更多的是一种规范化的批评。他们的规范化努力是以反印象式批评作为起点，以建立一套专业化批评术语为特征的。

3.2.2.1　文学的语言与科学的语言

俄国形式主义理论家谈论日常语言与文学语言或者标准语言与诗歌语言的根本区别，以此构建自己的陌生化理论，英美新批评家则主要以诗歌语言与科学语言之间的差别来阐释、明晰文学区别于科学的特征。

---

① [美] 雷纳·韦勒克：《近代文学批评史》(第六卷)，杨自伍译，上海：上海译文出版社，2005 年版，第 274 页。

② [美] 雷纳·韦勒克：《近代文学批评史》(第六卷)，杨自伍译，上海：上海译文出版社，2005 年版，第 280 页。

③ Vincent B. Leitch. *American Literary Criticism from the Thirties to the Eighties*. New York: Columbia University Press, 1988, p. 54.

根据英美新批评家的论述，文学语言与科学语言的本质区别主要如下。第一，诗歌语言是感情性的，表达感情和态度；科学语言是指称性的，表现事实和真理。I. A. 瑞查兹（I. A. Richards）指出，科学语言陈述目的在于指称一个言外之物，无论其正确与否，文学语言的用途在于用它所指称的东西产生一种感情或态度，因此，他把诗定义为非指称性伪陈述。诗歌语言虽然可以表达真理，但它表达的真理及表达方式和科学语言表达的真理及方式完全不同：科学通过呈现事物的普遍性，来表达关于客观世界的抽象知识，而诗歌通过具体性来表达无客体的具体真理。[①] 诗歌作为对客观世界的反映、评价、经验和看法，是感觉的、感情的、智性的，也是个体的、具体的，让人们获得一种关于生活于此世中的经验和知识。第二，诗歌语言是多义的、复杂的和难以预测的，科学语言是准确的和单纯的。根据布鲁克斯和沃伦的观点，文学构成了我们了解人类境况的最为复杂的方式，这种境况充满了各种价值观念，复杂多变，模糊不清，通过一种想象性逻辑让我们意识到人生充满了各种可能的命运，所以，文学语言是人类创造的一种最为复杂的语言，通过它我们不仅与他人交谈，也与自己对话，是文学语言让我们成为自己，而科学语言为准确起见，必须消除语言中的所有联想、感情色彩、态度和价值判断。[②]艾伦·退特（Allen Tate）认为，文学语言的复杂性在于它兼具内涵和外延，而科学只要外延。威廉·燕卜荪（William Empson）从语义的单一性和复杂性角度区分二者，认为文学语言的语义多层复杂，科学语言的语义单纯。J. C. 兰色姆（J. C. Ransom）基于价值体系的单一性和多重性视角，将科学话语视为一种单一性的价值体系，而“在艺术作品中，仅仅揭示一种价值体系的是它的释义……作品本身会超出释义内容而进入自然的、多重价值的物体或情景领域”[③]。

从上述观点可见，在英美新批评派看来，既然文学语言和科学语言之间存在重要区别，那么文学与科学之间必然存在不可跨越的鸿沟。从诗歌提供一种关于世界的特殊的、整体的经验和知识角度出发，退特、兰色姆和布鲁克斯对科学持一种反对立场。退特认为，诗歌不仅全然有别于科学，而且从其本质方面而言与科学相对立。诗歌通过体验的方式，在富有想象力的伟大作品中达到完整的状态，实证主义科学通过实验的方式证实有限的技术，以达到一种抽象的完整。因此，他反对瑞查兹早期的心理学理论，认为“它来自实证主义的半宗教。诗被吸收进一种假科学术语之中，与诗学无关，正像诗的假陈述与世界无关一样”[④]。在布鲁

① 这主要是兰色姆的观点，他认为，科学的抽象使世界失去了血肉，只剩一副骨架子，诗的特点就在于它的具体性，诗靠这种具体性把血肉还给世界。因此兰色姆把他的文集命名为《世界的躯体》，并认为美就在躯体。

② 参见 Cleanth Brooks & Robert Penn Warren. *Understanding Poetry*. 4th edition. Beijing: Foreign Language Teaching and Research Press, 2004, pp. 6-9.

③［美］约翰·克罗·兰色姆：《新批评》，王腊宝、张哲译，南京：江苏教育出版社，2006 年版，第 200 页。

④［美］艾伦·退特：《作为知识的文学》，王竞、徐乔奇译，载于赵毅衡编《“新批评”文集》，北京：中国社会科学出版社，1988 年版，第 169 页。

克斯看来，诗歌传达一种表现世界特殊性和完满性的知识，一个价值结构形成的世界的知识，因此，它高于科学抽象和一般概括的目标，较科学知识更完整。根据兰色姆的观点，科学充满了理性和实用性，却显示最少量的感觉，艺术满足了一种感觉上的冲动，却显示了最少量的理智，因此，如同哲学概念对意象的破坏性一样，科学因其抽象性破坏了意象，“一段只使用抽象的概念而没有意象的论述只是一篇科学文献，而绝不是一首诗”[①]。与前面三者不同，布鲁克斯从诗歌结构的平衡性、统一性和协调性出发，表明诗歌中的思想感情如果脱离其时机和环境即语境，就是无意义的，而一个科学的命题可以独自成立，如果它是真实的，那么它就是真实的，因为科学的术语是抽象、纯粹、稳定的符号，不会在语境的压力下改变意义，但诗歌的语言“必须包孕各种意义，不是不连续的意义碎片，而是有潜在意义能力的词，即意义的网络或意义的集束”[②]。

英美新批评家们对文学语言与科学语言的差异进行阐述，表明文学语言与科学语言、文学与科学之间相差甚远，甚至互相对立，其出发点和目的又是什么呢？难道不是为了避免将诗歌与科学混为一谈吗？既然如此，难道不是应该说明自己的批评绝非科学的批评而唯恐避之不及吗？但为何一些批评家还要称自己的批评是科学的呢？如果是这样，难道不会显得更荒谬吗？因为文学语言是复杂的、多义的、表露情感和态度的，那么，对文学的研究不是更应该排除以简约、准确、普适为目标的科学研究方法和态度吗？当兰色姆赞扬布鲁克斯，说他做到了使诗歌科学化的时候，他是否另有所指呢？要理解这一点，首先要看看英美新批评反对的两种批评模式。

第一种是印象式批评，或称鉴赏式批评。19 世纪是以印象式的鉴赏批评为主流的世纪，其中虽不乏真知灼见，但大多是创作者自己的文学感受或文学辩解，具有随感而发的性质，且一直延续到了 20 世纪。韦勒克把 20 世纪美国新批评之前出现的批评归结为四种类型，其中就包括印象批评。[③]英美新批评派的学者们都排斥印象主义者的批评，在他们眼中，通常意义上，从事印象式批评的人毋宁说是批评家，不如说是鉴赏者，称不上专业的批评家。这些鉴赏者通常在报纸、杂志等上面根据个人兴趣发表自己对于文学作品相关事情的看法，而这些看法往往

---

①［美］约翰·克罗·兰色姆：《诗歌：本体论札记》，蒋一平译，载于赵毅衡编《“新批评”文集》，北京：中国社会科学出版社，1988 年版，第 60-61 页。

②［美］克利安思·布鲁克斯：《释义误说》，杜定宇译，载于赵毅衡编《“新批评”文集》，北京：中国社会科学出版社，1988 年版，第 227 页。

③ 第一类是审美影响主义批评，即鉴赏型，盛行于 20 世纪的第一个十年，代表人物是詹姆斯·J. 亨内克；第二类是人文主义批评，以欧文·白璧德、保罗·埃尔默·莫尔为代表，盛行于 20 世纪初；第三类是以亨·路·门肯和早期范·维克·布鲁克斯为代表的反现代主义的文化批评，盛行于 20 世纪 20 年代；第四类是 20 世纪 30 年代初的马克思主义批评，以格兰维尔·希克斯和埃德蒙·威尔逊为代表。参见［美］雷纳·韦勒克：《近代文学批评史》（第六卷），杨自伍译，上海：上海译文出版社，2005 年版。

流于一种个人喜好，内容上无所不包，思想上缺乏意识，风格上缺乏明晰性，趣味上不分雅俗，毫无拘束地评价所论及的作家作品，如詹姆斯 · J. 亨内克（James J. Henneck）对自己的评价：“我在一只巨大破旧的炖锅里搅拌七艺。我眼观音乐，耳闻色彩，口尝建筑，嗅觉雕塑，指触芬芳。”[①]这种批评就是巴特所提到的“人们通常所说‘主观性’批评”，即批评者根本无视客体的存在，完全凭借主题进行发挥，因此被认为“只是个人感情的混乱、瞎说的表达”[②]。同时，它也属于英美新批评派学者们所反对的“情感谬误”说中一种最为极端也最受抵制的感受说批评。W. K. 维姆萨特和 M. C. 比尔兹利（M. C. Beardsley）把感受说分为两种：一种是以理论的或科学的形式出现的感受批评，另一种就是零散的、凭个人感觉或印象的感观式批评。

如果说英美新批评对第一种感受说批评的诟病在于其偏离了文学批评家的任务，转而从事哲学家、历史学家、生物学家等的工作，那么，对后一种批评的指责或不满则出于两个原因。第一是这种批评完全依赖主观感受。当某些读者述说一首诗或一个故事在他们心中激起了生动的形象、浓厚的情感或高度的觉悟时，这种现象既不能被予以驳斥，也不能作为客观的批评家考虑的依据。纯粹的情感引导或是过于强调生理反应，或是过于空泛而不着边际，正如黑格尔指出的，感情“纯粹是我自己的主观感受，在这里具体的事物完全消失，仿佛是缩减在一个极其抽象的圈子里”[③]。第二是这种批评毫无文学批评所需要的理性思考可言。在英美新批评家看来，文学批评应该是一种理性的活动，哪怕说文学欣赏是直觉的、直观的，但也应该是理性的，更不用说文学批评需要更多的理性和知识了。兰色姆在《纯属思考推理的文学批评》（“Criticism as Pure Speculation”）一文中非常明确地阐述了这一点。他指出，一般的批评家应该熟悉诗人采用的普遍的创作技巧，而且善于判断技巧的拙劣。英美新批评对批评家的要求还不止于此。对于那些标新立异的、偏离普遍技巧甚至规范范例的诗歌，普通的批评家会感到无可奈何，需要更优秀的批评家反思自己的批评理论，以做出更加客观的评判。罗伯特 · 佩恩 · 沃伦（Robert Penn Warren）也提倡，为了批评的有效性，应把批评建立在理性思考和规范基础之上，强调在进行诗歌批评之前，应该做好准备，因为只有这样，一首诗才能直接对我们产生作用，而要做好准备，则需要我们自己或别人进行的大量批评活动来做媒介。韦勒克对这种毫无边际的印象式批评也给予了驳斥，认为随心所欲的胡猜瞎讲已经泛滥，提出文学研究最紧迫的任务就是给文学作品的解释施加某种理论上的限制或控制。

---

① [美] 雷纳 · 韦勒克:《近代文学批评史》(第六卷)，杨自伍译，上海：上海译文出版社，2005 年版，第 5 页。

② [法] 罗兰 · 巴特:《批评与真实》，温晋仪译，上海：上海人民出版社，1999 年版，第 67 页。

③ [美] 威廉 · K. 维姆萨特、蒙罗 · C. 比尔兹利:《感受谬见》，黄宏熙译，载于赵毅衡编《“新批评”文集》，北京：中国社会科学出版社，1988 年版，第 271 页。

综上所述，20 世纪初盛行的没有思想意识的文学鉴赏，使得文学作品的解释变成了一种场上毫无边界也无底线的散漫的活动。所以，英美新批评家们的观点是，文学批评不能再显得随随便便，可以从阿尔弗雷德·丁尼生（Alfredlord Tennyson）的语言结构一直谈到他胡子的长度（韦勒克语），而是需要把活动本身限制起来，需要把批评者的注意力固定在书页上的文字上面。

第二种是实证主义批评。英美新批评反对的实证主义批评主要有两种：一是学院派历史学研究的实证主义，二是基于心理学、生物学的实验实证主义。对于学院派历史学的研究，可以从英美新批评派的“起因谬说”[①]中得到理论上的解释。另外一个不容忽视的原因也促成了英美新批评派成员对学院派历史学实证研究的抵制。根据韦勒克的说法，在美国大学的批评环境里，一种纯粹的哲学性和历史性的学术研究在所有的教学、出版和晋升过程中起着支配作用。20 世纪 20 年代，在美国大学里只开设有英国文学课程，而没有美国文学课程和文学批评课程，因此，作为绝大部分身为大学教师的新批评派成员，他们从事文学批评，相当于在一个对文学批评充满抵制的环境里“逆水行舟”。兰色姆的《批评公司》（“Criticism, Inc.”）一文就是针对这种情况，呼吁学术界确立文学批评的地位。英美新批评派以不同程度的严厉态度，异口同声质疑学院派学术研究的臆说和先入之见。那些潜心于严肃的文学研究、目录学、语文学、校勘学以及相关学科的教授们，不仅藐视文学批评，而且在大学里压制批评。兰色姆曾提出意见，认为美国大学给予无法教授文学批评的英语师资的编制过大，存在着不可原谅的过度铺张现象。

因此，对于有人用实证方式来证明诗歌对人所起的作用，维姆萨特、比尔兹利给予了极大的揶揄和讽刺，极力否定了这种方法产生的实际价值。他们举赫伯特·J. 穆勒（Herbert J. Muller）和 W. B. 坎农（W. B. Cannon）的例子来证明自己的观点。穆勒在《科学与批评》（*Science and Criticism*）一书中指出：学生们在提到“母亲”一词时诚恳地表示了他们怀有某种感情，虽然电流计并没有指示出任何身体上的变化，而这些学生也声称他们在听到“妓女”一词时无任何感情，虽然电流计发出了明显的震动。针对坎农在《论痛苦、饥饿、恐惧和愤怒带来的人体变化》（*Bodily Changes in Pain，Hunger，Fear and rage*）所做的发现，比如说肝脏释放出愈来愈多的糖分，肾上腺分泌出肾上腺素等，他们反驳说，动物身上也存在这种现象。[②]

正是对学院派实证主义研究方法的排斥，绝大多数新批评派回避现代语言学，

① 雷纳·韦勒克把文学作品的外部研究称为“因果式的”研究，这种研究只从作品产生的原因去评价和阐释作品。参见［美］雷·韦勒克、奥·沃伦：《文学理论》，刘象愚、邢培明、陈圣生等译，北京：生活·读书·新知三联书店，1984 年版，第 65 页。

②［美］威廉·K. 维姆萨特、蒙罗·C. 比尔兹利：《感受谬见》，黄宏熙译，载于赵毅衡编《“新批评”文集》，北京：中国社会科学出版社，1988 年版，第 270 页。

拒绝将自己的理论与实践科学挂起钩来。韦勒克称“新批评是科学的对头”，那些把新批评变成一门科学的说法可能源自“那些因为新批评派对‘鉴赏’说的抨击，任意的印象主义态度和一味自我陶醉于‘杰作中的探险’从而感觉受到伤害的人”①。兰色姆把诗歌设想为对付科学至为重要的矫正手段，他认为，“我们选择通过科学来认识世界，并获得了很多认识，但是，科学只是我们作为动物的生活的认知部分，我们通过它认识的世界只是一个权宜的抽象的框架，因而，科学家不能认识到世界是由整体的、不可消除的物体组成的，而这样的世界正是诗人为我们恢复的世界”②。所以，在兰色姆看来，诗歌的旨趣以及存在的唯一的、正当的理由，就是通过诗歌恢复已经被科学的逻辑剥离而丧失了的世界的物性，从而重新赋予世界以物的躯体，重新肯定世界的特性，以此对抗科学的抽象概念和普遍逻辑。简言之，他认为，世界的美在于它的具象的形式、具体的特征和可感的物性，这才是世界的本质，也是诗歌形式的本质。韦勒克则从比较全面的角度总结了英美新批评派对科学的否定性观点：“科学摧毁了人与人之间的联系，瓦解了人类的有机生活方式，为工业社会铺平道路，使得人类在20世纪蜕变为异化的、无根飘零的、丧失宗教信仰的生物；科学鼓励乌托邦思维，一种关于人类可以臻于完善和社会保持进步的虚妄思想和幻觉。”③

3.2.2.2 规范化与专业化的客观批评

文学批评既非一种主观性批评，也非一种科学的批评，那么，它应该是一种什么样的批评呢？如果要在新批评派所应用过的“本体论批评”、“反讽批评”、“张力诗学”、“结构批评”、“分析批评”、“语境批评”、“文本批评”、“客观主义理论”、“客观批评”、“诗歌语义学批评”或“现代批评”等名称④中选择一个最为合适的，它应该是“客观批评”。“客观批评”包含了两层含义。第一层是对作为客观存在的文本的批评，体现了英美新批评对于文学异质性或文学性的基本观点，以及围绕该观点构建的文学观念和理论主张。诗歌或广泛意义上的文学，是一个由多种矛盾和张力构成的统一的、完整的、有机的、动态的语言符号结构，这个结构自成一体，独立存在，因而具有自身的独特意义和审美价值，具有自身意义推演和自我价值体现的独特逻辑。第二层含义是批评具有客观性，这一点其实已经内在于第一层含义之中。正因为文学作品是一个独存的结构体，所以批评必须既不能陷入主观印象主义泥潭，也不能走科学实证的极端，更不能

---

① [美] 雷纳·韦勒克:《近代文学批评史》(第六卷), 杨自伍译, 上海: 上海译文出版社, 2005年版, 第255页。

② John Crowe Ransom. *The World's Body*. New York: Kennikat Press, 1938, p. x.

③ René Wellek. “The new criticism: Pro and contra” in *Critical Inquiry*, 1978 (4), pp. 618-619.

④ 赵毅衡:《重访新批评》, 天津: 百花文艺出版社, 2009年版, 引言, 第4页。

采纳以政治化为典型代表的其他外部阐释模式。[①]因此，在新批评的理论前提下，批评只能是一种客观批评，这一点可以从以下两个方面进一步阐释。

第一，文学批评不是一种中立的批评。正如韦勒克 1978 年为英美新批评家们的批评实践所做的辩护，除了一个作家必须做出自己的判断外，"裁决艺术的优劣始终是批评家回避不了的责任，人文科学倘若屈从于中立的科学主义和超然的相对主义，或者听任由于政治灌输而要求的强加于人的外来规范，就会放弃其在社会上的功能"[②]。在一个流动的、混乱的世界中，这种判断尤显其重要性。然而，通过批评作出的判断，不是基于语言字词或文本指向的外在事实的判断，如果那样的话，文学就会被抽空，只能作为其他学科的材料，也就失去了自身存在的必要。因此，这种由内向外的批评指向是英美新批评所坚决抵制的。他们提出的文学批评应该具有的价值判断，是基于文本事实而非其他社会事实的意义的判断。文学文本结构虽然是一个字词构成的独立客体，但是是一个多种经验的融合体。这些经验在构成要素的各个层面上表现出来，呈现出互相矛盾、冲突的状态或现实。在对这种文本内现实的解读、阐释与评价过程中，文学批评把握了人类经验在美学上而不是在道德上或宗教上的意义与价值，从而形成对人类的一种特殊知识。虽然特殊，但具备其完整性。

以布鲁克斯对海明威《杀人者》（"The Killers"）的分析为例，首先，他分析文本如何通过场景塑造、人物之间简单对话、细节描写等艺术技巧来揭示文本主题：发现邪恶。其次，再把这篇小说的人物形象特点和语言风格特点同海明威的全部作品联系起来，以此说明与海明威对世界所持态度的关联性。海明威怀疑理智无法面对一个杂乱无章、粗暴残忍的世界，人类很难找到一个可以用来衡量价值的可靠尺度，所以，人在面临性、爱、危险、死亡等人生情景时，生命的本能占据优势，但是，他应该牢记勇气、诚实、忠贞和律己这些纯朴的美德。最后，布鲁克斯指出，海明威的风格是经过精雕细琢的，是一种为了制造某种全面效果的戏剧手段，使得他能够把他的基本态度与题材真正地、有机地结合起来。在对

---

① 新批评派反对把文学与政治、宗教、道德等联系起来。新批评派自一开始就反对诗歌与政治挂钩，这也是其一贯坚持的理论立场，就如反对科学一样。在 1936 年出版的《关于诗歌和思想的反动文章》(*Reactionary Essays on Poetry and Ideas*) 中，艾伦·退特声称："政治诗或者说诗歌的政治学，无论叫作什么，都是一个社会中的两派以互相洗刷度日，最终相互吞噬，是一种精神上的食人主义邪教。" 见 Allen Tate. "Preface to Reactionary Essays on Poetry and Ideas" in *Essays of Four Decades*. Chicago: Swallow Press, 1968, p. 612. 布鲁克斯在 1939 年出版的《现代诗歌和传统》(*Modern Poetry and Tradition*) 中认为，马克思主义提倡的是一种宣传艺术，旨在进行说教和改变思想，认为"如果诗歌受到这种思想的入侵，则不能成为一首佳作"，而且，"无论马克思主义者的经济学如何具有革命性，马克思主义批评家的美学理论却一点儿没有革命性，他们到处猎取信息，建立布朗社团，相对于维多利亚时代没有一点进步"，见 Cleanth Brooks. *Modern Poetry and Tradition*. Chapel Hill: University of North Carolina Press, 1939, pp.47-49. 另外，关于"New Criticism"，参见 Alex Preminger, Frank J. Warnke & O. B. Hardison Jr. (eds.) *Princeton Encyclopedia of Poetry and Poetics*. Princeton: Princeton University Press, 1974, p. 567.

② René Wellek. "The New Criticism: Pro and Contra" in *Critical Inquiry*, 1978(4), p. 628.

小说的分析中，布鲁克斯并没有仅仅限于小说情景、对话、人物、语言风格、主题等组成小说文本结构的显性要素的研究，而是也将海明威的人生观纳入结构，作为一个重要的隐形要素即语境进行研究，然后探讨这些显性要素在这个作为隐形要素的语境中如何产生更大的意义，从而构成一个连贯的、统一的整体——显示作家心目中生活的真实。他在揭示作家心目中生活的真实的时候，也做出了作为一个批评家的判断：一个优秀作家必定要反映生活的真实，这正是文学的价值所在，也是文学批评的价值所在，因为它揭示了这种真实。

第二，批评虽然必须进行价值判断，但并非凭借臆想或随意猜测，而是要设定理论化的、系统化的批评规范。批评不是一种科学，但并不意味着不用科学化的方式。诚然，正如其他知识和科学里都含有想象的成分一样，对艺术的感受会成为批评的组成部分。但是，批评不是一门艺术，其目的是从理性上认识事物，是一种理性认识，或者以这种认识为目的，最终必须以关于文学的系统认识为目的，如布鲁克斯所言，“毫无疑问，今日文学研究最紧迫的问题之一‘是要给（文学作品）解释’施加以某种‘理论上的控制’”[①]。因此，批评者必须在理论的支持下选择、解释、分析、评价，而理论则是由艺术作品形成、具体化、说明和发展的。鉴赏式批评或印象式批评就是缺乏批评规范意识导致的一个结果。因此，在对文学作品的分析中，批评家首先分析文本对象，对其中的各个部分进行分析，既区分出各部分的不同，更要找出它们之间的关联，以获得经验的统一性和完整性，正如人类在自身经验中所熟悉的那样。在这种思想的影响下，英美新批评派创造了自己的一套批评术语以及一种批评式阅读方法，即文本细读方法。[②]

如果说创造或创新批评术语旨在为文学批评提供一套专门的批评规范，为文学批评的系统化、理论化提供支持，为文学研究的专业化提供理论框架，那么，文本细读方法则为文学批评在大学里的专业化和学科化奠定了基础。继瑞查兹的《实用批评》（*Practical Criticism*）和燕卜荪的《含混七型》（*Seven Types of Ambiguity*）之后，布鲁克斯、罗伯特·佩恩·沃伦（Robert Penn Warren）的《理解诗歌》（*Understanding Poetry*）和《理解小说》（*Understanding Fiction*）为英

---

① [美] 克利安思·布鲁克斯:《新批评》，周敦仁译，载于赵毅衡编《“新批评”文集》，北京：中国社会科学出版社，1988 年版，第 612 页。

② 里奇根据新批评派的理论学说，总结归纳了如何进行文本细读法的十六大法则：1. 选择一个较短的文本，通常为一首玄学诗或现代诗；2. 排斥“发生学的”批评方法；3. 避免“接受主义”探究；4. 假定文本是一个独立的、非历史的空间物体；5. 设定文本是复杂性的、复合性的，但同时又是有效的、统一的客体；6. 从多视角展开解读；7. 把每个文本视为一个充满力量冲突的戏剧；8. 持续关注文本及其多重语言和修辞阐释；9. 关注文学语言的隐喻的神秘力量；10. 避免释义和总结；11. 寻求总体平衡、统一、和谐的文本要素；12. 寻求不一致和冲突；13. 把悖论、含混和反讽视为压制不协调和确保统一的结构；14. 将内在意义视为结构的一个要素；15. 注意文本中瞬间的认知、情感维度；16. 努力成为理想读者，创造真实的解读，包括多重解读。见 Vincent B. Leitch. *American Literary Criticism from the Thirties to the Eighties*. New York: Columbia University Press, 1988, p. 35.

美新批评理论及其实践在学院派批评中占据优势奠定了基础。兰色姆为这种批评式阅读方法的专业化和精英化进行了阐释。他在《批评公司》中说道："我希望，最终为批评确立智性标准的是英语教授，这是他们的工作。批评必须更加科学化或更加准确和系统化，这意味着必须由一批博学之士通过集体不懈的努力完成，而只有大学才是完成这项工作的合适场所"[①]，因此，"批评的整个事业并非业余者偶发的评论，而应该被视为一项严肃的事业由专业人士接手，我想我们需要的是设立一个'批评公司'，这也许是一个令人不喜欢的比喻"[②]。

其实，兰色姆笔下的批评专业人士，就是指新批评派成员，也就是布鲁克斯后来所称的"理想的读者"。1951 年布鲁克斯在《肯庸评论》(*The Kenyon Review*) 杂志上发表的《形式主义批评家》("The Formalist Critics") 一文中认为，"形式主义批评假设一个理想的读者，他不关注各种可能的解读，而是试图寻求一个中心，作为解读诗歌或小说结构的关注点"，然而，"没有这样的理想读者，因为从事批评的批评家不可能常常提醒自己的解读与正确解读之间的距离"[③]。1974 年，在一场辩论中，他又提及理想读者，认为尽管谁也不确定是否存在一个理想读者，但是，在对常识的了解、辞典的判断、作品本身的研究时，我们还是能够发觉有些读者比另一些读者更敏锐，更聪明。如果事实证明存在"更佳读者"，那么"最佳读者"至少可以是个理想。哪怕永远不能充分达到，也应该尽量地去接近它。要说完全无法证明一个读者的理解比另一个的"更佳"，那就无异于取消对文学的任何认真严肃的研究。[④]

根据英美新批评派的观念，艺术作品是一个由富于多重复杂意义的要素综合而成的结构，批评或者说文学评价就是对这种结构的审美价值进行评判，而审美价值内在于结构中被赋予的特殊的世界观和生活经验。它不是一种外部经验，不是一种由作者或者读者强加或依附于其上的经验。因此，诗歌的评价者就必须具有较强洞察力，且能够对潜在于一个被高度地、精密地、复杂地组织化的结构中的生活经验和审美价值展开有辨识的鉴赏。用马克西姆·维瓦斯 (Maxime Vivas) 解释其客观相对主义或透视现实主义的话说，美就是呈现在某一事物中的一种属性，但只有对那些具有天赋能力和经过训练的人而言，它才显示自己。从这个意义上，人们对英美新批评理论本身包含的精英主义立场的指责显然具有合理性，只不过这种精英式的立场被他们所提倡的大众式的、民主式的文本细读方式，以及由这种方式带来的文学阅读和文学教育的普及给淡化了，或者说遮蔽了。英美

① John Crowe Ransom. "Criticism, Inc." in *Virginia Quarterly Review*, 1937 (4), p. 587.

② John Crowe Ransom. "Criticism, Inc." in *Virginia Quarterly Review*, 1937 (4), p. 588.

③ Cleanth Brooks. "The formalist critics" in *The Kenyon Review*, 1951 (13), p. 75.

④ [美] 克利安思·布鲁克斯:《新批评》，周敦仁译，载于赵毅衡编:《"新批评"文集》，北京: 中国社会科学出版社, 1988 年版, 第 606 页。

新批评发展时期，即20世纪三四十年代，当时正是美国文学学批评极力发展成为专业化、努力创建成为一门学科的时期，因此，根据伊格尔顿的观点，英美新批评提倡的一整套文学细读和文本批评手段，是文学批评家们按照这种标准与科学进行竞争的一种方式，体现了当时社会以硬科学为主要的知识标准，而英美新批评虽然反对科学的技术统治，但这场批评运动“开始作为技术统治社会的一种人文主义的补充或替代，最后却按照自己的方法生产了这样一种技术统治”[①]。也就是说，英美新批评最开始是作为科学的反叛者出现的，以抵制当时技术统治一切的发展潮流，但最后自己却创造了一种符合科学话语体系的技术知识体系，由此而获得了极高的学科地位，也许，在伊格尔顿看来，这就是英美新批评派所采取的一种策略。然而，与其说新批评发展的细读式批评实施的是一种相当于科学意义上的技术统治，毋宁说它带来的是一种规范意识和客观意识，尽管从严格意义上，这两种意识对于传统文学阐释的自由主义思想来说是有害无益的。

综上所述，新批评理论家所极力建构的客观批评理论，以及根据该理论创造并极力推行且取得巨大成功的批评式文本细读法，构成了新批评理论本身的独特性。这种独特性决定于它所构建出的一个个独立的文本结构。这个结构统摄了各个文本中可能存在的相互指涉又相互冲突的诸要素，但最终又将这些冲突力量以一种审美方式给予平衡、协调和统一，呈选出文本的意义。这个带出或生成意义的结构，正是英美新批评关注的核心所在。

3.2.3 意义与结构

肯尼斯·伯克（Kenneth Burke）在《文学形式的哲学》（*The Philosophy of Literary Form*）中提出，文学之所以具有形式，是因为它本身就是“其赖以产生的环境提出的各种问题的答案，不仅仅是答案，而且是一种策略性答案，一种被风格化的答案”[②]。很明显，伯克的思想带有一种社会学或马克思主义倾向。他理论中的文学形式不仅仅只有一种审美学的解读模式，除此以外还有多种解读模式，而且，文学结构的功能在于解决现实世界中产生的问题。那么，它的功能可以是审美的，可以是净化的，可以是治疗的，也可以是救赎的。毋庸置疑，这与英美新批评反对形式与内容的二元划分的初衷相抵牾。但是，单就他认为文学形式具有自身的功能而言，不论其功能是什么，与英美新批评对于形式的根本观点是一致的。

作为新批评理论话语中体现文学异质性的结构，可以从四个维度理解其内涵。

---

① Terry Eagleton. *Literary Theory: An Introduction*. Minneapolis: University of Minnesota Press, 2008, p. 43.

② Kenneth Burke. *The Philosophy of Literary Form: Studies in Symbolic Action*. 3rd edition. Baton Rouge: Louisiana State University Press, 1941, p. 1.

第一个维度是语言形式方面，指纸页上显示出来的语言结构，如修辞、情景、对话、主题等。第二个维度是关系维度，是语言结构之间的关联性，如《杀人者》中的情景与主题揭示、语言风格与人物性格之间的关系，可能是矛盾的、冲突的、悖逆的等。第三个维度是经验维度，即作品中反映出来的生活经验，一种想象性真实的经验。第四个维度是意义的维度，即一种自我阐释、自我统一、自我完成。正是在这四个维度上，艺术作品成为一个意义的结构，因而也生成结构的意义。

3.2.3.1　意义的结构

韦勒克根据艺术作品作为一个综合性语言符号结构的概念，把艺术作品的构成分为四个不同的层面。①

第一个层面：声音层面，包括谐音、节奏和韵律，构成艺术作品的物理的或潜在的物质基础。具有音乐性的诗歌都有意义，或至少具有感情色彩，构成诗歌特色的一部分。散文也有节奏。声音因具有特殊的个性形成自己的固有因素，音质之间的差别即关系因素的差别，成为节奏和格律的基础。声音和格律必须与意义一起作为艺术品整体的因素进行研究。

第二个层面：文体层面，指词语、句子等语言结构以及风格和文体规则。文体分析一般采取两种方法：第一，系统分析作品的语言，从审美角度出发，把其特征解释为“全部的意义”，文体成为一件或一组作品的具有个性的语言系统。第二，从总体意义上，使用对比法，研究这一系统区别于另一系统的个性特征。也就是说，先观察背离和歪曲语言中一般用法的情形，如语音的重复、词序的颠倒、各种级别的字句的结构等，然后，再努力找出这类背离与歪曲的审美效用。文学文体的审美效果只能限制在一件或一组文学作品之中，而且在文学作品中只能从其审美的功能与意义方面加以描述。唯有如此，文体学才能成为文学研究的一部分，也是一个主要部分，因为只有文体学的方法能界定一件作品的特质。

第三个层面：意象、隐喻、象征和神话。人类头脑中存在着隐喻式的思维和神话式的思维活动，而文学的意义与功能主要呈现在隐喻和神话中，所以，这种思维是借助隐喻的手段，借助诗歌叙述与描写的手段来进行的。它们把诗歌拉向外在的图像和世界，又把诗歌拉向宗教和世界观。每一个时期的风格都有自己独

---

① 此处作者对雷纳·韦勒克的划分做了一些修正。根据雷纳·韦勒克在《文学理论》一书的描述，他把艺术作品分为了 8 个层面，但把第三个层面和第四个层面放在一章中进行阐述，此处就把它们归结为一个层面。另外，雷纳·韦勒克列出的第六、第八个层面可能是对他在该书提到的波兰哲学家英伽登利用埃德蒙德·胡塞尔现象学对文学作品结构要素分析所做的修正，以表明其历史的、动态的文学评价方法，但笔者认为，就具体的单个的艺术作品分析而言，关注点主要还是在前四个层面。文学类型与文学史为文体类型研究提供的是一个总体的、普遍的参照框架，文学评价与文学批评有关，不应成为构成艺术作品的一个要素，显然与前面四个层面不属于一个论域。见［美］雷·韦勒克、奥·沃伦：《文学理论》，刘象愚、邢培明、陈圣生等译，北京：生活·读书·新知三联书店，1984 年版，第 166-290 页。

特的比喻法，以便表达自己的世界观。

第四个层面：叙述性小说形式与技巧，包括叙述情节、人物、背景、世界观四个层次及其技巧、结构和组织模式。情节是戏剧、故事和小说的叙述性结构，本身又由较小的叙述结构即插曲和事件组成。人物塑造技巧，包括命名、细节描写，有静态的，也有动态的或发展型的，人物类型存在小说之中。背景是关于特定的历史时代的文学描写的要素，背景描写方式变化多样，同时，背景可以看作是对人物的转喻性的或隐喻性的表现，也可能是一个人的意志的表现，还可以成为庞大的决定力量。小说的世界观构成一种形而上性质，包括现实的世界、作家的世界、小说的世界、读者的世界以及多重世界的重合、交叉、冲突等，最终在小说中读者经验的世界和生活中得以统一，与对待生活的态度或暗含在这个世界中的调子是同一的东西。故事的讲述方式可以是日记或书信，或者由轶事扩展而来，可以按主题组织、故事套故事、长篇套短篇等方式，故事有多种多样的叙述方式，视不同的作家、不同地区和不同时代而定。

按照韦勒克关于材料与结构的划分判断，上述所列出的构成文学作品四个层面的东西应该只是作为文学作品的材料，或者说结构的潜在组成部分。它们只有在与审美即意义产生关联或成为有审美价值的时候，才成为结构。那么，它们怎样才能成为具有审美价值的结构呢？或者说，它们怎样才能综合成为一个意义的统一体呢？要回答这个问题，首先必须了解新英美批评所说的意义概念。

哈特曼曾在 20 世纪 80 年代对新批评所倚重的意义概念强烈质疑。他认为，既然新批评派称这种意义不是政治的，不是科学的，不是历史的，不是哲学的，不是作者的，不是社会的，那么，它就是一种虚无，而这种“虚无一致困扰着我们，发挥着一种尚未明确的神学的限制作用。文学研究的结果不是提供一种知识，而是一种优雅的状态，所有这一切使得文学-批评的事业显得虚无缥缈”[①]。哈特曼一直主张文学批评的社会文化功能，尤其在其后期进行犹太大屠杀文化研究的时候。在他看来，新批评抽掉了文学与外在世界的一切关联，也就失去了自身存在的社会基础和现实意义，因而陷入了一种虚无的境地。但是，正是在哈特曼等人的“盲点”处新批评家发现了自己的“洞见”：文学的意义既然不依托于其他外在的事物，那么就在自我依存中显示出来。进一步说，构成艺术作品结构各层面中的各要素之间以及各层面之间存在的、只能由作品内在法则加以证明的那种对立面，它们之间相互矛盾、相互抵触、相互悖逆，但最终趋于平衡、协调、统一，从而产生独特的艺术审美效果，这就是所谓的意义的结构。它内在于组成结构的各要素之间，是一种关系的呈现和关系性呈现。因为意义的这种性质，英

① Geoffrey Hartman. *Criticism in the Wilderness: The Study of Literature Today*. New Haven: Yale University Press, 1980, p. 285.

美新批评家往往流于非常模糊或笼统的概说，致使产生一种只可意会不可言传的神秘性质，连布鲁克斯都称其为“具体”“富于戏剧性”“富于启示性”，因而不可言传，也不可释义。[①]

其实，我们可以从兰色姆关于诗人如何在词义和格律之间进行推敲的描述来推导出这种意义，并了解它是如何产生并内在于诗歌中的，尽管兰色姆的本意旨在通过诗歌创作过程的复杂性来表明批评家所需的知识储备和专业技能。根据兰色姆的看法，诗歌的特性决定了其语言既要表达预定的指涉意义，同时又要表现其客观的声音特点，所以，观点陈述与格律都不能保持自身规则给予的确定性，都需要做出改变。但是，观点陈述如果为了获得一种格律就必须改变自己，之前的确定性就会被打破。同理，格律形式要表现某一观点，也需要改变原来的规定形式，也会产生一定的不确定性。那么，诗歌受到了来自两个方向涉及四个因素的动态综合过程。一方面，诗人在确定的格律模式中要加入被强行纳入格律模式的观点陈述的话语，它必须改变这种话语以合乎格律模式，不管是否合乎逻辑。另一方面，诗人把握住自己的观点，但必须将格律模式纳入观点陈述，所以必须考虑用不合格律但合逻辑的词语取代格律规定的词汇声音。结果是：诗歌语言中包含了既有逻辑语言以及为了符合格律形式而不合逻辑的语言，格律形式包含了规范的格律形式以及为了符合语言逻辑而不合格律规定的词汇声音。在各种确定性与不确定性因素不同甚至相反的方向的拉力下，规定的和规范的语义、语音产生变形，形成了双重乃至多重张力。在重重张力中的诗篇形成一个整体结构，得以成形。批评家的职责就在于揭示这种内在于结构的意义，即区分这些确定的要素和不确定的要素，然后分析确定的要素如何经过变形适应语境的压力，以及在语境压力下的变形如何与确定要素之间形成张力关系或者其他关系。

诗歌如此，小说也是如此。以前面提到的《杀人者》为例，布鲁克斯并没有针对小说的意义进行分析，但如果从批评家的任务在于揭示意义这一点出发，我们可以一窥新批评家们所指的意义。布鲁克斯分析该篇小说的目的不是揭示小说的主题，即涅克发现了邪恶，而是分析这个主题是怎样与其他结构相互对照、相互检验的，也就是分析所采用的艺术手段以及这些手段之间是如何照应同一的。小说中的第一个手段是细节描写，第一个重要细节是涅克嘴里被塞了毛巾，因为他以前嘴里没有如此过，这一细节描写起到了暗示的作用，指向最后的发现。第二个起暗示作用的细节描写是暴徒关于电影的俏皮话，虽然是关于非现实生活事件的骇人听闻的陈词滥调，但暗示了这种事件可能真正发生。第三个细节是贝尔太太，她点出了安德生作为一个普通人的个性，这种个性与机械的准则要求形成

① Robert Penn Warren."A Conversation with Cleanth Brooks" in Lewis P. Simpson Ed. *The Possibilities of Order: Cleanth Brooks and His Work*. Baton Rouge: Johns Hopkins University Press, 1976, p. 58.

对照。第四个细节是乔治、厨子和涅克的不同态度描写。第二个手段是语言风格或者文体，即打折扣说话，符合安德生的硬汉模式。第三个手段是故事套故事，安德生的故事套在一个更大的故事里，即涅克发现罪恶的故事，这是涉世过程、迈向规则掌握的第一步。最后，布鲁克斯阐释了海明威采用简单文体表达最低感受性，可能表示了他对于用理智来解决人类问题所持的怀疑态度。那么，通过布鲁克斯的分析，《杀人者》中每个艺术手段都具有意义，不管是情景、人物对话还是语言风格、文体等。但这些意义不是单独呈现的，而是遵循一条连贯性原则，作为一个整体呈现，从各个层面上互相阐释、互相确认，以反映海明威对世界的基本态度这一最终主题，从而呈现了一个由意义组成的小说结构。

布鲁克斯认为，艺术结构是一种含有意义、评价和阐释的结构，是“通过表示时间的结构而发展的一种和解、平衡和协调的模式”[①]。换言之，在这个结构中，相似的与不相似的因素不是简单靠一种内涵去抵销另一种内涵，也不是靠减除的过程把矛盾态度变为和谐，更不是代数公式般的约分与简化，而是通过一种积极的方式、一种审美的方式，遵循平衡与协调的原则，艺术地或审美地把各个因素统一为一个整体。

3.2.3.2　结构的意义

兰色姆说，诗歌表现现实生活的一个层面，反映客观世界的一个等级，退特坚持诗歌为人类提供一种特殊的知识，韦勒克针对艾略特提出的“世界观和审美判断有关吗？”这一问题，给出的答案是生活像艺术一样，因为高度风格化的艺术把符号世界添加在了我们的经验领域之上，艾略特认定世界是混乱无序的，而艺术的作用就是把无序的日常生活变得有序，艺术地诱导出一种现实的秩序感，布鲁克斯表明诗歌为人类提供了一种独特的生活经验模式，莫瑞·克里格（Murray Krieger）认为诗歌的隐喻让我们学会看见的同时又让我们不相信自己可以看见，等等。诸如此类的表述不禁让我们迷惑不已：艺术作品作为一个意义的形式的结构，其意义到底何在？

究其实质，知识也好，秩序也罢，抑或是一种经验或虚妄的体验，新批评理论构建的独特的艺术作品结构所提供的是一种意义感，既是对艺术作品本身具有的一种意义感，也是对生活、对世界的一种意义感。

首先，这种意义感由独立的艺术作品结构自己产生，不是来自诗人的意图或读者的情感，不由哲学家或思想家强加，也不由社会学家、政治家赋予。在变成了一种空间形象的诗歌里，按照语言自身的原则，根据严格的批评技巧，理解、剖析内在于结构的张力、悖论、反讽、含混等艺术技巧如何将处在矛盾冲突包围

---

①［美］克利安思·布鲁克斯：《释义误说》，杜定宇译，载于赵毅衡编《“新批评”文集》，北京：中国社会科学出版社，1988 年版，第 221 页。

中的不和谐要素纳入一种平衡统一的机制之中，并最终产生自身的审美效果。这一切都不需要理性的论证和科学的证明，只需要在文本提供的刺激或者条件中进行一种客观的分析和洞察，就可以发现结构的意义。

其次，相对于秩序感、宗教感和传统感等，这种意义感更多的是一种个人的存在感。兰色姆曾将一首诗比喻为“一个民主国家而非一个专制政府”[①]，认为后者的代表就是数学中的二项式，“很难想像（象）出比这更整齐、更匀称、更自足、更精巧的结构了。它也非常专横，不允许任何一项内容擅越雷池，完全由它决定一切”，这种逻辑结构“唯一的特点就是……它们没有自由，不能自主”，而“相比之下……在诗歌中，具有鲜明个性的是细节，它们……以想象不到的方式展示活力……”[②]。也就是说，新批评眼中的诗歌的结构意味着，读者不需要对任何事情承担义务，只要以一种不偏不倚、客观冷静的态度对一个语言结构进行阅读。在政治学理论家看来，这可能是一种屈从于政治现状的逃避主义或者惰性主义；在历史学家看来，这可能是一种历史的虚无主义；在社会学家看来，这可能是社会的孤立主义；在印象批评者看来，这可能是严格的学院派式的教条主义；在宗教学家看来，这可能是一种宗教的神秘主义；等等。但是，不可忽略的一个事实是，文本细读法获得巨大成功，除了经验主义思想、实用主义思想、学院派之间学科地位竞争，大学文学教育现状等诸多外在的原因外，还有一个很重要的原因，就是这种方法本身所带来的意义：进行个人判断时被赋予的个体价值感。这种价值感犹如组成诗歌结构的各要素一样，在合成一个有意义的整体结构过程中并不丧失自身的意义或价值。

再次，艺术品作为一个自主存在的结构的意义，还在于它提供一种生活的现实感。瑞查兹从心理学的角度论证说，因为大战后社会动荡混乱，经济萧条衰退，政治复杂多变，社会处于危机之中，加之历史的变化、科学的发明，已经贬低甚至破坏了人类赖以生存的传统神话。由此，人们的心理平衡被打破，宗教也不再能够实现它的调节作用。像阿诺德一样，瑞查兹把希望寄托在文学身上，提出文学是重建社会秩序的一种自觉的思想意识，认为只有诗歌“能够拯救我们，它可能是一种完美的克服混乱的方式”[③]。不仅是瑞查兹，还有艾略特，以及南方的新批评家，如兰色姆和退特等，都对现代社会中由秩序的丧失导致的混乱感到痛心，故转而寄希望于诗歌来重整社会秩序。但是，与他们希冀的恰恰相反，诗歌结构本身与其说是体现了一种完美的生活状态和理想的社会型构，毋宁说是更真实地投射了生活的本真状态，即它由众多不平衡、不一致、不协调、不稳定、不确定的因素构成，且各要素在其间相互冲突，互相矛盾，甚至彼此抵牾，这种多样性、

① [美] 雷纳·韦勒克：《近代文学批评史》（第六卷），杨自伍译，上海：上海译文出版社，2005 年版，第 287 页。
② [美] 约翰·克罗·兰色姆：《新批评》，王腊宝、张哲译，南京：江苏教育出版社，2006 年版，第 183 页。
③ I. A. Richards. *Science and Poetry*. London: Kegan Paul, Trench, Trubner & Co. Ltd, 1926, p. 82.

复杂性、矛盾性构成了一个个意义层次，形成了丰富的内涵。正是在这个意义上，韦勒克在论文学评价时说，人们不应该说艺术像生活一样，而应更多地说生活像艺术一样。如果我们将他的话补充完整，就是生活像艺术一样真实。

最后，艺术结构提供的是意义感而不是意义。这是艺术结构作为一个整体具有的审美价值所在，也正是英美新批评家们一直强调的艺术的独特价值。如果说艺术作品提供了一种意义，那么这明显与新批评家们提倡的艺术自主观相违背。艺术作为一种客体，本身与生活、社会、历史和科学等外部现实无涉，所以，也不存在艺术会提供一种实在的参考一说。相对于一种客观存在的意义，意义感表明的是一种仿佛是或好像是的感觉或感知。结构主义理论家 A. J .格雷马斯（A. J. Greimas）认为，人类需要一种感知作为把握意义的非语言所在，通过我们的感知，世界才呈现在我们面前，并且为“我们”而形成。因此，对于英美新批评而言，对意义的感知，即意义感，与获取意义一样重要。这种意义感不指向外在，而是指向自身，更有助于形成一种生活的真实感和经验感，最终在审美意义上而非认识论意义上完善自身，就如同诗歌的结构。

3.3 文学的不及物性

在俄国形式主义和英美新批评理论中，批评家们都形成了一个基本的、共同的理论立场，即文学都是独立存在的客体，很大程度上意指文学与社会思想、历史、哲学、心理等之间不存在反映与被反映、依存与被依存的关系，但客体内部依然存在着秩序及其意义，艺术作品结构仍然是一个有待于阐释的事物，文学研究既是一种严谨的文本分析评论活动，更是一门严整的学科或科学，以一种特殊的方式与社会的精神道德问题密切相关。然而，在法国结构主义诗学中，这种文学文本个体上的自足独立性被取消了，因为每部作品只被看作是一种更加宽泛的抽象结构的具体体现，而且这种体现又只是许多可能的体现中的一种。这种观点是法国结构主义诗学借鉴符号学和语言学理论的产物。语言作为一种符号，是能指和所指的组合。能指指书面或口头的读音，所指指概念本身，语言本身并不指向外在的事物。决定语言意义的不是能指，也不是所指，而是构成语言系统的语法规则。语言的意义由这个规则产生，失去这个系统，语言就不能生成意义，或者说就失去了意义。鉴于此，法国结构主义批评家把关注点从意义阐释本身转移到意义的生成条件上来，从对文学作品到底说了什么这一问题的探究，转移到对文学作品怎样才能言说这一问题的探究，以便确定出一套适用于各个具体文学文本的法则。[①]因此，在法国结构主义批评家看来，任何试图从具体文本中获取某种确定意义或明晰结构的努力，终将成为自欺欺人之举。

基于继俄国形式主义之后重建文学研究科学或者诗学的立场，法国结构主义诗学将文学性设定为文学的不及物性。也就是说，文学语言不传递任何内容，文学作品是一个没有信息的编码，它不指涉任何外部事物。安纳·杰弗森（Anna Jefferson）认为，虽然法国结构主义诗学并没有放弃对文学作品特有性质的言说，但实际上从来没有专门去确定过文学的特性究竟是什么，“这一方面是由于结构主义诗学是范围更加广泛的符号学中的一部分，另一方面是由于结构主义者所赋予文学的特性很快又回归到语言学中去，因为构成‘文学生命’及其‘生存世界’的因素乃是语言本身”[②]。这种观点其实失之偏颇。总体而言，与俄国形式主义者和英美新批评理论家相比，法国结构主义批评家对文学性的关注无论是从广度还是从深度来说都不及，但是，不能据此说他们不关注文学性。托多洛夫、热奈特和巴特都对此进行过专门论述。所以，如果说法国结构主义诗学不关注文学性，其实是一种停留于表面上的看法。

在法国结构主义诗学中，不同的理论家对文学的不及物性理解不同，言说方式和体现结果也不一样。托多洛夫、巴特和热奈特都从语言学角度出发，认为文学不反映实在世界，文学语言不指涉具体事物，托多洛夫把文学的抽象性视为文学性，巴特将符号性视为文学性。其中，热奈特关于文学性的探讨最多，他从文学体裁发展史的角度根据不同的体裁类型提出了三种文学性，即小说的虚构性、诗歌的形式性以及诗歌小说体裁之外的作品的条件性。

3.3.1 文学作为抽象的系统

巴特关于结构主义“不是关于内容的科学，而是关于内容的条件即形式的科学”[③]的断言，既揭示了法国结构主义诗学与俄国形式主义、英美新批评相似的形式研究理论立场，又体现了三者之间截然不同的方法论选择。

与俄国形式主义一样，法国结构主义诗学旨在以文学本身作为自己的研究对

---

① 把这种规则应用于原文时，可以发现它在阅读过程中会有修改和变化；继续使用规则，发现它会产生一个不同的原文，而这个原文反过来修改规则，如此循环反复。这样就破坏了结构主义批评家的设想：一旦我们确定了适合原文的规则，我们的任务就完成了。他们没有想到的是，原文既确定规则、使用规则，也产生规则、超越规则。当然，特里·伊格尔顿忽略了一个事实，就是结构主义理论不允许它不考虑作为读者的人的因素，根据这种理论，作品就是一个静态的、封闭的客体。参见［英］特里·伊格尔顿：《当代西方文学理论》，王逢振译，北京：中国社会科学出版社，1988 年版，第 182 页。

②［英］安纳·杰弗森、戴维·罗比等：《西方现代文学理论概述与比较》，包华富、陈昭全、樊锦鑫等译，长沙：湖南文艺出版社，1986 年版，第 99 页。

③［美］克利安思·布鲁克斯：《新批评》，周敦仁译，载于赵毅衡编：《“新批评”文集》，北京：中国社会科学出版社，1998 年版，引言，第 3 页。

象，建立一门关于文学的科学。但是，俄国形式主义建立文学研究科学所设定的前提或基础是它研究对象的独特性，即文学的异质特性，这种特性是其他学科无法作为研究对象的，而法国结构主义文学理论家建立文学研究科学的前提条件是文学内在的总体性，即超越具体文学作品却支配着这些作品的一套内在的文学法则和程序。他们认为，是这套法则让文学作品的意义生产成为可能，并且，要发现并建立这套法则，需要采取结构主义的方法，也就是从具体的文学言语中抽象出各种叙事模式来，然后根据这种模式分析具体的文学作品。

法国结构主义诗学与英美新批评都关注文学结构，但二者对结构的理解不一样。英美新批评家所指的结构，是每个文学作品组成的具体的语言结构，以语言的语音、语义、修辞、主题等各个层面中各要素之间的关系呈现出来，且每部艺术作品的结构具有自身的特点。法国结构主义批评家关注的结构并不由具体文学作品构成，而是由隐含在具体文学话语表层特征下面的一套抽象的、固定的、系统的叙事结构构成，这种结构提供一套普遍可用的、有效的文学作品阐释程序和方法。

因此，法国结构主义批评家将自己的文学研究称为诗学，不是文学批评，因为批评是针对具体文学作品进行解释的一种具体活动，只针对个别文本的意义进行探究，诗学则属于科学的一般范畴，如同心理学、哲学一样，它不再是描述个别作品，不再是指明其意义，而是从文学内部探讨文学话语的各种特性，确立一些总的规律，建立一种总体结构，任何文学作品都可被看作是这种结构的具体表现和一种可能，如托多洛夫所阐释的："这种科学不再关心真实的文学，而是关心可能的文学。"①

将自己的研究称为诗学，并将研究对象称为"可能的文学"，如果对此种说法的源头进行追溯，应该可以追溯至亚里士多德。亚里士多德所谓的诗学，便是指其原理适用于整个文学，又能说明批评过程中各种可靠类型的批评理论。他相信，完全可以获得一种的确存在的关于诗歌的十分明白的知识结构，这种知识结构不是知识本身，也不是诗的经验，而是诗学，"关于诗的艺术本身，'它的种类'、各种类的特殊功能，各种类有多少成分，这些成分是什么性质，诗要写得好，情节应如何安排，以及这门研究所有的其他问题，我们都要讨论"②。所以，诗学不仅研究已有的文学，更重要的是为创作出更好的诗歌提供指导原则，使得更好的诗歌成为可能。毋庸置疑，法国结构主义诗学从语言学理论得到启发，认为语言学的目的在于通过寻求言语背后的一套语法规则，来解释那些还未曾说到的语句的结构和组织，那么，诗学也应该同样能够建立一套行之有效的文学模式，来解释、制约那些还未写就的作品的规律，即提供一种科学的预测。如此的话，

① [法] 托多罗夫:《诗学》，怀宇译，北京：商务印书馆，2016 年版，第 5 页。

② 罗念生:《古希腊罗马文学》，上海：上海人民出版社，2015 年版，第 387 页。

个别的文学作品在法国结构主义理论家的眼中就俨然成为一种工具而非对象，一种手段而非目的。

法国结构主义理论家提出这种抽象系统观的出发点，在于试图完成他们认为俄国形式主义者尚未完成的任务，即创建一门真正的文学研究科学。在 20 世纪西方文学批评理论派别中，法国结构主义诗学最为关注的是俄国形式主义。托多洛夫 20 世纪 60 年代移居法国，1965 年收集并翻译的《文学理论：俄国形式主义论文集》（*Literary Theory：Russian Formalist Essays*）一书出版，开创了俄国形式主义理论在法语世界的译介和研究，在 20 世纪 80 年代出版的《批评的批评》（*Criticism of Criticism*）一书中，他对俄国形式主义对自己的影响进行了评价："我对俄国形式主义的态度几经转变，这倒不足为奇，因为早在 20 年前，我就对他们相当熟悉了。我对他们的第一印象便是这样的发现：怎么！还能用这种轻松、不恭且独到的方式谈论文学？另外，这些作品谈到了那些看来无人光顾而我却十分看重、被人恩赐地称为'文学技巧'的东西。正是这种赞叹才驱使我去一篇篇地搜寻他们的作品，然后把它们译成法文。第二节阶段，我认为在他们的作品中读到了一种'理论'构想，即建立一种诗学。这一理论构想并不是很严谨的，并且也没有坚持下去。它要求的是一种系统化和彻底化的工作。最后，也就是在第三个阶段，我开始把形式主义理解成一种历史现象：使我感兴趣的不再是他们的思想内容，而是他们的内在逻辑以及在思想史上的地位。"①

从以上叙述可以看出，在关于诗学的理想及其建构、文学研究理论与方法方面，托多洛夫的观点与俄国形式主义有着内在的一致性。他认为，正是在俄国形式主义坚持得不彻底和不系统的地方，结构主义进行了清扫，排除了一切具体性、个体性和细节性，以及由这些具体、个体和细节产生的意义。所以，实现诗学建构的理想，应当也必然会落到结构主义理论家的肩上。

如果将文学视为一个抽象的系统，便决定了文学的特性，即不及物性。热奈特曾说："人们曾经在相当长的时间内将文学视作一个没有代码的信息，因此现在有必要暂时将它看成一个没有信息的代码。"②既然相对于日常语言而言，文学语言是一种无信息的编码，那么，它就不指涉外部事物，亦即自身具有一种不及物性。这种不及物性具有两层含义。第一，文学是虚构的，与真实相对。作为虚构文本，文学没有也无法具有一种参照功能，也无外延可言，绝不引导到文本外的任何事实。即使它每次以真实的名义指及真实的事物，也都会转化为虚构成分，故事与叙事、真实性与虚构性之分离的可能性不容置疑。就诗歌而言，形式不可

① [法] 茨维坦·托多洛夫：《批评的批评——教育小说》，王东亮、王晨阳译，北京：生活·读书·新知三联书店，2002 年版，第 1 页。

② 转引自张寅德：《法国结构主义文论的嬗变》载于《华东师范大学学报》（哲学社会科学版），1988 年第 3 期，第 41 页。

能脱离它的表达形式，不可能用其他言辞来表达，由此注定永无休止地在其形式内获得生产与再生产。因此，文本除自身之外不涉及他人与他物。这种不及物性通过题材的虚构性或话语的封闭性将文本变为独立的客体，既不向外索取什么，也不对外提供什么。第二，文学是自存的，与依存相对。作为一套语言符号系统，文学依靠自身所在的系统产生意义。诺斯洛普·弗莱（Northrop Frye）提出："文学批评之能成为一项系统的研究，其前提是文学具有一种性质确保这样的研究可能进行。"[①]也就是说，正如科学的背后存在着自然界的一种秩序一样，文学不是由作品杂乱堆集而成，而是一种由词语体现出来的秩序，这种秩序赋予了文学自我存在的必要条件。秩序虽然存在于文学中，但由于具体的文学现象本身不是系统的，所以不提供这种秩序。提供者只能是具体文学现象后面的文学系统。

3.3.2 文学的抽象性

托多洛夫首先在奠定其理论架构和叙述学基础的《诗学》(*Poetics*）一书中提出了文学性概念，之后，在《批评的批评》和《文学象征理论》（*Literary Signification*）等专著中也有所提及。细查起来，他的文学性概念是在与两种传统文学研究方式的对比中提出来的，即解释的方式和科学的方式。解释的方式就是将文学文本作为唯一的对象，以揭示文本的意义为目的。但是，在托多洛夫看来，只限于在作品内部进行批评，无异于作品本身的自我阐释，也相当于作品本身的自说自话，解释根本不可能，即使可能，也是对作品的毫无差异的一种重复，反倒不如作品自身对自己的描述，因而，这种意图最终会成为"解释的悲剧"[②]。科学的方式否认作品的独立性，将作品看作是心理、社会、人类精神等领域一些法则的表现，研究目的在于把文学移植到这些领域中，通过诗学编码表达这些领域自身想要达到的东西。在托多洛夫看来，因为科学的文学研究的对象不再是个别事实，而是个别事实所说明的法则的意义，因此这种研究已经属于其他科学了。究其实质，这两种方式所代表的研究就是文学的内部研究和外部研究。内部研究因为缺乏一个参考系而最终会流于无效，外部研究因为最终的目的不在文学本身而与文学无关。为避免这种无效与无关，托多洛夫提出建立一种对称平衡的文学批评，即诗学："与对于一些个别作品的解释相反，诗学不寻求指出意义，而是瞄准对那些主导每一部作品产生的一般规律的认识。但是，通过与心理学、社会学等这些科学的对立，诗学在文学自身的内部来寻找这些规律。因此，诗学是对于既是'抽象的'又是'内部的'文学的探讨……并不是文学作品本身是诗学的对象：诗学所探讨的是文学话语这种特殊话语的各种特性。这样一来，任何作品

---

① [加] 弗莱:《批评的解剖》，陈慧等译，天津：百花文艺出版社，2006 年版，第 24 页。

② [法] 托多罗夫:《诗学》，怀宇译，北京：商务印书馆，2016 年版，第 2 页。

都只不过被看成是一种抽象的和总体的结构之表现，而在作品则是所有可能实现结果中的一种。正是在这一点上，这种科学不再关心真实的文学，而是关心可能的文学，换句话说：就是关心构成文学事实的那种抽象特性，即文学性。”[①]

由此可见，托多洛夫建立诗学的目的，是打破基于文本事实的内部研究和为其他学科规则提供材料的外部研究之间的对立，创造一种集内部研究与外部研究为一体的科学。这里的内部指的是整个文学体系内部，以其他科学为参照，外部指具体文学作品的外部，以整个文学体系为参照。这样，法国结构主义诗学与俄国形式主义的内部研究可以形成一种互补关系，而与其他科学之间形成一种排斥关系。文学从其外延上也就包含了两个层面：具体的文学作品以及具体文学作品构成的整个文学体系。站在语言学理论的角度，托多洛夫自然不会把焦点放在具体作品上面，而整个文学体系本来就是一种抽象的存在。那么，将文学的抽象性作为文学性是一种必然的选择。

但是，从严格意义上而言，如果说文学性是文学区别于非文学的特性，那么，把文学性界定为文学的抽象性则实现不了区分功能。难道哲学、宗教不比文学更有抽象性吗？再者，把文学的抽象性作为研究对象，更让人匪夷所思：文学的抽象性表明文学并非具体存在，而把并非具体存在的事物作为研究对象，岂不是令人难以置信吗？当然，托多洛夫的理由是：“不论在何种层面上考虑，文学都与其他平行的活动具有共同的特性。”[②]他似乎别无他者可选。但如果说研究对象并非一种本质性选择，而是一种观念制造的结果，那么，托多洛夫的文学性概念是他继俄国形式主义者之后用以构建诗学的一个权宜之计。

托多洛夫 20 世纪 60 年代移居法国后通过《文学理论：俄国形式主义论文集》一书开创了俄国形式主义理论在法语世界的译介和研究。在论文集的“编选说明”中，托多洛夫指出，相对于什克洛夫斯基作为带头人的作用而言，雅各布森的文章“在形式主义理论发展过程中没有起到同样的作用”，《最新俄诗》则因为“评论赫列勃尼科夫诗歌的论文不大容易翻译”而没有收录。[③]因此，他提出文学的抽象性概念，旨在对俄国形式主义的文学性概念进行修正，以期完成俄国形式主义者未完成的理想，即建立一门独立的文学科学——诗学。在他看来，俄国形式主义中的文学性概念指的是文学的具体面貌，不过是文学特殊性的另一个名称，旨在取得文学的独立自主性。但是，由于这种文学性概念还是限于一种本质的规定，既无方法论上的必要性，也无科学意义上的不可约性，所以，诗学在俄国形式主义者那里没有成为一门独立的科学。鉴于此，他提出文学性概念，目的就在

---

①［法］托多罗夫：《诗学》，怀宇译，北京：商务印书馆，2016 年版，第 5 页。

②［法］托多罗夫：《诗学》，怀宇译，北京：商务印书馆，2016 年版，第 91 页。

③［法］茨维坦·托多罗夫：《俄苏形式主义文论选》，蔡鸿滨译，北京：中国社会科学出版社，1989 年版，第 14 页。

于确立诗学的独立性，“正是文学所特有的文学性特征，即唯独文学才具有的特征，构成了诗学的对象。诗学的独立性与文学的独立性是相联系的”①。那么，托多洛夫是怎样将两者联系起来的呢？

联系起来的关键在于文学抽象性这一概念。在托多洛夫看来，作为科学研究的对象，抽象性既包含文学的全部范畴，也不可进行再分解，因为“为了使诗学成为一种独立科学的主张合法化，文学的特征性就应该位于已经是‘原子的’、基本的层面，而不是位于由较为简单的要素结合而成的只是‘分子的’层面”②。这一点正是诗学与其他以文学作为研究对象的科学的根本区别所在。对于其他科学，如心理学、哲学等，它们确定的研究对象是文学，但文学作为研究对象不是处于最简单、最基本的原子层面，反而包含了与文学有关的一切要素的总和。也就是说，不存在关于一切事物的文学的科学，只存在关于文学的抽象性的诗学。这样，诗学就把其他所谓的科学研究全部排除在文学科学研究之外，实现了诗学的独立。如此，在法国结构主义理论家看来，把（总体）文学的抽象结构作为文学性，则是为了在具体的社会历史条件下获得悬浮于文学的自主性之上的诗学的自主性。

3.3.3　多元的文学性

与托多洛夫提出文学的抽象性不一样，热奈特从体裁发展的角度出发，把文学性视为一种多元建制。这种多元建制由文学语言摆脱其实用功能后产生的审美功能决定，也就是说，由文学文本的审美性决定。这样，不同的发展阶段会存在不同的审美观，因为主体不同，对文本的审美也不同，也就决定了不同的文学性体制。

热奈特关于文学性概念的分析是从雅各布森的文学性问题入手一步步演绎出来的。雅各布森把文学性确定为诗学的对象，然后把文学性定义为“变言语信息为艺术作品的特性”③，强调文学实践的审美形态。这里涉及两种差异。第一是文学与其他艺术的差异，涉及各种不同艺术的比较，如文学与音乐、雕刻、绘画等艺术形态之间的差异。第二是文学作为一种语言实践活动与其他语言活动实践的差异，如文学与哲学、历史等语言活动之间的差异。热奈特更多关注的是后者。对于雅各布森将“诗性功能”作为“是什么东西把一部口头文本或书面文本变成一部艺术作品?”的答案，热奈特认为并不完整，指出语言的诗意功能只是众多可能答案或者现存答案中的一种，虽然雅各布森明确了一种新的文学判断标准，即

---

①［法］托多罗夫:《诗学》，怀宇译，北京：商务印书馆，2016 年版，第 90 页。

②［法］托多罗夫:《诗学》，怀宇译，北京：商务印书馆，2016 年版，第 91 页。

③［法］热奈特:《热奈特论文选》，史忠义译，开封：河南大学出版社，2008 年版，第 69 页。

形式标准。换言之，他认为，从文本的格律形式上来界定文学性，并非唯一的判断方式或标准。热奈特通过考察，根据不同的体裁类型及其发展，提出了两大类三种文学性：第一类，构成型或本质型文学性，分为虚构性和形式性两种；第二类，条件型文学性，视读者的审美趣味而定。

首先，热奈特结合传统文学体裁类型及其演变提出了文学的虚构性特性。关于文学的特性，早在 2000 多年之前，亚里士多德的《诗学》（*Poetics*）就已经确定并一直沿袭到今天的一个标准，就是文学的虚构性。亚里士多德确立了两种语言功能类型。一种是语言的一般功能，即提供信息、提出问题、说服、命令、许诺等，另一种是艺术功能，即生产作品的功能。语言可以从它的一般功能转换到艺术功能，转换的途径或方式就是使自己成为模仿行动和事件的载体，也就是用来虚构故事。所以，对于亚里士多德而言，诗人的创造力体现在他虚构或创造故事的能力，按照他的说法就是，“与其说诗人是韵文的创作者，不如说是情节的创作者，因为他是因擅长描述而成为诗人，而他所描述的就是行为”①。可见，传统意义上，语言的艺术功能或美学功能就是虚构，题材的虚构性成为文学的标准，或就是文学性。正是根据这个标准，亚里士多德创造了文学体裁的体系：悲剧、史诗、喜剧和滑稽模仿，使得文学语言与日常其他语言区别开来。

之后，随着诗歌的发展，形式在文学要素中的地位和作用逐渐凸显出来，直至 1919 年，雅各布森的诗意功能说完全确立了它的地位。这样，以虚构性和形式性为标准，文学体裁体系的组成形成了史诗-戏剧-诗歌三足鼎立的情势。一方面，两种文学性分别与三种体裁对应，史诗与戏剧以虚构性为特点，诗歌以形式性为特点。另一方面，两种文学性又分别以不同的方式与作为真实陈述的日常语言区别开来。小说或戏剧的审美功能在于其虚构性，虚构性典型、明显的特征在于向公众提供非功利性的乐趣。非功利性乐趣包含着审美，一旦进入虚构领域，就等于走出语言的日常功能场所，离开交际规则和道德责任的约束，等等。诗歌的审美功能以文本形式表现出来，语言也不再被作为透明的交际工具，与其日常信息传播功能背道而驰，且诗的文本只在自身形式中产生并消失。因此，在热奈特看来，虚构与形式，从某种意义上说，都变成不及物的独立体。

热奈特把虚构性与形式性称为构成型或本质型文学性。他认为，如果以之作为区别文学与非文学的标准，则存在很大的缺陷和偏狭。第一，具有封闭性。根据这两种标准，文学作品的范围只能限定在传统经典清单中认定的带有虚构性和/或诗性的文本。第二，无法覆盖文学的全部领域。一部文本或通过虚构题材内容，或通过诗歌的形式，或同时满足两种标准，仍然无法覆盖全部的文学场域，大量

①［古希腊］亚里士多德、［古罗马］贺拉斯：《诗学·诗艺》，郝久新译，北京：九州出版社，2006 年版，第 37 页。此处引用的译文做了一些修改。

的非虚构性散文，如史学、演说、政论、自传等一些具有鲜明独特性的文本就会被排斥在外。

因此，为解决这个难题，热奈特扩大了文学性的范围。他提出了第二类文学性，即条件型文学性。之所以是条件型，因为它体现了一种相对性，因此也是主观性。也就是说，作为一种文学判断标准，它提出的问题不是“是什么东西把一部口头文本或书面文本变成一部艺术作品?”而是“在什么条件下，或在什么环境下，一部文本不必进行内部改造而变成一部作品?”或者相反，“在什么条件下，或在什么环境下，一部文本不经内部改造不再是文学作品?”也就是用“什么时候成为文学?”这一问题代替“什么是文学?”的问题。

热奈特指出，与第一种文学性相比，条件型文学性有以下特点。首先，它具有开放性。假如一个文本的原始功能或原始的主导功能是教导、陈述、争辩等，这显然与艺术审美功能毫无关联。但是，如果通过个人或集体审美情趣，就可以赋予其美学品质，并将之前置，从而弱化、覆盖甚至湮没文本的原始主导功能。这样的话，历史、回忆录、传记乃至哲学就可能超越其资料价值、文献价值或科学价值等。进一步而言，一封信、一则广告、一场报告或一场访谈等也可能获得超越其原来目的的欣赏者，读者也可以赋予一句谚语、格言或警句原初的训诫、警示、教导等道德价值或真理价值之外的审美价值，如尼采的某些作品。更不用说散文、小品文之类的语言作品了。换言之，历史、回忆录、传记、哲学、信件、广告、报告、访谈、谚语、格言、散文以及小品文等，诸如此类的文本都可以被赋予审美价值而具有文学性。这一切所遵循的原则是：任何引起读者审美满足的文本都可成为文学文本，因此，任何文本都具有诗学潜能或文学潜能。其次，与本质型文学性相反，条件型文学性缺乏一致的、统一的理论依据或理论指导原则。与印象性批评相似，它不需要读者经过深思熟虑的、严密慎重的逻辑分析和推演，只是依赖于个人兴趣的评判和主观经验的鉴赏，由此呈现出的个人感受与主观随意色彩远远浓厚于学理性色彩，因此也就无法从理论上进行解释或说明。再次，条件型文学性并非存在于一切文本中，只在本质型文学性之外的范围内有效，即它与本质型文学性不可兼容。也就是说，只能面对诸如书信、格言、历史等根据传统文学体裁体系标准判断不属于文学的文本时，读者或读者群可以依据个人审美情趣或偏好，以审美判断的名义，赋予这些非传统意义上文学文本以诗学潜能或文学潜能（当然也可以否认这些文本的审美性）。这种条件性不能被扩大到各种构成型文学性所在的虚构作品或诗歌范畴，因为这一类作品在人类文化历史的范围内已经具备了永恒确定的文学性，不受个人评价的时效约束。具体而言，一部史诗、悲剧、十四行诗或小说之所以具有文学性，属于文学作品，不是因为人们的美学评价，而是由于其自身的本质特征。对于它们而言，根据条件型文学性做出其审美价值的否定性评价是无效的。有鉴于此，条件型文学性只能存在于既不属于虚构也不属于诗歌的文本之中，绝不能超越或滥用自己作为标准的权利。

以本质型文学性和条件型文学性两大类概念的划分和特点为基础，热奈特将诗学分为两类：本质论诗学和条件论诗学。在整体的文学场域中，本质论诗学与条件论诗学不能互相代替，两者之间是一种并列关系，每种诗学在各自有效的范围内发挥作用，因此，需要避免犯以偏概全以及相互混淆两大错误。但是，在热奈特看来，自亚里士多德以来，人们在诗学范畴中所犯的正是这两类错误：要么每一种文学都试图将自己视为完全意义上的文学，无视另一类文学的存在，要么以一种文学代替另一种文学，从而将两者混淆起来。

然而，当热奈特回到雅各布森“是什么东西变一部文本为文学作品？”这一问题，即“什么是文学性”这一问题的时候，他就必须面临一种理论困境。对于以虚构内容为主或以韵律形式为主的作品而言，答案为虚构性或形式性，这一点可以明确无疑。然则，对于依据读者主观审美准则判定为文学的文本，他无法提供对这一问题的贴切答案，因为这些文本虽然在一定条件下成为审美对象，但缺乏传统意义上的艺术特征或曰文学特质。

那么，怎么摆脱这种理论限制并逃出这种理论困境呢？热奈特采取的策略是置换雅各布森的提问方式，即将“是什么东西变一部文本成为文学作品？”置换为“是什么东西使一部文本成为审美客体?”为什么热奈特要将“文学作品”置换为“审美客体”呢？其用意何在？显而易见的是，文学作品与审美客体在概念范畴和范围上具有明显区别。文学作品指具有一定明确的、内在的艺术特征的文本，是客观的、自足的，不依赖于读者而存在的，审美客体是在与审美主体的参照关系中进行界定的，审美主体因时代、趣味、标准等不同而具有很大差异，因而是不确定的。并且，艺术特征不等于审美特征。从范围上看，文学作品范围小于审美客体范畴。可见，热奈特意欲扩大文学作品的范畴。尽管如此，对于自己提出的问题，他仍然无法提供一个确定的答案，只是非常有保留地认为艺术作品可能是这一问题的众多答案之一。

如果仔细审视“是艺术作品使得一部文本成为审美客体”这一陈述，不难发现其中的费解之处。第一，艺术作品本质上具有审美特征，本身就是一种审美客体，那么，从这个意义上，此陈述不具有任何价值或意义。第二，将“艺术作品”这一本身也需要确定其内涵与外延的概念作为答案，不免让人感觉产生一种同义反复之嫌。热奈特实际上并没有真正回答自己提出的问题。如果是这样的话，他的目的何在？

问题的答案可以从热奈特关于悲剧性的观点一窥究竟。他认为，“悲剧性可能存在于悲剧之外，正如某些悲剧很可能缺乏悲剧性一样，或者至少比其他悲剧少一些悲剧色彩”[1]。以此类推，文学性可能存在于文学之外，也就意味着一些非文学作品可能具有文学性，以及一些文学作品可能不具有文学性。既然如此，在俄国形式主义者那里作为区别文学作品与非文学作品的文学性概念，在热奈特的话语逻辑中已经失去了区分功能。更进一步说，它已经不再被赋予一种独立的存在性。于此，他构建多元文学性的目的已经非常明显，即旨在扩大雅各布森试图确定的诗学的对象范围，让它既包括具有审美特征的艺术作品，即传统意义上的文学作品，也包括那些非传统意义的文学但具有审美价值的文本，而审美价值是由审美主体自由确定的，这就意味着一切文本都可能具有审美价值，从而一切文本都可能具有文学性。热奈特在《隐迹稿本：二度文学》（“Palimpsests: Literature of the Second Degree”）中将这种文学性等同于广义文本性或者跨文本性[2]。就这样，文学性概念就最终泛化成为文本性概念，这也就为叙事学的拓展奠定了理论基础。

3.3.4 文学的符号性

在其前期的批评实践中，巴特是一个结构主义论者，他曾站在语言符号学理论立场明确表示，“事实上，文学的特性问题，只能在普遍符号理论之内提出”[3]，那么，他所说的文学的特性究竟是什么呢？

关于文学的本质或文学性概念，巴特在很多场合中都有所涉及、讨论，但从未集中明确谈论过。而且，在各个不同的场合中，他使用了不同的表达方式和术语，加之他罕见的自由的写作风格，很难直接明晰其文学性观点。但是，如果把这些散见于各个语境的相关言论串联起来，则可以寻觅到一条隐性的话语线索，引导我们比较清晰地了解他关于文学性的基本观点。

在《文学科学化》（“The Science of Literature”）一文中，巴特声称：“我们有文学史，但没有文学科学，因为，无疑我们还未能充分认识文学对象的本质，它是一个书写对象。假如我们承认作品是由书写所构成（而由此得出结论），某种文学科学是可能成立的……是一种关于内容的状况的科学，也就是形式的科学。它感兴趣的，是由作品产生的生成意义，也可以说是可生成（engendrables）意义的变异……总而言之，它的对象并非作品的实义，相反地，是负载着一切的虚义。”[4]这里，与其他形式主义者一样，巴特提出，文学科学的研究对象不是内容或者意义，而是关于作品内容的形式，是形式提供了产生各种意义的可能，它本身没有意义。换言之，形式给予一切可能的意义，自己却没有实义，即所谓的虚义。同时，作品又由书写构成，即是说，作为文学科学对象的，应该是作为一种书写的形式。

---

① [法] 热奈特：《热奈特论文选》，史忠义译，开封：河南大学出版社，2008 年版，第 15 页。
② [法] 热奈特：《热奈特论文选》，史忠义译，开封：河南大学出版社，2008 年版，第 58 页。
③ [法] 罗兰·巴特：《批评与真实》，温晋仪译，上海：上海人民出版社，1999 年版，第 29 页。
④ [法] 罗兰·巴特：《批评与真实》，温晋仪译，上海：上海人民出版社，1999 年版，第 57 页。

在另外一篇文章中，巴特针对雅各布森的问题“是什么东西使一部文本变成艺术作品？”做了如下阐发：“任何写出的文字，只是当其在某些条件下可以改变初级讯息……的时候，才变成作品。这些变化条件便是文学的存在条件。”[①] 巴特的理解是，文学性就是把初级讯息改变为富有新意的二级讯息的条件，而二级讯息才是文学作品的存在形态。那什么算作初级讯息，什么算作二级讯息呢？他并没有指明。

在《批评与真实》（*Criticism and Truth*）中，巴特提出了类似于初级讯息和二级讯息概念的作品的第一语言和第二语言概念：“任何读者都知道，假如他不想被字面意义所吓倒，他怎么会不感觉到与超越本文的某个东西有接触？就如作品的第一语言在他本身引发出其他的词语，并教他述说第二种语言那样，这就是人们所谓梦想。但根据巴希剌的说法，梦想也有它所遵循的道路。文学就是名词的探索……因而我们‘颂扬’文学：假如只有一个意义，也就是说辞典上的意义，假如第二种语言没有扰乱或解放‘语言的确定性’，那就没有文学了。”[②]由此段阐述可以推断，巴特所说的第一语言就是文字表达的字面意义或辞典意义，它是确定的、不变的，第二语言由第一语言产生，并使第一语言意义的确定性遭遇解体、模糊化，但正是因为它，文学才可能存在。随后，巴特又提出了作品的第一符码和第二符码两个概念：“文学著作所依附的象征语言在结构（par structure）上来说是一个多元的语言。其符码的构成致使由它产生的整个言语（整个作品）都具有多元意义……实用语言与文学语言相较，其模糊性就算不了一回事了。实用语言可以凭借其出现的语境(situation)而减少误解……但文学作品却并非如此，没有任何即情即景可做依据，或许，正是这一点最能说明它的特征：作品不受任何语境所环绕、提示、保护或操纵……作品的不可确定性是绝对纯粹的……言语虽然符合第一符码，但却允许多层意义的诠释，因为它的表述是在整个语境之外的……作品的第二符码是有限制性的：它也不确定意义之所在……它建立多种模糊性而非单一性的有意义。”[③]

综合上述巴特的相关论述，他使用了初级讯息与二级讯息、第一语言与第二语言以及第一符码与第二符码三对术语或概念。根据上下文，我们不妨将初级讯息、第一语言和第一符码三者等同起来，将它们理解为呈现在文本上的文字，或语言符号中的能指，或文本的字面意义；将二级讯息、第二语言和第二符码三者等同，将它们理解为字面意义之外的文字意义。前者是确定的、单一的、明确的，是日常语言或实用语言的主要特征，因为日常语言或实用语言具有明确的语境，而后者是模糊的、多元的、不确定的，构成文学语言的特征，因为文学语言是一

① 张智庭：《法国符号学论集》，天津：南开大学出版社，2018 年版，第 239 页。
② [法] 罗兰·巴特：《批评与真实》，温晋仪译，上海：上海人民出版社，1999 年版，第 50-51 页。
③ [法] 罗兰·巴特：《批评与真实》，温晋仪译，上海：上海人民出版社，1999 年版，第 52-53 页。

种脱离语境的语言，或是一种在其中可以建构多重语境的语言。文学研究科学的对象是一个本身没有意义但又能支撑作品一切意义的形式，即意义的多元性本身。作品同时包含多种意义，这是结构本身使然，并不是因为读者阅读能力的不足，因此，它是符号性。符号并不等于形象，它就是意义的多元性本身。

由此不妨确定，巴特所指的文学语言的符号性就是他所谓的文学性，其理论渊源则是索绪尔关于符号性质的观点。索绪尔将语言符号视为能指与所指的组合，分别表示声音形象和概念，声音形象和概念的组合构成语言符号，语言作为一种符号有两个重要特征：第一，能指与所指之间的关系是约定俗成的；第二，能指具有线性特征。在论及第一个特征时，索绪尔谈到了符号与象征之间的区别："有人曾用'象征'一词指语言符号，或者说得更准确点，用来指这里所说的能指。原则一恰恰显示出使用这个术语的不足。象征的一个特征就是它从来就不完全依赖约定俗成；它不是空白的，因为它身上存留着能指和所指间自然联系的痕迹。象征公正的天平就不能用其他的什么东西（例如一辆马车）来代替。"[①]巴特强调文学形式的空白和虚义，强调文学词语的多义性，强调文学的无语境性，正是出于语言作为符号的理论视角，他将模糊意义视为语言的固有结构。

除了上述原因外，巴特提出文学性是文学的符号性，还与其他因素相关。一则与他对语言学的态度相关，他深受现代结构语言学的影响，对语言结构与阅读、批评、写作之间的关系进行了深入思考，最终把文学问题归为语言的问题，所以，他认为应该用语言学的模式而非语文学的模式来解决文学问题，如同他在《S/Z》一书开篇中的阐释，初期叙事分析家意图在单一的结构中见出世间的全部故事，"他们总试图从一个故事中发现世界的所有故事（我们已经有了那么多故事），认为我们应该从每个故事中抽离出它特有的模型，然后从这些故事的模型中导引出一个宏大的叙事结构，再转而把这个宏大结构使用于任何一个叙事（为了检测）"[②]。二则与其 20 世纪 60 年代与法国索邦大学的一场争论相关。巴特在 1963 年发表的《论拉辛》（*On Racine*）中的激进形式主义立场引起了 R. 皮卡尔（R. Picard）的愤怒，后者以《新批评还是新骗术》（"Nouvelle Critique ou Nouvelle Délire"）为名的一本小册子展开对巴特的猛烈攻击，由此导致的"批评家论争事件"构成了法国新旧批评之间的一场论战。论战中，巴特明确站在一个结构主义新批评者的立场，对那种过时的、陈旧的批评观念提出了质疑。这种旧批评观认为，文学是客观的、有趣味的和明晰的，文学文本的意义只可以通过唯一的方法获得，因此，可以建立一门关于文学的元科学。但在巴特看来，正是这些要求导致批评者陷入要么沉默、要么瞎说的无能境地，评论危机开始蔓延，而面对这种危机，只

① 朱刚：《二十世纪西方文论》，北京：北京大学出版社，2006 年版，第 279 页。

② Roland Barthes. *S／Z*, Trans.Richard Miller. Oxford: Blackwell Publishing, 1990, p.3.

能用语言的方法加以解决。《批评与真实》一书就是对法国传统批评观的批判。该书出版于 1966 年，当时正是巴特形成其符号学理论和结构主义思想的阶段，其中关于文学本质的论述表明了他对文学语言本身的关注。而且，他打破传统的主体概念，将语言的符号性与作者主体身份消解和批评家主体身份构建联系了起来。一方面，语言的符号性使得语言无所指，因此消解了文本的确定的意义，消解了作者的主体身份。另一方面，也是巴特认为更重要的方面，语言的符号性使得批评不再去寻求一种确定的、字面的意义，而是“用一种语言去充分表达另一种语言”①，无论人们怎样议论，“语言方面，主体方面，虚无方面，都是一样”②。从而，批评在本质上成为文学。这才是巴特谈论文学性的最终目的所在。

巴特认为，作为一种言语活动，也就是一种符号系统，文学的本质“不在它的讯息之中，而在这种‘系统’之中。也就在此，批评不需要重新建构作品的讯息，而仅仅需要重新建构它的系统，这完全像语言学家不需要破译一个句子的意义，而需要建立可以使这种意义被传递的形式结构”③。这段话可以从两个层面来理解。第一个层面，在文学系统内部，各种具体的文学文本本身并没有意义，它的意义在于与其他文本的位置关系中呈现出来的差异。第二个层面，在文学系统外部，在文学与哲学、历史、经济等其他科学话语的更大的系统中，文学的意义在于它与这些话语的位置关系中呈现出来的差异。无论是哪一种关系，这种在一个结构中呈现出来的差异都是抽象的。托尼·本尼特（Tony Bennett）的阐释表明了这一点，“形式主义者研究的对象不是具体的文学文本自身，而是文学文本和非文学文本之间抽象的差异关系，一个全部属于他们自己理论程序的产物”④。但是，最后的结果是，批评家的地位得以提高。这一点改变了英美新批评家眼中俨然不可侵犯的信条，即批评家与作家之间的关系如同“无上的创造者与低微的侍从，二者都是必须的，但应该各就各位”⑤。

从托多洛夫的文学的抽象性，到热奈特的文学的虚构性、形式性和条件性，再到巴特的文学的符号性，法国结构主义诗学对文学性内涵的界定已经超出了俄国形式主义者或英美新批评派所限定的文学性的文本层面，无论是语音、语义、结构还是语篇层面。即是说，法国在结构主义诗学视角下，文学性逐渐脱离了文学文本本身的、可具体分析的实体性范畴，成为一个更加整体化的、概括性的、抽象化的范畴。

---

①［法］罗兰·巴特：《批评与真实》，温晋仪译，上海：上海人民出版社，1999 年版，第 74 页。

②［法］罗兰·巴特：《批评与真实》，温晋仪译，上海：上海人民出版社，1999 年版，第 73 页。

③［法］巴尔特：《文艺批评文集》，怀宇译，北京：中国人民大学出版社，2010 年版，第 309 页。

④ Tony Bennett. *Formalism and Marxism*. London & New York: Routledge, 2005, pp. 52-54.

⑤［法］罗兰·巴特：《批评与真实》，温晋仪译，上海：上海人民出版社，1999 年版，第 48 页。

小 结

20 世纪初，西方社会人文领域的语言学转向与科学主义思潮对文学研究领域产生了重要的影响，文学的社会学式研究模式以及文学外部批评方法受到了强烈的质疑，人们将研究对象以及研究重点转向了文学文本自身。随着文学研究对象的重新确立以及研究重点的向内转，那种印象式的、感悟式的、点评式的方式已经不符合科学研究的要求，在文学研究领域内寻求一种符合文学科学发展规律的科学实证主义方法，成为俄国形式主义、英美新批评、法国结构主义诗学的主要目标。虽然从发展时间来看三种理论流派各自不同，各自的理论侧重点。批评方法和策略、理论目标各自不同，但是，它们之间存在着或深或浅的理论渊源，采取的基本立场具有共通性。它们都将文学语言视为一种特殊的语言，与日常语言以及其他学科有着根本性的区别，强调对作为文学本质属性的文学性的探究，以此将文学研究与其他学科区别开来。但是，在文学性具体为何物上，又存在着根本的差别：俄国形式主义将文学性界定为语言手法和技巧带来的文学的陌生性，英美新批评将文学性确定为文学文本结构的统一性，法国结构主义诗学将文学性设定为文学的不及物性。

俄国形式主义理论家超越方法论争论的界限，以建立一门具体的文学研究科学为己任，本着打造文学的科学研究精神，以形式研究方法为突破口，打破传统文学研究中以内容为主的社会学研究范式，将构成文本的语言的地位和作用凸显出来，探讨文学如何通过各种手法、技巧、程序，在语音、语义、语法、情节、文体等形式方面显示自身的特殊性，并以此建构出自己的文学性概念。在此基础上，他们建立了一种形式的实证主义文学研究。首先，这种研究确立了一种新的语言美学和进化原则，通过各种手法和技巧等语言形式的创新，让读者产生一种审美的陌生感，以凸显语言自身作为本体的存在。同时，他们主张通过感觉的陌生化不断克服感觉的自动化，以此建立起一种辩证的、动态的语言发展和进化历史观。其次，他们的文学实证研究确立了一种文学审美现象学，将文学从与哲学、历史、社会学、心理学、文化等混淆不清的状态中拯救出来，确定文学研究的研究对象，以事实观察为出发点，注重直观感受，不做任何的理论或思想预设，建立一门真正的关于文学语言形式与结构审美的纯粹诗学。最后，俄国形式主义强调的文学性，并非某些理论家们所称的那样，是与生活无关的艺术的形式，文学的科学研究是对艺术形式的客观的研究。恰恰相反，俄国形式主义理论家通过为文学和文学研究划定一块专属的领域，不是为自己的科学研究新方法提供合理的支撑点和框架，而是为文学和文学研究提供新的任务以及新的问题领域，最终成为理论家们在面对自己所处时代的社会陷入思想混乱和世纪末精神焦虑的现实时采取的一种应对策略。这正是一种强烈情感的体现，是一种形式的情感冲动。然而，俄国形式主义主张通过增强艺术感受力来增强对生活感知的初衷，却因其理论与批评过于专业化和精英化，只能停留于理论层面，在实际操作层面没有实现的可能，或者有保留地说，实现的可能性很小。因此，文学性研究最终成为一小部分人进行理论操演的一个场所，最终成为陌生的文学性。

英美新批评派中，韦勒克关于艺术作品的定义具有代表性。英美新批评理论家们采取的内部研究方法，无论是术语式的概括，还是论点式的阐发，都是从“结构”这一内含各种组成要素、各个侧面、各个维度或者各个层面的艺术形式的探讨，整体上形成了英美新批评关于文学性的观点，即文学的异质结构性和结构的异质性。也就是说，诗歌或艺术是一个由形式构成的自我存在的结构，正是这个结构统摄了各个文本中可能存在的相互指涉又相互冲突的诸要素，但最终又将这些冲突力量以一种审美方式给予平衡、协调和统一，从而呈选出文本的意义。这个结构是一个意义的结构，因而也生成结构的意义，即一种意义感。意义感表明一种仿佛是或好像是的感觉或感知，而人类需要一种感知作为把握意义的非语言所在，通过感知，世界才呈现在我们面前，并且为“我们”而形成。因此，对于英美新批评而言，对意义的感知即意义感与获取意义一样重要。它指向自身，有助于形成一种生活的真实感和经验感，最终在审美意义上而非认识论意义上完善自身，如同诗歌的结构。基于这种文学性概念，英美新批评派对印象式批评和实证主义批评两种批评模式进行了指责。他们认为，印象式批评偏离了文学批评家的任务，从事的是哲学家、历史学、生物学家等的工作，且完全依赖主观感受，毫无批评所需要的理性思考可言，实证主义批评又过多地纠缠于文本外的一些事实，与文本本身没有关系。因此，他们提倡一种客观的批评。这包含两层含义：第一，批评是对作为客观存在的文本的批评。诗歌或广泛意义上的文学作品，是一个由多种矛盾和张力构成的统一的、完整的、有机的、动态语言符号结构，这个结构自成一体，独立存在，因而具有自身的独特意义和审美价值，具有自身意义推演和自我价值体现的独特逻辑。第二，批评具有客观性。因为文学作品是一个独存的结构体，所以批评必须既不能陷入主观印象主义泥潭，也不能走科学实证的极端，更不能采纳以政治化为典型代表的其他外部阐释模式。基于这种客观批评的要求，以及文学批评的专业化和学科化趋势，英美新批评提出以文本细读法作为具体的批评实践方式，以期带来一种批评的规范意识和客观意识。

与俄国形式主义一样，法国结构主义诗学旨在以文学本身作为自己的研究对象，建立一门关于文学的科学。但是，俄国形式主义建立文学研究科学所设定的前提或基础是它研究对象的独特性，即文学的异质特性，这种特性是其他学科无法作为研究对象的，而法国结构主义理论家建立文学研究科学的前提条件是文学内在的总体性，即超越具体文学作品却支配着这些作品的一套内在的文学法则和程序。这些理论家认为，是这套法则让文学作品的意义生产成为可能，要发现并建立这套法则，需要采取结构主义的方法，也就是从具体的文学言语中抽象出各种叙事模式来，然后根据这种模式分析具体的文学作品。法国结构主义诗学与英美新批评都关注文学结构，但二者对结构的理解不一样。英美新批评所指的结构，是每个文学作品组成的具体的语言结构，以语言的语音、语义、修辞、主题等各个层面中各要素之间的关系呈现出来，且每部艺术作品的结构具有自身的特点。法国结构主义理论家关注的结构并不由具体文学作品构成，是由隐含在文学话语表层特征下面的一套固定的、系统的叙事结构，这种结构提供一套普遍可用的、有效的文学作品阐释程序和方法，是一种抽象的结构，因而，结构主义的文学是一种可能的文学。基于此，法国结构主义诗学将文学性设定为文学的不及物性。也就是说，文学语言不传递任何内容，文学作品是一个没有信息的编码，它不指涉任何外部事物。不同的结构主义理论家对文学的不及物性理解和阐释不同。托多洛夫、巴特和热奈特都从语言学角度出发，认为文学不反映实在世界，文学语言不指涉具体事物，但托多洛夫把文学的抽象性视为文学性，巴特将符号性视为文学性，热奈特关于文学性的探讨最多。他从文学体裁发展史的角度根据不同的体裁类型提出了三种文学性，即小说的虚构性、诗歌的形式性以及诗歌小说体裁之外的作品的条件性。法国结构主义理论家对文学性内涵的界定已经超出了俄国形式主义者或英美新批评派所限定的文学性的文本层面，无论是语音、语义、结构或是语篇层面。亦即是说，在法国结构主义诗学视角下，文学性逐渐脱离了文本本身的、可具体分析的实体性范畴，成为一个更加整体化的、概括性的、抽象化的范畴。

第 4 章 现象学范式：意向性中的文学

引　言

20 世纪西方人文社会科学领域发生的哲学转向中，对文学理论范式转换产生重要影响的哲学流派之一便是胡塞尔现象学[①]，它是胡塞尔为消除 20 世纪初欧洲精神文化面临的严重危机而决定重建西方精神文化的可靠根基所提出的一整套全新的思想方法。在胡塞尔看来，这场危机的实质是知识的基础性危机。正是由于缺乏可靠的知识基础，各门科学陷入了没有统一中心的分裂之渊。哲学被实证主义和主观主义撕裂，导致的结果是，一方面，相对主义和非理性主义招摇过市，另一方面，自然科学和社会科学萎缩为目光短浅、各自为政的实证性研究，艺术则迷茫于虚无的荒原。针对这一情况，胡塞尔指出，必须采取一种“回到事实本身”的哲学思维态度与方法，亦即回到知识的确定性基础的思维态度与方法，才能于一片思想混乱不堪之中挽救整个西方精神大厦倾覆之危。

胡塞尔把这种知识的确定性基础确定为纯粹的先验意识或纯粹的先验自我，亦即事实本身，且这种事实本身通过现象学的还原方法才得以把握。现象学还原方法有三大步骤。第一步是现象的还原，即把那种在自然的态度中看作是意识之外的客观事物看作（还原为）是在感知意识中呈现的现象。第二步是本质的还原，即把呈现在感知意识中的个别事物的直观意识过渡到本质观念的直观意识，成为一种更为内在的、确定不移的意识，以清除经验主义的残余。第三步是先验的还原，就是将客体彻底还原为纯粹先验意识的构造，以此消除主客之间的二元对立。

① 学术界关于现象学有广义和狭义之分。广义现象学是指埃德蒙德·胡塞尔思想影响下的思想运动及其代表人物，包括狭义现象学、存在主义、阐释学等；狭义现象学是指严格意义上属于埃德蒙德·胡塞尔思想体系的理论家，如波兰美学家英伽登等。

这样，经过三个步骤之后的现象学还原，剩余的便是纯粹的先验意识，它成为知识最终得以可能的确定性基础。那么，现象学的任务就是深入思考并分析这一基础。

胡塞尔对纯粹意识的研究主要偏重对意向性的分析，或者说对意识的意向性结构的分析。那么，何为意向性呢？胡塞尔解释说，“我们把意向性理解作一个体验的特征，即‘作为对某物的意识’”[①]。现象学认为，意识不是一个孤立的实体，也不是被动接收材料的容器，而是体现为一种激活对象、构造对象的功能。因此，意识活动总是指向某种外在事物或与某种事物相关。一切意识都是关于某种事物的意识，没有一种独立于意识而存在的自在的客体，也没有一种脱离客体而存在的意识。意识活动与意识客体有着内在联系，两者相互依存。一方面，外部世界在被意识把握以前，或者说，被意识的意向性光芒照射之前，是黑暗、混沌的，没有意义，也没有秩序，不是一个统一体。只有当外部世界被意识活动把握、成为意识活动对象的时候，事物才开始有意义、有秩序，因为一切存在的统一体都是意义统一体，但意义统一体不会自然呈现。另一方面，意识总是指向某物的意识，某物总是意识活动中的对象。如此，意识与意识的对象就密不可分地联系在一起。胡塞尔借用这一概念的主旨在于，排除人们对对象存在的自然态度，而将对象还原为意识内容，同时也排除唯心主义的主观态度，以强调意识活动的对象相关性，或者说意识的客观基础。一切对象都是在意识中生成的意向对象，而一切意识都必指向意向对象。处于这种意向性两端的意识和客体必须是经过现象学还原的纯粹意识和纯粹对象。作为研究出发点的现象既不是用经验可证实或证伪的外在事实、客观事物的表象，也不是纯粹的主观心理体验、感觉材料。或者说，它既非自然客体，也非主观感觉，而是直接呈现在我们意识中的一切东西，这些东西可以按照特定方式加以把握而产生意义。

现象学作为一种哲学的方法论，与艺术和美学之间有着极大的相似性和天然的内在联系。胡塞尔就这种相似性和相关性明确提出，“对一个纯粹美学的艺术作品的直观是在严格排除任何智慧的存在性表态和任何感情、意愿的表态的情况下进行的……艺术作品将我们置身于一种纯粹美学的、排除了任何表态的直观之中”[②]。

作为 20 世纪西方哲学潮流三大主要流派之一，现象学在 30 年代开始流行，发展迅速，很快便在文学批评理论领域产生了实质性的影响。它促进了以乔治·布莱（George Poulet）为首的日内瓦学派意识批评或认同批评的形成，成为英伽登、伊瑟尔、姚斯、费什等读者接受和读者反应批评的理论来源，被早期的哈特曼、米勒等耶鲁学派代表人物在美国文学批评界加以发挥，成为“扭转美国当代文论

① [德] 胡塞尔：《纯粹现象学通论：纯粹现象学和现象学哲学的观念 第 1 卷》，李幼蒸译，北京：商务印书馆，1992 年版，第 210 页。

② [德] 胡塞尔：《胡塞尔选集》（下），倪梁康选编，上海：上海三联书店，1997 年版，第 1202 页。

中新批评倾向的主要潮流之一"[①]。这种影响，首先表现在它改变或更新了人们关于文学存在方式的观念。

一批文学理论家把上述现象学思想用于文学研究领域，形成了文学研究的现象学范式。在此种范式的理论设定中，文学作品本身既非自然存在的客观实体，也非纯粹主观意识的产物，而是一个意向性结构，由处于结构两端的意向性主体即读者和作者、意向性客体即物理存在的文本以及连接主体和客体的意向性三部分组成。意向性指意识活动的客体关联性，既可以由意向性主体指向意向性客体，也可以由意向性客体指向意向性主体。因此，作者、作品和读者之间的关系是一种现象学意义上的关系。作品是物质的、物理的，没有作者就没有作品，但没有读者也不会产生作品。进一步而言，依据研究的侧重点不同，产生了以下几种文学批评方式。第一种是意识批评，以日内瓦学派、哈特曼和米勒为代表，侧重文学文本作为作者意向性客体的意识纯粹性特点，凸显作品中作者的纯粹意识，强调文学作品是作者意识的纯粹再现，体现了作者的"我思"，是人类意识的集中方式，构成文学作品精神性特质的本质和本源，因此，批评的任务就在于追寻并揭示这种意识。第二种是读者接受理论，以英伽登、伊瑟尔、姚斯等为代表，凸显文学文本作为意向性客体的意向性特征，侧重于文学文本表现其意向性的各个方面，重点揭示文本意义生成所依赖的主观的、客观的、社会的可能性条件和机制。第三种是读者反应批评，以美国的费什为代表，侧重于读者作为意向性结构中的意向性主体特征，重点揭示读者赋予文本意义过程中的意向对象建构及其限制。

4.1　作为纯粹意识的文学

从现象学视角来看，世界并不像唯物论所认为的那样，外在并按照某种秩序或规律独立于人们的意识。相反，在成为意识的对象之前，世界处于无意义、无秩序的状态之中，不是一个统一体，只有被意识活动把握，成为意识活动的对象的时候，事物的秩序才会呈现，意义作为统一体才会得以设定。这个意义统一体的设定，由现象学的先验的自我意识或者纯粹意识来完成。所谓纯粹意识，既不是外在于世界、作为事物本质显现的柏拉图式的"理念"，建立在不可证明的假设基础之上，不言而自明，也不是勒内·笛卡儿（René Descartes）式的对认识可能性加以证明的"我思"，因之为纯粹的个人经验而无法获得普遍性真理。它是构成了整个现象世界的本质和本源，并且客观存在于每个人的主观意识之中。

胡塞尔现象学将人们对世界的意识称为纯粹意识，它排除了与客体有关的所有先在的经验、知识和预设等主观看法，按照世界原初呈现在直观中的样子来理

---

① 赵毅衡：《重访新批评》，天津：百花文艺出版社，2009 年版，引言，第 16 页。

解世界，并通过直接经验把外部世界的印象综合改造为一个统一的经验系统，体现在艺术领域，正如米盖尔·杜夫海纳（Mikel Dufrenne）所说，“艺术作品的本质只是随艺术作品的感性呈现而呈现”①，在审美活动中，“审美对象需要的是一个不相信什么或只相信自己的眼睛的纯旁观者”②。那么，对于文学批评家而言，他们需要关注的则是文学作品的纯粹呈现，也就是文学作品中的纯粹意识和纯粹再现。

4.1.1 文学的精神性特质

关于文学作品的存在状况，乔治·布莱写道：“在一间空屋子里，桌子上有一本书，正等着它的读者。我觉得这是一切文学作品的最初的境况。在某人开始阅读之前，只有一个纸做的东西，它只不过是以它在某处的无生命的在场表明它作为物的存在。就这样，在图书馆的书架上，在书店的橱窗里，书等着有个人来把它们从某物质性和静止性中解脱出来”③，此时，“作品在我身上体验着自己。在某种意义上，它甚至在我身上思考着自己，申明着自己”④。也就是说，文学作品从脱离作者之手的那一刻起，直到进入读者的视线或者成为读者的意向性客体之前，其本身是没有意义的，更不用说是一个意义的统一体。一旦成为被阅读的对象，文学作品就成为一个被激活的意识对象，参与意义和秩序结构的建造。布莱的观点体现了典型的胡塞尔现象学思想。

现在常被称为“日内瓦学派”⑤的批评家有布莱、阿尔贝·贝甘（Albert Beguin）、让·斯塔罗宾斯基（Jean Starobinski）、马塞尔·雷蒙（Marcel Raymond）以及让·卢塞（Jean Rousset）等。布莱于1971年出版的《批评意识》（*Critical Consciousness*）一书被誉为日内瓦学派的宣言式著作。它研究了斯达尔夫人（Madame de Stael）、夏尔·皮埃尔·波德莱尔（Charles Pierre Baudelaire）、马塞尔·普鲁斯特（Marcel Proust）、夏尔·杜波斯（Charles Dubois）、雷蒙等16位批评家各自追寻“我思”即“意识”的方式，以此为基础，对批评意识的各种概念进行理论阐释，并提出自己的批评方法论。根据郭宏安的看法，被归入“日内瓦学派”的批评家，是一群批评实践者而非理论者，他们有着鲜明的个性，各自保持独立的精神，采用的批评方法各有特色，缺乏共同点，也都不承认自己是“日内瓦学派”，因而，笼统地说“日内瓦学派”非但不能明了他们的批评实践，反而使他们的独特个性淹没在一种抽象的术语之中，鉴于此，他提出建议，不妨

---

① [法] 米·杜夫海纳：《审美经验现象学》(上)，韩树站译，北京：文化艺术出版社，1996年版，第71页。
② [法] 米·杜夫海纳：《审美经验现象学》(下)，韩树站译，北京：文化艺术出版社，1996年版，第400页。
③ [比利时] 乔治·布莱：《批评意识》，郭宏安译，南昌：百花洲文艺出版社，1993年版，第253页。
④ [比利时] 乔治·布莱：《批评意识》，郭宏安译，南昌：百花洲文艺出版社，1993年版，第262页。
⑤ 这里指文学批评学派，另外还有一个语言学派。

将日内瓦的批评家视为一个批评群体，而非批评流派。[①]但是，正如英美新批评和法国结构主义诗学等其他文学批评学派一样，“日内瓦学派”虽然各自的理论侧重点、批评视角呈现出差异，但在关于文学和文学批评的基本理论主张方面，几乎都受到胡塞尔现象学理论的影响，带有强烈的现象学色彩和浪漫主义气质。例如，贝甘认为，诗始于与物质世界的接触，“现代诗试图借此达到人类经过长时间才获得的那种理性的认识，即与物之间的直接的、直觉的交流，如原始人那样的交流”[②]。雷蒙认为，“诗发生于精神和物的结合部”而需要凝神观照[③]，布莱虽然认为作品表现作品的纯粹意识，但在阅读之前，它体现为“作为物的存在”[④]。这些都出于基本上一致的理论出发点，即文学是富有强大生命力的意识存在，批评则是一种对文本的自由阐释，是对这种生命意识的张扬和继续。显而易见，这种主张相左于同时期法国结构主义诗学关于文学科学、文学抽象性的观念。然而，从话语上来看，与法国结构主义理论家不同，“日内瓦学派”没有明确使用“文学性”这个概念，在他们的论述中也找不到“文学的本质”等字眼儿，但这并不否认他们认为文学作品应该具有“文学性”。我们可以从他们关于文学特性、文学语言特点的陈述以及文学批评的实践中总结出他们对于文学性的看法，即文学具有的精神性特质。[⑤]

现象学认为，作为意识对象的客体不是被动的、自然的客体，而是被意识激活了的、具有意义的客体，具有鲜明的意识特性。但是，这种意识是一种纯粹的意识，不是事先就存在于大脑的，也不是受其他思想观念的影响形成的，而是一种靠直观获得的对事物本质的认识。据此而论，文学作品也就不是作者对现实事物作为自然客体的模仿或者复制，不是他对现实生活的实际内容和经验的再现，也不是对政治、宗教、历史、思想等的反映，而是他对客观世界中一切相关思想经过悬置和终止判断后形成的纯粹意识的结晶，因而是对客观世界的本质的揭示。正是这种意识赋予了客观世界以意义和秩序，使客观世界不再被动地、孤立地外在于人类意识，成为人类的重要经验领域，构成人类精神的一种集中表现形式。

这种关于文学作品的思想非常典型地体现在布莱的批评思想中。在布莱看来，文学作品的特性表现在它的精神的纯粹性。首先，文学作品的内容不是作品中的具体事实，也不是作品中作者的思想，而是构成作者思想的纯粹意识。也就是说，一部作品并不就是一部作品而已，它更是一种纯粹的精神实体，或者说，文学作品不单单是一种物质性的存在，它是作为一种精神实体发挥作用。其次，形式虽

① 郭宏安：《“日内瓦学派”：学派的困惑》载于《欧美文学论丛》，2004 年第 1 期，第 100 页。
② 转引自［比利时］乔治·布莱：《批评意识》，郭宏安译，南昌：百花洲文艺出版社，1993 年版，第 126 页。
③ 转引自［比利时］乔治·布莱：《批评意识》，郭宏安译，南昌：百花洲文艺出版社，1993 年版，第 117 页。
④［比利时］乔治·布莱：《批评意识》，郭宏安译，南昌：百花洲文艺出版社，1993 年版，第 253 页。
⑤ 罗芃：《意识的对话：论日内瓦学派》载于《欧美文学论丛》，2004 年第 1 期，第 144 页。

然不与作为精神的内容对立，但它成为凸显文学世界的纯粹性以及作者意识的纯粹性的一种羁绊，因此，被布莱置于一种可有可无的境地，“文学完全是一个想象的世界。它是一种行为的非常纯粹的结果，作家通过这种行为把事物变成思想，同时让所有不再是思想的东西消失”[①]。这里，“不再是思想的东西”就是指形式。为什么要排除形式呢？布莱认为形式“是一道屏幕掩盖着内心世界的现实……超越形式到达一个没有形式、至少没有确定的形式的地方，写这些诗或这些小说的人的隐秘生活在那里进行着……”[②]。如此一来，形式就被视为是一种遮蔽精神实体的屏障，需要被打破、否定甚至摧毁。“小说就是小说，诗就是诗，悲剧就是悲剧，这使我极为不悦……简言之，我的打算是抹去一切形式的区别，把一切文本都归结为作者的思想的一种语言形象。”[③]这样，书本中没有了固定的形式，只剩下作者自由的语言，“在形式的后面，在结构的后面，在语词的不断的水流的后面，只剩下了一种东西：一种没有形式的思想”[④]。至此，文学成了一种纯粹精神的东西。

对于布莱而言，思想与形式相对，但两者都具有特定的内涵。作品中作者的思想并不等同于传统意义上的抽象的、概括的观念或观念体系。相反，它是作者抛弃其他所有预设理论或观念后，对于呈现在他自身经验领域的生活现象的本质直观，是他得以为生活世界赋予意义并进行改造的纯粹意识，感觉、想象、欲望、爱以及需要等都是思想，“思想乃是精神生活的行动本身。思想是心灵的惟一属性，心灵在其中认识自己，感到自得，化为同一”[⑤]。也就是说，思想就是精神，精神就是思想，两者是同一的。同理，形式也不仅仅是小说、诗歌、戏剧等表现思想的形式。更深层次上，它指的是所有存在于思想之外的现实的生活现象，是不稳定的，属于客观世界的，它们的存在是为了给思想提供一种暂时的支撑，而不是让思想永久停留其上。一旦思想得以显现，最终达到一种普遍的、本质的认识，形式便隐匿不见，从而实现真正意义上从客观到主观的跨越，就是布莱所说的，“形式最好也不过是一种暂时的支撑，不稳定的结构，我们可以靠着它跨越深渊，到达另一边”[⑥]。

如果说生活是一种作者借以跨越到另一边的形式，那么，另一边也就是作为一种纯粹意识的思想，它是文学主观性的集中体现。布莱比较明确地区分了文学中的主观和客观层面，并将主观性作为文学的特性，“客观上说，文学是由具有

① 转引自郭宏安：《“日内瓦学派”：学派的困惑》载于《欧美文学论丛》，2004 年第 1 期，第 122 页。
② [比利时] 乔治·布莱：《批评意识》，郭宏安译，南昌：百花洲文艺出版社，1993 年版，第 275-276 页。
③ [比利时] 乔治·布莱：《批评意识》，郭宏安译，南昌：百花洲文艺出版社，1993 年版，第 276-277 页。
④ [比利时] 乔治·布莱：《批评意识》，郭宏安译，南昌：百花洲文艺出版社，1993 年版，第 277 页。
⑤ 转引自郭宏安：《“日内瓦学派”：学派的困惑》载于《欧美文学论丛》，2004 年第 1 期，第 116 页。
⑥ 转引自郭宏安：《“日内瓦学派”：学派的困惑》载于《欧美文学论丛》，2004 年第 1 期，第 116 页。

形式的作品组成的，其轮廓或多或少清晰地显现出来。这是诗，是格言，还有小说，剧本。从主观上说，文学毫无形式可言。它是一种思想的现实，这种思想永远是独特的，先于或后于任何客体，它通过这些客体不断地显示出它居于其中的奇特的和自然的不可能性，它永远也不会有一种客观的存在”①。简言之，文学从生活到思想、从客体到主体的过程，就是一个去形式化的过程：形式的外壳去掉，纯粹的精神内核就呈现出来了。

斯塔罗宾斯基持的是一种凝视批评观。根据他的观点，批评的目的在于显现文本中在场和不在场的意义。它与文本保持一段距离，在一次次的凝视中，既呈现文本表层的显在的意义，又显现深藏在文本底层中的隐在的意义。为获得这种直观的意义，凝视时需要把外在于文本的思想用括号悬搁起来，在时间的滞留中通过本质直观关注文本中蕴含的具有普遍性的整体意义。这种凝视是中立的、超脱的、纯粹意向的，是一种回到事物中去又敞开文本隐蔽性的凝视，或曰现象学美学的凝视。在凝视中，本质通过表象呈现于精神。批评作为对作者意图和文本意义的显现，在这种凝视下全面开展了，正像梦在这种凝视中所展开的那样。斯塔罗宾斯基既关注对作品人物的凝视，也关注批评家对文本的凝视，既进入作者和文本的内在意识之中，又超然于外地把目光投向它们。在他看来，批评家就是这样一个人：他在同意接受文本强加于他的迷惑的同时，还要求保留凝视的权利；他希望更加深入，在展示他面前的明显的意义之外，他预感到一种潜在的含义。因为完整的批评既不是那种以整体性为目标的批评（例如俯瞰的凝视所为），也不是那种以内在性为目标的批评（例如认同的直觉所为），而是一种时而要求俯瞰时而要求内在的凝视。在凝视之前批评家就事先知道，真理既不在前一种企图之中，也不在后一种企图之中，而是在两者之间永不疲倦的运动之中。通过这种凝视，表象与本质达到统一，表象即本质，本质即表象，最终，精神也就达到了统一和同一。

米勒是布莱的学生，早年是美国现象学批评的代表人物之一，著有《乔治·布莱的文学批评》（“The Criticism of George Poulet”）一文，该文表明了他早期关于文学批评的现象学立场，也体现了与布莱意识批评的不同之处。布莱强调文学作品是作者经历了精神历险之后形成的关于世界的纯粹意识的结晶。作品在被阅读之前是一种无生命的物质性存在，一旦这种存在被阅读激活后，便丧失了其作用和价值，让位于精神的活动。但是，米勒认为，文学的物质性与精神性同等重要。文学研究的首要基础就是书页上的文字，当批评家拿一本书阅读时，就面对了这种物质性，并通过这种物质性还原为一种精神性。在这种精神性还原的过程中，文学作品有一种不可回复的特殊性。这种特殊性表现在两个方面：第一，作

---

① 转引自郭宏安：《“日内瓦学派”：学派的困惑》载于《欧美文学论丛》，2004 年第 1 期，第 116 页。

品处于阅读行为所具有的独特的不可重复的时间中；第二，作者于其所在时代的生活中构想自己关于客体世界的精神或思想，而不是去构想那个时代的思想，因为那些思想就代表了那个时代的意识，这种意识同作者的意识一样，是一个封闭的统一体，一个非常像纯粹精神的透明体，作为作者意识的意向性客体为作者所把握，作者正是通过这种方式参与了一般意识，体现了作者创造精神的原初的统一性。因此，批评家要做的，就是同作者一样，描述和组织那个时代的特殊方式，而要这样做，就必须如同作家一样洞悉这种特殊性的内在本质，这就是米勒的前文本批评，也即他的意识批评方式。前文本就是作家在作品创作出来之前在头脑中构思的文本，可以通过语言、文献和文本分析作者的意图来获得，与之认同。20 世纪 60 年代后，米勒转向了解构主义批评，探索文学作品中的异质性内涵，但他关于文学的看法、关于文学阅读的观念与其早期的现象学思想是分不开的，可以说他将现象学的批评方法延伸到了他的解构理论中。譬如，关于小说，米勒认为，“小说是人类现实的词语形式的表现”①。这里，他强调了三点：一是小说要表现现实生活；二是这种现实生活通过语言表现出来，与其他的艺术形式如绘画、摄影等不一样；三是语言不是以透明的形式表现现实生活，而是以它的形式本身来表现的，也就是说，语言形式中就体现了内容，或者形式就是内容。如此的话，人们阅读到的书页上的文字就不仅仅是文字，它的结构与组织方式就是作者赋予自己所处特殊时代中现实生活以意义和秩序的方式，是作者的独特经验领域和把握世界的一种精神历程，也是作者对于世界本质的直观把握。所以，米勒认为，要从文学阅读中获得享受，“只要我们不把作品中的世界看成是对已经有过的世界或事件的复制，而把它看成是语言打开的一个新的神奇的现实”②。那么，现实就存在于语言形式之中，语言形式就构成了新的现实。如何理解这种新的现实呢？这种新的现实就是作为作者纯粹意识外在体现的精神世界，也就是米勒早期所称的经过作者创造精神恢复的原初的统一。反过来说，作者的经验重新组织了现实，然后赋予了这种新的现实以新的形式和意义，最终以语言的形式表现出来。正是在这儿，米勒和布莱发生了分歧：布莱丢弃了形式，而米勒依然看重形式，认为它依然还保持着文学阅读作为一种阅读伦理的有效前提，“阅读行动如同必定并真实发生的事件，在必定的人际心理、历史政治和体制关系的情境里，对固有之人发生了”③。

总之，米勒的前文本批评，追寻的仍然是布莱所认定的那种通过阅读展示的作者意图的世界，这个世界是一个纯粹的精神的透明体，能够通过抓住作者的心

---

① J. Hillis Miller. *Fiction and Repetition*. Cambridg, Massachusetts: Harvard University Press, 1982, p. 20.

② 转引自徐亮:《文学阅读中的认同问题: 从两种阅读立场看》载于《文学评论丛刊》, 2007 年第 2 期, 第 19 页。

③ J. Hillis Miller. *The Ethics of Reading*. New York: Columbia University Press, 1987, p. 53.

灵来把握它的意义。

4.1.2　文学作为意识的纯粹再现

哈特曼认为，语言作为一种中介没有调节功能，它直接指向作者的纯粹意识。在这一点上，他主要受到了胡塞尔现象学中关于纯粹意识以及本质直观概念的影响。具体而言，他利用这些概念来对华兹华斯的诗歌进行阐释，可谓是对这些哲学概念所做的文学注脚。

华兹华斯的诗歌中，自然和意识的关系问题是一个非常突出的主题。诗人完全超越了两者作为主客之间的对立，既赋予了意识一种内在的客观性和自在性，也将自然呈现为具有精神性和灵性的事物。既然自然是一种外部的、客观的存在，外在于意识，那么，它又如何呈现于意识中，意识又如何感知自然呢？哈特曼借用胡塞尔的"本质直观"来阐明了这一点。首先，人的意识具有意向性，这种意向性为它奠定了客观基础。意识并非完全脱离外部世界独存于世，而总是具有外在指向性，依存于对客观世界的感知，所以是一种真实、现实的意识。其次，人的意识是通过本质直观来获取对现象也就是对本质的纯粹的认识的。本质直观就是悬置之前所有关于客观事物的认识和理解，通过主体的直接的感觉经验来直面事物和现象，达到纯粹意识状态。在《未经调节的视像》（*The Unmediated Vision*）一书中，哈特曼认为华兹华斯的诗歌正是通过自然的现象将人的感官经验和纯粹意识凸显了出来，开启了现代文学中倚重感性的先河。

基于上述观念，哈特曼在华兹华斯的自然诗歌中发现了自然与意识之间存在的现象学意义上的关系。在诗人的描述和呈现中，自然是客观的，是静美的，人的情感、精神或意识也没有渗透在自然之中。但是，两者之间却又必然地联系着。联系两者的纽带或环节就是想象。在哈特曼看来，想象本身就体现了人的一种纯粹意识，是人类特有的纯粹意识的一种集中表现形式，它既不能脱离客观世界而陷入唯意志性和主观主义的窠臼，也不能完全如实再现外部世界而丧失人自身的意识能力，因此，华兹华斯设定，人类和自然应遵循一种"慷慨性原则"（principle of generosity）[①]。根据这种原则，人类直接向自然敞开胸怀，抛开"为什么如此？""应该怎样？"等一切智性的、知识的、逻辑的、形而上的、道德的追问、分析和反思，因为这种自我追问、分析或反思被视为一种"对自我意识的蹂躏"和"顽瘤痼疾的表现"[②]，最终无效。同时，自然也向人类全部敞开，成为人的想象力得

① Geoffrey H. Hartman. *The Unmediated Vision* . 2nd edition. New York: Harcourt, Brace & World, Inc., 1966, p. 9.

② Geoffrey H. Hartman. "Romanticism and 'Anti-Self-Consciousness'" in Harold Bloom Ed. *Romanticism and Consciousness: Essays in Criticism.* New York: W. W. Norton & Company, 1970, p. 47.

以呈现的必不可少的场所，成为“一种积极的支撑力量”[①]。最终，在这种相互敞开的情景中，自然精神（the spirit of nature）得以诞生。所谓自然精神，根据哈特曼对华兹华斯的诗歌的阐释，就是人的意识与自然界进行融合后的综合体，或者说就是现象学意义上的最终的人的纯粹意识。这种自然精神既不是弥尔顿诗歌中隐匿其后的上帝意志或神性精神，也不是散漫于外部世界的一种不可知的神秘力量，而是存在于人的超验意识中但又栖居于可感知的现象世界里，人类可以通过直接观看或倾听自然这种本质直观方式获得。

因此，通过对华兹华斯的诗歌中自然与想象关系的现象学阐释，哈特曼实则表明了他自己对文学或艺术本质的一种看法。一方面，文学之成为自身，是因其与理性的关系。文学可以与政治、宗教、道德等没有关系，但不可以不表现人的理性，而且是一种较高层次的理性，正是这种理性反映了人作为主体的自由，具有意识的自由。另一方面，文学之为文学，还因其与社会、与生活的关系。文学中的理性和意识总是外指的，正如华兹华斯自然诗歌中的意识总与法国大革命等相关，由此使得文学与社会和生活之间保持一种对话的关系。在这种对话关系中，文学既要避免过于政治化，过于激进，也要避免过于超脱，过于审美化。它需要在自身独特的力量和结构中反映和评判生活。用一句话概括就是，文学艺术应该通过其形式实现理性与生活的统一。哈特曼这种文学观与他关于批评与创作之间的关系的观点是一脉相承的，或者更确切地说，是他的批评观念影响了文学观。也许与自己的犹太人身份有一定的关系，哈特曼非常看重犹太释经对当代文学批评的启发和借鉴意义。在他看来，文学批评就应该如犹太拉比对《圣经》（*the Bible*）的注释《密德拉什》（Midrash）一般，既保持着对文本的依赖，又发挥了极度的阐释自由，同时发挥了对生活的关注功能，完美实现了批评应有的阐释、判断和评价功能。

4.1.3 批评与文学的同一与统一

在西方文学批评史上，批评一直扮演着文学的依赖者角色，文学的存在和变化决定批评的存在和变化。按照这种传统的理解，批评家或是中立的美学意义上的检查者和审视者，他们的主要职责是以客观的态度、以不表现个性的方式提出自己不容辩驳的意见，对艺术品进行判断或裁判，或者充当艺术的支持者或帮忙者，为艺术作品做注释，进行宣传，从而服务于艺术，成为艺术的奴婢。但是，到了 20 世纪，文学批评的理论自觉和自我意识逐渐增强，按照韦勒克的说法，与 18、19 世纪相比，20 世纪更有资格被称为“批评的时代”，因为“文学批评不仅

---

① Geoffrey H. Hartman. “Romanticism and Anti-Self-Consciousness” in Harold Bloom Ed. *Romanticism and Consciousness: Essays in Criticism.* New York: W. W. Norton & Company, 1970, p. 18.

形成了一股汹涌的潮流向我们袭来，而且也获得了一种新的自我意识，取得了比以往高得多的社会地位，在近几十年来提出了诸多新的方法和阐释”[①]。在这种情势下，批评与文学之间的传统关系受到了质疑，这种质疑导致人们再度审视、诠释两者之间的关系。

从逻辑上而言，批评与文学之间存在的关系状态大致可以分为三种。第一种是主仆关系，也就是常说的从属关系：文学是主人，批评是侍从，从属于文学，因此，文学的地位高于批评，“批评总是从属于创作之下”[②]，或者反过来，文学从属于批评，为批评服务。第二种是内外关系，这种关系可分为两种形态，要么批评居于文学之内，即文学从其含义讲本身就包含了批评，要么文学居于批评之内，批评本身就是一种文学，一种由文学派生出来的次生文学。第三种是平行关系，彼此联系却相互独立。

20 世纪以前，人们认为批评与文学之间主要是一种主仆关系。柏拉图关于批评是影子的影子的观点无疑是这种观念的一个重要源头。此后，亚里士多德、贺拉斯、朗吉努斯、锡德尼、皮埃尔·高乃依（Pierre Corneille）和尼古拉·布瓦洛·德普雷奥（Nicolas Boileau Despreaux）等，都围绕艺术创作过程、创作原则、艺术构成、艺术表现力等方面进行了富有成效的、见解各异的、蔚为大观的阐发，但是，他们大都将艺术作品视为心目中唯一的审视对象，一旦离开此中心，则无从所属。甚至到了现代，在许多文学大师、批评家乃至哲学家的眼中，批评永远是文学的仆人。叔本华就认为，创造的天才具有男人的特性，知性批评只是女人的特性，她只能接受，只能判别优劣，因此毫无主体性可言。狄德罗更是一个贬低批评、主张取消批评的人，在他眼中，批评家不但没有任何作用和价值，而且是既无知又狂妄的野蛮人，因此一部作品最严格的批评者就是作者自己。到 18 世纪，批评家们开始反省批评自身。从英国的塞缪尔·约翰逊博士（Samuel Johnson）到德国的约翰·哥特弗雷德·赫尔德（Johann Gottfried Herder），人们开始审视批评自身的知识问题、形式问题、思想问题、原则问题以至感受问题等。在这种审视中，人们对于批评的作用和地位的看法发生了一些变化。莱辛在《汉堡剧评》末篇中称：“借助批评，我能写点象（像）样的东西，而没有批评，单靠我的才能却办不到。”因而“当我读到或听到有人谈论批评的害处时，我总是感到惭愧或恼火，有人说批评窒息天才，而我却恬不知耻地说什么从批评当中获得了某种非常接近天才的东西”[③]。赫尔德谈到批评家的作用时说：“批评家应当是作者的仆人，友人和超然的评判者。他应当努力去认识作者，犹如看待主人一般，进行

---

① René Wellek. *Concepts of Criticism*. New Haven and London: Yale University Press, 1963, p. 344.

②［美］雷纳·韦勒克：《近代文学批评史》（第六卷），杨自伍译，上海：上海译文出版社，2005 年版，第 256 页。

③［德］莱辛：《汉堡剧评》，张黎译，上海：上海译文出版社，1998 年版，第 509 页。

一番彻底的研究，但是不要让他成为你的主人。”[①]歌德声称，一个建设性的批评家要处理的问题是“作者引为己任的是什么？他的谋篇布局是否合情合理，他在付诸实践中取得了多大成功？如果对于这些问题的答复是切中肯綮而又抱有同情的话，我们对于这位作者以后的创作便可能切实有所帮助”[②]。诸如此类的评述反映了批评本身的作用逐步得到人们的关注和重视。但是，批评依然服务于文学，为作家创作、艺术发挥作用提供建议。因此，从根本上讲，批评之于文学的附属地位或寄生地位并没有产生实质性的变化。

到 19 世纪中期开始，以阿诺德为首的思想家开始了对批评的深刻反思。阿诺德 1864 年发表了《当代文学批评的功能》（“The Function of Criticism at the Present Time”）一文，把对批评及其功能的认识提高到了一个新的思想高度。他认为，批评的目的在于，“与神学、哲学、历史、艺术、科学等知识的所有分支领域一样，探寻事物本来的真面目”[③]。这样的话，文学批评就具有了与其他一般知识领域同等的重要性。为了达到这一目的，批评就必须具有一种创造力。但是，这种创造力与体现在文学或艺术中的创造力不可同日而语。批评的创造力体现在创造一种思想秩序上面，而文学家对思想进行综合和阐说，并非分析和发现。亦即说，文学家通过直觉地表现自己时代所流行的最好思想而使自己处于这种思想的秩序中，之后才能自由地创造。那么，批评家是思想的创造者，文学家是思想的表现者，批评为文学提供表现的素材，一种既有理性又充满想象的文学，才是最具理想形态的文学。显然，阿诺德提倡批评的思想性的同时，仍然承认文学对于批评的优势，他的最终落脚点是艺术创造应当蕴含批评。

但是，奥斯卡·王尔德（Oscar Wilde）以一个作家兼批评者的身份逆转了这种长期形成并定位的主仆关系。在王尔德的评价中，批评具有相对于文学的独立性和高于文学的创造性，且独立性与创造性相互依存。批评并非所谓的如同一位法官以一副公正、客观、冷静的面貌对文学作品进行高低优劣的评判，而是以作品为出发点激发自己的情感和创造力。而且，批评家可以不受限制，依凭自己的个性气质而发，想象力得以充分发挥，并且用自己的话语表达出来，集鉴赏力与创造性于一身，大大超越了只能创作而不能鉴赏的作家的地位。

20 世纪，艾略特站到了与王尔德对立的立场，认为批评可包含于艺术之中，但艺术不能包含于批评之中。在他看来，批评就是“对艺术品的书面评论和说

① [美] 雷纳·韦勒克：《近代文学批评史》（第一卷），杨岂深、杨自伍译，上海：上海译文出版社，1987 年版，第 253 页。

② 叶隽：《歌德研究文集》，南京：译林出版社，2014 年版，第 387 页。

③ Matthew Arnold. *Lectures and Essays in Criticism*. Ed. R. H. Super. Ann Arbor: The University of Michigan Press, 1990, p. 258.

明”[①]，即是说，批评并没有自身的独立性，主要作用在对艺术品进行解释，对趣味进行纠正。为什么呢？因为艺术本身就包含创造性和批评性，只需要批评家进行不偏不倚的、不带个人偏见的客观分析，以事实为基础，纠正读者的鉴赏能力，提升他们的欣赏水平。因此，批评总是居于创作之下，如韦勒克所言，它“必须借助作品赖以创作出来的相同的整体心智对作品作出反应。但是批评总是从属于创作之下。批评的谦逊与科学的侵犯、强加于人恰恰形成了对照”[②]。

如果说选取从高低的视角来看待批评与文学的关系体现了一种传统的主仆层级观念，且在 20 世纪 50 年代之前是一种常见的方式，那么，从平面的视角来看批评与文学的关系则体现了批评与文学之间存在的一种内外关系。最先以此视角来评价批评与文学关系的是弗莱。他站在一个结构主义批评家的立场，以批评的系统化与科学化观念对批评与文学之间的关系进行了阐释，认为两者之间是一种相互独立的关系。他以一种总体、全景的眼光，将文学批评界定为涉及整体文学的学术研究和鉴赏活动。这种活动无论对文学，还是对其他学科，都拥有其自主性。诗人或艺术家虽然可以为自己作品的价值辩护，且可能是有价值的辩护，但往往受到个人视角的局限，容易把个性化趣味作为普遍规律扩散，即他们往往将自己在创作实践中形成的具有个性化的鉴赏和情趣当作普遍规律扩而泛之。批评的全景性要求正好弥补了这种局限。同时，批评只能在自身的独立领域内进行，才能防止其他学科的入侵，从而成为独立的一门学科。所以，批评与文学同在文学领域内，相关但各自独立，以此与其他科学抗衡。托多洛夫为了证明诗学之于文学的独立性，做了两个方面的工作。第一，他确定文学的抽象性为文学性，以此作为诗学的研究对象，区别于心理学、历史学、哲学等以文学为研究对象的科学。在他看来，只有文学的抽象性作为科学的研究对象处于原子层面，才具有不可分解性，“为了使诗学是一种独立科学的主张合法化，文学的特征性就应该位于已经是‘原子的’、基本的层面，而不是位于由较为简单的要素结合而成的只是‘分子的’层面”[③]，也就是说，真正的文学科学从此只有诗学。第二，在确定了以文学的抽象性作为研究对象的基础上，具体的文学作品不再成为诗学的关注焦点，它们只是整个文学系统中作为底层支配原则和程序结构的具体体现，那么，诗学的任务就是探究这种原则和结构。这样，诗学与文学一样，成为独立的一个领域。巴特从语言符号学的角度论述了批评与文学的关系，采取了不同的论证角度。他从文学语言的符号性出发，认为作品中的文字只是一种语言符号，按照能指的逻辑并不指向确定的意义，只作为支撑一切意义的生成意义的虚无。批评本身一样，因为所指不停地消退为主体的虚无，不能表达为一种确定的字面意义即

---

① [英] 托斯·艾略特：《艾略特文学论文集》，李赋宁译注，南昌：百花洲文艺出版社，1994 年版，第 65 页。
② [美] 雷纳·韦勒克：《近代文学批评史》(第六卷)，杨自伍译，上海：上海译文出版社，2005 年版，第 256 页。
③ [法] 茨维坦·托多罗夫：《诗学》，怀宇译，北京：商务印书馆，2016 年版，第 91 页。

所指，只能用一种能指去充分表达另一种能指，按照巴特的话说："它真正给作品的'意义'，最终只是构成作品的一堆花团锦簇的象征。"[①]如此一来，批评与作品并肩站在了一起：批评成了文学。

综上所述，到20世纪上半叶为止，无论是以主仆关系来界定批评之于文学的地位和作用，还是以内外关系来判定批评所处的位置，人们所依据的标准都是外在的、客观的表现。到20世纪下半叶，尤其是60年代后现象学思想为批评家们带来了看待批评与文学关系的新视角。

在胡塞尔现象学的理论观照下，文学作品成为表现作者精神历程的想象和创造，文学以其精神性特质表现了作者的纯粹意识。批评家以此为起点，探究被作者纯粹意识赋予意义和秩序的生活和世界，重新开始作家构建意识的历程，在此基础上寻求作家的纯粹意识，由此，两种意识得以重合。在这个意义上，批评成为一种如同作家创作的行为，批评文本成为文学。那么，批评与文学之间既是一种同一关系，也是一种统一关系。关系的同一性主要体现在以下两个方面。第一，批评家意识与作者意识是同一的。文学作品是作者对先在的世界经验、认识和知识进行悬置后对世界进行本质直观所获得的纯粹意识的结晶，是对世界现象的本质呈现，批评家通过文学作品所追寻的就是这种纯粹意识，是作者直面世界所产生的直观认识。所以，他需要的不是对作品做出趣味的高低判断或者质量的好坏评判，而是从自己的"我思"处开启作者当初的"我思"之旅，通过追寻、体验与思考，最终达到两种"我思"的同一，即批评者意识与作者意识的重合。第二，批评与创作一样具有创造性。正是由于在寻求作者意识的过程中，批评家抛弃自身认识和经验的束缚，经历作者所经历过的一切，包括作者的体验、感情、观念和思想等，批评就相当于再造了一种"我思"，再次呈现作者对世界的情感体验和感性认识等，而不是一种客观的和理性的科学分析。如此一来，批评就成为一种创造，既是对作者曾经经历的世界的再造，也是对自身经历的作者的世界的创造，双重的创造使得批评富有了巨大的创造性，因而成为一种诗意的批评，批评语言成为一种创作语言，批评成为文学，批评家成为诗人。

统一性关系主要体现在以下方面。第一，无论是批评家的意识还是诗人的意识，都存在于意向性之中。诗人的意识是指向外部世界的意识，批评家的意识是指向诗人意向性中的外部世界的意识，两种意识都具有外在指向性，且统一于这种意向性之中。第二，文学活动最终统一于批评之中。如果将文学活动分为两个部分，一个部分是文学创作，另一个部分是文学批评，那么，是批评将文学作品中不和谐的以及矛盾的因素进行调和，最后统一起来。让·理查德（Jean Richard）曾就此进行过评述，他说，作家的作品可能显得凌乱，无秩序感，无完成感，但

① [法] 罗兰·巴特:《批评与真实》，温晋仪译，上海：上海人民出版社，1999年版，第72页。

作为最后的求助者和救援者的批评家可以介入进来，重建、延伸、完成作品，从而在事后给予作者一种未曾想过的统一性。

意识批评基于胡塞尔现象学的意识观，将文学视为一种富于精神性特质的存在，再现了作者的纯粹意识。他们基于这种文学本质观提出的批评与文学同一且统一的观点，在主张科学至上、理性为王的时代，非常具有开拓性和颠覆性。但是，由于忽略作品的形式而去追求作品中的精神或意识，动摇了文学物质性存在的基础，如理查德·哈兰德（Richard Harland）所言，“布莱和日内瓦学派的批评家们努力追寻着作家的‘我思’，在很大程度上忽视了文本的语言媒介，形式和物质材料的特性，对他们来说，仅仅是他们这种特殊追寻的障碍”[①]。这样就会将文学与文学批评存在的意义置于让人质疑的境地，从哲学出发的文学批评面临着归于哲学的可能。布莱本人也意识到了这一点，声称“文学文本和哲学文本之间没有任何根本的区别。一切文学都是哲学，一切哲学都是文学”[②]。

4.2　作为意向性结构的文学文本

如本章引言中所述，胡塞尔现象学思想中关于意向性结构的观念成为现象学文论的一个重要理论框架。传统现象学意义上，不存在独立于意识之外的客体，也不存在没有关联对象的意识，所以，意识总是有指向性或相关性，由此形成一种意象性结构，这种结构由意向性主体、意向性客体以及意向性三个要素构成。以此来理解文学，这种结构就构成文学作为语言审美艺术的独特的存在方式。文学文本既不是一种物理存在，以纸张、墨迹等物理的方式呈现出来，也不是一种如同数字、集合图形等纯粹的观念性存在，而是作为一种意向性客体存在。读者作为意向性主体将意向性客体呈现于自身，并赋予其意义与秩序。意向性是连接意向性主体与客体的关键要素，使得主观意识与客观现象相互具有针对性，产生于具体的时间并在时间中发生流变，具有强烈的历史性和时间性。如果这是现象学客观性文论的一个共同立场，那么，基于这个共同立场，存在因意向性结构重点偏移而出现的三种批评模式：第一种是英伽登以意向性客体为重点的批评模式，第二种是伊瑟尔和姚斯以意向性为重点的批评模式，第三种是费什以意向性主体为重点的批评模式。

英伽登作为胡塞尔的学生，其美学和文艺理论具有鲜明的现象学特征。他接受了胡塞尔的意向性理论和悬置等现象学还原方法和本质直观等思想。但是，他反对先验的纯粹意识论及其唯心主义基础，更倾向于客体实在论，认为在意识之

① Richard Harland. *Literary Theory: From Plato to Barthes*. London: Macmillan Press Ltd., 1999, p. 203.

② [比利时] 乔治·布莱：《批评意识》，郭宏安译，南昌：百花洲文艺出版社，1993 年版，第 280 页。

外存在着实在的世界，认识对象有独立于意识的存在方式和形式结构。据此，一方面，文学作品具有其本身的层次结构，构成读者须据以理解的基础。另一方面，读者也是创造性发挥想象力的主体，具有意识能动性。因而，文学阅读最终成为一种想象性的具体化行为。伊瑟尔阅读现象学关注的是读者具体的阅读活动，侧重于阅读的美学方面，很少谈及社会性和历史性方面，忽视读者在历史中的地位。他的方法转向的是读者的反应，如哈兰德的评价，“他关心的是文本能对读者做什么，而不是读者能对文本做什么”①。康斯坦茨学派中更加具有历史意识的成员是姚斯。姚斯寻求汉斯-格奥尔格·伽达默尔（Hans-Georg Gadamer）②的方式，使文学作品处于它自身的历史视域内，处于它所由产生的文化意义的背景中，从而探索文学作品的历史视域与读者不断变化的历史视域之间的关系。

4.2.1 作为纯粹意向性客体的文学作品

在《文学艺术品》（*The Literary Work of Art*）中，英伽登坚持并贯彻了胡塞尔回到事物本身的原则，认为文学理论应该关注文学作品本身，考察文学作品是如何存在的。在讨论“文学作品究竟是什么”这一问题时，他否定了三种他认为非常表面和片面的看法。第一，认为文学作品是一种物质性的实在的客体的观点，这种实证主义看法无法说明文学作品由语句构成这一事实。第二，认为文学作品是一种观念性客体的观点，此种主观主义看法不能说明文学作品为什么产生于某一特定时刻，并在存在过程中发生变化。第三，认为文学作品等同于作家创作时的心理体验或者读者在阅读作品时的心理感受，这种心理主义把作品等同于作家的心理体验，意味着如果无法知道作家的这些体验，就无法欣赏和认识作品。这种对实证主义、主观主义和心理主义的批判与胡塞尔的批判思想一脉相承。尤其对于第三种看法，英伽登持非常强烈的反对态度。他认为，“从作品被创造出来的那一刻起，作家的体验便不复存在了”③。而且，若把作品等同于读者的心理感受，那么读者不同，心理感受就会不同，即使面对的是同一部作品，读者的不同也会将同一部作品变成许多部不同的作品，这将导致出现否认文学作品客观存在的倾向。

英伽登通过对意向性客体的分析，认为存在两种意向性客体。一种是物质性意向性客体，这是认知行为的意向性对象，包括物质对象和数学中的观念性对象。这类对象不依赖于认识主体而独立存在，具有自足性。另一种是纯粹意向性客体，这类客体除了一部分属性可以借助作品本身加以呈现外，其余属性都必须依赖于

---

① Richard Harland. *Literary Theory from Plato to Bathes*. London: Macmillan Press Ltd., 1999, p. 207.

② Gadamer 也译作加达默尔。

③ Roman Ingaden. *The Literary Work of Art*. Trans. George G. Grabowicz. Evanston: Northwestern University, 1973, p.14.

读者的想象力加以补充，因此，它们不是自足的，艺术作品就属于此类客体。那么，艺术或者文学作品作为纯粹意向性客体，不像物质性客体可以完全独立于人的意识而存在，而是必须依赖于人的意识的意向性活动才能产生、存在并展现自身。具体地看，文学作品的创作过程就是一种意向性行为。创作活动中，作家的主体意识指向外部世界，对材料进行选择、组织、加工、改造，赋予这些材料以形式、秩序和意义，使之成为内在统一的系统，并用语言将其规定下来，最后付诸印刷而获得物质形态的存在。但文学作品并未就此而成为物质性客体，它必须通过读者的阅读，即读者的意向性构造，最终实现其存在，展现自己作为观念实体的存在。在这里，英伽登将文学作品视为一种独特的存在。它既不是物质客体，物质属性并不是文学作品的根本属性，但与物质客体有一定的内在联系，是通过物理性手段而获得其存在的物质基础。它也不是纯粹的观念性客体，因为艺术作品不关乎对外在世界的反映。这里，他突破了胡塞尔否定有独立于意识的物质存在的思想，同时又避免了实证主义理论将物质性视为文学艺术本体性质的偏颇。

在解释文学作品独存性方式的基础上，英伽登进一步分析了其基本的结构层次。他认为，文学作品是一种由四个不同性质的层次构成的有机系统。这四个层次依次如下。

第一层，语音层，指文字的字音和建立在字音基础上的更高级的语音构造，包括韵律、语速、语调等。它不是文字的具体发音或物理性的声音现象，而是一种典型化的字音，即字句中各种字音相互作用而产生的一种和谐音韵，属于作品的最基本的层次，为其他层次提供了物质基础，并显现其他层次。

第二层，意义单位层，包括词、句、段等各级语言单位的意义。每一个词都有意义，它们又进一步构成句、段等更大的意义单位，且意义由整体所决定，词、句、段都会因自己所处的上下文不同而发生意义的变化。由语音进入意义单位，这是一切著作的共同特征。在文学欣赏中，还可以透过意义单位进入它所蕴含的客体形象。

第三层，被再现的客体层。它是作者在作品中虚构的人、事、物等。这些虚构的对象组成作品中的想象世界，它们具有现实无视的模拟特征，并非现实时空中真正的存在。因此，被再现的客体层必须依赖于读者的阅读行为，通过阅读的具体化作用才能实现其存在。

第四层，图示化层。文学作品中有限的词句不能再现真实客体的一切方面和性质，作品中的客体只是再现了有限的一些方面，其他方面就构成了被再现客体的未确定点，有赖于读者在阅读中不断充实。一旦被读者充实、现实化，这些图示就会以这样或那样的方式变得具体、生动，直观性大大增强。

这四个层次中，各个层次具有相对独立性，“每一层次由于其特有的材料不同而具有特殊的性质，每个层次对于其他层次以及整个结构所起的作用也各不相同”[①]。另一方面，它们也具有统一性，作品的各个层次的材料不是随意地组合拼凑，不同层次紧密联系，凝结为一个有机统一整体。

英伽登将文学作品基本结构划分为四个层次，并具体分析了其间的相互关系，其目的在于表明文学作品的潜在性或可能性存在，而要实现这种存在，还必须依赖于读者的阅读活动。在英伽登看来，文学作品虽然是人的意识的意向性对象，但它必须经过、依赖于读者的意向性行为才能实现其存在。一个故事如果以这样的句子开头：“一位老人坐在桌前。”很明确的是，这里描写和再现的是桌子，而不是椅子或其他什么东西，但是，这桌子是木质的还是钢质的？是四条腿还是三条腿？如此等等，都没有说明。在英伽登看来，它作为一个纯意向性客体，是没有被确定下来的。[②] 要确定下来，必须依靠具有意向性的读者的阅读行为。

之所以称其为意向性阅读，英伽登将阅读中读者角色所起的进一步的创造性活动称为具体化。他指出，文学作品“必须同它的具体化相区别，后者产生于个别的阅读”，并且，“同它的具体化相对照，文学作品本身是一个图示化构成”[③]。也就是说，作为一个纯粹的意向客体，文学作品由两个部分组成。一部分是已经通过结构和图示被再现出来的部分，这部分内容已经被结构化和图示化，属于已经确定下来和稳定下来的内容。另一部分是结构和图示中存在的大量的不确定点和空白，需要读者在阅读过程中进行充实，予以填补。之所以会存在这些不确定点和空白，是因为语言本身。人们通过语言描写或揭示事物的时候，描写者往往带有一定的选择性，一般会对一些属性有所偏颇，对另一些属性有所遗漏，不可能也没有必要将事物全面呈现出来，对于文学作品尤其如此。因此，作品中会留下大量的空白，需要读者根据文本的结构和图示，结合自身的生活经验、知识背景和理解能力进行填充。毋庸置疑，这为读者意识留下了巨大的活动空间。

读者的填充活动是自发的、自由的，不受到限制的。就是说，读者会不自觉地充实阅读中的各种未确定点，甚至，读者可以在不同程度上超出原文。对读者来说，这种具体化活动，既受到原文提示作用的影响，也是主题意向性构造能力的作用使然，是一种近乎本能的行为。可见，具体化活动的主观基础就是英伽登所强调的这种意识意向性的构成作用。英伽登还进一步指出：“在具体化中，读者进行着一种特殊的创造活动。”[④] 他特别推崇读者在具体化活动中

---

① Roman Ingaden. *The Literary Work of Art*. Trans. George G. Grabowicz. Evanston: Northwestern University, 1973, p. 29.

② Roman Ingaden. *The Literary Work of Art*. Trans. George G. Grabowicz. Evanston: Northwestern University, 1973, p. 249.

③［波兰］罗曼·英加登:《对文学的艺术作品的认识》，陈燕谷、晓未译, 北京：中国文联出版社, 1988 年版, 第 12 页。

④［波兰］罗曼·英加登:《对文学的艺术作品的认识》，陈燕谷、晓未译, 北京：中国文联出版社, 1988 年版, 第 52 页。

的创造性，这是英伽登阅读现象学的一个特征。在阅读中，读者“利用从许多可能的或可允许的要素中选择出来的要素，主动地借助于‘填补’了许多不定点”，但是，“这种‘选择’在读者方面并没有一种自觉的，特别是系统阐述的意向。他只是使自己的想象摆脱羁绊，用一系列新要素来补充对象，以使它们看起来是完全确定的”。[①]

但是，为了约束读者的想象性行为，英伽登提出“恰当的具体化”（adequate concretizaiton）概念。那么，如何理解他所说的“恰当”二字呢？从实际情况来看，读者的具体化行为中存在着两种不协调的可能性。从读者的角度来看，面对同一个文学文本，每一位读者的理解是不一样的。读者对原文本意义的理解、审美价值判断等基于个体的、独特的想象，导致“对同一部作品的具体化可以有重大的区别，甚至由同个一读者在不同的阅读中完成的具体化也是不同的”[②]。这便意味着读者具体化的多种可能性和丰富性，但同时也意味着差异性和不统一性。但是，这种不协调性在英伽登看来，是可以接受的，因为正好体现了文学作品蕴含意义的丰富性和审美潜能的多发性，对实现文本的潜在价值非常必要。从读者的具体化结果来看，存在着读者的理解是否忠实于原文本的问题。读者可能随意发挥自己的想象力，脱离原文本应有的意义，这会产生不和谐的问题。这种不和谐是英伽登认为需要避免的。作品中虽然存在大量的空白等待填充与填补，但这种填充必须是在文本给予的暗示下进行的。也就是说需要符合文本提供的框架所设定的意义范围，否则就会产生对原意的粗劣的解读，甚至与之相冲突。所以，所谓“恰当的具体化”，就是在文本允许的范围内对意义进行补充和完成，在这个范围内的理解和具体化方式都是可以接受的、合理的。当然，这带来的问题是，什么才是对原文本应有的、正确的、忠实的理解？

对于英伽登的文学理论，韦勒克给予了积极的评价，认为“英格尔登对文学理论的主要贡献是关于艺术作品层次的独创性理论体系”[③]，“在其对文学作品明智的、专业性很强的分析中采用了胡塞尔的‘现象学’方法明确地区分了这些层面……他对这些层面的总的区分是稳妥的、有用的”[④]。并且认为，“他阐述了这样一些问题，如文学艺术作品存在的模式，它的多层结构，我们体验它的方式，等等。在这些方面，我所知道的美学家中，谁也比不上他阐述得清楚而且精确”[⑤]。

---

①［波兰］罗曼·英加登:《对文学的艺术作品的认识》，陈燕谷、晓未译，北京：中国文联出版社，1988 年版，第 52-53 页。

②［波兰］罗曼·英加登:《对文学的艺术作品的认识》，陈燕谷、晓未译，北京：中国文联出版社，1988 年版，第 53 页。

③［美］雷纳·威莱克:《西方四大批评家》，林骧华译，上海：复旦大学出版社，1983 年版，第 125 页。

④［美］勒内·韦勒克、奥斯丁·沃伦:《文学理论》（修订本），刘象愚等译，杭州：浙江人民出版社，2017 年，第 158-159 页。

⑤［美］雷纳·威莱克:《西方四大批评家》，林骧华译，上海：复旦大学出版社，1983 年版，第 97 页。

应该说，韦勒克的此番评价是相当高的，因为英伽登将文学文本视为一个由语音、意义、客体和图示化四个各自相互独立但又统一在一个有机体之中的层次组成的结构，而这一点正好符合韦勒克关于文学内部研究和文学结构有机统一的理论观点。

4.2.2 作为虚在性的文学文本

德国康斯坦茨学派把理论关注转移到了读者的意识行为（acts of consciousness），卡勒称“现象学另一种面向读者的说法叫作‘感受的美学’（aesthetics of reception）”①。该学派的理论设计者之一伊瑟尔则把文学的文本视为一种召唤结构、启示结构，研究读者对这种结构的反应，侧重于现象学的文本分析方法。伊瑟尔的理论资源与英伽登密切相关。英伽登认为文学艺术作品只是在它通过一种具体化而表现出来时才构成审美客体，具体化过程也就是作品的最后完成过程。伊瑟尔接受了英伽登的这一思想并加以阐发，认为文学研究应该充分重视文本、读者以及二者的互动关系。他的理论旨趣主要在于具体文本与读者的关系，注重对文本接受过程中读者反应的微观考察。他将文学作品分为两极，即艺术极和审美极，艺术极指作家创作的文本，审美极指读者对前者的实现或读者的阅读。依据这种两极观，他认为，文学作品本身明显地既不可等同于作者文本，也不可等同于它的实现，而是居于两者之间，它“具有两极，即艺术极与审美极。艺术极是作者的本义，审美极是由读者来完成的一种实现……作品本身……处于二者之间。不可任意将其归结为本文的现实性或读者的主观性”②。文学文本具有的这种特性，伊瑟尔称之为虚在性。

伊瑟尔所谓的虚在性，实则指文本的意向性，强调的是读者与文本之间进行交流所产生的过程。文本既不是作家创作的审美话语系统，也不是读者脑海中所声称的艺术世界，文本与读者的结合才产生文学作品。这里的文学作品指的是读者—文本交流过程本身，是读者、文本以及双方的交流这三个方面构成文学阅读的有机整体。文学文本正是在读者阅读过程中才现实地转化为文学作品的，文本的潜在意义也是由于读者的参与才得以实现，因此，文学作品带有鲜明的现象学文本的意向性特征，“读者经验了本文提出的不同观点，将不同观点相互联系成特定模式，这样不仅发动了作品，也发动了读者自身”③。基于此，批评的注意力不能集中在艺术极或审美极，这两极都只是阅读活动的一个环节，孤立地来看它

① [美] 乔纳森·卡勒:《文学理论》，李平译，沈阳：辽宁教育出版社，1998年版，第128页。

② [德] 沃尔夫冈·伊瑟尔:《阅读活动：审美反应理论》，金元浦、周宁译，北京：中国社会科学出版社，1991年版，第29页。

③ [德] 沃尔夫冈·伊瑟尔:《阅读活动：审美反应理论》，金元浦、周宁译，北京：中国社会科学出版社，1991年版，第29页。

们，无法说明文学阅读的持续性、能动性，也无法说明文本的开放性和读者参与的不可或缺性。

受英伽登影响，伊瑟尔认为，文学作品的文本所使用的语言是一种具有审美价值的表现性语言，它包含了许多不确定点与空白，这些不确定点和空白在文本中的存在是不可避免的，也是有益的，正是它们形成了文学文本的基本结构，即文本的召唤结构（appeal structure）。这种召唤结构留下的大量空白和缝隙需要读者去填充，即英伽登的具体化，而伊瑟尔使用的是一个含义更为宽泛的词“连接”（connection）。他说：“空白表明，文本的不同部分需要被连接，尽管文本本身并没有这样说。”[①]空白就是文本中隐含的但需要读者进行填充的部分，正是这些需要依靠读者以揣度去填补的地方，把读者“牵涉到事件中，以提供未言部分的意义。所言部分只是作为未言部分的参考而有意义；是意指而非陈述才使意义成形、有力。而由于未言部分在读者想象中成活，所言部分也就‘扩大’，比原先具有较多的含义：甚至琐碎小事也深刻得惊人”[②]。那么，文本的空白和不确定点产生了一种动力性，吸引读者参与到文本所叙述的事件中，并为他们提供理解和阐释的自由空间。

阅读过程中，读者的具体化和连接一方面是自由的，但另一方面又要依循一定的原则，不能随心所欲。对于空白，伊瑟尔与英伽登的看法不一样。英伽登认为，由于语言本身性质的缘故，人们在使用语言的时候不能完全表达一切，势必会遗漏掉一些东西，所以作品的结构和图示中必定存在一些不确定的空白之处，但在伊瑟尔看来，这些意味着不确定性的空白是作者创作作品时有意为之的，而不是作品中存在的根本的、本质的东西。既然是作者有意为之，那么，在文本的结构中就存在一定的规定性，限制读者对这些空白进行随意填补。也就是说，读者在运用自己的经验、发挥自己的想象时，不得不受到潜在的文本结构的约束：空白一方面刺激读者的想象，但另一方面又规约着读者的想象，使其不脱离文本，因为“要指望本文与读者的成功交流，本文必须通过某种方式控制读者的行为”[③]。因此，阅读或者说读者的具体化和连接活动，是一种在文学文本基础上进行的再创造，但是是一种被规约的、被引导的创造。

这里，阅读活动对作者和读者都提出了要求。从作者的角度看，他在创作文本时不能将自己的意思和意向表达得过于清楚、直接、明晰、彻底，因为如果这样的话，就会限制作品蕴含的意义空间和审美空间，从而限制其中的空白和不确定点，而这些空白和不确定点是决定文本召唤结构动力大小及其发生作用的基本条件，也就是决定读者发挥想象空间大小的基本条件。空白和不确定

① Wolfgang Iser. *Prospecting*. Baltimore and London: The Johns Hopkins University Press, 1989, p. 34.

② 蒋孔阳：《20 世纪西方美学名著选》（下），上海：复旦大学出版社，1988 年版，第 511 页。

③ 蒋孔阳：《20 世纪西方美学名著选》（下），上海：复旦大学出版社，1988 年版，第 510 页。

点越多，读者参与文本意义构建的可能性就越大，文本的意义繁殖力就越强，反之则越弱。从读者的角度而言，阅读文本意味着一种文本的完成，因此，重要的是理解文本中没有被说出的东西，而不能仅仅停留在所看见的东西上面，因为意念“产生出一种想象对象，而想象对象是本文中尚未阐述的那些东西的表现形式”[①]。

基于此，伊瑟尔强调了三个方面的重要性：一，阅读过程中读者的创造性参与和主体地位的重要性；二，阅读在文本—读者交流过程中对于释放读者主体性的重要性；三，作为读者交流和阅读基础的文学文本在本土意义上的重要性。对于其中的第三个方面，伊瑟尔尤其强调，他不允许读者用自己个人的偏好、成见来随意补充文本从而使其产生新的意义。对他来说，读者具有的各种成见或知识都是从传统或惯例因袭而来的一种假设，因而，这些要么在阅读过程中被推翻，要么在阅读开始之前就应该被丢弃。也就是现象学意义上的悬置，读者首先要进行自我悬置，把自我存在和历史放在括号里，空诸自身，然后才能对意向性对象进行本质直观，从而接受新的事物，改造自身。这样，阅读活动的参与过程其实就是一个读者重新思考、重新认识、重新框定自己的过程，伊格尔顿曾描述说：“在伊瑟看来，最能打动人的文学作品，是那种迫使读者以一种新的批评态度来认识自己的习惯准则和期望的作品。这种作品质询并改变我们介入其中的并未言明的信念，‘不承认’我们日常的观念习惯，并因此迫使我们承认它们本来的面目。有价值的文学作品并非只是加强我们的既定观念，而是要破坏或违反这些标准的观察方式，并因此教给我们新的理解规则。”[②]也正是因为这一点，伊瑟尔看重的是20世纪的现代作品，而轻视流行文学和通俗文学，认为这些流行和通俗作品不是让我们重新思考、认识和框定，而是强化我们既有的传统和思想观念。这种对自己的重新思考、认识和框定，根本上说，还是诉诸读者基于文本阅读产生的新的自我意识，“本文的意义在读者头脑中形成自身”[③]。也就是说，通过阅读，我们了解文本的意义，而这种意义又可以唤起我们内在的东西即自我意识，两者最

---

① 从读者的角度，沃尔夫冈·伊瑟尔引入了隐含的读者的概念。隐含的读者意味着文本结构中存在一种预先涉及的交流模式，同时也意味着读者在实际阅读中对这种潜在模式的实现，它深深地根植于文本的结构中，既不是现实的读者，甚至不是理想读者，而是一种与文本结构的暗示方向相吻合的读者。但文本结构无法单向地决定隐含的读者的现实化，其最终转化为现实又必须依赖于读者阅读活动能动性地对作品意义的参与，需要读者的具体阅读活动才能实现。因此，隐含的读者意味着一种允许读者用不同方式实现各种不同解释的可能性。每一次阅读都是以不同的方式对隐含的读者的角色的一次获得实现，读者的阅读过程也就是在隐含的读者引导下积极发挥能动作用的过程。参见［德］沃尔夫冈·伊瑟尔：《阅读活动：审美反应理论》，金元浦、周宁译，北京：中国社会科学出版社，1991年版，第177页。

②［英］特里·伊格尔顿：《当代西方文学理论》，王逢振译，北京：中国社会科学出版社，1988年版，第119-120页。

③［德］沃尔夫冈·伊瑟尔：《阅读活动：审美反应理论》，金元浦、周宁译，北京：中国社会科学出版社，1991年版，第180页。

终共同形成了作品完整的意义。可见，对伊瑟尔来说，我们阅读作品其实阅读的就是我们自己。整个阅读最重要的是，它使我们进入更深的自我意识，促进形成一种对我们自身特点更加富有批评性的看法。

4.2.3　文学的特殊历史性

文学作品的生命并不是由作者或者作品本身单方面来决定的，需要读者的积极能动才能实现，对文本的阐释、阅读经验、意义的生成都离不开读者。如果伊瑟尔的隐含的读者是一种假想的、预设于文本中的理想的读者，那么，姚斯以及读者反应中的读者则是实际存在的读者，包括文学批评家、普通读者、文学学习者和爱好者等，他们对作品的反应与阅读经验更有实践意义。这种实践意义更多地表现在，文学作品只有被接受并产生影响才能流传下来，才能被文学史家研究并获得文学史地位，未被接受的作品无法进入文学的历史进程。基于此，姚斯否认实证主义文学历史观，因为它将文学史界定为对过去事件时间序列的客观描述，这不仅是无视文学的艺术特性，而且也忽略了文学的特殊历史性，正如他在《走向接受美学》（*Toward an Aesthetics of Reception*）中对传统文学史研究的批判，“文学史研究，如果采取一种重历史的古典主义的定义，即弗里德里希·席勒的定义，那么，对于‘慧眼的观察者’来说，几乎无甚收益；对于‘积极的入世者’，则无可效仿；对于哲学家，无非是琐屑的陈腐之谈；对于读者来说，除了不是‘高尚的愉快的源泉’外，可能是其他一切无聊的东西”①。文学的历史性并非建筑在一种事后的、人为编造出来的文学事实的联系上，而是存在于读者对作品的接受过程之中。也就是说，离开各时代的接受者的参与，文学作品的生命以及它在文学史上的地位就无从谈起了。基于此，姚斯断言：“文学史是一个审美接受和审美生产的过程，审美生产是文学本文在接受者、反思性批评家和连续生产性作者各部分中的实现。在传统文学史中纠缠不清的、永无止境不断的文学‘事实’的总和，是这一过程所遗留下来的。它仅仅是将过去收集并归类，所以绝不是历史而是伪历史。”②

正是文学的特殊历史性决定了文学作为一种事件与历史事件的区别，或者文学事实与其他事实的区别。这种区别体现在以下几个层面。第一，文学事件并非一个事实，因此无法从因果关系的推论来进行解释，文学事件“不是一个‘事实’，能够被解释为由一系列环境的先决条件和动机所造成，或解释为可以重建的某一历史活动的意图以及这种活动所带来的必然的与派生的结果。产生文学作品的历

① ［德］H. R. 姚斯、［美］R. C. 霍拉勃：《接受美学与接受理论》，周宁、金元浦译，沈阳：辽宁人民出版社，1987 年版，第 6 页。

② ［德］H. R. 姚斯、［美］R. C. 霍拉勃：《接受美学与接受理论》，周宁、金元浦译，沈阳：辽宁人民出版社，1987 年版，第 26-27 页。

史背景不是一种与观察者隔绝的、事实性的独立的系列事件”①。第二，文学事件并不具有不可改变的后果。因为历史事件处于一定历史因果关系的客观序列中，譬如社会政治事件，所以会带来后人无法推脱的必然后果，而文学事件之所以称为文学事件，是因为它被置于一种参照性的阅读过程中，且只有通过阅读和再阅读，通过接受活动，才会继续发挥作用，构成历史的连续性。

但是，文学事件不会自动延续。也就是说，一方面，文学作品体现了作家创造的特性和意图，另一个方面，作品对读者的影响和效果也是这一事实不可分割的一部分。文学的历史发展是由各个时代的作家和接受者共同创造的。所以，姚斯得出结论，必须走出传统文学史研究方法论的窠臼，用一种接受和作用的美学去取代传统的生产与表现的美学。在他看来，接受美学所展示的前景不仅恢复了被动的接受与积极的理解、形成规范的经验与新的文学生产之间的联系，而且，倘若从作品和读者不断进行对话的角度和观点看待文学的历史，那么，文学中审美因素与历史因素的对立也将得到消除。

文学的特殊历史性决定了文学作品与读者之间的关系具有的双层内涵，即审美内涵和历史内涵。审美内涵表现在，读者对一部作品最初的接受过程包括了对该作品审美价值的检验，这种检验是在将该作品与以前阅读过的作品进行对比中进行的。历史内涵表现在，一部作品的第一批读者的理解在该作品的接受链条中将世代延续下去，并不断得到丰富。因此，在阅读与接受过程中，一部作品的历史意义与审美价值都将显示出来。这里，姚斯通过阅读活动进一步将文学的审美本质和社会效果统一起来，文学事件的文学性得到凸显。所谓文学事件的文学性，就是指把文学事件理解为作家及其文学作品与不同时代的读者进行对话的过程，也就是姚斯所说的“建筑在接受美学基础上的文学史”。这里，我们可以清晰地看到姚斯对历史客观主义和形式主义的反驳。

可以看出，接受文学史从三个方面体现了文学的特殊历史性。其一，用历史性方法考察文学作品在接受过程中的联系。人们既要从读者角度考察一部作品的接受历史，也要考察该作品在其所属的文学系统内部对后来文学产生的影响。其二，用共时的方法分析一部文学作品与其同时代文学的关联系统以及重要作品系统的序列更迭之间的关系。共时分析要求将一个时期历史意义重大的作品与被历史湮没的某一类常规作品进行比较，分析这种重要性与所产生时代的文学环境之间的联系，以及这种文学现象与由它所形成的该时代的读者共同的文学期待、记忆与视野。其三，文学作用史不是一个孤立的领域，它与一般历史存在着联系。如前面所述，文学既具有审美内涵，也具有历史内涵，而历史内涵恰恰体现了文

① [德] H. R. 姚斯、[美] R. C. 霍拉勃:《接受美学与接受理论》, 周宁、金元浦译, 沈阳: 辽宁人民出版社, 1987 年版, 第 27 页。

学的社会功能。这种社会功能体现在，读者的文学经验进入他生活实践的期待视野，从而改变他对世界的理解，并反过来作用于他的社会行为。正是这种社会功能体现了文学作用史全部的可能性。那么，着眼于读者视野的变化，关于文学作用的分析就可以深入一种读者文学史的领域，因而也就把文学阅读与接受的历史和文学社会功能与作用的历史统一起来。通过这种历史的统一，姚斯旨在以一种文学史视野弥合文学史与社会学研究之间的鸿沟，文学的特殊历史性也就超越了文学的限定范围。

这里，连接文学史与社会学、文学与社会的关键环节是读者的期待视野及其变迁。由于文学作品的历史生命并不是由作者或者作品本身单方面来决定的，需要读者的积极能动才能实现，那么，读者的变迁必然带来审美标准的变迁。为此，姚斯借助伽达默尔解释学中视域的概念，提出期待视野的概念，来解决审美标准问题。

解释学是经过由古代如何理解《圣经》而发展起来的阅读和解释文本的方法，发展到近代德国宗教哲学家施莱尔马赫（Schleiermacher）把古代解释学从经典注释与文献学方法变成一种普遍的方法论，强调读者理解与作者意图和心理个性相联系，再到 19 世纪德国哲学家狄尔泰（Dilthey）在施氏基础上把解释学建立在生命哲学基础之上，并将其任务界定为从历史、文献、作品本身出发，通过体验和理解，复原它们所表征的原初体验和所象征的生活世界，使解释者像理解自己一样理解他人，再到马丁·海德格尔（Martin Heidegger）强调理解前结构的重要性，认为解释、理解本质上必须通过先行具有、先行见到、先行掌握来实现，即文本所呈现的意义，不仅来自文本自身，还来自解释者在理解之前对意义的预期。因此，意义并不像施莱尔马赫和狄尔泰所认为的那样客观，理解对象的意义不是也不必把握所谓本来的、唯一的、客观的意义。实际上，理解也就是对意义的再创造。伽达默尔的哲学解释学特别受到海德格尔和胡塞尔现象学思想的直接影响。他在《真理与方法：哲学诠释学的基本特征》（*Turth and Method: Features of Philosophicla Hermeneutics*）一书的导言中就指出，胡塞尔向我们所提供了严谨的现象学的描述，狄尔泰使所有哲学思考获得了广阔的历史眼界，海德格尔融合了胡塞尔现象学和狄尔泰历史眼界。①他抛弃了施莱尔马赫和狄尔泰思想中的客观主义基础，认为力求使解释者摆脱自己的偏见而达到与被解释对象一致的立场根本是不可能的，原因是人的理解都是历史性的。首先，人总是生存于特定的环境和条件中，加上已经先于他而存在的历史和语言，决定了他的理解总是受到一定的制约，且这种制约是无法摆脱的。其次，理解的历史性决定了理解者看待和理解

---

①［德］汉斯–格奥尔格·加达默尔：《真理与方法：哲学诠释学的基本特征》(上)，洪汉鼎译，上海：上海译文出版社，1992 年版，第 8 页。

事物的立场，这种立场必定是从个人及其所在的时空环境来看待理解一切。伽达默尔将影响理解的历史性要素归纳为三个：第一，包括语言在内的存在于个人之前的社会历史；第二，历史性构成的理解对象，它也形成于特定的社会环境；第三，理解者及其价值观。因此，无论是理解者，还是作为理解对象的文学作品，都处于历史性之中。理解的历史性必然会带来理解的局限性，但是，真正的理解不是简单地克服理解的局限性，而是要承认并正确对待、处理这一历史性。根据这一点，因为这种历史性而形成的理解者的成见就具有其合法性和有效性①，“早在我们通过自我反思理解我们自己之前，我们就以某种明显的方式在我们所生活的家庭、社会和国家中理解了我们自己……因此，个人的前见远比起个人的判断来说，更是个人存在的历史实在”②。也就是说，囿于成见，理解活动都成了一个理解者将自己纳入传统的过程。这样，传统既保留在了文本之中，我们自己也始终处于传统之中，成为传统的一部分，传统也构成我们的一部分。正是这种传统和成见构成了当下的基础，形成了当下的理解视野，决定了理解的条件和出发点，也构成了特定的视域。

在伽达默尔看来，视域标志着人从他已有的经验和知识出发所能达到的理解范围。所谓视域“就是看视的区域（Gesichtskreis），这个区域囊括和包容了从某个立足点出发所能看到的一切”③。每一种视域中都包含了从传统和成见中接受的知识和经验，这些知识和经验就形成了一种理解的预先结构。视域不同，这种理解的预先结构就不同。尽管每个人的视域不同，但视域不是封闭而是开放的，随着认识的丰富，视域就会发生变化，它会不断形成、不断发展、不断扩大，永无固定休止之日。据此而论，文学文本作为一种凝结了作者主体意识的存在，总是显示作者原初的视域。但是，由于时间和历史条件造成的距离，理解者的视域和文本视域之间存在着不可消除的差距。这种客观存在的差距一方面决定了理解不可能的原因，即理解者抛弃自己的视域而完全融入文本的视域，以发现和重建所谓文本的客观意义或文本意义，或者理解者将文本的视域完全纳入自己有限的视域，另一方面也决定了理解的过程已经是一个两种视域不断交流、碰撞的过程，亦即两种视野不断融合的一个过程，“只要我们不断地检验着我们的所有前见，

① 伽达默尔区分了两种不同的成见：一种是合法的成见，他称之为生产性的成见；另一种是非法的成见，他称之为阻碍理解并导致误解的偏见。前者是历史给予的，具有证明价值，赋予理解以可能；后者不是来自人与历史的必然联系，是后天的错误认识所致，不具有证明的价值，是能够导致误解的偏见。因此，历史性的成见并非简单地等同于偏见，人们努力排除的应该是第二种，且只能在理解活动本身和过程中加以区别和排除，即必须在与文本意义的不断交流中，才能区分并消除误解。

②［德］汉斯-格奥尔格·加达默尔：《真理与方法：哲学诠释学的基本特征》（上），洪汉鼎译，上海：上海译文出版社，1992年版，第355页。

③［德］汉斯-格奥尔格·加达默尔：《真理与方法：哲学诠释学的基本特征》（上），洪汉鼎译，上海：上海译文出版社，1992年版，第388页。

那么，现在视域就是在不断形成的过程中被把握的”[①]。每一次视域融合都会产生新的视域，一种既包含着理解者的视域也包含着文本的视域，同时又超越这二者的视域所形成的全新的视域，而文本的视域也在这每次融合过程中呈现出新的面貌，因此又会形成一次新的融合过程，周而复始，也就是所谓的阐释的循环。在伽达默尔看来，理解是人的存在的本体活动，理解过程始终不会停止或最终完成，它始终是开放的、有所创新的，正是在这种意义上说，“对一个文本或一部艺术作品里的真正意义的汲舀（Ausschopfung）是永无止境的，它实际上是一种无限的过程”[②]。正是读者的不同理解的总和，接近和构成了艺术文本的全部意蕴。

那么，姚斯的期待视野正是从读者理解的角度来谈论文学或艺术理解的本质。期待视野主要指读者在文学接受活动中事先具有的一种对文学作品的审美要求和心理定式，这种要求和定式的形成由读者过去的阅读经验、所处的历史社会环境以及由此形成的价值观、教育素质、道德理想等诸多主观因素和客观因素所产生的综合作用而形成，它具有客观性，不是单纯的主观理解和心理适应。在姚斯的接受理论中，期待视野扮演着非常重要的角色。首先，它体现了文学事件的连续性。各个时代的各种文学现象之间、各种文学作品之间的联系是通过读者的期待视野而建立起来的，也就是说，文学的历史性存在于读者的变化以及随之而产生的读者期待视野之间的关联之中。其次，期待视野为文学作品的审美价值提供了一种衡量标准或尺度。具体而言，从两者之间的距离来看，一部新的文学作品在其发表的历史时刻与它的第一批读者的期待视野之间存在着以下两种关系。第一种是两者之间距离很大，即该新作提供的新体验或经验突破或超过了读者已有审美经验中熟悉的东西，需要读者不断更新自己旧有的文学观念，从而提供一种新的审美经验或方式，此时的文学作品艺术性质和艺术价值最大。第二种是两者之间没有距离，即文学作品只是符合或复制了已成为读者普遍欣赏趣味所期待的作品，读者无须把尚不熟悉的经验运用到其视野中去，也就不会引起期待视野的变化。此时作品的艺术价值就比较低，而且，随着这种距离逐渐缩小，文学作品便越来越接近享受或消遣艺术的领域。这里，姚斯显然受到心理距离说的影响，且对其进行了社会学的改造。

文学的特殊历史性也决定了期待视野的历史性。文学期待视野不是固定不变的，这必然带来人们审美兴趣和审美要求的变化，并由此进一步引起文学审美标准和原则的移动。这就涉及文学经典问题。在伽达默尔看来，经典之所以为经典，

① ［德］汉斯-格奥尔格·加达默尔：《真理与方法：哲学诠释学的基本特征》（上），洪汉鼎译，上海：上海译文出版社，1992 年版，第 393 页。

② ［德］汉斯-格奥尔格·加达默尔：《真理与方法：哲学诠释学的基本特征》（上），洪汉鼎译，上海：上海译文出版社，1992 年版，第 383 页。

就在于说出了过去的时代本身要说明的问题，这就意味着没有必要再去思考经典已经做出回答的问题了。姚斯则认为，经典的这种情况只能说明它在与文学期待视野的张力关系中曾经是作为杰作而存在的。但事实上，当某种传统被当作榜样仿效时，代表这种传统的杰作在人们的回顾视野中就包含了它们本来的消极性，迫使我们去怀疑它们那不言而喻的经典性，并重新寻找真正的问题的视野。换言之，经典性不是永恒的。经典的存在是一种在过去与现在、文本与读者之间的对话和张力关系中的动态存在，无论过去还是现在，它需要重新被提出问题并从中寻找答案，在与新时代的审美需要及其期待视野的满足与拒斥中获得经典性。这样，阅读与理解就不是复制性的，而是创造性的。文学阅读在于促进人们形成不同于习以为常的新的思维方式、感受方式和经验态度。

姚斯以文学的特殊历史性和文学事件的特殊性为切入点，对传统的实证主义的客观文学历史观念和形式主义历史观念进行了批判，产生了重要的影响。诚如众多评论者所言,尽管这种立场忽视了作品的社会历史存在和作家的创造性劳动，有些过分夸大了读者接受活动的能动性，并且因读者群体的异常复杂性产生的接受文学史写作的现实可能性问题，让人觉得这仿佛只是一种理论的设计和美好的愿望，但是，从理论意义上而言，它让我们得以从一个独特的视角来重新看待、理解文学艺术的特殊性及其艺术价值的体现方式，认识到文学作品意义的存在方式以及文学生命的永恒性，从而把欣赏者的作用扩大到了无限的领域。

4.3 作为一种活动艺术的文学

无论是英伽登，还是伊瑟尔，或是姚斯，尽管在程度上有所区别，但他们都把作品与读者的关系放在文学研究的首要地位，在充分承认读者对作品意义和审美价值的创造作用的同时，仍然把文本结构视为最初的出发点。在他们看来，读者的创造性活动归根结底是限制在本文结构所提供的可能性之内，读者做出的种种解释无论怎样互不相同，总可以在作品本身找到出发点或痕迹。读者与文本之间的互动之所以发生，是因为文本中预先存在着一种结构、图示或期待视野，其中存在的空白、不确定点等会刺激或引导读者去寻求文本的连贯性，从而产生文本的意义，无论这种空白或不确定点是语言性质本身使然还是作者故意为之。因此，虽然读者的阅读活动是达到目的的必要手段，但读者并非被视为意义和价值的唯一创造者。在这一点上，以费什为代表的读者反应理论将因与果颠倒了过来，即认为这些结构中的空白、不确定点或缝隙并非事先存在于文本之中，而是作为读者特定的解读策略的一种结果出现的。

4.3.1　作为阅读方式的文学

在《为什么无人害怕沃尔夫冈·伊瑟尔》（“Why No One’s Afraid of Wolfgang Iser？”）一文中，费什指出，文本中不存在任何可供读者采用的确定因素或者理解基础，而且，那些随读者视点而定的非确定因素或者说空白，都是按照某种阐释策略的要求产生出来的，因而，这些成分全都无法构成独立存在的给定物，不能作为解释过程中的基石。就此而论，费什在朝着凸显读者主观化或能动性的方向迈出了更大的一步。

从强调读者主观化或能动性出发，费什将文学的意义限定为读者经验，从而将文学描述为一种活动艺术。在《读者中的文学：感受文体学》（“Literature in the Reader：Affective Stylistics”）一文中，费什认为，当人们不断地、反复地阅读时，会“严格而又坚定不移地提出以下问题：这个词、短语、句子、段落、章节，这部小说、剧本，这首诗做什么？”。因此，文学批评“必须对读者在逐字逐句的阅读中不断作出的反应进行分析”，而这种分析，“务必是一种不间断的反应式的分析，以便使其同着重在原子分析法的文体批评理论相区别开来”[①]。尽管读者的反应是一种主观性活动，但费什却认为，这种活动是一种真实的客观存在，对本身以及正在发生的事件进行的分析才具有真正的客观性，因为它承认流动性，即意义经验的运动性，而且这种分析引导人们通向行为的原发地，即阅读经验中读者主动且一直活动着的意识。

费什将文学视为一种活动艺术，实则否认了文学作品作为一种客体的存在。在他看来，文学作品不再是一个由语言及其结构组织而成的可供人们加以分析的客观对象，而是一种语言经验的综合体，或者是由作品所引起的反应以及作品所产生的经验的综合体。尽管之前的瑞查兹、燕卜荪以及米歇尔·利法泰尔（Micheal Riffaterre）都对读者的主动性和情感经验有所阐述，如燕卜荪认为，阅读一首诗歌作品时有两种经验流在流动，即知识经验以及具有主动性和情感性的经验，利法泰尔注意到读者渐进性的反应，强调这种反应受到一种时序从左至右的时间流所制约，等等，不过，他们都是基于文学语言或诗歌语言与非文学语言（科学语言）之间的一种对比来谈论读者经验的，目的在于将文学语言与其他非文学语言区分开来，以体现诗歌和文学的特性。但是，对于费什而言，读者经验或读者反应仅限于诗歌或文学，而非那些非诗歌意义的特点和效果，所以，他将文体的范畴进行了拓展，认为“所谓某种文体事实就是反应的事实，而且由于我所说的反应的范畴包括一切因素，从最小的，最无特色的到最大的，最具有破坏性的

---

①［美］斯坦利·费什：《读者反应批评：理论与实践》，文楚安译，北京：中国社会科学出版社，1998 年版，第 137 页。

语言经验——都是文体事实”[①]。

费什不主张对语言做任何分析，也不主张对作品进行描述评价，断定这部作品比另一部作品好，或者做出某一部作品是好是坏的判断，甚至拒绝将文学作品作为一种特殊的文体，“我的这种方法拒绝把文学作品本身作为文学来评述，也不允许认为文学作品同广告、布道文，或者宣传品，甚至‘娱乐性作品’毫不相干。文学作品作为一种报告，其目的在于描述一种（非常复杂的）刺激——反应关系，并不为我们自动区分文学效果或其他效果的手段……我的方法并不以试图推断文学的优越性作为其出发点，也不以肯定其优越性作为其终结。在我看来，这一事实正是它理应备受重视的最有说服力的一个方面”[②]。如此一来，在以感受语言为方法的读者反应中，文学同广告等其他文体类别没有性质上或者种类上的区别，只是在经验的复杂性方面胜过其他。文学经验是最难以确定的经验，但也成为费什眼中“最好的经验”[③]，成为文学之所以成为文学的要素。

4.3.2 客观与主观之间

那么，这是否意味着诗歌或文学就不存在了呢？费什从主观和客观的相对性角度回答了这个问题。在《看到一首诗时，怎样确认它是诗?》（“How to Recognize a Poem When You See One”）一文中，费什阐明，所有的客体都是制造的，是人们所实施的解释策略的制成品。然而，这并不是说，它是主观（阐释）的结果，因为使它们生成的手段或方式具有社会性和习惯性。一方面，人们制造诗歌时，就意味着通过解释策略，人们创造了它们。但另一方面，人们拥有的解释策略的根源并不在于本身，而是存在于一个适用于公众的关于诗歌的理解系统中，他们受到这个系统的制约。以这种方式来看待问题，意味着人们必须明白客观性和主观性之间的对立并不是事实，因为无论客观和主观，都不是以纯粹的能说明这一对立的形式而存在的。就感知力是否充分而言，置身于这些事件中的读者如同一个文本一样，也不具有独立性。相反，读者的意识或知觉是由一套习惯性的观念建构的。这些观念一旦发生作用，便会反过来构建一个合于习惯的、在习惯意义上可理解的客体。在某一特定的体例化或者规范化的背景内能被理解的任何客体或事件，都亦可作如是观。因此，他认为，对唯我主义的恐惧担心是多余的，不可能存在绝对的唯心主义，自我绝不可能脱离群体的或习惯的思维范畴而存在，

---

①[美]斯坦利·费什:《读者反应批评: 理论与实践》, 文楚安译, 北京: 中国社会科学出版社, 1998 年版, 第 188 页。

②[美]斯坦利·费什:《读者反应批评: 理论与实践》, 文楚安译, 北京: 中国社会科学出版社, 1998 年版, 第 167 页。

③[美]斯坦利·费什:《读者反应批评: 理论与实践》, 文楚安译, 北京: 中国社会科学出版社, 1998 年版, 第 168 页。

正是思维范畴使自我的运作（思考、观察、阅读）得以进行。这样一来，这些意思（意义）既不是主观的，也不是客观的：之所以不是客观的，因为它们总是某一观点（看法）的产物，而不仅仅是被阅读、理解的单纯客体；之所以不是主观的，因为观点（看法）总是社会性和习惯性的，在一定程度上受到惯例和习惯的制约。或者从相反的方面来看，它们既是主观的，也是客观的：之所以是客观的，因为给这些意义提供或传递信息的观点具有社会性和习惯性，而不是个别的或者独一无二的；之所以是主观的，是因为它们总是个体经验的产物。所以，文学是在特别情势下产生的一种知觉方式，正是在这种情势下，人们才能对同一文本达成一种共识：文本可能是一首诗。

费什的读者反应理论一方面旨在反对那种断定存在着一系列超验的、超越文化的普遍准则的观点，另一方面也驳斥那种为证明一个由偶然性、突发性和历史性等所构成的世界而否定一切规范性的立场。所谓的普遍性或理论只是一种主观幻想或幻觉，它不过是把特殊（局部）领域内（地方的、个别的、宗教集团的）所发生的个别现象提高到一般的或普遍的位置，将一些信仰、观念和推想套上理论的术语和内容，而信仰、观念之类的范畴不能称为理论，它们只是对经验的概括而非一般意义的解释，或者只是对某一重要事件或实践行为的模仿。因此，普遍性或理论永远不可企及。在文学研究方面，理论之所以成为一种时髦，是因为理论具有一种实用的功效，能够带来体制内其他实践所能获得的结果，如进行宣传、晋升职位、提升荣誉、发行更多的出版物、举行专题讲座、进入字典或百科全书词条等。同时，虽然个体对作品的反应理论上只能是他自己的，不能代表任何其他同样作为个体的特定的读者，带有个人的特殊性和异质性，但是，在进行阅读和理解时，使用同一语言的人遵守的是一套每一个人都内化了的共同的规则体系，那么，在这种意义上，每个人的理解就会趋于一致。也就是说，由于处于一个文化空间中，理解会在讲同一种语言的人所共同接受的规则和体系范围内进行。

因而，在文学阅读中，文学作品的特性虽然必要，但其本身不足以决定一切，只能成为一个次要的因素。由此一来，文学性的问题已经不再是读者反应批评家们关注的问题，或者说，他们认为文学性的问题已经成为一个主观建构的问题，而非客观存在的文学的本质问题。诺曼·N. 霍兰德（Norman N. Holland）早在 1967 年就已经说过："任何一件作品，只要它能用文学的眼光去看，也就是说，能以文学（新批评）的方法去进行细致的语言分析，它就是文学。因此，广告、日记、电影、打油诗甚至黄色杂志，只要能从中找出平行的情节、重复的意象等等，就都属于文学的范畴。这些处在文学本体边缘的作品往往比符合学院标准的作品更为直接地提出文学的问题。如笑话就是一种引起十分独特的心理和生理效果的文学文本，它显然比抒情诗更为直接地触及了情感的源泉，而广告和宣传比任何高雅的文学都更为直接地提出了‘文学是怎样进行教谕的’问题。”[①]

既然文学文本不再具有固定的本质性，而文学研究的首要问题又是确定研究什么的问题，那么，代之而起的就是一种文学研究的泛文本主张，文学研究又重新接纳外部因素，如霍兰德的阐发：“让我们不把文本看作一个固定的实体，而把它想成一个涉及文体和个人的过程。让我们假定这个人在开始阅读时已经带入了某种外在的因素，可能是关于文学史、传记，或是关于诸如原始歌手间竞赛之类的古代仪式的知识，也可能是某种个人经验。”[②]当如霍兰德所说的，当历史的、文化的、个人生理经验的以及经济地位方面的诸种外在因素都被引进了阅读过程中，成为文本意义建构过程中不可或缺的要素时，以文本—读者这个两极关系来构成的非社会的、非历史的狭隘圈子就到了快被打破的时候了，而文学理论的文化学范式已经做好了接替者的准备。

小　　结

在 20 世纪西方人文社会科学领域发生的哲学转向中，对文学研究方法和文学理论范式转换产生重要影响的哲学流派之一，便是胡塞尔现象学。胡塞尔现象学将纯粹的先验意识确定为知识的基础，它对纯粹意识的研究主要偏重对意向性的分析，或者说对意识的意向性结构的分析。现象学认为，意识不是一个孤立的实体，也不是一个被动接收材料的容器，而是体现为一种激活对象、构造对象的功能。因此，意识活动总是指向某种外在事物，或与某种事物相关。外部世界在被意识把握以前，或者说被意识的意向性之光照射之前，没有意义，也没有秩序，不是一个统一体。相反，只有当外部世界被意识活动把握、成为意识活动对象的时候，事物才开始有意义、有秩序。另一方面，意识总是指向某物的意识，某物总是意识活动中的对象。如此，意识与意识的对象就密不可分地联系在一起。

一批文学理论家把上述现象学思想用于文学研究领域。他们都注意研究作品和读者的联系，认为文学研究不能像英美新批评和法国结构主义诗学等形式主义理论那样仅仅从作品方面入手，而是必须把读者纳入研究视野，由此形成作者、作品和读者之间的现象学意义上的关系。作品是物质的、物理的，读者是主体的、活动的。没有作者就没有作品，没有读者也不会产生作者，更不会产生作品。读者与作者、与作品的地位是平等的，三者之间没有主仆高低之分。基于上述理论立场，现象学思想为这些文学批评家们带来了看待批评与文学关系的新视角。

---

① 金元浦：《接受反应文论》，济南：山东教育出版社，1998 年版，第 345 页。

② 诺曼 · N. 霍兰德：《寻回“被窃的信”：作为个人交往活动的阅读》，钱彦译，载于王海远等选编《东渐之西潮卷》，石家庄：河北教育出版社，2000 年版，第 546 页。

以日内瓦学派、哈特曼和米勒的意识批评为代表，这些批评家们侧重文学的意识纯粹性特点，凸显作品中作者的纯粹意识，强调文学作品是作者意识的纯粹再现，体现了作者的“我思”，是人类意识的集中方式，构成文学作品世界的本质和本源。文学作品是作者对客观世界中一切相关思想经过悬置和终止判断后形成的纯粹意识的结晶，是对客观世界的本质的揭示。正是这种意识赋予了客观世界以意义和秩序，使客观世界不再被动地、孤立地外在于人类意识，成为人类的一个重要经验领域，构成人类精神的一种集中表现形式。因此，文学的特性就体现为文学作品的精神纯粹性特质。在揭示这种精神性特质的过程中，批评家实现了与作者意识的统一和同一，批评就成了创造。他们的理论出发点基本上是一致的：文学是富有强大生命力的意识存在，批评则是一种对文本的自由的阐释，是对这种生命意识的张扬和继续。

在布莱看来，文学作品的特性表现在它的精神的纯粹性。首先，文学作品的内容不是作品中的具体事实，也不是作品中的作者的思想，而是构成作者思想的纯粹意识。其次，形式虽然不与作为精神的内容对立，但成为凸显文学世界的纯粹性以及作者意识的纯粹性的一种羁绊。一旦思想得以显现，最终达到一种普遍的、本质的认识，形式便隐匿不见，从而实现真正意义上从客观到主观的跨越。那么，文学从生活到思想、从客体到主体的过程，就是一个去形式化的过程：形式外壳去掉，纯粹的精神内核就呈现出来。斯塔罗宾斯基持一种凝视批评观。根据他的观点，批评的目的在于显现文本中在场和不在场的意义。为获得这种意义，凝视时需要把外在于文本的思想用括号悬搁起来进行本质直观，并在时间的滞留中关注文本中蕴含的具有普遍性的整体意义。这种凝视是中立的、超脱的、纯粹意向的，是一种回到事物中去又敞开文本隐蔽性的凝视，或现象学美学的凝视。最终，本质在凝视中通过表象在意识中呈现出来。米勒认为，文学的物质性与精神性同等重要。文学研究的首要基础就是书页上的文字，当批评家拿一本书阅读时，他就面对了这种物质性，并通过这种物质性还原为一种精神性。哈特曼在华兹华斯的自然诗歌中发现了自然与意识之间存在的现象学意义上的关系。在诗人的描述和呈现中，自然是客观的、静美的，人的情感、精神或意识也没有渗透在自然之中。但是，两者之间却又必然地联系着。联系两者的纽带或环节就是想象。在哈特曼看来，想象本身就体现了人的一种纯粹意识，是人类特有的纯粹意识的一种集中表现形式。

以英伽登、伊瑟尔、姚斯等德国的接受理论家为代表，他们凸显文学文本作为意向性客体的意向性特征，侧重于文学文本表现其意向性的各个方面，重点揭示文本意义生成所依赖的主观的、客观的、社会的可能性条件和机制。从他们关注文本中的结构而言，文学特性体现为文学文本本身的意向性。英伽登认为，在意识之外存在着实在的世界，认识对象有独立于意识的存在方式和形式结构，因此，一方面，文学作品具有其本身的层次结构，构成读者须据以理解的基础，另一方面，读者也是创造性发挥想象力的主体，具有其意识能动性。因而，文学阅读最终成为一种想象性的具体化行为。英伽登通过对意向性客体的分析，认为存在两种意向性客体。一种是物质性意向性客体，这是认知行为的意向性对象，包括物质对象和数学中的观念性对象，这类对象不依赖于认识主体而独立存在，具有自足性。另一种是纯意向性客体，这类客体除了一部分属性可以借助作品本身加以呈现外，其余属性都必须依赖于读者的想象力加以补充，因此，它们不是自足的，艺术作品就属于此类客体。艺术或者文学作品作为纯意向性客体，不像物质性客体可以完全独立于人的意识而存在，它必须依赖于人的意识的意向性活动才能产生、存在并展现自身。具体地看，文学作品的创作过程就是一种意向性行为。在解释文学作品独存性方式的基础上，英伽登进一步分析了文学作品的基本结构层次。作为一个由不同性质的要素组成有机系统，文学作品的基本结构划分为四个层次，它们之间各自独立又相互联系，创造了文学作品存在的潜在性或可能性存在，而要实现这种存在，还必须依赖于读者的阅读活动。在英伽登看来，文学作品虽然是人的意识的意向性对象，但它必须经过读者的意向性行为才能实现其存在，也就是体现读者创造性活动的具体化行为。伊瑟尔从文学作品的艺术极和审美极出发，认为文学作品本身明显地既不可等同于作者文本，也不可等同于它的实现，而是居于两者之间，以虚在性为特征，既不能化约为文本现实，也不能等同于读者的主观活动，正是这种虚在性使得文本具有了能动性。伊瑟尔一直非常强调阅读过程中读者的创造性参与和读者的主体地位，以及阅读行为本身在文本—读者交流过程中让读者释放其作为主体的意义。同时，他也十分重视文学文本在读者阅读交流过程中的本体论地位，所以，他不允许读者用自己个人的偏好、成见来随意补充文本从而使其产生新的意义。对他来说，各种成见从传统或惯例因袭而来，应该在阅读过程中被推翻，甚至在阅读开始之前就应该被丢弃。从现象学意义上说，读者首先要进行悬置，把自我存在和历史放在括号里，空诸自身，之后，才能接受新的事物，从而改造自身。最终，阅读活动的参与过程其实就是一个人们重新思考、重新认识、重新框定自己的过程。

姚斯以文学的特殊历史性和文学事件的特殊性为切入点，从文学史的特性来界定文学的特性，认为文学的历史性并非建筑在一种事后的、人为编造出来的文学事实的联系上，而存在于读者对作品的接受过程之中。正是文学的特殊历史性决定了文学作为一种事件与历史事件的区别，或者文学事实与其他事实的区别。他对传统的实证主义的客观文学历史观念和形式主义历史观念进行了批判，产生了重要的影响。诚如众多评论者所言，尽管姚斯的这种立场忽视了作品的社会历史存在和作家的创造性劳动，过分夸大了读者接受活动的能动性，并且，因读者群体的异常复杂性，他所倡导的接受文学史的写作只能限于一种理论层面的设计，实现的可能性不大，但是，从理论意义上而言，他的观念让我们得以从一个独特的视角来重新看待、理解文学艺术的特殊性及其艺术价值的体现方式，认识到文学作品意义的存在方式以及文学生命的永恒性，从而把欣赏者的作用扩大到了无限的领域。

以美国费什为代表的读者反应批评家从强调读者主观化或能动性出发，将文学的意义限定为读者经验，从而将文学描述为一种活动艺术，而不是一个由语言及其结构组织而成的可供人们加以分析的客观对象。作为一种活动，文学作品不再作为一种客体而存在。相反，文学就是一种语言经验的综合体，或者是由作品所引起的反应以及作品所产生的经验的综合体。既然文学活动是一种真实的客观存在，那么对活动本身以及正在发生的事件进行的分析才具有真正的客观性。这种分析引导人们通向阅读经验中主动的且一直活动着的读者意识。就此而论，诗歌或文学存在于主观与客观之间，可以说它既是客观的，也是主观的，也可以说它既不是主观的，也不是客观的。文学阅读中文学作品的特性虽然必要，但其本身不足以决定一切，成为一个次要因素。也就是说，文学性的问题已经不再是读者反应批评家们关注的问题。换言之，在他们的眼中，文学性的问题已经不是一个关于客观存在的文学本质的问题，而成为一个文学如何被主观建构的问题，文学是在特定情势下产生的一种知觉方式、一种看待语言或文本的方式。正是在这种情势下，人们才能对同一文本达成一种共识：文本可能是一首诗。费什的读者反应批评理论一方面旨在反对那种断定存在着超验的、超越文化的普遍准则的观点，另一方面也驳斥那种为证明一个因偶然性、突发性和历史性等所构成的世界而否定一切规范性的立场。

第5章 修辞学范式：文学修辞性与修辞性文学

引　言

20世纪著名的新修辞学家伯克认为修辞是“一些人对另一些人运用语言来形成态度或引起某种行动”[①]。据此，可以说修辞无处不在，或者说，修辞因素存在于一切话语中，因为人一旦运用语言，就不可避免地进入了修辞环境。因而，修辞学与诗学两者之间并没有绝对的区别，它们都是研究话语的。修辞学研究包括演讲和日常讲话在内的所有象征活动，诗学研究诗歌和其他文学形式的象征活动，它们都是运用语言在听众或读者身上唤起情感，形成态度，并诱发行动。如果说两者之间存在着区别，那就仅仅在于，修辞学话语引发的行动超出自身，指向更大的、更广泛的行动，而文学话语引发的行动只指向文学自身。这就意味着诗学包含于修辞学之中，这一点得到布斯的应和与支持。他在《小说修辞学》（*The Rhetoric of Fiction*）一书中便贯彻了这种主张，具体表现在：第一，他反对将修辞学视为对写作技巧的研究；第二，他反对当时的英美新批评割裂文学文本与作者和读者之间关系的观念。他提出，所有伟大的作品都存在一种话语模式，即一个隐含的作者与一个隐含的读者之间的对话，两者的关系类似于修辞学中演说者和听众之间的关系，是一种对话关系。

伯克的理论让人相信修辞现象无处不在，修正了长期以来修辞只是一个工具的固有观念，正如道格拉斯·埃宁格（Douglas Ehninger）所言，“那种将修辞看作在话语的上面加调料的观念被淘汰，取而代之的是这样的认识：修辞不仅蕴藏于人类一切传播活动中，而且它组织和规范人类的思想和行为的各个方面。人不

① Kenneth Burke. *A Grammar of Motives*. Berkeley: University of California Press, 1969, p. 41.

可避免地是修辞动物”[①]。因此，新修辞学将视角从传统的政治生活转向一切以言语为主的象征性的交流活动，从狭义的对演讲的研究转向广义的话语研究，使得修辞的认知性得以确认，即修辞在本质上是认知的。罗伯特·司各特（Robert Scott）在《论修辞的认知性》（“On Viewing Rhetoric as Epistemic”）中指出：“人类必须将真理看作不是固定的、最终的，而是在我们身处其中并与之相适应的各种环境中不断被创造的，那么在人类的事物中，修辞学是一种了解事物的方式：它是认知性的。”[②]理查德·什尔维兹（Richard Cherwitz）在《修辞之“认知性”：对“新修辞”运动之认知性的淡化》（“Rhetoric as ‘Way of Knowing’: An Attenuation of the Epistemological Claims of ‘the New Rhetoric’”）中也指出：“如果要充分概括这种新修辞的观点，那就是，真理是人们努力获取的东西，而不是先验存在的东西，因此，通过执着（修辞）的努力，人的认识越来越肯定。”[③]可见，在后现代修辞学理论中，真理不再是一种绝对的、形而上的思辨物，而是相对的，发现和创造真理的途径是通过主体间性。主体间性便是交流，也就是修辞。在这种对真理和现实的置换中，现实或实在被赋予前所未有的建构性和多样性，主体有多少种对现实或实在的感知方式，就有多少种现实或实在被创造的方式和存在方式。

当然，修辞学的这一演变过程与西方后现代主义哲学思想相呼应。西方传统哲学思想中，哲学以研究知识、探索真理为内容，理论意义上哲学领域中绝不允许修辞的存在，代表真理的哲学必须是客观的。所以，修辞学一直是西方哲学界假想的敌人。然而，当代许多哲学家用新的眼光看待修辞，认为修辞不仅与认知有缘，而且哲学研究离不开修辞，哲学辩论本质上就是修辞的。亨利·约翰斯顿（Henry Johnstone）声称，即使在那些形式的、客观的事实之中也渗透着修辞，因此，“以前自己认为哲学论辩与修辞是截然区分开来的，但现在这种观点转变了，哲学论辩中必定具有一定的修辞维度”[④]。这种修辞哲学化或哲学修辞化说明了哲学上新的真理的界定，也说明哲学作为认知的研究的终结和修辞作为辩论技巧的终结。[⑤]

后现代语境中，与哲学修辞化相呼应的是文学的修辞化。自古希腊开始，哲学与诗歌（文学）就被纳入了一种对立的关系模式中，且一直由哲学占领着主导

① Douglas Ehninger. *Contemporary Rhetoric: A Reader's Coursebook*. Glenview: Scott Foresman, 1973, pp. 8-9.

② Robert Scott. “On Viewing Rhetoric as Epistemic” in *Central States Speech Journal*, 1 (1967), pp. 9-17.

③ Richard Cherwitz. “Rhetoric as ‘Way of Knowing’: An Attenuation of the Epistemological Claims of ‘the New Rhetoric’” in *Southern Speech Communication Journal*, 3 (1977), p. 212.

④ Richard Leo Enos. “Review on *Validity and Rhetoric in Philosophical Argument: An outlook in Transition* by Henry W. Johnstone, Jr.” in *Philosophy & Rhetoric*, 2 (1980): p.142.

⑤ Calvin Shrage. *Communicative Paris and the Space of Subjectivity*. Bloomington: Indiana University Press, 1986, pp.188-189.

地位，文学只能屈居其下。从其思想来源来看，这种模式的奠基者或者说肇始者应该是柏拉图。在《理想国》（*The Republic*）第十卷中，苏格拉底告诉格劳孔（Glaukon）说，“哲学与诗歌的争吵是古已有之的”，并且，“这场斗争是重大的。其重要性程度远远超过了我们的想象，它是决定一个人善恶的关键”[①]。自然地，柏拉图将斗争胜利的荣耀归于了哲学。哲学以知识和经验通过推理达到对永恒不变的理性和真理的认识，哲学家（爱智者）由此成为掌握知识和真理的统治者，成为理性和最善的唯一代表。相反，诗歌作为一门模仿艺术，模仿的只能是心灵中低贱的部分，所以，诗歌远离真实，远离心灵中的理性，是一种游戏，既不善也不真。柏拉图警告说：“我们一定不能太认真地把诗歌当成一种有真理作依据的正经事物看待。我们还要警告诗的听众，当心它对心灵制度的不良影响，要他们听从我们提出的对诗的看法才好。”[②]因此，哲学家成为理想国的统治者，而诗人却被驱逐了出去。

但是，在后现代修辞学思想中，哲学失去了作为永恒真理占有者的地位，真理本身变成了修辞的产物。另一方面，文学自古以来便与修辞紧密相连，且因使用修辞而被视为一个充满谎言和欺骗的场所，从而远离理念、真理或善，但同时，作为模仿的模仿，它又以再现或反映那个遥远的理念、真理或善为目的，从而服膺于哲学。那么，当一切话语都被视为修辞的时候，文学与修辞之间的关联比以往任何时候都更加紧密。当哲学本身被视为充满修辞的时候，文学与哲学之间的传统关系比以往任何时候都更加令人质疑。

鉴于此，本章将着力探讨以下几个问题。第一，修辞与哲学的关系问题。西方历史上，修辞学最早服务于古希腊公民进行演讲和辩论，以达到劝服的目的，可以传授和学习，但它一直与哲学有着密切的关系。第二，解构主义批评的文学修辞观问题。德里达从解构西方逻各斯中心主义和语音中心主义出发，将文学视为一种特殊的书写和一种奇怪的建制。它既是一种艺术的形而上学构建，也是一种对意义和所指的质疑和终止，因此，文学作品的逻辑是悖论的逻辑，是例外和反例外的逻辑。德曼对文学的寓言性进行了大力阐发。他强调通过文本细读挖掘并呈现出内在于文本中的裂缝、冲突以及弥合这些裂缝和冲突的不可能性，即真理与谬误的悖论性。巴特认为整个文学传统就是一种文学语言的神话修辞术，因此主张建立一种文学次生神话，将诗歌语言视为一种抗拒神话的语言，以最终实现物的超验性和自然意义。第三，布斯的文学修辞问题。布斯将作者、叙述者、人物和读者四者之间的关系视为一种修辞关系。作者为加强这种关系采用的技巧就是修辞手段，他通过作为技巧的选择，构成了与叙述者、人物和读者的某种特

①［古希腊］柏拉图：《理想国》，郭斌和、张竹明译，北京：商务印书馆，2019 年版，第 412 页。
②［古希腊］柏拉图：《理想国》，郭斌和、张竹明译，北京：商务印书馆，2019 年版，第 411-412 页。

殊关系，由此达到某种特殊的效果，以消解作者与读者之间的审美距离。第四，哲学与文学的关系问题。与文学一样，哲学话语具有修辞性，任何谈论哲学的方式同时又是谈论文学的方式，最终，文学与哲学之间没有类别上或性质上的区别，两者之间的界限被完全拆解，自古希腊以来哲学享有的相对于文学的优先地位被推翻。

5.1　修辞与哲学

西方修辞学诞生于古希腊雅典民主生活中广泛的语言文化交流和政治法律活动。演讲和雄辩成为当时精英政治和民主城邦生活的一个重要组成部分。如何在这些交流交际、演讲辩论中展示自己的能力，对人们非常重要，例如，在法庭和议会等场所，人们主要依靠自己的演讲能力获得权力和地位，并保持这种权力和地位。所以，古希腊教育中不仅仅注重哲学、数学、语法等课程的学习和知识教育，还注重演讲和论辩的训练，由此产生了作为劝说艺术和特别技巧的修辞。修辞学在古希腊、古罗马时期就成为一门显学，到中世纪，同语法学、逻辑学并列为三大学科。但是，随着古希腊、古罗马文明的衰落，修辞学便开始逐渐没落。直到 20 世纪初，它才开始受到重视，成为一门新学，不仅与语言学，还与哲学、社会学、文化学、教育学等多学科广泛交叉，产生了非常广泛的影响，在当代欧美国家中占有极其重要的地位，说 20 世纪是西方修辞学复兴的世纪并不为过。

然而，无论是古典修辞学，还是近代修辞学，抑或是当代修辞学，修辞与哲学的关系都是其中一个不可或缺的话题。只不过，因为哲学传统上被视为绝对或真理的化身或代言者，这种关系常常被置换为修辞与真理之间的关系，因为“追求真理或共相的科学就是哲学”[①]。在 20 世纪之前，西方很多重要的哲学家、修辞学家、思想家等都对这种关系进行了阐发，殊同皆存，其趣各异，对 20 世纪文学批评产生了极为重大的影响。

5.1.1　修辞与真理的距离

在悠久的欧洲文化传统中，最早的修辞学家是智者派。智者派是相对论者，他们认为，不存在绝对的真理，人类只能获得暂时的或可能的知识，道德由社会或文化决定，不具有普遍性和绝对性，因而极力推崇修辞的力量。智者派最有影响力的代表人物伊索克拉底（Isocrates），在他看来，修辞是劝说的技巧，目的在于提高演讲能力，增强演讲效果，不必过分强调修辞的真理性。

---

① 朱光潜:《朱光潜全集》(第 18 卷), 合肥: 安徽教育出版社, 1992 年版, 第 28 页。

柏拉图斥责智者派关注修辞而不关注真理。他自己将修辞术与装饰术、烹调术和诡辩术并列起来，以说明修辞与真理无关。他一方面发现修辞对于建立民主制度的用处，即它能够提高诉讼辩论的说服力，但同时也认为修辞不依靠普遍真实，不通过辩证法所揭示的先验知识，而是依靠模仿和表面现象，成为人们谋求个人权力的危险的工具，所以，修辞学是与辩证法对立的东西，不能引导人们发现真和善，智者就没有资格登上哲学宝座，他们“不属于有知识的人，而属于一味摹（模）仿的人”[①]。在《斐德罗篇》（*Phaedrus*）中，苏格拉底将修辞视为与真理无关的东西。他说，演说家根本不知道真理，“擅长修辞的人根本不知晓与正义或善相关的任何真理，也不了解天生的或培养起来的正义之人或善之人，因为，根据他们的说法，在法庭上谁也不会在乎有关这些知识的丝毫的真理，而只是关注那些让人劝服的东西，而让人劝服的东西则是那些可能的东西……讲演的必须是可能的事情，这就意味着与真理告别”[②]。在《高尔吉亚篇》（*Gorgias*）中，苏格拉底与高尔吉亚（Gorgias）、波卢斯（Polus）和卡利克勒斯（Callicles）三位智者主要就演讲术进行了辩论。在苏格拉底看来，劝说分为两种：一种是根据所学得的知识分辨正确和错误，以此对人劝说；另一种是根据似是而非的论辩使人相信某种意见。智者所说的演讲属于后者，因为演讲术根本不是知识意义上的技艺，演说家也只是一名劝说者和冒牌的知识生产者，“演讲术不需要拥有它们所谈论的事物状况的任何知识：它只需要发现某种产生劝说的技巧，为的是使它自己在那些没有知识的人眼中显得比那些实际拥有知识的人更有知识”[③]。当然，这里的知识指的是关于正义与不正义、公正与不公正、高尚与可耻等知识，即关于善的知识，其目的在于让人按照人的本性行善，最终过一种追求善的理性生活，也就是哲学家的生活，但演讲术只是让人产生某种满足和快乐的技巧。因此，柏拉图从一个绝对主义者的立场出发，主张修辞要服从真理。他提出，理想的修辞就是把一种从哲学中得来的智慧用于实践的学问，以此解决真理与修辞效果的关系问题，“演讲和其他各种活动永远应当用来支持公正的事物”[④]。亦即说，修辞学要建基于哲学之上，用于哲学的目的。

亚里士多德发展并纠正了柏拉图的一些思想。他将修辞看成是“对任何已知情况下的有用的劝说方式进行观察的能力”[⑤]，并对修辞进行了一定的区分。在《修辞学》（*The Art of Rhetoric*）中，他把决定演讲劝说效果的因素分为三种：演说者的人格、将听众置于一种合适的心态以及由演讲词所提供的表面依据。这三个

---

① [古希腊] 柏拉图：《柏拉图对话集》，王太庆译，北京：商务印书馆，2019 年版，第 610 页。

② Plato. *Phaedrus*. Trans. Christopher Rowe. London: Penguin Books, 2005, p. 59.

③ [古希腊] 柏拉图：《柏拉图全集 3》（增订版），王晓朝译，北京：人民出版社，2015 年版，第 78 页。

④ [古希腊] 柏拉图：《柏拉图全集 3》（增订版），王晓朝译，北京：人民出版社，2015 年版，第 166 页。

⑤ Aristotle. *The Art of Rhetoric*. Trans. H. C. Lawson-Rancred. London: Penguin Books, 2004, p. 74.

要素分别对应于演讲的三种魅力，即伦理道德魅力、情感魅力和逻辑魅力。实际上，亚里士多德的演讲三要素就是人格、情感和逻辑论证的三位一体。这样，他将修辞学与诗学、政治学、伦理学、辩证法、逻辑学以及心理学联系了起来，亦即把修辞学与人类的全部知识联系了起来。在《诗学》中，他专门谈论了措辞与风格，提出“措辞最大的美，在于清晰有条理，而又不能平淡无味”①，而最清楚的言辞莫过于我们的日常词汇。但这些词汇显得平淡无奇，故而要使用一些新奇的词语，如借用词、隐喻词、延伸词等，以及其他人不熟悉的词，这样可以显得高雅，超越常人。然而，如果只使用这些新奇词语，就会导致作品变成无人能懂的谜语。因此，他主张戏剧家必须要混合各个要素，将这些要素合理地连接起来使用。其中，他特别提及了隐喻词，认为“掌握隐喻词的用法尤其重要，可以说这是伟大天才的标志，因为使用隐喻词的能力充分地显示出他对事物的相似点的感知”②。另外，他特别提供了修辞与演示逻辑，继而与哲学的联系。这种哲学理性激活了整个修辞学王国，将其与各个部分紧密地结合到了一起。在这里，他与柏拉图的观点存在着明显差异。既然修辞学的过程就是演讲的辩证过程，那么修辞学相当于辩证法，两者都是解决问题的方法，都是得出相反结论的艺术，而不是如柏拉图所论，修辞只教人说谎。

古罗马时期的 M. F. 昆体良（M. F. Quintiliamus）专门撰写了《雄辩术原理》（*Institutes of Oratory*）一书，讨论完美辩论者的问题。他认为，完美的辩论者不能不知哲学。一个完美的雄辩家应该是一个有德行的人，即一个善良的人。为此，他需要首先学习道德原理，必须透彻了解一切有关正义、节制、公正、真理、善良等的事项。但是，有关这些客体的知识只得从哲学中去寻找，因为在他看来，哲学拥有的这方面的知识显然丰富得多。所以，他赞成西塞罗的说法，即雄辩家应当是具有哲学家品质的人。③换言之，哲学是辩论的知识基础和道德根源。当然，他的目的，一是为了拯救哲学，因为很多专心于雄辩术的人放弃了对哲学的追求，如他所言：“但愿有一天能有那么一个时刻到来，那时候，某个我们所期望的完美的雄辩家能自己为哲学研究辩护，（被妄自尊大和玷污了它的优越性的人们的恶习弄得面目可憎了的哲学），并且好像重新战胜似的，把它再度并入到雄辩术的领域中来！”④二是因为他发现哲学家选择远离公共生活。为了弥补此一缺憾，他希望雄辩者积极参与社会生活，“一个未来的雄辩家”是“一个必须生活于广

---

①［古希腊］亚里士多德、［古罗马］贺拉斯：《诗学 · 诗艺》，郝久新译，北京：九州出版社，2006 年版，第 85 页。

②［古希腊］亚里士多德、［古罗马］贺拉斯：《诗学 · 诗艺》，郝久新译，北京：九州出版社，2006 年版，第 89 页。

③［古罗马］昆体良：《昆体良教育论著选》，任钟印选译，北京：人民出版社，1989 年版，第 7 页。

④［罗马］昆体良：《〈雄辩术原理〉选》，任钟印译，武汉：华中师范学院教育系，1982 年版，第 58 页。

大公众之中并谙悉公共事务的人……不应过着颓唐孤僻有如隐士的生活”①。

朗吉努斯在《论崇高》（*On the Sublime*）中表达了他的修辞学观点。对于崇高，他认为它除了带来美之外，还具有真理价值，“真正崇高的文章总是可以提升我们的灵魂……崇高带来的真理和美存在于那些古往今来人人爱读的诗文中”②。他将崇高风格的来源确定为五个方面，即形成伟大概念的能力、慷慨激昂的感情、修辞、高尚措辞的使用以及尊严和高雅产生的总体效果。③其中，前两者是天生的，后三者属于技巧性，可以经过后天培养学习。这里，朗吉努斯把修辞与高尚联系了起来，认为高尚是指“表达措辞上一定程度的精妙和出众”④，从而把修辞的作用从劝说人延伸至引导人，增加了修辞的道德效果。因此，当他认为作为修辞的意象的概念指的是“在感情的作用下，你仿佛亲眼看到了所描述的事物，同时也将它呈现于你的听众眼前”⑤，强调的不仅仅是意象是以其生动性机械地呈现在听众的眼前，更重要的是，这种呈现是以感情为前提的，即听众已经被引导进入了一个真理和美的世界。

到了中世纪，修辞变成了一种学术活动，与语法、逻辑一起构成了中世纪的三大学科。由于宗教生活的主导性地位，这个时期的修辞学不是用于培养演说家和政治家，而是主要用于写作书信和布道，结果，演讲课程表现为一种辞藻上和仪式上的表演，修辞主要关注文体风格。如马蒂纳斯·卡佩拉（Martianus Capella）的描述，“修辞学是一位身材高挑、容貌美丽的夫人，装饰着辞格和词喻（figures and tropes），小心谨慎”⑥。因此，在漫长的中世纪时期，修辞学取得的成果有限。

之后，约翰·洛克（John Locke）从启蒙理性的立场出发，提出了修辞无益的观点。在他看来，正确推理的用途与目的应该在于获得对事物的正确观念和判断，分析真假与是非，并根据这种分辨去行动，而对于论辩，无论它如何令人满意，论辩双方都使用模棱两可的、充满歧义的话修饰自己的观点，引起争论。因此，他认为，既然真理是要对事物的本身加以成熟的与应有的思考才能够获得，才能够得到支持，而不是用人为的措辞与辩论的方法可以获得的，通过论辩就不能使人发现真理，不适合于一个爱好真理的人。也就是说，从哲学或真理的角度

---

①［罗马］昆体良：《〈雄辩术原理〉选》，任钟印译，武汉：华中师范学院教育系，1982年版，第23页。

②［古罗马］朗吉努斯、［古希腊］亚里士多德、［古罗马］贺拉斯：《美学三论》，马文婷、宫雪译，北京：光明日报出版社，2009年版，第13页。

③［古罗马］朗吉努斯、［古希腊］亚里士多德、［古罗马］贺拉斯：《美学三论》，马文婷、宫雪译，北京：光明日报出版社，2009年版，第14页。

④［古罗马］朗吉努斯、［古希腊］亚里士多德、［古罗马］贺拉斯：《美学三论》，马文婷、宫雪译，北京：光明日报出版社，2009年版，第4页。

⑤［古罗马］朗吉努斯、［古希腊］亚里士多德、［古罗马］贺拉斯：《美学三论》，马文婷、宫雪译，北京：光明日报出版社，2009年版，第30页。

⑥ 转引自从莱庭等：《西方修辞学》，上海：上海外语教育出版社，2007年版，第40页。

看，修辞对于洛克而言，几乎没有用处。在《人类理解论》中，洛克更为明确地表达了对修辞的强烈厌恶之情："我们必须承认，修辞学的一切技术（秩序和明晰除外），和演说术中所发明的一切的技巧的迂回的文字用法，都只能暗示错误的观念，都只能够动人的感情，都只能够迷惑人的判断，因此，它们完全是一套欺骗。"①简言之，雄辩和演说等对洛克而言，只是一些把戏，因而只能用于追求快乐和高兴，如果用于指导人获得知识和进步，则毫无裨益。

综上所述，从古希腊时期的智者派、柏拉图、亚里士多德到古罗马时期的昆体良、朗吉努斯，再到近代的洛克，他们在真理与修辞之间的关系问题上主要采取了三种立场。一种认为修辞以个人快乐或利益为目的，与真理相互排斥，有害于揭示真理，不能让人获取知识，以柏拉图和洛克为代表。另一种认为修辞术以自身为目的，主要达到劝服的效果，不关乎真理的问题，以智者派为代表。还有一种认为，修辞术与哲学之间应该保持一种联系，修辞当以哲学为知识基础和道德根源，建立在真理与逻辑的基础之上，以亚里士多德、昆体良和朗吉努斯为代表。从总体上看，在 19 世纪之前的西方哲学思想中，修辞与哲学之间是一种彼此不相容或相对的关系，两者大多时候以敌对者的身份出现。

但是，到了 19 世纪，随着真理的本质问题在一股非理性思潮中再次凸显出来，这种传统关系受到了以尼采为代表的思想家的强烈质疑。

5.1.2　修辞与真理的幻象

尼采站在一个西方形而上学真理观和理性主义语言观的彻底批判者的立场，阐发了修辞的认识论价值和美学价值。从苏格拉底开始，概念、判断和推理的逻辑能力就被尊崇为其他一切能力之上的最高级的、最堪赞叹的天赋，甚至是最崇高的道德行为。同情、牺牲、正义、勇敢等，在苏格拉底及其志同道合的现代后继者们看来，都可由知识辩证法推导出来，因而是可以传授的。但是，在尼采看来，哲学家们名之为"真理"的东西，其实是他们挖空心思想出来的理由，本质上是一种先入之见、一种心血来潮、一种灵感，多半是一种抽象制作并筛选过的主观愿望。并且，在这种逻辑本质中隐藏着一种乐观主义，即依靠看起来毋庸置疑的精神或永恒真理，相信一切宇宙之谜都可认识和穷究，相信时间、空间和因果关系可以作为普遍有效的绝对规律。但是，尼采借查拉图斯特拉（Zarathustra）之口说，"灵魂只不过是肉体内某物的名称罢了"，我们称之为"精神"的，不过是"肉体的工具"②，那么，一切所谓的永恒也不过是一种比喻。因此，当哲学家们为这些"真理"辩护时，全都是"改头换面的律师，而且多半是在为他们名

---

①［英］洛克：《人类理解论》(下)，关文运译，北京：商务印书馆，2017 年版，第 536 页。

②［德］尼采：《尼采生存哲学》，杨恒达等译，北京：九州出版社，2003 年版，第 296 页。

之为‘真理’的偏见作狡猾的辩护”[①]。尼采把哲学家类比为律师，表明他们只不过在为自己的意见而非真理辩护，那么，就相当于视哲学话语与演说或修辞无异，正好契合了他关于语言就是修辞的观点。

在《古修辞讲稿》（*Darstellung der antiken Rhetorik*）中，尼采阐明，事物的本质是完全不可知的，言语本身出于人类感知冲动而脱口而出，它并不指向某一事物，仅仅为一个符号，所以，“语言本身全然是修辞艺术的产物”，“是修辞，因为它欲要传达的仅为意见（doxa），而不是真知（epistēmē）”[②]。他所指的意见即是人们通过对事物的感官感知和直接经验产生的感性认识，也就是形象，而“形象是原始的思想，即在眼睛这面镜子中结合起来的事物的外观”[③]。既然这种形象认识才直接触及事物本身，才是美的应有之义，那么，通过概念和推理等逻辑手段理解的事物或获得的认识就不是所谓普遍的、绝对的、无条件的。另外，人们只能认识他所认识的这个世界，哲学家们所谓的真知，只不过是一种他们将整个世界根据自己的选择进行的人格化或拟人化，将自己的求真冲动转移到自然，带来了自然对我们必然为真的信念，然后化知觉隐喻于图示，融形象于概念。由此，抽象概念成为原因和结果置换的隐喻，真理也就成为“一群活动的隐喻、转喻和拟人法，也就是一大堆已经被诗意地和修辞地强化、转移和修饰的人类关系，它们在长时间使用后，对一个民族来说俨然已经成为固定的、信条化的和有约束力的。真理是我们已经忘掉其为幻想的幻想，是用旧了的耗尽了感觉力量的隐喻”[④]。与真理成为隐喻亦即成为修辞一样，强调一致性和普遍规律的语法和逻辑也成为修辞的产物，因为语言本质上是修辞的，本身带有一种非逻辑的因素，原始冲动即形成隐喻的冲动，把本不相同的东西等同起来，这是一种想象的运作，而概念、形式等则以此为存在的基础。因此，尼采断言，“哲学自康德后改变了地位。形而上学不可能”[⑤]，“无论如何，它们（哲学体系——笔者注）归根到底是谬误，因此必遭否弃”[⑥]。

尼采从语言是修辞的观点出发，将真理视为修辞的产物，如同隐喻的替换一样，它将因果加以置换，形成一种知识的幻象，每个人所谓的知识不过是他所看到的、认识的、了解的事物的意见。那么，宣称以探究绝对知识、获取终极真理

①［德］弗里德里希·威廉·尼采：《尼采读本》，周国平译，长沙：湖南文艺出版社，2018年版，第226页。

②［德］尼采：《古修辞讲稿》，屠友祥译，上海：华东师范大学出版社，2018年版，第18页。

③［德］尼采：《哲学与真理：尼采1872—1876年笔记选》，田立年译，上海：上海社会科学院出版社，1993年版，第30页。

④［德］尼采：《哲学与真理：尼采1872—1876年笔记选》，田立年译，上海：上海社会科学院出版社，1993年版，第106页。

⑤［德］尼采：《哲学与真理：尼采1872—1876年笔记选》，田立年译，上海：上海社会科学院出版社，1993年版，第184页。

⑥［德］弗里德里希·威廉·尼采：《尼采读本》，周国平译，长沙：湖南文艺出版社，2018年版，第51页。

为目标的哲学，其实是哲学家个人对于世界的想象运作的结果。如果说修辞是谎言，那么，最终，真理也变成了谎言，形而上哲学也因之不再能够妄称自己为真理的占有者。

5.2　文学与哲学

与 20 世纪前修辞与哲学关系的发展相似，西方历史中文学与哲学的关系也经历了一个从支配与被支配的关系到同一性关系的发展过程。

5.2.1　诗歌的抽象与理性

柏拉图的模仿说、亚里士多德关于诗歌的哲学性观点、布瓦洛关于诗歌艺术的理性价值论、康德审美判断中感官鉴赏和反省鉴赏的划分、黑格尔关于艺术是理念的感性显现一说等，都把文学或艺术的价值阐释为一种对理念、理性或绝对的真实再现，也就是为哲学提供一种佐证或素材，以此服务于哲学或哲学的目的。

柏拉图认为诗人是说谎者而贬低诗人，亚里士多德比柏拉图前进了一步，肯定了诗歌对于哲学的价值。他认为，诗歌的本质是最严肃和最哲学的问题，是人类艺术最强烈的、最重要的以及哲学思考的产物。在《诗学》中，他指出："诗比历史更富于哲学性，更值得认真关注，因为诗所描述的是普遍性的事实……"，而所谓普遍性的事实，就是指"在特定的场合，某一种类型的人可能或必然要说的话或要做的事"[①]。因此，诗歌是最宏大的和最抽象的。

作为新古典主义的立法者和发言人，布瓦洛在其著作《诗的艺术》中凸显了理性在诗歌艺术中的主导地位。在第一章中他便声明："因此，首先爱理性：愿你的一切文章永远只凭着理性获得价值和光芒。"[②]理性代表着绝对性、普遍性和永恒性，诗歌以理性为首要原则，那就意味着诗歌要表达绝对的、普遍的和永恒的真理，"切莫演出一件事使观众难以置信：有时候真实的事很可能不像真情"[③]。这样，美就体现了真，"没有比真更美了，只有真才是可爱。/它应该到处称尊，连寓言也不例外：/在任何的虚构里那种巧妙的假象/都只有一个目的：使真理闪闪发光"[④]。

在康德那里，艺术（包括文学）仍然受到哲学的支配。一方面，康德主张每门科学都有其自己应有的系统，如他所言，"我们还须按照建筑术把它（指每门

---

① Aristotle. *Poetics*. Trans. Anthony Kenny. Oxford: Oxford University Press, 2013, p. 28.

②［法］布瓦洛：《诗的艺术》，范希衡译，北京：人民出版社，2009 年版，第 5 页。

③［法］布瓦洛：《诗的艺术》，范希衡译，北京：人民出版社，2009 年版，第 33 页。

④［法］布瓦洛：《诗的艺术》，范希衡译，北京：人民出版社，2009 年版，第 103 页。

学科——笔者注）作为一座单独独立的大厦来进行工作。我们必须把它作为一个独自存在的整体来对待，而不是作为另一座大厦的一个边房或一部分”①。同时，他也为判断力或审美领域在认识领域和道德领域之间留出了地盘。他将心灵的一切机能或情感分为三种，即认识机能、愉快及不愉快的情感机能和欲求的机能。其中，认识机能由悟性立法，作为一个理性认识的机能联系着自然界，通过先验的自然概念赋予诸规律；欲求机能是按照一个自由概念活动的高级机能，由理性先验地立法；情感机能介于认识和欲求机能之间，由介于悟性和理性之间的判断力担任一个先验的立法者，是一个从纯粹认识机能到欲求机能的过渡。但是，在另一方面，他仍然将判断力归于哲学的理论部分，也就是说，艺术仍然还是构成哲学的一部分。根据康德的划分，人类的全部认识能力分为自然概念和自由概念两个领域，哲学相应地分为理论和实践两个部分。理论由凭借自然的概念立法的悟性来做，实践则由凭借自由的概念立法的理性执行，而“尽管我们对判断力自身的一切原理所能谈论的，在哲学里都必须算作理论部分”②。因此，先验的、普遍的规律、法则或原理要么作为判断力的给定的法则而把特殊的归纳在其下面（规定着的判断力），要么通过所给定的特殊成为需要寻求的普遍性（反省着的判断力）。这样一来，尽管审美判断（快感和不快感的情感）是主观的，不存在客体方面的东西，但由于判断力一般是把特殊包含在普遍之下来思维的机能，因而仍然存在着普遍性的要求。为了解决审美判断因主观而产生的个体性与普遍性要求之间的矛盾，康德把审美判断分为感官的鉴赏和反省的鉴赏，前者依据概念凭借自己的看法进行，不需要他人同意，后者在本质上含着对普遍性的要求，主张普遍有效性。这样一来，艺术的审美就属于后者。由此可见，艺术审美的独立性在康德的先验哲学话语中只是相对而言的，始终离不开先验的、普遍的、概念的、合目的性的等绝对主观唯心主义哲学观念的统辖与支配，或者说，它自始至终是为说明哲学系统的和绝对的统治地位而采用的一个注脚，“想象力的独创性（而不是模仿的产品）当其与概念相协调时就称作天才；当其与概念不协调时，就称为迷狂”③。

在黑格尔的哲学系统里，只有艺术、宗教与哲学属于绝对心灵领域。其中，艺术作为直接的感性的认识，是意识的第一种形式；宗教是比艺术高一级的领域，它的意识形式是观念，绝对离开艺术的客体性而转向主体的内心生活；哲学为意识的最高形式，它将艺术与宗教统一起来，既有艺术的客体性，又有宗教的主体性，因此，艺术和宗教最后统一于哲学。④根据他的“美就是理念的

①［德］康德：《判断力批判．下卷．目的论判断力的批判》，韦卓民译，北京：商务印书馆，2017年版，第32页。

②［德］康德：《判断力批判．上卷．审美判断力的批判》，宗白华译，北京：商务印书馆，2017年版，第9页。

③［德］康德：《实用人类学》，邓晓芒译，上海：上海人民出版社，2005年版，第54-55页。

④［德］黑格尔：《美学》（第一卷），朱光潜译，北京：商务印书馆，1979年版，第129-133页。

感性显现”[①]这一定义，艺术的内容就是理念，艺术的形式就是诉诸感官的形象。艺术作品是从抽象思想和概念到感性事物的外化或异化，是思想为了认识自己的对立面从而回到自身的一种本质需要，因为外化了的东西最终要回归到心灵本身，尽管是一种更高层面上的回归。那么，艺术就其内容和形式来说，不是心灵认识自身的最高的绝对的形式，或者说不是认识绝对理念的最高方式，“艺术还远不是心灵的最高方式，只有科学才真正能证实它”[②]。它的作用或职责就在于帮助人们认识心灵的最高形式。具体而言，艺术作品本身相当于一个媒介，起着弥补此岸和彼岸的作用。此岸指的是感性现实和有限世界，彼岸指的是无限的和超感性的世界，在原初人类中，感性与理性、有限与无限、心灵与自然是统一的、和谐的，然而，精神在发展途中必然会造成心灵从自然或现实中脱离出来，由此而产生了两个世界的矛盾、分裂。艺术作品的作用就是将外在的、感性的、有限的形象与纯粹的、普遍的、无限的思想进行调和，使“内在的显现于外在的”且“外在的从它本身指引到内在的”[③]。既然艺术的任务在于用感性形象来表现理念，以供直接观照，那么，艺术的价值和意义就在于协调统一理念和现象两个方面。换言之，艺术最终还是接受真理或哲学的支配。

5.2.2　诗性智慧与艺术真理

詹巴蒂斯塔·维柯（Giambattista Vico）在《新科学》（*Scienza Nuova*）一书中将诗性智慧视为哲学智慧发展的最初阶段或起点，是各民族的共同性的科学的基础，“科学和哲学的智慧在试图认识自己之中所用的办法则是在凡俗的，诗性的，或创造性的智慧里去重新找到自己的根源”[④]。诗性智慧就是神学诗人们的认识，也就是各民族最初的人类思维。这种思维遵循的不是概念、推理的逻辑，而是一种诗性逻辑。诗性逻辑以隐喻、提喻、转喻和反讽四种修辞方式，通过超凡的感觉力和想象力来创造寓言和神话。之所以使用感觉和想象，维柯将原因归于原始人的无知，以及推理能力的缺乏。因为无知，所以对事物感到惊奇，并把事物使自己惊奇的原因归之天神。因为没有推理能力，所以只能对眼前的具体的事物全凭感觉，按照自己的观念进行创造。在维柯看来，“这种创造和神的创造大不相同，因为神用他的最真纯的理智去认识事物，而且在认识事物之中就在创造出事物；而原始人在他们的粗鲁无知中却只凭一种完全肉体方面的想象力……因为能凭想象来创造，他们就叫做‘诗人’，‘诗人’在希腊文里就是‘创造者’”[⑤]。

---

① [德] 黑格尔：《美学》（第一卷），朱光潜译，北京：商务印书馆，1979 年版，第 142 页。

② [德] 黑格尔：《美学》（第一卷），朱光潜译，北京：商务印书馆，1979 年版，第 17 页。注：这里的科学就是指哲学。

③ [德] 黑格尔：《美学》（第一卷），朱光潜译，北京：商务印书馆，1979 年版，第 25 页。

④ [意] 维柯：《新科学》，朱光潜译，北京：商务印书馆，1989 年版，第 46 页。

⑤ [意] 维柯：《新科学》，朱光潜译，北京：商务印书馆，1989 年版，第 182 页。

整部书中，维柯几乎花了一半的篇幅来描述诗性智慧。从这些描述中，可以发现维柯从两个方面表达了诗歌和哲学的关系。第一，诗歌和哲学是对立的。诗歌运用感官感性和想象表达感情，体现惊奇，但缺乏推理，缺乏共相，“诗性语句是凭情欲和恩爱的感触来造成的，至于哲学的语句却不同，是凭思索和推理来造成的，哲学语句愈升向共相，就愈接近真理；而诗性语句却愈掌握住殊相（个别具体事物），就愈确凿可凭”[①]。因此，那些神学诗人们“远未达到成为哲学家，还不能懂得‘共相’或可用理智去理解的‘类概念’”[②]。一个“远”字，表明了维柯的判断。第二，作为人类历史发展中的最初阶段，诗歌为哲学提供材料或素材。如果人的时代是科学（包括哲学）达到发展最充分、最具系统性、最为自觉的时代，那么，最为原始、最为野蛮的神的时代则为这种发展提供素材，诗歌为哲学所用，哲学家们“会运用诗人们幸好留给他们的那些表达方式去阐明他们自己的崇高的哲学思想”，并且，“诗人们首先凭凡俗智慧感觉到的有多少，后来哲学家们凭玄奥智慧来理解的也就有多少”[③]。对于上述关系，维柯用一句话进行了总结，就是“诗人们可以说就是人类感官，而哲学家们就是人类的理智”[④]。然而，相对而言，维柯对这种感官智慧持一种贬斥态度，至少是一种蔑视的态度。这一点在他阐述自己研究过程的时候表露无遗。

但是，在尼采看来，哲学并没有高于艺术的优势和地位。艺术从一开始便称自己是幻想，反而成了真理，“因此，艺术把幻想当作幻想。所以它并不想欺骗。它是真的”[⑤]。也就是说，艺术声称自己是不真实的，是一种幻想，没有探究知识的冲动，不以追求精神上和历史上不可能的知识为目的，只是通过外观或形象带来现实的、具体的、活生生的感受，唤醒人们的感性快乐，正是凭借着这种快乐，人们才能真实地生活。这样，艺术反而成为一种真诚的幻想，以谎言的形式讲述着真理。相反，哲学声称自己掌控着一切人类关于世界的客观知识和真理，这些知识实则是哲学家经过主观筛选后将自己的观念投射到知识对象的结果，是一种知识冲动的体现，故而具有拟人化的性质，亦即一种非科学的或隐喻的因素，也就是艺术的因素，哲学在本质上就成了艺术。因此，尼采宣称：“哲学是艺术创造的一种形式。”[⑥]相应地，所有人都成了艺术家、哲学家和科学家，只是程度不同而已。

---

①［意］维柯：《新科学》，朱光潜译，北京：商务印书馆，1989年版，第122页。

②［意］维柯：《新科学》，朱光潜译，北京：商务印书馆，1989年版，第121页。

③［意］维柯：《新科学》，朱光潜译，北京：商务印书馆，1989年版，第172页。

④［意］维柯：《新科学》，朱光潜译，北京：商务印书馆，1989年版，第172页。

⑤［德］尼采：《哲学与真理：尼采1872—1876年笔记选》，田立年译，上海：上海社会科学院出版社，1993年版，第122页。

⑥［德］尼采：《哲学与真理：尼采1872—1876年笔记选》，田立年译，上海：上海社会科学院出版社，1993年版，第29页。

5.3　文学与修辞

西方传统思想中，不乏关于修辞与文学之间的关系的论述。昆体良就认为，文学对于雄辩术必不可少。在辩才培养过程中，熟悉诗歌作品主要有助于辩论者激发听众的感情，增强说服的效果。所以，他建议，为了以崇高精神激发学生的心性，使他的心性从史诗人物的宏大气魄中生起激情，在他的心性中灌注最高尚的情感，要从阅读荷马和维吉尔的英雄史诗开始；为了陶冶心性，要阅读悲剧作品，包括抒情诗；喜剧也可作用于各种品行和感情。在雄辩实践中，诗歌引用也大有裨益，既可作辩论依据，也可用于辩才润色，还可彰显辩论者的学识，借诗人的感情增强自己的说服力，一如他对西塞罗的评价："引用他们的诗句，不仅对于显示辩论者的博学，而且在给那些缺乏典雅风味的法庭辩论中从迷人的诗句得到轻快之感的听众带来快感方面，都收到很好的效果。"①

与昆体良相反，黑格尔对文学中的修辞评价不高。他认为词的安排就是辞藻的运用或语言的装饰，是诗歌的一种外在手段，"很容易产生修辞和宣讲（用这两词的坏意义）的味道"②。所以，如果对它过于关注，就会更多地注重语言的润饰及其效果，较少关注内在真实，而过多的雕琢和修饰会损害真正诗歌的自然流露和纯朴自然的效果，这样的话，诗歌就会"降低到修辞和演讲的地位"③。也就是说，修辞以用语的铺张与文字游戏等让人只停留于表面的、外在的东西，从而对诗歌的内在性和真实性产生危害，最终阻碍诗歌通过词句表达其内在的主题和意义，即内在的真理，而表达这种内在的真理才是诗歌的真正价值。"南方各民族，例如西班牙人和意大利人以及他们之前信伊斯兰教的阿拉伯人和波斯人，都爱用繁芜的图像和比喻……而在上述那些民族作品里，语言所表现的观感却像一般积蓄过满的泉水，四面扩散喷溅，知解力忙于进行理论性的工作，时而进行严格的区别和琐碎的分类，时而进行滑稽的巧妙的游戏似的拼凑或结合，而内心里却不动情感。"④

但是，将修辞视为文学必不可少的要素乃至根本特性的，是 20 世纪以德里达、德曼、巴特和布斯为首的一批文学批评家。他们中，既有从传统的修辞学意义上来研究文学与修辞的，也有从解构的意义上来看待修辞的，从而拓展了文学修辞批评的新维度。

---

①［罗马］昆体良：《〈雄辩术原理〉选》，任钟印译，武汉：华中师范学院教育系，1982 年版，第 24 页。

②［德］黑格尔：《美学》（第三卷下册），朱光潜译，北京：商务印书馆，1979 年版，第 64 页。

③［德］黑格尔：《美学》（第三卷下册），朱光潜译，北京：商务印书馆，1979 年版，第 67 页。

④［德］黑格尔：《美学》（第三卷下册），朱光潜译，北京：商务印书馆，1979 年版，第 68 页。

5.3.1 文学的奇怪建制

作为一个哲学家，德里达积极参与了从尼采到海德格尔对形而上学传统的争论和批判。西方的形而上学哲学假设存在绝对的真理或者认识，它是意识对自身和客体的一种作用，是一种先验的存在，具有如同耶稣基督重现般的神性或超验性。这种形而上学假设主要体现在逻各斯中心主义和语音中心主义两种观念中。在德里达看来，逻各斯的观念“既是理性又是聚集的观念，因此它也是在场及向自身显现的观念”①。并且，这种理念先行、在场至上的逻各斯主义与语音中心主义密切相关，因为由真理或逻各斯的因素构成的意义处于优先地位，而语音中心主义因“主张言语与存在绝对贴近，言语与存在的意义绝对贴近，言语与意义的理想性绝对贴近”②而处于对文字或书写的支配地位。经过这种置换或者转移，德里达就把书写中的形而上学问题凸显了出来。

德里达对书写问题进行了广泛而深入的探讨，其中的一个重要方面是关于书写作为符号的问题。根据形而上学传统，在书写符号中，由于作为逻各斯的思想和意义的声音或说话者不在场，因此符号的所指就接近言语，或者说代替言语的作用，反映其所指称的思想和意义。据此，符号的能指就成为派生的、外在的，是语音的再现，如德里达所言，“符号必定是异质的统一体，因为所指（意义或事物，意向对象或实质）在本质上不是能指，不是痕迹……所指的形式本质乃是在场，它靠近作为语音的逻各斯的特权乃是在场的特权”③。符号中所指与能指的统一体代替了言语中声音与意义的统一体，成为思想或意义的外在表现，即符号的符号。而且，符号学的这种概念基础并非现代才有，相反，它早已根深蒂固，“其概念和基本前提可以十分确切地从柏拉图一直追踪到胡塞尔，其间经过亚里士多德、卢梭和黑格尔等人”④。

为了打破书写符号中逻各斯的这种永恒性和惯常性，拆掉其形而上学基础，解构符号概念，从而最终解构哲学，德里达采取的重要策略之一，就是将哲学文本与文学文本并置，发现哲学中的隐喻即修辞，指出两者的同一性。

5.3.1.1 文学模仿的解构

哲学与文学的关系一直是德里达所强调的。根据德里达的观点，俄国形式主义之前，文学理论或诗学总是有意识在哲学的标志下进行运作，文学批评大部分也是在哲学思想确立的范围内运作，它承认演绎推理的规则，承认意义最终先于

---

①［法］德里达：《书写与差异》（上册），张宁译，北京：生活·读书·新知三联书店，2001年版，访谈代序，第11页。

②［法］德里达：《论文字学》，汪家堂译，上海：上海译文出版社，2015年版，第15页。

③［法］德里达：《论文字学》，汪家堂译，上海：上海译文出版社，2015年版，第24页。

④［法］德里达：《多重立场》，佘碧平译，北京：生活·读书·新知三联书店，2004年版，第26页。

阐述的方式，并承认一些基本的绝对对立，如理念与感觉、形式与内容、主体与客体、自然与文化等，所有这些对立都是由哲学派生出来的支配文学的范畴，都是“取决于关于‘真理’的最一般的问题”[①]。20 世纪俄国形式主义提出了“文学性”问题，回避或阻止了文学的社会学还原，将形式和句法研究的必要性凸显出来。但是，德里达将之归于另一种还原，即本质主义的还原，让文学和文学批评同样落入形而上学真理论的窠臼。所以，他对“文学性”或“什么是文学？”这样的追问持质疑的态度，“在文学反对我称之为‘模仿论’的固执权威时，要对‘文学性’主题表示某种怀疑”[②]。哲学的假设是存在一种终极价值和绝对真理，哲学的任务是研究事物客观存在的本质和意义，因而，无论是在文学外部寻求客观的现实关联性，还是在文学内部探索内在的本质，都将文学归于了哲学的范畴，也就相当于纳入了形而上学的理性范畴，“从某种角度讲，哲学的性质，哲学自身的运动，就在于征服一切空间，在于不肯接受存在着哲学的某种外部。而哲学家正是认为哲学空间是不受限制，因此也就不存在着局限的那种人。而且他倾向的是将非哲学纳入、内化到哲学之中”[③]。也就是说，由于哲学一贯的普遍性诉求和扩张，在哲学与文学的关系范畴中，哲学是占领本体的地位的，而文学则是隶属的和再现的。如果置入符号概念的所指与能指的框架结构中，哲学就相当于符号的所指，文学则相当于符号的能指，是符号的符号。或者在声音和书写的关系模式中，哲学处于相当于声音的地位，文学的地位与书写相似。

德里达关于哲学与文学关系的个人化阐释就是针对上述的模式进行的。首先，他强调，文学问题在他看来对解构是个至关重要的问题。之所以关键，根据他提供的几个理由，可以归纳如下。第一，文学是一种书写形式，但同时不是一种简单的书写的艺术。第二，在一些文学作品中，如斯特芳・马拉美（Stephane Mallarme）、安托南・阿尔托（Antonin Artaud）、乔治・巴塔耶（Georges Bataille）或詹姆斯・乔伊斯（James Joyce）等作家的作品，包含着比哲学更有哲学思想的东西，因此更具有解构的力量。第三，欧洲文学史上，文学与民主制或发言权，与启蒙之间有着紧密的关系。第四，文学作为非宗教的、世俗化的现代建制，却仍然保留了想要摆脱的与宗教神学的亲缘关系。[④]如果这些归纳还有些稍显抽象的话，我们可以从他对马拉美、阿尔托、乔伊斯和卢梭的分析中具体地理解他的文学观念。

自柏拉图以来，模仿的概念一直与真理的概念紧密关联，不管是无蔽的真理，还是作为同一或认同的真理。在传统的马拉美批评中，文学被简约为理想文学或

① ［法］德里达：《多重立场》，佘碧平译，北京：生活・读书・新知三联书店，2004 年版，第 78 页。

② ［法］德里达：《多重立场》，佘碧平译，北京：生活・读书・新知三联书店，2004 年版，第 78 页。

③ ［法］德里达：《书写与差异》（上），张宁译，北京：生活・读书・新知三联书店，2001 年版，访谈代序，第 9 页。

④ ［法］德里达：《多重立场》，佘碧平译，北京：生活・读书・新知三联书店，2004 年版，第 20-21 页。

大写的具体化了的理念。与此相反，德里达将柏拉图的《斐利布斯篇》（*Philebus*）节选与马拉美小诗进行对照，旨在解读出“全然不同于一个新理想主义或是新摹（模）仿主义的作品。在那样的作品中，图解的系统完全不同于斐利布斯的系统。在具有与之相联系的价值的情况下，光泽在一个完全不同的地方被昭示出来”①。他所谓的在一个完全不同地方昭示出光泽，意指展现文学这一概念中固有的未被发现的矛盾，并将其加以戏剧化。在马拉美作品中颇具特色的句法结构里，德里达发现，文学并不拘泥于被清楚地界定成里面和外面这一相互对立的形而上学的概念，而是在一个破坏可供选择的可能性与身份逻辑的王国里发生作用。马拉美并不反抗模仿，而是对其加以表演和利用。他的哑剧《皮埃罗弑妻》（*Pierrot Murderer of His Wife*）没有模仿、复制任何东西。也就是说，它没有简单的原始指称，并不喻指什么或反映现实，其中什么都没有发生，所谓的罪行、自杀、痉挛等都是幻影。但在这面没有现实的镜子里，确实存在哑剧表演者和幻影的差异结构。这样，马拉美就“摈弃了柏拉图式的或形而上学的释解”②。此外，在短暂流通的临时性关系上，在毫无本源可言、令人头昏目眩的文本和表演的网络里，以及在对被德里达称为“中间”（between）、“洞穴”（antre）、“处女膜”（hymen）的利用方面，马拉美都表现了这种没有指称、没有始源、没有绝对内部与外部的模仿。因此，德里达认为，将马拉美判定为一个柏拉图主义者或黑格尔学派，不能“简单是说错了。而根本不真实”③。

在《残酷戏剧与再现的关闭》（“The Theater of Cruelty and The Closure of Representation”）一文中，德里达将阿尔托的残酷剧视为一种对再现的局限性的揭示，亦即一种对模仿的抵制，而模仿是最原初的再现形式，艺术的西方形而上学正是源于此。在传统的戏剧中，舞台被言语和文本所主宰，导演、演员以及其他参演人员的言语首先直接再现了那个不在场的、远距离遥控的、创作了文本的作者，即创造者的所谓的思想、意向和意念，并借助这种再现自己。导演、演员等成为臣服的饰演者，观众、消费者等都成为缺乏深度的观看者，他们一起成为再现链条上掩盖或遮蔽那种不可再现的当下在场的环节。创作者的这个文本的性质本身又必定是再现性的，它模仿或复制的是被人们称为“真实”的东西，也就是理念的和神性的东西。在这种意义上，传统的戏剧中，只要舞台被言语所主宰，被言语的意志即文本创作者所主宰，就是被不属于戏剧场域而从远处控制它的原初逻各斯计划所主宰，它就是再现的再现，就是神学的。阿尔托提倡首先应该打破剧本对戏剧的奴役，使传统的文学语言让位于舞台语言。为此，他进行了一系列的先锋性试验。例如，他创造了一种独特的以空间为主的戏剧语言，调动起音

①［法］德里达：《文学行动》，赵兴国等译，北京：中国社会科学出版社，1998 年版，第 85 页。
②［法］德里达：《文学行动》，赵兴国等译，北京：中国社会科学出版社，1998 年版，第 96 页。
③［法］德里达：《文学行动》，赵兴国等译，北京：中国社会科学出版社，1998 年版，第 96 页。

乐、歌舞、绘画、活动艺术、拟剧、哑剧、符咒、各种形状的物体和灯光手段，要在有限的时间内展示最多的活动，同时赋予这些活动以最多的物质形象和意义。另外，阿尔托所谓的象形文字文本在很大程度上有赖于演员去创造，其中的材料是人的肢体、器官和其他成分，这种材料不仅可以反复使用，而且可以组成明确的象征，如各种嗓音、面部表情、动作、姿态、节奏、音响等。这样，舞台上更多地使用了记号和符号，观众不再受语言歪曲和话语障碍的影响，可以直接用心灵来领悟和体验，而且可以像演员那样成为创造性游戏空间的共同参与者。德里达正是将残酷戏剧对传统文本作者的摈弃看作摆脱了上帝，是对再现的限制和对神学的抵制，因此获得了生产非神性空间的自由，“只要摆脱了文本和上帝–作者，搬演就会重新获得其创造与首创的自由。导演及那些参与者（他们可能不再是演员或观众）就会停止去做再现工具及再现器官……的确，如果舞台将不作为感性阐示被加在某个外在于它的、已成文、被构思好了的或体验的文本之上并被迫对那些不属于它的情节照本宣科时，那它就不再再现了。它就不再用来重复某个当下在场，用来再现某个可能身在别处并前在于它自身的当下在场了，而这个当下在场的圆满可能比再现更古老，而且它虽在舞台上缺席却能合法地弃舞台而自行其是：它就是绝对大写的逻各斯向自身的呈现，是上帝活生生的当下在场”①。

对于乔伊斯，德里达认为他是“解构主义历史上的一座里程碑”②。一方面，他认为乔伊斯是崭新的现代文学形式的典范，另一方面，他从哲学的角度把乔伊斯归为古典的类型。后一点才是德里达作为哲学家所关注和强调的。他想以此表明的是，哲学在其历史中曾经是作为对诗学开端的某种反省而被确立的，因此，如果说乔伊斯是哲学意义上的艺术的古典类型，那么，就意味着他的作品是一种文学的哲学，或是说它们就是哲学的一种特殊性，即艺术的形而上学，通过文学的意义、形式和现象等反射理念之光。据此，乔伊斯的《尤利西斯》（*Ulysses*）和《芬尼根守灵夜》（*Finnegans Wake*）就如同黑格尔的《哲学全书》（Encyclopedia of the Philosophical Sciences）和《逻辑学》（*Science of Logic*），试图通过一种单纯的记忆达到绝对的知识。记忆总是与过去关联，如果说过去意味着一种原始在场，那么，在德里达看来，这种在场“作为意义和自明性的源泉和诸先验的先验的直观”，具有“确实性，它本身是理想的和绝对的，意味着任何经历（Erlebnis）的普遍形式，任何生活的普遍形式过去都曾经是并且将永远是现在。只有而且永远是现在”③。为了使这一点成为可能，乔伊斯只有让每一个句子、每一个词都负载最大限度的歧义和虚拟的联想，让语言尽可能丰富。这样，他通过暗喻性语言、歧义和修辞的堆砌去创造历史，完成历史的重现与整体化。但是，在德里达看来，

①［法］德里达：《书写与差异》（下），张宁译，北京：生活·读书·新知三联书店，2001 年版，第 426 页。

②［法］德里达：《解构与思想的未来》，夏可君译，长春：吉林人民出版社，2006 年版，第 61 页。

③［法］雅克·德里达：《声音与现象》，杜小真译，北京：商务印书馆，2010 年版，第 67 页。

这一点与胡塞尔关于语言的历史再现相吻合，尽管后者主张一种透明的、无歧义的语言，也就是一种科学的、数学的纯粹语言。[①]

德里达将卢梭的作品视为“哲理文学”[②]，如《忏悔录》（*The Confessions*）、《社会契约论》（*The Social Contract*）、《新爱洛依丝》（*New Elois*）和《爱弥儿》（*Emile*）。根据德里达的观点，这一类文学作品适合于按照某种模式进行超越时代的先验地阅读，亦即超越能指去追求一种完全外在的、偶然的联系。之所以如此，是他认为卢梭作品中体现了对于文字或书写的看法，而这种看法体现了卢梭的形而上在场观。在《论文字学》中（*Of Grammatology*），他首先把卢梭定位为在这个形而上学时代里，在笛卡儿和黑格尔之间的“惟（唯）一或者说是第一个提出了整个时代所隐含的文字还原主题或文字还原系统的人”[③]。西方形而上学的历史是一部在场的历史，从柏拉图到黑格尔，在场的明晰性和确定性经历了从客观性表现到内在意识呈现的转变，这种转变的突出标志是笛卡儿“我思”中的确定性因素。在笛卡儿之前，在场的同一性是在本质或存在所赋予的实体或客观形式下形成的，通过这种客观的形式获得对无限的在场的保证。但在“我思”中，意识是对纯粹的自发冲动的体验，它认为自己确实可靠。在黑格尔那里，上帝、实在或绝对就是一个事物，是使绝对纯粹和绝对自我呈现的自我意识成为可能的那种东西的名称和基本概念。然后，从笛卡儿到黑格尔，上帝仍然作为自我呈现的逻各斯的别称。但是，这种自我呈现和自发冲动仍然只能通过言语的秩序，主体只能通过能指进入自身，而不是从自身之外去借用其他能指或符号。笛卡儿将书写符号从清楚明白的明证性中驱赶了出去，黑格尔赞扬处于绝对自我呈现的逻各斯领域的表音文字，两者都忽略了文字的问题。卢梭恰恰提出了这个问题，尽管是以否定的态度。在《语言起源》（*The Origin of Language*）中，他将文字与言语对立起来，原本指望文字可以固定语言，不料正是文字改变了语言，以其精确代替了口语的表现力。它不仅改变了语言的词汇，而且改变了语言的表现力。[④]作为对言语的一种替补，当言语不能支持在场时，文字就必不可少。同时，言语是思想的自然的表达，文字作为摹写或再现是对言语的一种补充，因而，写作仅仅是思想的间接表达。德里达认为，正是在这里，卢梭的文本具有了解构意义。他通过分析《忏悔录》和《爱弥儿》中的母爱概念、自体性行为、“妈妈”这一称呼后指出，卢梭指责文字是在场的毁灭和言语的疾病。他恢复了它的地位，

---

① 见［法］德里达：《胡塞尔〈几何学的起源〉引论》，方向红译，南京：南京大学出版社，2004 年版，第 104-107 页。

②［法］德里达：《论文字学》，汪家堂译，上海：上海译文出版社，2015 年版，第 234 页。

③［法］德里达：《论文字学》，汪家堂译，上海：上海译文出版社，2015 年版，第 145 页。

④［法］卢梭：《论语言的起源兼论旋律与音乐的模仿》，吴克锋、胡涛译，北京：北京出版社，2009 年版，第 27 页。

以至于它有可能重新获得言语所丧失的东西。也就是，卢梭将言语变成了文字的替补，直接性成为间接性的派生物。

从上述德里达对阿尔托、马拉美、乔伊斯以及卢梭作品的分析可以发现，他所称的文学的解构力量，正是来自文学文本通过虚构产生的再现性或模仿性。文学享有可以虚构一切的民主权利，但是，柏拉图的理念模仿说和亚里士多德的自然模仿说奠定了艺术的形而上学基础，文学的模仿仍然基于对真实的模仿。而且，被模仿者比模仿者更真实、真切，更具有本质的性质，它对于模仿者来说是先在的，是优于模仿者的，文学因此成为一种特殊的书写、一种哲学思想支配下的书写。同时，它规定了文学文本旨在再现外在于文学符号自身的思想和意义，而思想和意义的创造者即作者代表了逻各斯的上帝概念，指代了一种起源或原初，具有神性意义，因而文学具有与宗教的亲缘关系和神学意义。正是在上述意义上，德里达称："形而上学的臆说"不可避免地"以若干方式栖息于文学或阅读"，其"重复出现具有很强的结构性，以致要消除它们是不可能的"[①]。也就是说，文学通常一直按照哲学提供的模式被阅读：将文本简化为一种语境、一种寓意、一种传记或历史参照、一种形式图解、一种心理分析模型或者一个政治事件，等等。

因此，通过解构文学的模仿和再现作用，德里达就取消了哲学与文学之间的对立。在这个基础上，他提出了自己的文学性观念。

5.3.1.2　反建制的建制

那么，究竟什么是文学？当德里达称自己感兴趣的文本既不单纯是哲学的也不单纯是文学的时候，意味着什么呢？当然，他首先排除了以叙述、虚构等为标准来判定一个文本是不是文学的方式，"我们并不是因为叙述才把《在法的面前》界定为一种文学现象的，也不是因为它是虚构的、比喻的、神话的、象征的或寓言的叙述，等等。有些虚构作品、讽喻、神话、象征或寓言并非专门属于文学"[②]。

一方面，他声称文学不存在，或不存在文学的本质，"如果这本文学手册打算讲些什么东西的话……它首先应宣布没有——或几乎没有——文学；应该宣告，不论在什么情况下都不存在文学的本质，不存在文学的真实，无所谓文学的存在或存在的文学"[③]。但是，另一方面，他又一直在阐释文学和文学性的问题，声称文学是一种"奇怪建制"[④]。在讨论马拉美作品时，他指出："文学性不是一种自

① [法] 德里达：《文学行动》，赵兴国等译，北京：中国社会科学出版社，1998 年版，第 16 页。
② [法] 德里达：《文学行动》，赵兴国等译，北京：中国社会科学出版社，1998 年版，第 124 页。
③ [法] 德里达：《文学行动》，赵兴国等译，北京：中国社会科学出版社，1998 年版，第 113 页。
④ [法] 德里达：《文学行动》，赵兴国等译，北京：中国社会科学出版社，1998 年版，第 4 页。

然本质，不是文本的内在物。它是对于文本的一种意向关系的相关物，这种意向关系作为一种成分或意向的层面而自成一体，是对于传统的或制度的——总之是社会性法则的比较含蓄的意识。”[①]并且，在借弗兰兹·卡夫卡（Franz Kafka）《在法的面前》（“Before the Law”）这一小说探讨它因何被界定为一种文学现象时，他提出“是谁决定、谁判决，又是按照什么标准，说这篇叙述属于文学呢？”[②]。上述两个方面看上去似乎互相矛盾，既否定又肯定。然则，这正好从互为关联的两个方面表达了德里达的文学概念。

当他宣称没有文学、不存在文学的本质即文学性时，他是在自己设定的艺术的哲学意义范畴内来进行否认的。所否认的是形而上学意义上的文学观念的有效性和普遍性，而不是否认文学作品的实际存在。从前面德里达关于文学特点的分析可以看出，西方传统的文学模仿观是以形而上哲学的逻各斯为基础的。它假设文本之外存在一个客观的、超验的被模仿者，主宰和控制着文本的思想和意义表达，语言只是这种思想和意义的言说不在场的替补。同时，文本作者作为该思想和意义的创造者，被视为上帝般的存在，被赋予了神性的作用。因而，一般的文学阅读或批评就成为一种先验的阅读，是一种形而上学意义上的意义追寻或形而上的哲学求证。但是，通过真正的或解构的阅读，如德里达式的解读，读者可以发现，文本内部其实没有所谓的真实的东西，除了无休止的替补、异义的扩延、幻象、语言符号本身等，没有任何确定的东西，不显示文本故事以外的任何可以辨认的内容，因而显示出不可读的性质。德里达对“法”的解释阐明了这一点。法“它既不到达，也不让任何人到达。这就是法，它制定法，并将读者留在法的前面”[③]。因此，德里达是从其对形而上学的先验论和本质论的立场，来否认文学的存在以及文学本质的存在的。

另一方面，德里达将文学称为一种奇怪的建制，其意图之一在于表明文学就是一种反建制的建制。“文学的法原则上倾向于无视法或取消法，因此它允许人们在‘讲述一切’的经验中去思考法的本质。文学是一种倾向于淹没建制的建制。”[④]文学作为建制有自己的管理、规则等，但又允许具有讲述一切的权利，因而又允许摆脱规则，给予特许。德里达的另一个意图则旨在表明文学是建立在传统基础上的对传统的对抗或破坏。上述德里达用胡塞尔的意向性概念来描述文学性，恰恰在于他要反对现象学语言中纯粹意识或绝对超验意识的确定性，文学经验放逐的就是这种超验性。换言之，文学作为一种形而上学意义上的建制，将自身从真理问题和本质问题中分离出来，同时对意义和指示表示中止和疑问。德

①［法］德里达:《文学行动》，赵兴国等译，北京：中国社会科学出版社，1998年版，第11页。
②［法］德里达:《文学行动》，赵兴国等译，北京：中国社会科学出版社，1998年版，第124页。
③［法］德里达:《文学行动》，赵兴国等译，北京：中国社会科学出版社，1998年版，第145页。
④［法］德里达:《文学行动》，赵兴国等译，北京：中国社会科学出版社，1998年版，第4页。

里达对女权主义文学批评问题的谈论便表明了这一点，“像尼采、乔伊斯、蓬热、巴塔耶、阿尔托等人的那些文本，是极端阳物中心论的，其方式多种多样。它们产生解构的效果，同时恰好又反阳物中心论。阳物中心论的逻辑随时准备着翻转或颠覆自己”[①]。所以，文学作品的逻辑是悖论的逻辑，是例外和反例外的逻辑。

5.3.2　文学的寓言

西方哲学史和批评传统中，象征一直以优于寓言（allegory）的地位而被谈论。象征通过具体和个体体现了一般和普遍，代表着物质和思想、符号和意义的统一，具有形而上的意义，而寓言被视为是直接的和单一的，是为了一般而表明特殊，如维柯所说的：“寓言故事指的是属于同一类的不同的种或个体，因此它们必然有一种单一的意义。”[②]从康德、歌德、席勒、柯勒律治、黑格尔到伽达默尔，他们都大力褒扬象征特具的统一性，贬低寓言的价值。与这些思想家和批评家相反，沃尔特·本雅明（Walter Benjamin）从巴洛克艺术起源的角度阐释了寓言的作用，德曼则断然摒弃了对象征的形而上阐释，转而大力阐发寓言对于文学意义的重要性。

5.3.2.1　象征与寓言

康德对于象征的观点受到他的哲学审美观念的影响。他把人的能力分为记忆能力、预见能力和标记能力。其中，记忆能力指把过去的事情在眼前回忆起来的能力，预见能力指的是想象将来事情的能力，标记能力则是以当前事物为媒介、把预见未来的事情的观念与对过去事物的观念连接起来的能力。人类的标记能力主要体现于“象征”这一思维方式之中。康德对象征的定义是：“当事物的形象（直观）只是被概念用作观念的手段时，它就是象征。”[③]在他看来，象征本身不构成任何意义或感性知识，也不直接体现和构成一个给定的概念，只是作为知性概念为了体现自己的意义采取的一个手段，即通过直观表象引向概念。因此，象征符号或象征物通过直观的形式表达作为非直接指涉的、非直觉的、超感性的自然本质和理性，是一种概念性的审美表象，直观的符号与抽象的概念之间的连接作用称为表意（signifying），它们要么是语言，要么是具有具体形状的符号（包括数学的，甚至表情的），依照想象力的联想法则（the law of association），并根据主观的意图，来进行非概念性的概念再生和表达。按照康德对符号的分类，

---

① [法] 德里达：《文学行动》，赵兴国等译，北京：中国社会科学出版社，1998 年版，第 25 页。

② [意] 维柯：《新科学》，朱光潜译，北京：商务印书馆，1989 年版，第 199 页。

③ [德] 康德：《实用人类学》，邓晓芒译，上海：上海人民出版社，2005 年版，第 77 页。

语言属于艺术符号。[①]美的艺术中诗歌艺术是最高贵的，因为它超越了直接的、当前的限制，通向了理念这个无限的世界。基于这个观点，康德对象征式的文学作品鉴赏评价活动进行了阐释。如果采取忠实于作家或思想家在撰写作品时的实际想法，就不能对他们的作品进行象征式的阐释，因为这样会曲解他们当初的本意，但是，当我们的目的不仅在于发掘他们的初衷，而且还要涉及学说的真理时，那么，这些作品就可以被视为象征的观念方式。可见，最终，作为人的符号能力的象征方式起到了非常关键的作用。

康德之后，歌德对象征及其作用进行了阐发，韦勒克把歌德列为用现代方式对象征与寓意加以区别的第一人，并简陈了歌德关于象征和寓意的概念。[②] 1779年，歌德在重返法兰克福并目睹熟悉的景物之际，不禁为之动容，情从中来，称这些景物是象征性的，它们是"代表着许许多多其他例证的突出例证，包括着一定的总体性，需要一定的秩序，它们在我心灵中唤起相似或者陌生的感触；从内外两方面，要求具有一定的统一性和总体性"[③]。后来，他又比较含糊地阐述了两者的区别。寓意是直接指称，象征是间接指称，象征性的客体，既代表着它们本身，也暗示一种普遍意义。也就是说，寓意是形象直接呈现的，是清晰的、无歧义的，是诗人为了表现一般而探求特殊，而象征的意义是暗含的、隐藏的，诗人是为了从特殊中看到一般，特殊的作用仅仅为一般的一个例证。所以，象征以直观表现神秘，以感性表现理念，以特殊表现一般，寓意则是在事物与概念之间建立一种直接的联系，从一般到特殊，两者之间的差别很大。歌德认为象征才是诗歌的本质所在：诗歌表达的是某种特殊的东西，而不考虑到一般，或指明一般。他声称，一部戏剧"必须是象征性的"才会产生戏剧效果。[④] 就诗歌与哲学的关系而言，歌德认为诗歌越远离哲学则越好。在他看来，好的作品都是来源于现实生活中从事实践工作的人，而不是那些对某一哲学派别进行专研的人，后者写出来的作品晦涩难懂，读者没有兴趣。所以，一方面，他称德国的思辨哲学对德国诗人带来了很大的坏处，从而把自己作为"不以体现某种抽象的东西为目的"[⑤]的诗人，而称席勒"那些风格劲拔的作品往往写于他远离思辨哲学的时候"[⑥]。总体看来，歌德反对诗歌从抽象的概念出发，成为理论或哲学的载体或传声筒。但另一方面，他又主张艺术的整体性。在艺术中，特殊与一般、具体与普遍、感性与

---

① 康德把符号分为三类，即任意的艺术符号、自然符号和奇迹符号，艺术符号包括文字、音符、数字等人造的可以表意的艺术品或人工制品，自然符号和奇迹符号指自然现象，这些自然现象的意义是通过艺术符号来思考、表达和记录的。参见［德］康德：《实用人类学》，邓晓芒译，上海：上海人民出版社，2005年版，第85页。

②［美］韦勒克：《近代文学批评史》（第一卷），杨自伍译，上海：上海译文出版社，2009年版，第289-291页。

③［美］韦勒克：《近代文学批评史》（第一卷），杨自伍译，上海：上海译文出版社，2009年版，第289页。

④［德］艾克曼：《歌德谈话录》，洪天富译，上海：上海三联书店，2016年版，第161页。

⑤［德］艾克曼：《歌德谈话录》，王颖波译，长春：时代文艺出版社，2004年版，第176页。

⑥［德］艾克曼：《歌德谈话录》，王颖波译，长春：时代文艺出版社，2004年版，第47页。

理性、内容与形式、自然与心智等应当取得一种和谐统一的状态，使得诗歌成为一个有机的、完整的统一体。最终，“艺术要通过一种完整体向世界说话”[①]。用韦勒克对歌德及浪漫派的总结来说，就是他们是“用诗歌概括新的自然哲学”[②]。

席勒虽然没有明确表达过对于象征的观点，但是，当他说自己的理解力“是按照一种象征的方式进行工作的”时，就已经表明他对象征的理解。一方面，作为个人，他非常关注哲学思考和抽象的概念，如他所承认的，“我的看法的大多数是以康德的原则为依据的”[③]。也如 J. P. 艾克曼（J. P. Eckermann）对他的评价：“他把哲学理念的地位放得过高，以至于损伤了真实。他甚至在作品中排除了自然的真实，他过分放肆地使用他的理念，不论它是不是符合自然法则。”[④]另一方面，他又非常注重诗性感觉和情感。因此，席勒常常徘徊于理智与感性、抽象思维与情感表现之间。与此相应，作为诗人或文学家，他一方面重视语言或文字作为抽象符号的概念性或一般性，另一方面也注意到诗歌的个别性、具体性和形象性，以及语言的抽象性和诗歌的具感性之间必然存在的矛盾，“语言把一切诉诸悟性，但是诗人却必须把一切诉诸想象力：诗歌需要直观，语言则仅仅提供观念”[⑤]。对于这种矛盾，他提出的解决办法就是将抽象融合在具体里面，“把现象变为理念，再由理念变为形象”[⑥]。这种通过具体走向一般、由形象通向抽象、在形式或直观中体现普遍性的方式也就是象征的方式。在诗歌中引入象征手法，取代客体本身，那些不应再现出来的内容只能暗示，使得内容比较狭窄，但更有意义，让诗歌产生更强烈的效果。[⑦] 他之所以称赞威廉·莎士比亚（William Shakespeare）的诗，是因为他认为莎士比亚关注的是诗的抽象性，而非个别性，所以非常接近希腊风格。他尤其赞扬莎士比亚在《理查三世》（*Richard III*）中运用象征手法表现自然中无法描绘的部分，再现了无法表现的内容，因为“自然，只是精神的一种观念……在诗中，一切都不过是现实的象征”[⑧]。从更深的层面上看，席勒对近代社会的理解也体现出一种象征的方式，只不过在他的眼中，这种象征的统一性和完整性受到了极大的破坏。近代社会或国家由于管理越来越错综复杂，社会人群不得不被

---

①［德］艾克曼：《歌德谈话录》，王颖波译，长春：时代文艺出版社，2004 年版，第 164 页。

②［美］韦勒克：《近代文学批评史》（第一卷），杨自伍译，上海：上海译文出版社，2009 年版，第 291 页。这种说法最早可以追溯到亚里士多德，他也曾经认为，与其把恩培多克（Empedocles）称为诗人，还不如把他称为“自然哲学家”。见［古希腊］亚里士多德、［古罗马］贺拉斯：《诗学·诗艺》，郝久新译，北京：九州出版社，2006 年版，第 5 页。

③［德］康勒、［俄］普列汉诺夫：《大师谈美》，李光荣译，重庆：重庆出版社，2008 年版，第 23 页。

④［德］艾克曼：《歌德谈话录》，王颖波译，长春：时代文艺出版社，2004 年版，第 15 页。

⑤［美］韦勒克：《近代文学批评史》（第一卷），杨自伍译，上海：上海译文出版社，2009 年版，第 348 页。

⑥［美］韦勒克：《近代文学批评史》（第一卷），杨自伍译，上海：上海译文出版社，2009 年版，第 290 页。

⑦［美］韦勒克：《近代文学批评史》（第一卷），杨自伍译，上海：上海译文出版社，2009 年版，第 342 页。

⑧［美］韦勒克：《近代文学批评史》（第一卷），杨自伍译，上海：上海译文出版社，2009 年版，第 343-344 页。

进行严格的等级和阶层划分，同时科学的发展带来了更加精细的知识分化和社会分工，产生了各种各样的职业，且彼此之间界限分明，竞争不断。等级阶层的划分和社会分工竞争产生了极大的破坏性，导致的结果是，它将本来与自然和谐相处的人的整体撕裂成了碎片，将人的直觉感性和抽象思辨分裂开来，让它们从属于不同的领域，且呈相互敌对的态势，纯粹知性在感官世界里树立起它的绝对权威，并取代感性，而经验知性在千方百计地让纯粹知性臣服在经验的条件之下，并固守着自己的地盘。正是这种分裂导致人在社会中的片段式、机械式、隔离式的存在。席勒提出只有通过审美教育或以游戏冲动为媒介，才能使得人的感性冲动和形式冲动处于和谐统一状态，以此来恢复人类天性中的完整性。

在黑格尔关于象征的阐述中，有作为一种符号的象征和作为一种艺术类型的象征两种形式，象征型艺术是象征在艺术领域的一种特殊形态。①黑格尔给象征下的定义是："象征一般是直接呈现于感性观照的一种现成的外在事物，对这种外在事物并不直接就它本身来看，而是就它所暗示的一种较广泛、较普遍的意义来看。"②由此定义，象征由意义以及表现意义的形象两个要素组成。在这两个要素中，意义居于首要地位，是符号要表现的内容和对象，它指的是一种普遍意义上的观念，也就是黑格尔所指的美的理念或绝对精神，形象作为一种感性的存在，外在于意义，不以自身为目的，指向暗含的思想意义，为意义的呈现提供一种形式。那么，象征符号的意义与形象之间的密切联系和统一就成为艺术的要义，"象征所要使人意识到的却不应是它本身那样一个具体的个别事物，而是它所暗示的普遍性意义"③。

关于比喻，黑格尔把它置于象征发展过程中的一个低级阶段，两者之间存在着根本的差异。比喻中，内容意义与其表现形象是分裂开来的，虽然两者之间也存在一种内在联系，然而，这种联系不是意义和形象本身固有的，亦即不是由意义本身决定的，而是由一个第三者即主体外加上去的。主体凭借他个人的见识，在形象与意义之间发现某些类似点，于是就信任这些类似点，用似有关联的个别形象去阐明本身原已明晰的意义。即是说，比喻的出发点有两个。一是艺术家个体的、主观的精神意义或观念，然后根据这种意义寻求外在的表现加以形象化，或寻求其他具有类似性质的形象；二是艺术从某一感性现象出发，然后把它联系

① 黑格尔依据意义和形象之间的艺术关系区分象征型艺术、古典艺术和浪漫型艺术：象征型艺术表现未经个性化和具体化的抽象的和普遍意义，形象一方面显示出自己的特性，另一方面显示出个别事物的更深广的普遍意义，而不只是展示这些个别事物本身，是过渡到真正艺术的准备阶段；古典艺术表现精神的个性，这种精神的个性消除了内容与形式、内在与外在各自的抽象性和片面性，成为一个统一的协调一致的整体，是真正的艺术；浪漫型艺术表现绝对的内容生活，以精神的主体性为形式，是主体对自己的独立自由的认识。参见［德］黑格尔：《美学》（第二卷），朱光潜译，北京：商务印书馆，1979年版，第28、25、276页。

② ［德］黑格尔：《美学》（第二卷），朱光潜译，北京：商务印书馆，1979年版，第10页。

③ ［德］黑格尔：《美学》（第二卷），朱光潜译，北京：商务印书馆，1979年版，第11页。

到某一相关的精神意义方面。不管出自哪一方面，意义与形象之间的联系是假定的，因此这个形象就不是唯一的、必须的，用黑格尔的话说，是一种装饰。但是，在象征那里，意义与形式两者之间是绝对的、必然的相互依存的关系，是融为一体的。鉴于此，黑格尔把用比喻形式为基础的艺术作品看作是次要的，因为它的内容还不是绝对本身，而只是一种有限的情景，大半只偶尔用来作为一种辅助，而语言艺术（诗歌）则囊括了这一类别或范畴的体裁，“只有诗才能表达出这种意义与形象的各自独立”[①]。黑格尔又把比喻分为两类，一类是从外在事物出发的比喻，另一类是在形象化中从意义出发的比喻，包括隐喻、讽喻和明喻。在第二类比喻里，起作用的是诗人，他将意义赋予外在于它的形象，也对现实存在物的意义进行解释，把它与属于精神的观念、思想和情感联系起来。但是，这种赋予和联系，即这些比喻，都不是事物本质的和必有的，只是作为附加品，为诗人所做的联系提供可以辩护的理由，因而只能看作次要的因素，过去的诗学著作却往往把这些次要的因素和诗之所以为诗的主要因素相提并论。换言之，在黑格尔看来，是象征不是比喻才应该被视为诗歌的本质的、主要的特征。

柯勒律治对象征与寓言进行了比较明确的区分，旨在纠偏当时人们在《圣经》阐释中过度的教条主义，以及在诗歌创作中的道德化抽象。在他看来，“寓言就是把抽象概念转换成图像语言，这种图像语言除了成为感官对象的抽象外，什么都不是”，象征则“以半透明性为特征，即在个别中显出特殊，在特殊中显出一般，在一般中显出普遍。在此基础上，永恒通过时间在时间中显现。为了使自己变得可以理解，象征总是介入现实，尽管放弃了整体，但继续使自己成为整体的一个生动部分，从而代表着整体性”[②]。可见，在柯勒律治的观点中，象征是优于寓言的，因为象征体现的是普遍与永恒，从部分指向整体，而寓言只停留在感官的层面，没有终极意义和价值。这种区别主要基于他关于诗歌本质的观点。柯勒律治认为，诗歌不同于或者对立于科学之处在于，它提出的直接目标是愉悦，而不是真理。[③]同时，与产生愉悦的其他类型比，诗歌产生的愉悦来自诗歌中各个组成部分既独立又统一的关系，这些部分都以整体为基础，构成真正的诗歌，这种诗歌的“各个部分必须互相支持，相互解释；所有部分的处理必须与格律安排的目的和已知影响相协调，并提供支持”[④]。能够让诗歌产生愉悦的方式是通过想象，它混合协调自然的和人为的因素，“是无所不在和遍布个体的灵魂，将所有部分

① ［德］黑格尔：《美学》（第二卷），朱光潜译，北京：商务印书馆，1979 年版，第 102 页。

② Samuel Taylor Coleridge. “The Statesman’s Manuel” in *Lay Sermons*. 3rd edition. London: Edward Moxon, 1852, p. 33.

③ ［英］塞缪尔・泰勒・柯勒律治：《文学传记：柯勒律治的写作生涯纪事》，王莹译，北京：中国画报出版社，2019 年版，第 250 页。

④ ［英］塞缪尔・泰勒・柯勒律治：《文学传记：柯勒律治的写作生涯纪事》，王莹译，北京：中国画报出版社，2019 年版，第 250 页。

统一为一个优雅和智慧的整体”[①]。诗歌正是通过想象力把感官和精神、物质和思想、个人与普遍、具体与抽象等融合成为一个和谐的、有机的整体，只要整个作品是和谐的，那么它就是合理的，与是否真实无关，因为诗人“注重的不是事实，而是合理性”[②]。既然这种合理性不是指历史的或现实意义上的真实，那么，它就指一种可能性，也就是亚里士多德所指的或然性，与历史记录的已经发生的事件相对。

在《德国悲剧的起源》（“Origin of the German Trauerspiel”）（节选）中，本雅明也从自己的立场阐发了关于寓言和象征的观点。与歌德等相反，他反对浪漫主义将寓言视为一种技巧而低于作为艺术的象征的观点，认为寓言作为一种超越时代的审美形式，“与象征是对立的两极，因而力量也是相等的”[③]。在他看来，古典主义者和浪漫主义者正是为了为象征提供一个参照物和衬托的背景，才发展了一个与之对应的概念，即寓言。并且，寓言缺乏瞬间性，而“在那里[象征]，我们拥有瞬间的总体性；这里我们有一系列时刻的连续性”[④]。也就是，象征代表了一种内容和形式之间不可分化的统一性，成为一种思想的展示，它具有把形式美与存在的最高现实结合起来的神圣性、圆满性，寓言则表达世俗物质世界的一般性的、世俗性的概念。在浪漫主义美学派如歌德那里，寓言成为诗人从一般寻求特殊或从概念出发用作一般的实例或例子，象征则是在特殊之中看到一般，体现了诗歌的真正本质。本雅明否认了这些关于寓言的观点，认为寓言“不是一种戏要的形象技巧，而是一种表达方式”[⑤]。他通过对巴洛克悲剧起源的研究发现了寓言指向悲苦剧固有的真理内涵，以此来驳斥上述观点。首先，他从自然与历史的关系来看待寓言。自然带有历史的印记，而历史则包含在自然中，从自然的颓败可以看到历史。寓言的表达方式正是诞生于自然与历史的奇怪结合，“在寓言中，观察者所面对的是历史垂死之际的面容，是僵死的原始的大地景象。关于历史的一切，从一开始就不合时宜的、悲哀的、不成功的一切，都在那面容上——或在骷髅头上表现出来”[⑥]。这是寓言式看待事物的核心。其次，巴洛克艺术把历史解释为世界，但力图表现的不是世俗的生活，而是自然与历史的奇妙结合中掩藏的神秘含义。从象形文字到寓意画再到寓言的种种讽喻形式，可以最恰当地表现自然的黑暗与历史的失败，且阴郁地表现了世界的黑暗、自然的颓败与

①［英］塞缪尔·泰勒·柯勒律治：《文学传记：柯勒律治的写作生涯纪事》，王莹译，北京：中国画报出版社，2019年版，第253页。

②［英］塞缪尔·泰勒·柯勒律治：《文学传记：柯勒律治的写作生涯纪事》，王莹译，北京：中国画报出版社，2019年版，第378页。

③［德］本雅明：《本雅明文选》，陈永国、马海良编，北京：中国社会科学出版社，1999年版，第141页。

④［德］本雅明：《本雅明文选》，陈永国、马海良编，北京：中国社会科学出版社，1999年版，第121页。

⑤［德］本雅明：《本雅明文选》，陈永国、马海良编，北京：中国社会科学出版社，1999年版，第118页。

⑥［德］本雅明：《本雅明文选》，陈永国、马海良编，北京：中国社会科学出版社，1999年版，第122页。

人性的堕落，这正是巴洛克思想和艺术要表现的真理内容。[①]巴洛克艺术以寓言书写的方式，采取趋于视觉的书写文字，在寓言的直观领域里看到的是形象的碎片，对立于象征的有机总体形象，以此提供一种对艺术性问题的深刻洞察。另外，本雅明考察了悲苦剧中寓言与废墟形式的关系。在悲苦剧中，对自然-历史的寓言是以现实中的废墟形式出现的。在废墟中，历史物质地融合在了背景之中。在这种伪装下，历史呈现出不可抗拒的衰落形式。最后，本雅明认为，寓言作家不是在形象后面含蓄地表现本质，而是在写作中把所描绘的本质拉到形象面前。寓言的人格化功能不是事物的人格化，而是给予具体事物以更加强制的形式，使其像人一样站立起来，如同巴洛克艺术"根据形象（而非灵魂）看待事物"[②]。如此，丰富的寓意表现围绕一个中心加以组合，与概念的迂回表达形成对立。可以看出，对于本雅明而言，寓言不仅仅是一个表明以一个类似的观念代替另一个观念的修辞或诗学概念，而且，它更是一个审美概念，是一种绝对的、普遍性的表达方式，它用修辞和形象表现抽象概念，是一种观察世界的有机模式。

伽达默尔以象征在古代具有的最初的含义为起点来讨论象征，并在此基础上探讨了寓言和象征的差异。最初，这两个词毫不相关。寓言本属于讲话领域，因此起一种修饰性的或诠释性的作用。它以某个其他的东西代替原来所意味的东西，以使后者得以理解。与此相反，象征并不通过与某个其他意义的关联而产生意义，意义在于它自身的显而易见的存在。它作为展示的东西，就是人们在其中认识了某个他物的东西，所以，它是古代使者的证据和其他类似的东西，可起展示性作用。那么，"在任何情况下，象征的意义都依据于它自身的在场，而且是通过其所展示或表述的东西的立场才获得其再现性功能的"[③]。他认为，寓言和象征之间的对立是 18 和 19 两个世纪哲学发展的结果，并探究了这种对峙性区分产生的根源。在 18 世纪，两个概念的意义相同，都表现的是一个事物的含义并不存在于自身，而是存在于某个处于它之外的所指。虽然分属不同的领域，但两者具有相近之处：一是都通过彼物再现此物，二是都优先地用于宗教领域。寓言是一种解释

---

① 本雅明阐发了奥地利学者卡尔·吉洛(Karl Giehlow)从历史一般哲学角度提出的近代寓言起源的学说。吉洛认为，16 世纪诞生的近代寓言与中世纪寓言虽有本质的联系，但也有本质的区别。中世纪寓言本质上是基督教的、说教的，而近代寓言的内驱力来自文艺复兴时期人文学者破译古埃及象形文字的努力。在他们看来，象形文字是神秘的自然哲学的最高阶段，即最自然的表达方式，因此，他们中的许多人都用图形代替字母书写，文艺复兴时期的许多建筑物和艺术品上都"覆盖着这种谜一样的图案"。许多天才的艺术家把古埃及的模拟自然与古希腊的自由创造精神有机地结合起来，创作了许多伟大艺术珍品。但这种象形的精神在文艺复兴时期并不占支配地位，只是到了后来的巴洛克时期，这种象形的寓意形式才逐渐居于主导地位，成为巴洛克艺术的主要风格。见［德］本雅明：《本雅明文选》，陈水国、马海良编，北京：中国社会科学出版社，1999 年版，第 123-125 页。

② ［德］本雅明：《本雅明文选》，陈水国、马海良编，北京：中国社会科学出版社，1999 年版，第 141 页。

③ ［德］汉斯-格奥尔格·加达默尔：《真理与方法：哲学诠释学的基本特征》，洪汉鼎译，北京：商务印书馆，2007 年版，第 105 页。

活动，出于神学的需要，为了摈除有害之物，并认识其背后的有利的真理，是一种委婉表述和间接表述的修辞方法。象征是一种认识活动，表述的必要性源于上帝的超感性存在与我们习惯于感性事物的精神之间的不相适应性，因而获得了类比性功能，导向对神性事物的认识和一个更高的意义。两者的必然性基础一致，即若不从感性事物出发，要认识神性的东西是不可能的。但是，相比于寓言而言，象征概念具有一种灵知性功能和一种形而上学的背景。正是因为这种功能和背景，使得象征绝不是一种任意选取或构造的符号，它以可见事物与不可见事物之间的某种形而上学关系为前提，即以外观与意义之间的不可分离性为基础。由此，象征得以进入审美领域，作为艺术作品所特有的理想与外在显现之间内在统一的标志，而寓言通过指出某个他物而使这种富有意义的统一得以实现，允许对无形的东西使用形象来表现。但是，到了 18 世纪末，具有内在、本质意味的象征与具有外在、人为意味的寓言开始对立，象征成了“感性的事物和非感性的事物的重合，而譬喻则是感性事物对非感性事物的富有意味的关联”①。通过康德、歌德、席勒等人的阐发，象征概念意味着象征和所象征物、感性现象与超感性意义的合一，亦即特殊性和普遍性的统一。在这个意义上，所有艺术都是象征性的，因为艺术作品就是理念自身的存在，即形象与意义合二为一。象征于是成为艺术哲学的一个中心概念，并成为普遍美学的基本概念。对寓言的排斥产生于艺术从理性主义桎梏中的解放以及对天才概念的褒扬，因为寓言依据固定的传统，具有一定的可说明的意义，最终与基督教传统和古典文化的调和相联系。随着艺术的本质脱离了一切教义性的联系，并能用天才的无意识创造来定义时，寓言的审美问题就受到了质疑。现象和理念的完美和谐是象征，而不和谐则保留给了寓言。或者说，在审美的象征中，形象和意义的对立矛盾得到了调和均衡，而在寓言中，形象和意义则是分裂的。

根据伽达默尔的观点，要反对这种象征的观念，恢复寓言的名誉，需要对这种对立赖以存在的理论基础，即天才论美学和体验美学的审美概念进行某种根本性的修正，关键的问题则是怎么看待审美经验。据此，伽达默尔提出了“审美经验也是一种自我理解的方式”②。所有的自我理解都依靠一个此在的、被理解的他物来实现，并且与这个他物处于统一性和同一性中。那么，艺术经验不应被伪造成审美教化的所有物，不能以某个终极的认识对它所经验的东西给出完满的真理。在这里，既不存在任何绝对的进步，也不存在对艺术品中事物的任何最终的把握，只是在艺术作品中学会理解我们自己，这是人类存在对于自我理解的连续性和统

① [德] 汉斯-格奥尔格·伽达默尔:《真理与方法：哲学诠释学的基本特征》，洪汉鼎译，北京：商务印书馆，2007 年版，第 107 页。

② [德] 汉斯-格奥尔格·伽达默尔:《真理与方法：哲学诠释学的基本特征》，洪汉鼎译，北京：商务印书馆，2007 年版，第 137 页。

一性的要求。可见，对于 19 世纪浪漫派美学家发挥的象征概念，由于其形而上学基础，伽达默尔持一种现象学的否定态度，认为作为外观的艺术作品本身而非作品体现的抽象的确定意义，才是审美经验的对象。

5.3.2.2　作为寓言的文学

作为美国“耶鲁学派”文学批评主将的德曼，从 20 世纪 60 年代开始，批评的关注点便从现象学意义上的主体意识转向了对作为中介的语言的关注。但是，无论在早期还是后期，在他的批评思想中，一直贯穿着一种对文本有机论的质疑。这种有机论从亚里士多德开始，经由浪漫主义美学派和诗人的阐发，再经由黑格尔的统一化哲学阐释，被英美新批评派作为其奠基性理论继承并发展下来，成为 20 世纪 30～50 年代美国学院派批评的主导理论。德曼认为，英美新批评派在理论上强调文学文本是一个自足的、自然的有机统一体，但在批评实践中，却正是因为这个理论“洞见”而使自身陷入了困境，他们自己的实践反而揭示了文本中歧义和反讽等抵制文本整体性和统一性的要素的存在，结果导致了理论的谬误（error），“诗歌语言与有机世界之间的类比被摧毁，所赖以立论的统一体结果并不存在”[①]。但是，在德曼看来，这不是认知或知识上不足带来的错误（mistake）。认知上的错误可以弥补或纠正，但与英美新批评类似的理论谬误却根植于人们的阐释活动中，是一种本质的存在，必不可少。之所以如此，是因为德曼认为语言特别是文学语言在本质上是修辞性的，具体而言是寓言性的（allegorical），而寓言的本质就是不确定性、悖论性和矛盾性。在文本阅读方法上，德曼与英美新批评家一样，着眼于文本中的多义性、含混性、悖论、反讽等修辞手法，但是，英美新批评最终以象征手法的统一性方式把这些矛盾和悖论调和进了一个有机结构之中，而德曼则摈弃了这种象征的同一性和连续性，将寓言的矛盾性、悖论性和对立性确定为文学文本最为显著的特征，如果不是唯一的、独有的特征的话。在某种程度上，德曼是对伽达默尔所质询的“这种象征化的活动果真在今天也没有受到某种继续存在的神话——譬喻传统的束缚吗？”[②]的一个正面回应。

不同于德里达站在批判西方形而上学在场哲学的立场上，通过解构式阅读发现文学文本自身对形而上学臆说的反抗和抵制，并以此来阐明文学性，德曼以文学批评家或文学阅读者的身份，采用了一种寓言式阅读方式，主要通过解读文本的修辞性或寓言性，质疑和拆解传统意义上文本意义的单一性、确定性和终极性，最终达到对审美意识形态进行批判的目的，因为，在他看来，对形而上学的批评

---

① Paul de Man."Form and Intent in the American New Criticism"in *Blindness and Insight: Essays in the Rhetoric of Contemporary Criticism*. Minneapolis: University of Minnesota Press, 1971, p. 28.

②［德］汉斯-格奥尔格·伽达默尔：《真理与方法：哲学诠释学的基本特征》，洪汉鼎译，北京：商务印书馆，2007 年版，第 115-116 页。

是思想史上的常事，但批判的关键“是比喻的修辞模式”。[①]

德曼关于象征和寓言的讨论主要集中在《时间性修辞学》（“The Rhetoric of Temporality”）、《隐喻认识论》（“Epistemology of Metaphor”）和《黑格尔〈美学〉中的符号和象征》（“Sign and Symbol in Hegel's *Aesthetics*”）几篇文章中。德曼认为，自18世纪后半叶以来，因为德国浪漫派哲学的阐发以及英国文学家和批评者的拓展，象征被置于至高无上的地位，它被认为能够将个体和特殊的经验转换成一般的和普遍的真理，将语言再现和语义功能统一起来，是对总体的无限性的追求，寓言却因仅仅停留于可见性而被认为“是一种时代错误”，“不具备诗意”，被“拒之门外”[②]。与这种观点和态度相反，德曼指出了寓言的重要地位。他确信，与象征相比，寓言更应该是语言的特性，这种特性在文学中尤其显著。

针对18世纪以来象征因被视为具象和理想美之间的统一而优先于寓言或其他修辞格的观念，德曼从以下几个方面进行了驳斥论证。首先，柯勒律治认为，寓言在伪装的情况下所传达的或者是心灵的道德品行，或者是其概念，而这些品行和概念本身又都不是感觉的对象，意指寓言本质上的空洞与实质的匮乏，旨在强调象征的价值。针对柯勒律治的这种观点，德曼借用柯氏的“半透明性”观念给予了反驳。柯勒律治曾说，象征“以半透明性为特征，即在个别中显出特殊，在特殊中显出一般，在一般中显出普遍。在此基础上，永恒通过时间在时间中显现”[③]，德曼将其中的“半透明性”理解为物质的实质性的消失。那么，这就意味着象征所表达的物质与精神统一体中的物质存在化为乌有，只剩下了精神。既然物质性不存在，也就无所谓统一。或者说，象征已经只剩下了精神化或者超验的东西，在这种意义上，也就与它所贬抑的缺乏本质性和实质性的寓言一样了。但是，柯勒律治同时又宣称，寓言能够将各个部分结合起来，形成一个连贯的整体。正是抓住这两点，德曼认为，柯勒律治所宣称的象征与寓言之间的重要差别已经被抹消了。

柯勒律治之后，美国和法国浪漫主义阐释者，包括艾布拉姆斯和英美新批评派如维姆萨特等，将浪漫主义自然诗歌解释为一种心灵与自然、主体与客体的统一的、综合的或者象征性的理想。作为对这种观念的反驳，德曼主要以卢梭的《新爱洛依丝》（*The New Eloise*）和华兹华斯的诗歌为例，表明了17～18世纪浪漫主义作品中寓言的盛行。他指出，寓言中符号及其意义的关系，不是由教条规定的，寓言符号所形成的意义只能由前一符号重复构成，而且，它本质上既然与前

① Paul de Man. *Allegories of Reading*. New Haven and London: Yale University Press, 1979, p.15

②［美］德曼：《解构之图》，李自修译，北京：中国社会科学出版社，1998年版，第5页。

③ Samuel Taylor Coleridge. The Statesman's Manuel in *Lay Sermons*. 3rd edition. London: Edward Moxon, 1852, p. 33.

一符号相同，具有纯粹的现在性，那么，就不能与前一符号相吻合。也就是说，寓言必然包含着一个否定的要素或时刻。具体而言，寓言“在卢梭的作品中，是自我克制的否定时刻，而在华兹华斯的诗歌里，则是于死亡或错误中自我丧失的否定时刻”[①]。这样，与象征所设定的同一性或认同作用的可能性相反，寓言主要说明自己同起源之间的距离。它总是寓含着一种无法企及的现在性，阻止符号与意义吻合的愿望和连续性，由此也阻止了自我与非自我的幻觉式认同。正是在这种时间性的困境中，反讽与寓言相互联系起来，对一个有机世界进行去神秘化，而这个有机世界是假定存在于象征性方式中的，或者存在于一种再现的模仿方式之中的，因为只有在这种方式中，虚构与现实才能吻合。反讽以其即刻性、寓言以其连续性，成为时间同一基本经验的两个方面，即“从本质上说，反讽是一种当前模式，既没有记忆，也没有持续性，而寓言却完全存在于一个理想的时间里，这种时间永远不是此时此地，却是一种过去或者一种无休止的未来。反讽是一种共时性结构，而寓言是一种历时性方式，能够生发出一种持续性，但这种持续性是一种幻觉，寓言自身对此也有认识”[②]。

在《黑格尔〈美学〉中的符号和象征》一文中，针对黑格尔关于“美是理念的感性显现”这一著名的界定，德曼将其含义解释为“美是象征性的”，因为黑格尔声称“象征是心灵同显然参与其中的物质世界之间的调停，而无论这种物质世界是石块、色彩、声音或者语言”[③]。毫无疑问，黑格尔的艺术主张一种象征秩序，是建立在象征和符号的差异的语境之中的。但是，德曼认为这种差异不适用于艺术，应当重新加以改造。一个事物或者一个词语，它是一个符号，指向某个具体的、个别的事物。但当申明自身是其所非的事物的时候，它又是一个象征，即表征出了同世界的一种必然的、决定了的关系。对于这种关系，德曼称其是相互取消的关系，也就是互相否认的关系，是主词同谓词的分离和脱节。话语要具有意义，就必须脱节，而脱节又与意义所要求的普遍性矛盾，这正是德曼意义上的寓言所要叙述的。

德曼对隐喻与换喻之间的关系做出了类似的阐释。在他的解读中，隐喻类似于象征，成为一种“象征的”隐喻。在传统意义上，隐喻因以相似性为基础被理解为受必然关系的支配，遵照总体性原则，而换喻按照邻近性原则，以部分代整体，是偶然的。因此，隐喻在与换喻的二元对立中占有优先的地位。德曼通过分析普鲁斯特《追忆似水年华》（*A La Recherche Du Temps Perdu*）的一段文本，驳

---

① Paul de Man. *Blindness and Insight: Essays in the Rhetoric of Contemporary Criticism*. Minneapolis: University of Minnesota Press, 1971, p. 207.

② Paul de Man. *Blindness and Insight: Essays in the Rhetoric of Contemporary Criticism*. Minneapolis: University of Minnesota Press, 1971, p. 226.

③［美］德曼：《解构之图》，李自修译，北京：中国社会科学出版社，1998 年版，第 245 页。

斥了这一观点。他指出，在小说的一段描写中[①]，隐喻实际上受到习惯性的邻近关系的支配，提喻事实上就是一个隐喻。叙述中关键的是宁静被描写为经受着“活动的湍流”，这一表述具有双重作用。本来意指使人感到焦躁不安以至于感到炎热，以秘密的、含蓄的方式描写热烈，但同时又表示一种因凉爽而感到的宁静。因此，“热烈”与“宁静”这两种互不相容的、对立的性质连接在一起。如果宁静可以变得热烈而奔放，又仍不失去其宁静的独特优点，那么，“真正的”活动就可能失去零碎而分散的特性，并且不必失去任何真实性而完整。但是，这是基于邻近性的流水形象（手浮在奔流的小河中）之上的。“湍流”现在至少也具有双重的语义功能，在字面意义上，它转化为藏着手的水所实际存在的凉爽性，反之，在比喻意义上，它则表示一个所联想到的独立的热烈的活动。同时，这种邻近性已经不受在超自然意义层次上存在的必要性的支配。因此，德曼得出结论，其中的修辞结构不仅仅是隐喻的结构，更重要的是，它至少是双重换喻的。此外，他还分析了文本中关于阿尔道夫伯父就寝的小屋以及彩虹色喷泉的描写叙述。通过这些分析，德曼旨在表明，隐喻的字面意义和比喻意义之间的关系永远是换喻的关系，且相互对立、彼此矛盾。然而，其目的不在于通过否认隐喻的存在来证明换喻的优先地位，而是意图表达文本中隐喻和换喻的同时存在。也就是说，文本中真理与谬误同时存在，但并不带来矛盾的破坏力量，它们的“相互作用为文本的稳定性奠定了基础”[②]。因此，两者之间无所谓一方优越于另一方，它们在本质上都是一样的，都是对象征性或模仿性再现语言的各种神秘形式的去神秘化活动。

究其实质，德曼对隐喻的象征性的批判，表明了他对尼采隐喻观的一种抵制。尼采认为，“隐喻不是一个修辞手段，而是取代某一观念真实浮现在他面前的替代形象”，显而易见，他将隐喻阐释为一种象征，“隐喻概念与被设想为一个象征意义系统的语言概念一致”[③]。具体而言，隐喻不是字面上所表示的实体，而是被理解为某种意义和本质的统一体，不是要表达它表面所说的意思，而是要表达它意欲表达的意思，因为它仍然受一个特定意义或一系列意义的支配，并指向这个特定意义或系列意义。因此，便有了尼采对《悲剧的诞生》（*Birth of Tragedy*）中酒神和日神的个体化阐释：日神是事物的外观，酒神是这一事物，但酒神通过否定的道路，通过揭示现实的虚幻性而达到真理。

德曼对隐喻采取抵制立场的原因可以从德里达那儿获得解释。德里达在《白色的神话：哲学文本中的隐喻》（“White Mythology：Metaphor in the Text of Philosophy”）一文中对隐喻进行了集中的讨论。他将隐喻视为一种将词语从具体

① “我的房间的阴暗凉爽……与我的宁静相适合(幸亏我手里的书叙述的冒险故事搅乱了我的宁静)，就像川流不息的小河中间的一只不动的手的平静一样，我的宁静经受着一条活跃的湍流的冲击和流动。”

② Paul de Man. *Allegories of Reading.* New Haven and London: Yale University Press, 1979, p. 72.

③ Paul de Man. *Allegories of Reading.* New Haven and London: Yale University Press, 1979, p. 91.

感性形象抽象为思想概念的一种方式。原初的词语是图形的，经过哲学话语的流通之后，这种特性被磨损掉了，只剩下了词语符号意指的思想或观点，“意指被移出自己本身具有的家”，而这正是哲学的形而上学方式，所以，德里达说，“根据它所有的本质特性，隐喻仍然是一种形而上学的观念”[①]。隐喻所体现的形而上学的观念，也就是关于本质的、在场的、统一的观念，但这种观念正是德曼要加以驳斥的。

5.3.2.3　语法修辞化

德曼承认文学性的存在，但是，这种文学性已经不再独属于文学，“符号学语言与文学语言学之间显然具有某种共同的东西，这种东西只有它们的共同视角才可以发现，而且也仅仅属于它们。这种东西常常被称为文学性，它已经成为文学理论研究的对象”[②]。那么，德曼所指称的文学性究竟是什么呢？

德曼对文学性的讨论集中在其《抵制理论》（“The Resistance to Theory”）、《符号学与修辞》（“Semiology and Rhetoric”）以及《隐喻认识论》（“Epistemology of Metaphor”）几篇文章中。他否认那种从语言层面来解释文学性的观点，驳斥文学作为纯粹的虚构性看法，认为这些观点和看法是“假借绝对虚构之名对现实原则进行否定”[③]。同时，文学性“不是一种审美品质，也不重点指模仿性”[④]。排除了文学的形式性、纯粹的虚构性、审美性以及模仿性，德曼将文学性放在了其作为语言符号的特征上面。但是，与其他人从文学与非文学话语区别的着眼点不同，德曼是在语法、逻辑和修辞三者之间的关系框架中来界定文学性的。在《抵制理论》一文中，他声称，语法、逻辑和修辞的关系问题无法解决之处，“便是文学性介入的地方”[⑤]。具体而言，文学性就是那种把修辞功能突出于语法功能和逻辑功能之上的语言的一种运用。既然是一种运用，它就是一种不确定的、摇摆不定的因素，以各种方式、从诸多方面破坏语法、逻辑之间的内在平衡，从而破坏其向外延伸与指涉。同时，在另一个地方，德曼又声称，“语言符号的任意性给语言带来很大的自由，但也使它在认识论意义上显得非常可疑和不可靠，因为它不再被认为受制于真理或谬误、好或坏、美或丑、快乐或痛苦，而一旦语言的这种独立自主的潜能被揭示出来，我们就是在研究文学性了，事实上，也就是在研究文学，正是在这里我们才有可能获得关于语言言说可靠性的一种否定性

① Jacques Derrida and F. C. T. Moore. “White Mythology: Metaphor in the Text of Philosophy” in *New Literary History*, 1 (1974) p. 18.

② Paul de Man. *The Resistance to Theory*. Minneapolis: University of Minnesota Press, 1986, p. 9.

③ Paul de Man. *The Resistance to Theory*. Minneapolis: University of Minnesota Press , 1986, p. 10.

④ Paul de Man. *The Resistance to Theory*. Minneapolis: University of Minnesota Press , 1986, p. 10.

⑤ Paul de Man. *The Resistance to Theory*. Minneapolis: University of Minnesota Press , 1986, p. 14.

知识”[①]。在具体讨论修辞与语法、逻辑的关系时，德曼则将修辞性与文学等同起来，“修辞学从根本上中止了逻辑，打开了指涉性变异的众多可能性，令人目眩。而且，虽然它在某种程度上可能离普通用法更远，但我却毫不犹豫地把语言的潜在修辞性同文学自身等同起来”[②]。在此处德曼关于文学性的话语中，我们可以看出他与德里达在文学性观念上的相似性。一方面，他并未把文学性限定在文学文本或话语之中，而是将其扩展到整个语言符号领域，并且将语言符号的非指涉性与语言的修辞功能关联起来；另一方面，他又将语言的修辞性等同于文学性。

关于语法、逻辑和修辞之间的关系，德曼是从法语的特点着手论证的。[③]他认为，在法语中，语法结构与修辞学结构是共同运用的，语法和修辞处于一种完全的连续性之中，并且转义和修辞格的研究变成了一种语法模式的单纯延伸，成为句法关系的一种亚类型，“在巴尔特、托多洛夫、热奈特、格雷马斯及其门徒的文学分析中，语法和修辞都在完美的连续性中发挥作用，从语法结构到修辞结构的转化毫无困难或阻碍，这是对雅各布森思想的简化，也是自雅各布森后的退化”[④]。然而，在德曼看来，这种简化恰恰构成了当代诗学问题争论的核心。单纯从语法来看，语法系统具有普遍性倾向和单纯的生成性倾向。换言之，语法系统能够从一个单一模式中，派生出无限的不同模式，而又不牵涉破坏这一模式的另外一种模式。从语言与逻辑的关系来看，德曼认为两者之间的关系是必然的、无争议的，“我们因此认为，语法和逻辑间的关系即从语法到命题的过渡，相对而言不存在什么问题：离开了语法的前后一贯，离开了对一个无论多么复杂但前后一贯的体系的适度偏离，就不可能设想任何真正的命题。语法和逻辑在一种二元关系中相对而立，互相支持，不可颠覆”[⑤]。那么，引发争论的就是语法与修辞、修辞与逻辑的关系了，而由于语言与逻辑之间的稳定的同一关系，修辞与语法的关系也就是修辞与逻辑之间的关系。在这一点上，德曼提到了文学文本。他基于伯克关于语法与修辞之间的差异性观点，以及查尔斯·桑德斯·皮尔斯（Charles Sanders Peirce）关于一个符号产生另一个符号是一个纯粹修辞学过程的观点[⑥]，

① Paul de Man. *The Resistance to Theory*. Minneapolis: University of Minnesota Press , 1986, p. 10.

② Paul de Man. *Allegories of Reading*. New Haven and London: Yale University Press, 1979, p. 10.

③［美］德曼：《解构之图》，李自修译，北京：中国社会科学出版社，1998 年版，第 53 页。

④ Paul de Man. *Allegories of Reading*. New Haven and London: Yale University Press, 1979, p. 6.

⑤ Paul de Man. *Allegories of Reading*. New Haven and London: Yale University Press, 1979, p. 7.

⑥ 对皮尔斯来说，纯粹修辞学与纯粹语法、纯逻辑之间存在着根本区别：纯粹修辞学过程指一个符号产生另一个符号的方式和过程，这是一种解读而非解码的过程，在这个过程中，符号释义不是一种意义而是另一个符号，而这种解读反过来又被阐释为另一个符号，如此等等，一直无穷；纯粹语法假设非争议性的、非二元性单一的含义是可能的；纯逻辑假定含义的普遍真实性是可能的。除非符号以与客体产生符号相一致的方式产生意义时，也即通过再现产生意义时，才没有必要区分语法和修辞。但是，因为语言符号并非事物本身，而仅是凭借一种再现过程从事物那里派生出来，而这一再现过程却不是单纯生成性的。换言之，它不依靠单义源泉为转移。

质疑在文学文本中将修辞格还原成语法这种做法的合理性。实际上，根据德曼的观点，语法模式与修辞模式是不可同在的，一方在场意味着另一方的不在场，“语法模式成为修辞模式，并不是在我们一方面拥有一种字面意义、另一方面又拥有一种引申意义的时刻，而是在不能以语法或其他语言学手段来确定两种意义中哪一种意义占主导地位的时刻”[①]。那么，两种完全连贯而又完全不相匹配的解读，即语法解读与修辞解读，必然在直接遭遇中互相冲突，因为一种解读恰恰被另一种解读斥责为谬误，并必须由其予以化解，由语法结构产生的意义的权威性，也完全被修辞格的双重性弄得晦涩不堪。但是，我们也不能以任何方式就哪一种解读更优作出有效推定：当一种解读不存在时，另一种也就无法生存，即修辞悬置了语法，但也依赖语法，这是对语言的一种积极否定。

“一般说来，隐喻、转义和比喻语言这一问题一直是长期存在的，有时还是哲学话语中，以及言而广之，一切包括史纂学和文学分析在内的语言推演性运用中，出现尴尬局面的公认源泉”[②]，既然修辞性一直是大多数乃至所有语言符号的特征，那么，如何来区别文学与其他话语呢？或者说各种话语如何来显示出自己的特征呢？德曼的基本观点是，各类型话语之间并无本质上的差异，即不存在类型的不同，而是修辞在程度上和范围上的不同。也就是说，有些语言修辞程度较强，范围较广，而有些语言修辞程度较弱，范围也较小。就文学语言而言，它是修辞潜在性最强、范围最广的一种语言，以德曼的话表达：“诗性写作是结构最高级、最精纯的方式”，这种语言“具有的特征是它的暗示意义（我原称为修辞意义）与明确意义的比率明显高于常规的标准”[③]。为阐明这一点，他以哲学为例加以说明。哲学要么不再追求严谨，以语言比喻性为风格，这时它就成为文学，文学也成为哲学；要么划定比喻的影响范围，控制比喻的作用，以其自身妥帖得体的风格来限制潜在的修辞破坏力量。但是，哲学如果要完全摆脱语言比喻作用，则是不可能的。通过这一点，德曼旨在表明，文学与哲学之间的关系和区别，并不能完全以审美与认识论范畴来进行描述，“一切的哲学，以其依赖于比喻作用的程度上说，都被宣告是文学的……一切的文学，在某种程度上说，又都是哲学的……正如孔狄亚克论述心灵和客体那样，那仿佛把文学和哲学归拢在一起的，是同一性或具体性的一种共同的匮乏”[④]。

德曼的理论使修辞性与虚构性成为语言的根本性质，这就消解了一切文本之

① Paul de Man. *Allegories of Reading*. New Haven and London: Yale University Press, 1979, p. 10.

②［美］德曼：《隐喻认识论》载于德曼《解构之图》，李自修译，北京：中国社会科学出版社，1998 年版，第 69 页。

③ Paul de Man. *Allegories of Reading*. New Haven and London: Yale University Press, 1979, p. 10.

④［美］德曼：《隐喻认识论》载于德曼《解构之图》，李自修译，北京：中国社会科学出版社，1998 年版，第 92 页。

间的特性，诚如伊格尔顿的评述：“实际上，德曼在这种活动中已经发现的完全是一种新的界定文学‘实质’本身的方式。正如德曼所正确地看到的，一切语言都是根深蒂固的隐喻式的，靠转义和形象发生作用；相信任何语言确实表示字面的意思都是一种错误。哲学、法律、政治理论完全和诗一样靠隐喻发生作用，因此同样是虚构的。”①但是，伊格尔顿忽略的一点而且较为重要的一点是，德曼的最终目的并非在于发现一种界定文学实质的方式，而是寻求一种可以有效解释人们何以抵制理论（解构理论）并为理论进行辩护的途径或方式，“文学理论的什么东西这么吓人，以致于激起如此强烈的抵制和攻击？它由于揭示出意识形态的运转机制，而倾覆了根深蒂固的意识形态；它反对美学作为其重要组成部分的强大哲学传统；它瓦解了文学作品的既定的经典，模糊了文学和非文学话语之间的界限。言外之意是，它可能揭示出意识形态和哲学的联系”②。德曼所指的意识形态，实指语言与现实、指涉物与现象之间的混淆，也就是符号与意义、能指与所指之间的混淆。这种意识形态正是那些认为解构理论反对社会、反对历史而对之极力反对并加抵制的人所极力维护的，因为解构理论所主张的语言修辞维度产生的认识论压力，会威胁到一切以语法和逻辑为基点建立起来的认知的、审美的、语义体系的基本规则，由此在他们所设定的通向世界的知识的道路上设置障碍。那么，抵制理论，就是抵制语言修辞或比喻维度，而既然语言的修辞维度可以在任何的语言活动中得以揭示，不仅仅是在文学中，那么，抵制理论就成为不可能，“无论什么东西都无法克服对于理论的抵制……然而，文学理论并没有沉没的危险；它不由自己的兴盛起来，而且愈是受到抵制，它就愈是兴盛，因为它讲说的语言是自我抵制的语言”③。

因此，德曼发展了对于修辞学的观念。他所谓的修辞学就是两种不相容的、互相自我毁灭的观念，排斥任何对真理的、起源的、本质的或普遍性的寻求，且存在于一切语言中，也构成了文学所固有的悖谬。对于诗人或作者而言，只有恰恰在放弃对外在真实的、本质的或普遍的任何要求时，他才获得了最大的说服力。对于读者或批评家而言，这一个悖谬设置了不可克服的障碍。传统阅读建立在内部和外部牢固关系基础上，按照特别严格和系统的方式与构成的文本相一致，德曼却打破了这种模式，赋予阅读以独特的含义，它“一面是对字面义的忠实，一面是怀疑情绪”④。他称这种阅读为修辞性阅读，或曰阅读的寓言，它服从字面意义和比喻意义、真理与谬误的两极性，永远在这两极中处于不确定的、矛盾的、悖论的状态，永远阻碍着对意义的理解，而意义却永不停止地吁求对它的理解，

① ［英］特里·伊格尔顿：《当代西方文学理论》，王逢振译，北京：中国社会科学出版社，1988 年版，第 210 页。

② ［美］德曼：《解构之图》，李自修译，北京：中国社会科学出版社，1998 年版，第 103 页。

③ ［美］德曼：《解构之图》，李自修译，北京：中国社会科学出版社，1998 年版，第 114 页。

④ Paul de Man. “Reading (Proust)” in *Allegories of Reading*. New Haven and London: Yale University Press, 1979, p. 58.

最终，阅读变得不可能或者文本变得不可读。[①]

5.3.3　作为神话修辞术的文学

巴特将修辞学界定为语言的含蓄意指层面，这种界定与索绪尔关于横组合和纵聚合的概念密切相关。根据索绪尔对横组合和纵聚合的区分，横组合是在空间关系上展开的，如果从横组合关系讨论一个词，就存在该词或前或后的空间观念，它就具有物质性；倘若从纵聚合关系讨论，那么，关于该词的所有一切都是经过意识的联结形成的，不存在空间的观念。没有在物质性的空间上呈现，只存在于意识的联想里，就属于隐藏的、潜在的词语聚集。形式和观念、能指和所指在人类大脑中的原初结合，以及形式与形式的集合，都是先验的秩序，语法原则和范畴就是从这些潜意识的、先验的秩序归纳出来的。因此，纵聚合关系具有社会集体性，呈现出潜意识的状态，呈现出相互关联性，属于意指系统。对此，巴特以形式与概念进行了替代。根据他的看法，形式的各个要素处在位置关系即邻接关系之中，形式的呈现方式是空间性的，概念则与之相反，以总体的、综合的样式呈现，是不明确的知识的解决，各种要素凭联系结合在一起，没有空间向度，只是凭内涵的厚度和深度，它的呈现方式是记忆性的。但是，巴特的形式和概念并不相应地构成索绪尔语言符号的能指和所指，而是作为内容层面构成含蓄意指的能指，即一种直接意指符号。这里，他采用了路易斯 • 叶尔姆斯列夫（Louis Hjelmslev）的符号学分类。叶尔姆斯列夫将符号学分为三类：一种符号学，若表达层面（即能指）和内容层面（即所指）结合起来构成符号，是直接意指符号学（denotative semiology）；一种符号学，若表达层面（即能指）就是符号（即能指与所指）的结合物，是含蓄意指符号学（connotative semiology）；一种符号学，若其内容层面（即所指）就是符号（即能指与所指）的结合物，是元符号学（metasemiology）。[②] 那么，含蓄意指的表达层面即能指本身就是一个意指系统，叶尔姆斯列夫称这种系统为含蓄意指者。在这里，巴特看见或者说界定了含蓄意指的能指与索绪尔意义上单纯的语言符号的能指的差别：后者是任意的、空洞的，就是指一种形式，无法与所指抗衡，而前者是充实的，就是一种意义，但这种意义已经被概念扭曲了。

那么，作为一种含蓄意指的能指，“神话不隐匿什么，也不炫示什么，神话只是扭曲”[③]。也就是说，神话将历史的意图建立在自然的基础之上，偶然性以永恒性为依据，使事实得以简单化、纯化，因为以自然和永恒为基础，这正是资产阶级意识形态的一个步骤。意识形态是人们对事物的固定看法，是约定俗成的意

① Paul de Man. *Allegories of Reading*. New Haven and London: Yale University Press, 1979, p. 245.

② L. Hjelmslev. *Prolegomena to a Theory of Language*. Tran. F. L. Whitfield. Madison: University of Wisconsin Press, 1961, p. 120.

③［法］罗兰 • 巴特：《神话修辞术》，屠友祥译，上海：上海人民出版社，2016 年版，第 190 页。

见，它不是真理，但总是呈现为自然的面貌，以真理的占领者自居，成为一种自然的东西。之所以能够这样，就是因为人们心目中的直接意指所呈现的自然性、真实性将含蓄意指自然化了。含蓄意指的所指是意识形态，与之对应的含蓄意指的能指即含蓄意指的表达层面在纵聚合的、隐喻的领域，有各种能指可供选择，因而是修辞学。如此，修辞术就是含蓄意指的能指，意识形态是其所指，修辞术的展开过程就是意识形态的实现过程，含蓄意指的能指、修辞手段和意识形态的意指三者间呈现为同一关系，是语义转变、偏离和扭曲。因而，把握修辞术就成为制造或揭示意识形态的关键。

巴特称这种为修辞术神话，“神话是一种言说方式（措辞、言语表达方式）”[①]，那么，一切言说方式都是神话。任何自然的事物或客体经过言语表述出来后就成了经过装饰的社会之物，原来的客体消失了，成为一种措辞的神话。当然，神话的言说方式可以是口头的或文字的，也可以以电影、照片、报道、广告等方式，如巴特所展示的那样。不管是图像性的还是文字性的，神话都已经预设了一种能指意识。这种意识就是我们借以思考、谈论神话的材料，它是一种设定了的知识、一种过去或记忆，也是一种设定了的事实、观念和规定的秩序。如果神话材料是图像，则更具强制性，可以一下子加强规定的意义；如果内容是文字，意义要经过逐步分析才呈现出来。但是，图像一旦具有了意义，就成为一种文字，就像文字一样，导致了述说。这样一来，巴特的神话“已扩展到语言学的一般科学领域，这一般科学就是符号学”，且神话修辞术“既属于作为形式科学的符号学，又属于作为历史科学的意识形态”[②]。

巴特将诗歌语言视为一种抗拒神话的语言。现代诗歌“试图将符号重新变成意义：它要实现的带有倾向性的理想不是词的意义，而是物本身的意义”[③]，所以，诗歌提高概念的抽象度和符号的任意性，努力呈现所指的每一种潜在的可能性，期望最终实现某物的超验性，实现物的自然意义。但这恰恰被神话俘获，诗歌成为空洞的能指。除了现代诗歌，巴特认为整个文学传统就是对神话的主动认同，是一种文学语言的神话修辞术。在《零度写作》（*Writing Degree Zero*）中，巴特将写作界定为文学神话的能指，也就是界定了蕴含了意义的形式。要反对处于神话体系中的文学，仅仅将其简化为单纯的符号系统不够，如现代诗歌所做的那样，有的甚至到了自行废弃话语的地步，这种简化往往转而使诗歌成为神话的捕获物。因此，巴特提出：“抵御神话的最佳武器，或许就是转而将神话神话化，就是制造人工的神话：这种重新构织的神话就成为真正的神话修辞术。”[④]人工的神话修

①［法］罗兰・巴特：《神话修辞术》，屠友祥译，上海：上海人民出版社，2016年版，第169页。

②［法］罗兰・巴特：《神话修辞术》，屠友祥译，上海：上海人民出版社，2016年版，第171、173页。

③［法］罗兰・巴特：《神话修辞术》，屠友祥译，上海：上海人民出版社，2016年版，第195页。

④［法］罗兰・巴特：《神话修辞术：批评与真实》，屠友祥、温晋化译，上海：上海人民出版社，2009年版，第196页。

辞术将神话本身作为符号学的开端，即将它作为次生神话或人工神话的能指或形式。文学就是这样的次生神话。

5.3.4 作为劝说的小说

布斯在《小说修辞学》中讨论了小说叙事技巧与伦理的关系。他强调，文学必须回到修辞学的本源，即发掘正当信仰，在共同话语中改善这些信仰的艺术，致力于推动当前争论中的各方相互倾听对方的观点，进一步彰显修辞的社会效应，因为它“涉及了人类为了给彼此带来各种效应而分享的一切资源”，覆盖了“我们对有效或敷衍地、道德或不道德地交流所使用的‘符号’”[①]。在书中，他最关心的就是作者、叙述者、人物和读者的关系。在他看来，这种关系就是一种修辞关系，作者为加强这种关系采用的技巧就是修辞手段。作者通过作为技巧手段的修辞的选择，构成了与叙述者、人物和读者的某种特殊关系，由此达到某种特殊的效果。因而，被布斯称为小说修辞的东西，并不探讨我们通常理解的措辞用语或句法关系，而是研究作者叙述技巧的选择与文学阅读效果之间的联系。这样，他便回到了古希腊的修辞学本义，如亚里士多德在《诗学》中对悲剧给观众带来的情感反应的强调，以及《修辞学》中对演讲在听众中的劝服效果的关注。

布斯认为，上述修辞关系不仅存在于小说中，还存在于一切文学作品中，尤其存在于伟大的文学作品中，具有不可或缺的内在性，因为“书完成时，一切事物，包括修辞，都‘各就各位’，一切事物都变成内在的了”[②]。布斯意欲表达的是，任何作品没有内在和外在之分，既然它的目的是让读者接受，那么，作者在写作构思时就已经在找寻使作品最可能被接受的表达技巧了，也就是修辞自一开始就已经包含在自身之中了。鉴于此，完全纯洁的作品，即作者保持完全的中立性、冷漠性或客观性的文学作品是不存在的。作者都在自己的作品中从某种程度向读者发出了吁请，与读者进行着交流，虽然他可以在一定程度上选择他的伪装，但是永远不能消失不见。即使在所谓的最纯的诗歌中，如艾略特所称的只有客观对应物的诗歌中，仍然存在着修辞，只不过“我们所发现的经常倒是一种乔饰起来的修辞”[③]。这种修辞关系在小说中最为突出，因为小说的阅读“有一种基本要求：读者们要知道，在价值领域中，他站在哪里——即，知道作者要他站在哪里”[④]。因而，作者以修辞性向读者传达自己的信念、思想和判断，并对读者进行引导，这一点至关重要。为了表达这种重要性，布斯还引进了爱德华·布洛（Edward

① ［美］布斯：《修辞的复兴》，［美］约斯特编，穆雷等译，南京：译林出版社，2009 年版，前言，第 6 页。
② ［美］韦恩·布斯：《小说修辞学》，华明、胡晓苏、周宪等译，北京：北京联合出版社，2017 年版，第 95 页。
③ ［美］韦恩·布斯：《小说修辞学》，华明、胡晓苏、周宪等译，北京：北京联合出版社，2017 年版，第 92 页。
④ ［美］韦恩·布斯：《小说修辞学》，华明、胡晓苏、周宪等译，北京：北京联合出版社，2017 年版，第 68 页。

Bullough）的心理距离概念。既然任何阅读经验中都存在作者、叙述者、人物和读者之间的潜在对话，但几者之间存在着多种距离，主要是理解认知、道德观念、情感体验和身体等几方面的差异，总体上是涉及价值和规范的差异。阅读过程中，这些距离是富于动态变化的，可以从完全同一到截然对立。最佳的阅读效果就是随着阅读的展开，作者与读者之间的距离消失，即信念规范达成一致。也就是说，读者接受了作者的价值规范。

如此看来，布斯对小说修辞的强调也就是对阅读效果的强调，而阅读效果的好坏在于读者是否充分接受了作者的判断和思想，不管他是真实的作者还是隐含的作者。这意味着作者必须要承担起自己的责任，具有自己的道德判断。为此，他必须回避哲学上的虚无主义、心理上的唯我主义或主观主义以及审美上的自我主义，使自我驱动的个人想象与意义的社会性方面达成一致，以此担负起应尽的道德义务，让读者“看到以前从未看到的东西，使他们进入一个理解力和经验一体的新秩序中——那么，他会在他所创造的同类人中得到酬报的”①。

如此，对于布斯来说，小说修辞的最终问题，就是小说的意义问题，也是小说存在的根本问题。

小　结

在西方传统哲学思想中，哲学是以研究知识、探索真理为内容的，哲学领域不允许修辞的存在，代表真理的哲学是客观的。所以，修辞学一直是西方哲学界假想的敌人。从古希腊时期的智者派、柏拉图、亚里士多德到古罗马时期的昆体良、朗吉努斯，再到近代的洛克，他们在真理与修辞之间的关系问题上主要采取了三种立场。一种认为修辞以个人快乐或利益为目的，与真理相互排斥，不利于揭示真理，不能让人获取知识，以柏拉图和洛克为代表。另一种认为修辞术以自身为目的，主要达到劝服的效果，不关乎真理的问题，以智者派为代表。还有一种认为，修辞术与哲学之间应该保持一种联系，修辞当以哲学为知识基础和道德根源，建立在真理与逻辑的基础之上，以亚里士多德、昆体良和朗吉努斯为代表。从总体上看，在19世纪之前的西方哲学思想中，修辞与哲学之间是一种彼此不相容的关系，修辞大多时候以哲学的敌对者身份出现。到了19世纪，随着什么是真理的问题再度凸显出来，这种传统关系受到了以尼采为代表的思想家的强烈质疑。尼采从语言是修辞的观点出发，将真理视为修辞的产物，如同隐喻的替换一样，它将因果加以置换，形成一种知识的幻象，每个人所谓的知识不过是他所看到的、认识的、了解的事物的意见。那么，宣称以探究绝对知识、获取终极真理为目标

①［美］韦恩·布斯：《小说修辞学》，华明、胡晓苏、周宪等译，北京：北京联合出版社，2017年版，第364页。

的哲学，其实是哲学家个人对世界的想象运作的结果。如果说修辞是谎言，那么，最终，真理也变成了谎言，形而上哲学也因之不再能够妄称自己为真理的占有者。

与修辞之于哲学一样，自古希腊开始，哲学与诗歌（文学）就被纳入了一种对立的关系模式中，且一直由哲学占领着主导地位，文学只能屈居于其下。同时，文学自古以来便与修辞紧密相连，且因为使用修辞而被视为充满谎言和欺骗，从而远离理念、真理或善。但作为模仿的模仿，它又以再现或反映那个遥远的理念、真理或善为目的，从而服膺于哲学。柏拉图的模仿说、亚里士多德关于诗歌的哲学性观点、布瓦洛关于诗歌艺术的理性价值论、康德审美判断中感官鉴赏和反省鉴赏的划分、黑格尔关于艺术是理念的感性显现一说等，都把文学或艺术的价值阐释为一种对理念、理性或绝对的再现，也就是为哲学提供一种佐证或素材，以此服务于哲学或哲学的目的。维柯虽然提出了诗性智慧，表明原始时期诗性感觉和想象对于概念和推理等的优势，但他仍然将这种诗性置于哲学理智发展中的最低的位置，就如黑格尔关于艺术、宗教、哲学发展中的艺术的位置。到 19 世纪，尼采驳斥了哲学对于艺术的优势。他认为，艺术以谎言的形式讲述着真理，是一种真诚的幻想，通过外观或形象唤醒人们感性的快乐，带来活生生的感受，正是凭借着它，人们才能真实地生活，因此艺术成了真理。哲学本身具有一种知识的拟人化性质，这种拟人性包含着非科学的因素或隐喻的因素，也就是艺术的因素。

到了 20 世纪的后现代语境中，当一切话语都被视为修辞的时候，文学与修辞之间的关联比以往任何时候都更加紧密。当哲学本身被视为充满修辞的时候，文学与哲学之间的传统关系比以往任何时候都更加令人质疑。

德里达从解构作为西方形而上哲学基础的逻各斯中心主义和语音中心主义出发，来解构艺术或文学的形而上学基础。艺术的形而上意义主要体现在文学模仿和再现说。自柏拉图和亚里士多德以来，文学一直被视为对理念或自然的模仿，而且，被模仿者被认为比模仿者更真实，更具有本质的性质，他对于模仿者来说是先在的，优于模仿者，文学因此成为一种特殊的书写，一种哲学思想支配下的书写。同时，它规定了文学文本旨在再现外在于文学符号自身的思想和意义，而思想和意义的创造者即作者代表了逻各斯的上帝概念。为了打破文学中逻各斯的永恒性和惯常性，拆掉其形而上学基础，解构符号概念，从而最终解构哲学，德里达解构了文学的模仿和再现作用，取消了哲学与文学之间的对立。在这个基础上，他提出了自己的文学性观念。一方面，他宣称没有文学、没有文学的本质即文学性，这是他在自己设定的艺术的哲学意义范畴内来进行否认的。他所否认的是形而上学意义上的文学观念的有效性和普遍性，而不是否认文学作品的实际存在。另一方面，德里达将文学称为一种奇怪的建制，旨在表明文学是建立在传统基础上的对传统的对抗或破坏。文学作为一种形而上学意义上的建制，却将自身从真理问题和本质问题中分离出来，同时质疑并终止其形而上的意指和意义。

不同于德里达站在批评西方形而上学在场哲学的立场上，通过解构式阅读发现文学文本自身对形而上学臆说的反抗和抵制，并以此来阐明文学性，德曼以文学批评家或文学阅读者的身份，采用了一种寓言式阅读方式，主要通过解读文本的修辞性或寓言性，质疑和拆解传统意义上文本意义的单一性、确定性和终极性，最终达到对审美意识形态进行批判的目的。从康德、歌德、席勒、柯勒律治、黑格尔到伽达默尔，他们都大力褒扬象征特具的统一性，贬低寓言的价值。与这些思想家和批评家相反，本雅明从巴洛克艺术起源的角度阐释了寓言的作用。德曼则断然摒弃了对象征的形而上阐释，转而大力阐发寓言对于文学意义的重要性。他认为语言特别是文学语言在本质上是修辞性的，具体而言是寓言性的，而寓言的本质就是不确定性、悖论性和矛盾性。在此基础上，他将文学性视为那种把修辞功能突出于语法功能和逻辑功能之上的语言的一种运用。既然是一种运用，它就是一种不确定的、摇摆不定的因素，以各种方式、从诸多方面破坏语法、逻辑之间的内在平衡，从而破坏其向外延伸与指涉。在这种修辞观下，哲学要么不再追求严谨，以语言比喻性为风格，这时它就成为文学，文学也成为哲学；要么划定比喻的影响范围，控制比喻的作用，以其自身妥帖得体的风格来限制潜在的修辞破坏力量。但是，哲学如果要完全摆脱语言修辞作用，则是不可能的。通过这一点，德曼旨在表明，文学与哲学之间的关系和区别，并不能完全以审美与认识论范畴来进行描述。

巴特认为整个文学传统就是对神话的主动认同，是一种文学语言的神话修辞术。要反对处于神话体系中的文学，仅仅将其文学简化为单纯的符号系统不够，这种简化往往转而使文学成为神话的捕获物。因此，他提出，抵御神话的最佳武器是将神话神话化，即制造人工的神话，这才是真正的神话修辞术。人工的神话修辞术将神话本身作为符号学的开端，即将它作为次生神话或人工神话的能指或形式。文学就是这样的次生神话。

布斯从西方传统修辞学本义出发，将小说的叙述技巧视为修辞手段，将作者、叙述者、人物和读者的关系视为一种修辞关系，作者采用修辞手段就是为了加强这种关系。作者通过作为技巧手段的修辞的选择，构成了与叙述者、人物和读者的某种特殊关系，由此达到某种特殊的效果。因而，布斯所称为小说修辞的东西，并不探讨我们通常理解的措辞用语或句法关系，而是研究作者叙述技巧的选择与文学阅读效果之间的联系。这种修辞关系不仅存在于小说中，它存在于一切文学作品中，尤其存在于伟大的文学作品中，具有不可或缺的内在性。它要求作者必须要承担起自己的责任，具有自己的道德判断。

20 世纪以德里达、德曼、巴特和布斯为首的文学批评家，或从传统的修辞学意义上来研究文学与修辞，或从解构的意义上来看待文学、哲学和修辞，从而拓展了文学修辞批评的新的维度。

第 6 章
文化学范式：理论中的文学性

引　言

20 世纪 60 年代末，在欧美发达资本主义世界内部，由各种社会的、政治的、经济的、种族的、性别的矛盾激发的冲突声势凶猛，此起彼伏，迅速在西方思想界催生了一种新的激进的、左派的、反自由人文主义的批评思潮。这种激进思潮广泛渗透进人文和社会学科的各个领域，使得“政治和文化的激进主义”成为当时西方社会的一个明显标识。[①] 在政治的和文化上的激进主义的重磅冲击下，西方文学理论领域发生了深刻的变化。一直以来文学学科赖以建立的传统分类原则和标准被一种激进的文化政治学瓦解了，有关文学的群体想象力被彻底解构，文学理论从占主导地位的传统诗学向以政治文化为轴心的文化诗学发生转移。与这种转移同步发生的，便是文学以及批评已经不再是稳定的研究领域和过程，它们的内涵与外延都得以更新与重建。

一方面，文学本身作为一个独立的研究对象受到质疑。传统上，文学理论依靠明确自己的客体即文学性来限定自己，但前提条件是那种客体保持相对的稳定。然而，在一切个人的就是文化的、一切文化的就是政治的、一切批评都是政治的泛政治化、泛文化或泛意识形态化的后现代语境中，文学性作为文学理论的对象已经丧失了这种稳定性和统一性。虽然关于文学的制度化标准在任何特定时期都有争论，而且在历史上总发生变化，但“‘文学性’太抽象，也太多变，难于扮演其绝对重要的特定的角色：它在语言中可能的确存在，也可能发展，但却不能

①［美］丹尼尔·贝尔：《资本主义文化矛盾》，赵一凡等译，北京：生活·读书·新知三联书店，1989，第 169 页。

证明公认的‘文学’假说”[①]。所以，文学理论若通过将文学作为自己的稳定客体而把自己与其他学科区别开来，注定会失败的。各种传统意义上非文学的或者通俗的材料成为新的分析客体被提出来，取代了之前文学不证自明的价值和类别，一如弗朗西斯·马尔赫恩（Francis Mulhern）在其所编的《当代马克思主义文学批评》一书的引言中所说：“本书使用的‘文学批评’是口头上的、宽泛的，指论述书面文本的任何话语。这些文本主要指供人们阅读的文本，也包括为口头演讲和表演写的文本……在这些文本中，理论的、历史的和社会学的文体与没有严格分类、不分高低档次的各种文本分析同时并存。”[②]此时的文学已经从一种专业的称谓扩展为一个总体称呼，构成了一种如同电影、广告、侦探小说等的社会文化实践方式。

另一方面，文学批评作为一种文学实践方式受到质疑。文学研究客体的更新与范围的扩大，带来了文学批评方法的变化。之前，文学批评为了维护文学在体制中的权威，将自己限于一种制度化的文学标准，而现在分析的文本规范被重新界定，甚至被完全取代，批评方法可以成为社会学的、历史的、政治的，但却不是文学的。马尔赫恩所称的“激进文学研究的新兴模式”[③]所指便大致如此。如果说除圈定一个统一的和稳定的客体对象外，文学理论用以限定或界定自己的另一种方式是采用独特的批评方法，那么，在文化诗学一统天下的局面中，这种方式依然是失效的，因为文学批评迅速转向文化诗学后所带来的方法的多样性和广泛性，使得这些方法在意义方面没有根本的、一致的或共通的东西。如当代马克思主义文学批评、新历史主义批评、女性主义批评、后殖民主义批评等，它们几乎成了泛文化批评。这些批评以意识形态为轴心，从世界和历史、政治和文化、男权和女性、建构和解构等多重维度，较为全面地展示了文化诗学的复杂性和多重性。

因此，在后现代泛文化语境中，一方面因无法取得对象客体的统一性，另一方面也因不能获取方法上的一致性，文学理论面临着难以为自己划定清晰的和特定的研究领域的困境，也因此无以标明一套供自己使用的目标、原则和标准。如果进一步追问，缘何文学理论无法在客体统一性和方法一致性方面无以为继？这是因为，自 20 世纪 70 年代起，文学理论自身就已经不再是传统意义上“关于文学”的理论了，而是已经泛化为一种理论，或者是一种社会批判理论，构成社会意识形态的一个分支。可以说，文学理论已经泛化为哲学、语言学、心理学、文化和社会学的思想，抑或反过来，哲学、语言学、心理学、文化和社会学的思想中已经渗透了文学理论。因此，文学理论的泛理论化和文学批评的泛社会实践化，致使难以为文学理论确定一个统一的客体或一种统一的方法。

---

①［英］马尔赫恩：《当代马克思主义文学批评》，刘象愚等译，北京：北京大学出版社，2002 年版，第 23 页。
②［英］马尔赫恩：《当代马克思主义文学批评》，刘象愚等译，北京：北京大学出版社，2002 年版，第 1 页。
③［英］马尔赫恩：《当代马克思主义文学批评》，刘象愚等译，北京：北京大学出版社，2002 年版，第 18 页。

如果说在后现代文化政治语境中文学失去了提出合法要求、使自己具有作为分析的客体或主体性规范的特权，文学批评也丧失了方法上的一致性，那么，理论家和批评家们必须而且首先要面对的一个基本课题，就是对文学性概念本身进行探究。也就是说，文化诗学家（广义上）关注的焦点应该是，既然与之前文学批评理论对于文学的规定性不同，后现代语境中文学的特性不再是文学内在的、本质的、不变的、使自己区别于非文学的特异性，那么，文学又如何以自身特有的方式或文学的方式，显示其作为社会政治学批评的政治倾向性？

6.1 批评的理论转向

批评理论是当代西方社会发展的产物。20 世纪 60 年代以后，西方进入了所谓的后期资本主义（又称后工业社会、信息社会、跨国资本主义、后工业化时期或后现代时期）。与此同时，经历了 60 年代激烈的社会动荡、思想激变、梦想追求与幻灭后，知识分子一方面对后现代社会中出现的各种矛盾和悖论充满了焦虑和不安，如消费意识的蔓延、信息的爆炸、传统的断裂、大众文化的盛行、公民社会的衰微、个人主体性的丧失、电脑空间和视觉形象的扩展等，并试图对这些矛盾进行解释，另一方面开始对社会采取一种批判的、审视的态度，重新考察现时的各种社会制度、政治形态、生产方式和生产关系等，以期找到解决现实社会问题的可行的、有效的、合理的方案。由于社会的一切运作从根本上讲都离不开话语和话语形成的文本，所以便出现了大量以话语和文本为客体的批评及批评理论。传统文学批评虽然也涉及哲学的或理论的思考，但它注重的仍然是文本的具体特征和具体价值，仍然不会脱离文本价值的整体观念，包括文学文本的艺术特征和审美价值。理论则不同，它虽然以文本为基础，但关注点不在文本本身的性质和价值，而是文本与作者、文本与读者、文本与现实、语言的作用和地位等，也就是说，它关注的是批评的形成过程、展开途径和运作方式。同时，由于批评的范围得以拓展，可以涉及多个学科、多类型文本，因而理论也超出了文学的单一范畴，成为一个跨学科的领域。大而化之，可以说理论的对象是关于社会文本批评的理论，涉及文学、哲学、历史、人类学、政治学、社会学、建筑学、影视和绘画等。尽管它仍与文学批评和文学理论有这样那样的联系，甚至有些共同的问题，但具有自己的独立性和自治性。并且，随着全球化进程的推进，市场经济和资本运作对世界经济秩序和文化秩序的影响加深，理论越来越多地采取批判姿态，甚至带有强烈的政治色彩，文学在这种批判和政治色彩中越来越丧失原有的主体性地位。因此，一些保守的传统主义者抱怨甚至哀叹，在批评的理论化趋势或浪潮中，人们对文学文本的分析过于集中在种族、阶级、性别、帝国主义或殖民主义等政治、社会或意识形态因素而非语言属性、文本结构或文本价值等美学要素，文学研究已经被降低为政治学和社会学的一个分支。

6.1.1 批评的理论化与理论的抵制

20 世纪不仅是一个如韦勒克所称的批评的世纪，更是一个理论的世纪，如尼古拉斯·特里德尔（Nicholas Tredell）所评："犹如文学一样，理论也以各种文学学术会议的形式享有着种种华丽盛宴。"[①] 80 年代中期，詹姆逊曾提出一个颇有见地的观点。他认为，一代人之前，依然有职业哲学的专门话题以及与之相应的完全不同的其他学科的活动，譬如政治科学、社会学、文学批评等，可是，今天有了一种越来越明显的理论化写作，它涵盖了这一切学科。詹姆逊所谓的理论化写作，包括从 20 世纪 60 年代到 70 年代出现的一些理论著述，如巴特、德里达、米歇尔·福柯（Michel Foucault）、雅克·拉康（Jacques Lacan）、阿尔都塞、茱莉亚·克里斯蒂娃（Julia Kristeva）等的著述，以及更早的巴赫金、索绪尔、本雅明等的理论文本。到 80 年代和 90 年代，理论复合成一个自我生成模式，不断被大写，并以读本、导读和入门手册的名目不断地、大量地出现在教学大纲中。这种现象表明了理论受到尊崇的程度。当然，在英文世界中，理论已经成为符合规范的必修课程。大约从 60 年代到 90 年代的这一时期，可以称为理论时期，或者如更多人认可的那样，理论转向时期，一个现在看来已经被所谓的后理论取代的时期。

顾名思义，文学理论是关于文学的理论，是以文学文本为中心对文学状况进行描述、阐释和评价的一种专业性的话语形态和知识体系。尽管可以涉及政治、历史、宗教、人类学等多种其他学科，但它关注的始终是文学本身的特征和价值，从众多的、具体的、个体的文学现象和文学经验中建构普适性的概念框架和阐释系统，以指导人们有效地开展具体的文学批评实践，当然，这也是文学理论得以实际应用和发挥价值的体现。

如果此种言说方式在 20 世纪 60 年代以前尚具有一定的合理性，那么，这种合理性在 20 世纪 70 年代后就被瓦解了。在当时的时代背景下，各种社会思想应运而生，文化价值观逐渐多元化，学术的职业化和市场化效应[②]，催生了各种各样的理论。这些理论涉及面广泛，既与哲学、社会学、心理学、历史学等其他学科都有或多或少的关联，也与影视、广告、日常生活等产生关联。毋庸置疑，各种大写的、小写的理论潮流也涌进了文学批评领域，且占据了一个重要的位置，"此前兴旺发达的文学理论学科……将扩展为更广泛的、现在称为批评理论的跨学科

---

① Nicholas Tredell. *The Critical Decade: Culture in Crisis.* Manchester: Carcanet Press Limited, 1993, p. 32.

② 朱刚:《批评理论的今天和明天: 李奇教授访谈录》载于《外国文学研究》, 2009 年第 5 期, 第 1-9 页。

研究，并试图涵盖我们过去认为是人文科学和某些社会科学中的许多不同理论文本，也就是我们仿照法国人称之为‘人学’的东西”[①]。

文学理论的泛理论化，意味着文学批评更加系统化、知识化、专业化、学科化的同时，也意味着文学文本已经丧失传统所占据的中心地位，文学的经验或文学的现象已经泛化为文化的或文本的现象。随之而来的，就是理论对文本的意识形态、政治倾向、话语权力、文化霸权等的追问、分析和挖掘，文学文本只不过成了理论建构自身话语体系的媒介和途径，成为理论具体化的一个脚本。但是，这种理论化趋势不可阻挡，克里格较为准确地描述了这种发展趋势，“作为一种知识形态，而不是仅仅作为我们与文学的情感遭遇的详细描述，文学批评必须理论化”[②]。

同时，文学批评的理论化使得文学批评显得非常深奥，理论也成为学术时髦的代名词。在理论的宏伟视角下，对文学现象的描述、对文学经验的阐释、对文学意义的追问、对文学价值的判断，已经不再成为批评的主要任务或重要使命，至多成为理论阐释前的热身动作，因为文本已经成为放置各种质疑、堆积各种权力、隐匿各种话语的场所，而破解这些质疑、质询这些权力、解密这些话语相对于文学现象描述、经验阐释、意义追问和价值判断，更具有政治意义和社会价值。职是之故，主体、身份、权力、欲望、身体、话语、凝视、性属、差异、结构、解构、霸权等作为文论中的关键词得以进入批评领域，成为人们解读文学文本、解读文本意义的引路石或导航灯，也成为一个个流行的术语。加之理论本身的繁殖力和传播力，以及人文学科之间壁垒被逐渐拆解，使得理论在其他学科之间的交叉渗透日益频繁，这无疑增添了理论的深奥程度，进而使它显得更为神秘。

从实践层面上，理论化的批评呈现出以下特征。第一，批评的学院化和精英化趋势更加明显。如果说传统的文学批评重点关注文本事实、形式结构或读者经验，基于文本阐发意义，那么，批评者就不需要掌握过多的理论知识，进行抽象的逻辑推演，如新批评的文本细读批评一样。卡勒曾把理论特征归纳为跨学科性、分析性与思辨性、对常识的批判性以及自我反思性[③]，这表明，理论批评需要现实的敏感性、深刻的反思性、知识的专业性、思考的逻辑性和辨析的缜密性，使得一般读者或尝试批评的人只能望而生畏，敬而远之。因此，能够享受各种理论盛宴的人为数不多。第二，在理论的批评视角下，文学文本与传统意义上的非文学文本并置了起来。换言之，在理论家看来，文学与非文学之间不存在必然的区

---

①［美］克里格：《批评旅途：六十年代之后》，李自修等译，北京：中国社会科学出版社，1998 年版，第 238-239 页。

②［美］克里格：《批评旅途：六十年代之后》，李自修等译，北京：中国社会科学出版社，1998 年版，第 226 页。

③ Jonathan Culler. *Literary Theory: A Very Short Introduction*. Oxford: Oxford University Press, 1997, pp. 14-15.

别。例如，对于研究性别中的权力问题，一个文学文本、一部电视剧甚或一则广告都可以成为探究的对象，得出相似的结论，不同的只是材料和分析方法而已，类别或性质无太大差别。这样一来，文学批评就完全成立一种文化的语境批评，审美要素几乎被移出中心场所。按照詹姆逊的解释，“因此真正的解释使注意力回到历史本身，既回到作品的历史环境，也回到评论家的历史环境”①。

然而，尽管如此，批评理论却由于其本身的缺陷遭到了来自多方的抵制。20世纪90年代，大卫·卡洛尔（David Carroll）和卡勒曾就人们对理论的抱怨进行过描述。根据卡洛尔的描述，倘若文学经典的现状受到质疑，倘若文学、艺术和一般文本证据已经形成的完整性被内在矛盾、边缘性和不确定性等观念驱逐，倘若客观事实被叙事结构的观念取代，倘若阅读主体规范的统一性遭到怀疑，那就必然是与文学无关的理论在捣乱。② 在卡勒的描述中，当今人们抱怨理论“关于非文学的讨论太多了，关于综合性问题的争辩太多了，而这些问题与文学几乎没有明显关系。”③ 对这些抱怨的人来说，理论正是产生问题的核心所在。它如同一个捣乱分子，让人感到对文学研究正道的一种偏离，用让-米歇尔·拉巴尔特（Jean-Michel Rabbaté）话说，“一种比较流行的看法是‘理论’总是太偏于一端，只是整体的一半（在最好的情况下），而遗漏的那一半根据定义则更真实、更富活力、更具本质性……理论遇到的问题是，它总是被指控缺失了一些东西”。④ 理论所欠缺的，或者拉巴尔特所说的那个更真实、更富有活力、更有本质意义的但被理论弃置一旁的东西，就是文学的或文学性的东西。在英国小说家兼批评家M. 布雷德伯里（M. Bradbury）看来，作家写作中理论是缺席的、不在场的，“罗兰·巴特不来这儿，雅克·德里达缺席，或不在场，没有人说语言、言语或空隙，或笛卡儿的自我”⑤。他想表明的是，理论与创作的分离实则是理论与文学的分离，这种分离既导致了理论的自说自话，也导致了文学的边缘化。因此，正是在这个意义上，W. J. T. 米切尔（W. J. T. Mitchell）主张，理论话语中应该“既有观察，也有想象，是理性法则与感性经验的混合体。”⑥

从教学实践的层面，卡勒认为，反对理论的重要原因之一，是学生们不再关注文学本身和文学价值本身。既然时间有限，阅读福柯、德里达、拉康、巴特后，就很少有时间阅读文学作品了。一些批评院系还要求学生沉浸式阅读各种非文学

① ［美］詹姆逊：《快感：文化与政治》，王逢振等译，北京：中国社会科学出版社，1998年版，第4页。

② David Carroll. Ed. *The States of "Theory": History, Art and Critical Discourse*. New York: Columbia University Press, 1990.

③ Jonathan Culler. *Literary Theory: A Very Short Introduction*. Oxford: Oxford University Press, 1997, p. 1.

④ Jean-Michel Rabbaté. *The Future of Theory. Oxford: Blackwell*, 2002, p. 3.

⑤ Raymond Federman.*Critifiction: Postmodern Essay*. New York: State University of New York Press, 1993, p. 13.

⑥ W. J. T. Mitchell. *Against Theory: Literary Studies and the New Pragmatism*. Chicago and London: The University of Chicago Press, 1985, Introduction, p. 7.

材料，包括文学学研究材料、传记和历史作品。学生不是因为抱怨读文学的时间不够，而是因为觉得，既然理论主要来自其他非文学研究领域，如哲学、语言学、心理分析或思想史，那么，理论灌输的一定是非文学的价值。因此，卡勒要论述的是，理论中没有涉及文学问题只是人们的一种幻觉。无论理论源自何处，它们都会让我们意识到所有话语中发生作用的各种文学性，因而以自己的方式确定了文学的中心地位，但是，关于语言、欲望、权力、身体等的作品的确忽视了文学和文学系统特定的理论问题。对于此，他认为要采取的补救办法是让理论转向文学，并使理论中的文学性呈现出来，即不要将理论与文学隔离开来，而是理论向文学回归。

6.1.2　理论向文学的回归

在文学批评的理论时代乃至后理论时代，人们认为文学已经拓展得太远了，乃至变成了自觉虚构的后现代文化的共同语。这样的拓展在卡勒看来，势必是文学特征的丧失。因此，他提出，“也许是该在文学中重新奠定文学性根基的时候了”[①]。也就是说，理论研究应该回归诗学，回归文本，回归对诗歌等作品的价值与意义的阐释和评价了。

瓦伦丁·卡宁汉（Valentine Cunningham）在《理论之后的解读》（*Reading after Theory*）一书中呼吁回归文学，但他所说的回归，是指回到被理论抛入外圈黑暗之中的文本细读传统。在他看来，一切好的、真正的阅读都必然是细读，而相反，不会细读的阅读无权称为好的、真正的阅读，这一点已经成为一种共识。因此，一方面，他要求一些批评家和理论家遵循文本细读传统，另一方面，他要求那些发现走错路的人从理论外圈的黑暗中走回来。但是，卡宁汉所指文本细读并非仅仅是一种方法，而是隐含在这种方法之后的批评态度、价值观念和文学观念。他以弗兰克·克默德（Frank Kermode）[②]为例指出，作为一位批评家，克默德坚持了追求真理、追求价值、注重文本指涉作用的古老的英国传统，而这些传统与后现代主义的怀疑真理、回避价值、以差异取代指涉关系的态度形成了鲜明的对比。但是，读者与文本的理想关系全依仗这些传统。卡宁汉把文本解读视为一种“触摸解读”（touching reading），即读者“温柔地、体贴地、充满爱意地接触文本；

① Raman Selden, Peter Widdowson and Peter Brooker. *A Reader's Guide to Contemporary Literary Theory*. 5th edition. London: Pearson Longman, 2005, p. 270.

② 在 20 世纪六七十年代后期，弗兰克·克默德率先引进并发动了关于新理论的讨论，尽管如此，他却始终是一个文学批评家，而不是一个理论家。理论可以为批评提供深刻的见解与支持，对此他有明确的认识。然而，他也清楚地认识到，理论活动并不能完全满足与文学文本亲密接触的需要。在他看来，审美已经过时，剩下的就是一些自我反映的理论话语，一些关于文学价值、协调性、完整性和有机统一性的古典主义与浪漫主义观念，因此，对于文学艺术的好坏及其评价标准，人们依然懵懂不清。但是，他曾强烈地暗示过文学的一种价值，那就是谦恭儒雅，也就是一种对学者与一般读者都一视同仁的品格。参见 Frank Kermode. *Pieces of My Mind: Essays and Criticism 1958-2002*. New York : Farrar, Straus and Giroux, 2003.

适当地加以控制，但决不操纵解读”，[①] 这种触摸表现出的恰恰是对文本的一种合理的、正当的、甚至道德意义上的尊重，“文本解读始于一种身体的密切接触，而后转化为一种与文本的思想和情感接触，在接触中，解读引导了对整个人的复杂的道德教育，这种教育深深根植于理性，但尤其植根于情感。”[②] 但是，卡宁汉并不主张回到英美新批评所主张的规范性或客观性上去，尽管他赞同新批评家文本至上的核心理论观点。在理论与文学文本的关系上，他的主张是，即使理论先行，但也只能处于小伙计或奴仆的地位，而不是高高在上。

彼得·威德森（Peter Widdowson）在《文学的观念（新批评术语）》[*Literature*（*The New Critical Idiom*）]一书中着手对文学这一概念的演变轨迹加以清理，对文学、文学价值、典范这三个相互关联的核心概念内涵的增生与变异加以反思。他认为，自 20 世纪 20 年代后期开始，人们要么将文学视为意识形态浸染下的产物，把它作为大写文化的典范，要么对它进行去神秘化和解构，拆解它神秘的面纱，剥夺它之前被赋予的特殊的地位，使得它泛化成为写作、话语、文化产品等等。由此，文学作为一个概念和术语的身份遭受到了众多的质疑，已经大成问题。在这种情况下，人们需要做的是拯救文学，重新赋予其独立的资格。正因为这样，威德森同意伊格尔顿的说法，即文学的确应当重新置于一般文化生产领域，但是，这种文化生产的每一种样式都需要它自己的符号学，因此也就不会混同于那些普泛的文化话语。

即便是在文化批评大有市场、文化研究势头仍不减当年的美国，呼吁回到文学文本、反对一切政治化或者政治正确化的也大有人在。美国比较文学学会在 2003 年的年度报告指出，文学性研究对于比较文学研究也很重要，因为除了研究国别文学之外，文学性研究更要采取一种文学的方式阅读研究对象，即通过仔细的文本细读和文本考查的方式阅读研究对象。当然，此处的文学性指的是文学的（literary），相对于理论的、历史的或者文化的文本阐释方式。即便是被尊为文化批评大师的爱德华·赛义德（Edward Said）也认为，只有回到文学文本，回到艺术，才是理论发展的征途。在美国文论界，面临这种文学理论的文化学转向，也一直不乏捍卫文学经典的学者，如哈罗德·布鲁姆（Harold Bloom）以其《西方正典》（*The Western Canon*）对经典阅读的重新呼吁和倡导。

作为一位理论的坚定捍卫者，特里·伊格尔顿在其《理论之后》（*After Theory*）一书中也对当今世界的形势做出回应。对他来说，理论中缺失的另一半并不是文学、读解、文化或诗学，而是政治。在他的观念中，理论主要不是福柯、德里达、埃莱娜·西苏（Hélène Cixous）等人的高级理论，而是后现代主义的文化理论。

---

① Valentine Cunningham. *Reading After Theory*. Oxford: Blackwell Publishers, 2002, p. 155.

② Valentine Cunningham. *Reading After Theory*. Oxford: Blackwell Publishers, 2002, p. 147.

他的补救办法是一种雄心勃勃的政治批评，遵循的依然是马克思主义与社会主义传统。因此，他的后理论其实是更多的理论，将更多的问题包括了进来。当然，这是与他一贯秉持的政治批评立场密切相关的。但是，无论他怎样提倡理论及其重要性，文学或者艺术都不是他话语中的一个重要话题，文化理论与文学或审美领域似乎成为相互分离的两个领域，而他的任务，如其所言，是为文学找一个特殊的用途或特殊的功能，至于文学与审美之间的关系，则由他人去重构。

6.2　文学的理论用途

学术界一种普遍的看法是，当代文学理论中文学性话语的衰减及其表征的文学危机，是以文本性的异军突起为标志的。大卫·辛普森（David Simpson）试图以文学性在各个学科的渗透并成为潜在的支配成分为由，来抵制“文学终结”论，认为文学实则完成了对其他人文学科领域的统治。卡勒在重新梳理了对文学性的种种探询后指出，因为理论的优势，以语言学模式与叙述结构技巧为特征的文学性不再被看作是文学特有的属性，它也渗透到人文社会科学和理论自身。由此他推断：“文学可能失去了其作为特殊研究对象的中心性，但文学模式已经获得胜利：在人文学术和人文社会科学中，所有的一切都是文学性的。”[①]因此，一方面，克罗德·列维-施特劳斯（ClaudeLevi-Strauss）、拉康、福柯、巴特、德里达、本雅明、西奥多·阿多诺（Theodor Adomo）等理论家的理论话语被视为富有文学性的色彩，历史成为一种文学叙事。但是，另一方面，从巴赫金、保罗·利科（Paul Ricoeur）、巴特到德里达再到克里斯蒂娃，并延伸到后现代文化批评语境，文本逐渐取代文学成为学术界的流通词汇，包括以文字固定下来的任何言语形式的文本，以及文化意义上任何可以加以分析的文本。为此，文本而不是文学成为研究对象，文本性代替了文学性成为关注中心。究其实质，这是当代西方文学批评理论化产生的必然现象。理论挑战了之前关于文学的基本预设、阅读方式以及价值判断标准，其中，受到挑战最大的就是文学性概念。在宽泛的理论而非文学理论的语境中，文学不再具有理论阐释中的中心或本体地位，如卡勒所称，文学性自然就不再作为一个特殊的研究中心，甚至不再成为一个中心。但是，这并非意味着文学性本身的消解，只不过在文化研究模式下，文学性的界定方式发生了变化。它不再是一种固定的文本特性，而成为一种所具备的“文学的”特殊功能或特殊用途，如伊格尔顿对文学理论用途的评述，“文学理论并不是一种依靠自身理性进行探究的对象，而是用以观察我们时代历史的一种特殊观点”[②]。

① Jonathan Culler. *The Literary in Theory*. Stanford: Stanford University Press, 2007, pp. 117-131.

② Terry Eagleton. *Literary Theory: An Introduction*. Minneapolis: University of Minnesota Press, 2008, p. 170.

6.2.1 虚构的审美效果

把文学作品放在社会历史与文化的大背景下来加以理解，它就不再是一个自足独立的、客观存在的客体，可以用一种超然的视角进行透视，而是成为一个充满意识形态性质的上层建筑的文化产品，总表达着一定的思想和道德内容，表现出一定的政治倾向，揭示一定的社会历史状况，反映现实的生活和世界。但是，另一方面，文学作品作为一种艺术形式，具有独特的审美功能和高度的审美价值，应当通过各种艺术手段从历史的和审美的层面上达到内容和形式的统一。也就是说，文学作品应该反映政治道德，如阿尔都塞所言，艺术在意识形态中诞生，在意识形态中浸润，作为艺术把自己从意识形态中分离出来，而暗示意识形态。那么，他们如何把文学从意识形态形式中分离出来？换言之，他们如何在文学的意识形态理论下确定文学性的参照点？

6.2.1.1 艺术与意识形态想象

阿尔都塞认为艺术与意识形态之间有密切关联，但他所说的艺术有两种。一种指那些一般或平庸层次的艺术，这种艺术存在于意识形态之中。另外一种指真正的艺术，它不属于意识形态范畴，但与意识形态之间具有十分特殊的关系。阿尔都塞在《答安德烈·达斯普鲁一封论艺术的信》（“A Letter on Art in Reply to Andre Daspre”）一文中指出：“尽管艺术和意识形态之间有特殊的联系，但真正的艺术不是一种意识形态。”[①]那么，什么是真正的艺术呢？阿尔都塞通过皮埃尔·马舍雷（Pierre Macherey）关于托尔斯泰的分析说明了这一点。马舍雷认为，托尔斯泰的作品并不是直接根植于当时俄国的社会历史现实之中，而是应用了农民的意识形态这一重要中介，但这种意识形态不是托尔斯泰天生的，是他通过观察获得的。他在文学作品中以这种方式生产了意识形态。

在阿尔都塞看来，文学作品就是通过揭示意识形态来反映历史现实。恩斯特·G. 费什尔（Ernest G. Fischer）在《与意识形态相对立的艺术》（*Art as Opposed to Idealogy*）中指出，“真正的艺术总是超越它那个时代的意识形态的局限性，真正的艺术作品能让我们看到被意识形态所掩盖的现实”[②]。然而，意识形态不是可以直观、一眼就看透的，而是具有伪意识和无意识性。关于这一点，恩格斯早就指出：“意识形态是由所谓的思想家所完成的一种过程，完成这一过程听凭的是意识，但却是一种伪意识：那些真正在驱使他的动机，他是不知道的，否则那也

---

① Louis Althusser. *Lenin and Philosophy and Others*. Trans. Ben Brewster. New York and London: Monthly Review Press, 1971, p. 220.

②［英］恩斯特·G. 费什尔：《与意识形态相对立的艺术》，转引自徐贲：《意识形态和“症状阅读”——阿尔图塞和马库雷的文学意识形态批评》载于《文学评论》，1995 年第 1 期，第 118 页。

不叫意识形态了……”[①]也就是说，相对于宗教教义、政治、经济理论等，意识形态具有一种不透明性，因为它通过国家意识形态机器的社会物质实践被灌输进人的意识，由此隐藏在人的一切行为和自身的生活经验中，并不赤裸裸表现为一个人的政治信仰、思想规范和行为准则等。文学恰恰表现的就是这种意识形态化了的个人生活经验，因此，生活经验成为艺术的表现对象。

正是表现生活经验的独特方式明确了文学的规定性。是什么方式呢？阿尔都塞从文学、意识形态和科学三者的关系加以了说明。首先，他对文学和科学加以区分。第一，从与意识形态的关系看，两者不一样。尽管被视为泛意识形态化论者，但在科学与意识形态的关系上，阿尔都塞持一种否定的立场，与马舍雷认为“科学废除意识形态，将它抹除，而文学则通过利用意识形态向意识形态质疑”[②]的观点如出一辙，从而撇清了科学与意识形态之间的关系。第二，在对世界的认识方式方面，两者之间存在着重要区别。文学与科学都有着共同的认识对象，即作为世界存在体现的生活经验，但面对这个同一对象，两者的认知方式完全不同。艺术以一种直观的方式进行感知，科学以一种理性的方式进行认识，即艺术以“看见”、“感觉”或“感受”的形式，科学则以认识（严格意义上说通过概念）的形式。伊格尔顿指出，意识形态不是一套教义，它是人们在阶级社会中完成自己角色的方式，即把他们束缚在他们的社会职能上，并因此阻碍他们真正理解整个社会的那些价值、观念和形象，这些价值、观念和形象无处不在，它们代表了人们体验现实世界的想象方式，文学恰好提供给我们那种经验，“让人感到在特殊条件下的生活是什么样子，而不是对那些条件进行概念上的分析……艺术给予我们对那种状况的经验，这一经验就等于意识形态”，因此，艺术的特性在于“让我们”“看到那种意识形态的性质，由此逐渐使我们充分地理解意识形态，即达到科学的认识”[③]。

阿尔都塞如此强调艺术特性与意识形态之间的关联，不免产生了几个关键问题。第一个问题是，阿尔都塞为什么认为意识形态是通过艺术感知而不是科学认识得以揭示？第二个问题是，他为什么要撇清科学与意识形态的关系？第三个问题是，艺术是以什么方式让人们“感受”或“看到”意识形态的？

第一个问题的答案在于阿尔都塞对意识形态本身的独特认识。在他看来，意识形态本身具有想象性，“意识形态是个人同他的存在的现实环境的想象性关系

① ［英］恩斯特 · G. 费什尔：《与意识形态相对立的艺术》，转引自徐贲：《意识形态和“症状阅读”——阿尔图塞和马库雷的文学意识形态批评》载于《文学评论》，1995 年第 1 期，第 123 页。

② Pierre Macherey. *A Theory of Literary Production*. Trans. Geoffrey Wall. London, Henley and Boston: Routledge & Kegan Pall Ltd., 1978, p.133.

③ ［英］特里 · 伊格尔顿：《文学与历史》，丁兆国译，载于朱刚《二十世纪西方文论》，北京：北京大学出版社，2006 年版，第 109 页。

的表现”[①]。宗教、伦理、教育、家庭、法律、政治和审美等意识形态机器通过一系列物质性实践和程序将主体构筑在意识形态之中，使得个人成为社会某一阶级的成员，表现为社会结构的一个功能或效果，在某一生产方式中占有一定的位置，因而觉得自己是一个自由的个体，是自由自在的。然而，这种主体的感觉是由一种虚假的意识即意识形态造成的，目的是维护占主导地位的统治阶级的统治。所以，人其实随时受到各种社会文化思想体制的制约和束缚，并非如自己想得那么自由。正是这种想象性给意识形态蒙上了一层神秘的面纱，使人们觉得意识形态是一种神话般遥不可及的东西，但殊不知它已经渗透在日常生活的观念形态和行为之中，成了一种政治的无意识。对于天生具有幻想性质和虚构性质的艺术作品而言，它可以将意识形态的这种想象性或幻想性表现出来，以艺术的形式将无形的意识形态定下型来。马舍雷在《文学生产理论》（*A Theory of Literary Production*）中对艺术作品与意识形态性质之间的关系进行了深入仔细的研究。一方面，艺术将抽象的意识形态具体呈现为可以感知的事物或形式，“艺术，或者至少是文学，天生蔑视对世界的轻信，所以把神话和幻想确定为可见的对象。”[②]另一方面，虽然艺术产生于某种意识形态，但是，作者在对作为幻象的意识形态经验材料的加工过程中，并不知道它的存在。换言之，作者的意识形态无意识使得艺术作品得以从一个“超意识形态”的角度来表现意识形态，这种表现不是直接呈现关于意识形态现实的理论的一般图景和逻辑推演，而是赋予意识形态以特殊形式和结构，使其隐藏起来，而隐藏起来的目的是使人们在与意识形态的疏离中更强烈地感知它的存在和现状。这一切，只有艺术才能做到。

这里，我们似乎看到了俄国形式主义理论中自动化和陌生化概念的影子。为了加强人们对生活的感受力，文学家需要通过艺术手法对日常语言进行陌生化处理，将人们从自动化的意识中唤醒，重新感知生活，更新意识。事实上，阿尔都塞对贝尔托·布莱希特（Bertolt Brecht）采取“间离化”史诗化戏剧赞誉有加，他认为：

> 如果戏剧的目的只是对这种固定不变的自我承认和自我不承认进行评论（即使是“辩证的”评论），那么，观众在看戏前早就知道了这是陈腐的老调，即他们自己的老生常谈。相反，如果戏剧的目的是要触犯自我承认这一不可触犯的形象，是要动摇这种静止不动的、神秘的幻觉世界，那么，剧本就必定在观众中产生和发展一种新意识。这种新意识

---

①［法］路易斯·阿尔都塞：《列宁和哲学及其它论文》，转引自徐贲：《意识形态和“症状阅读”——阿尔图塞和马库雷的文学意识形态批评》载于《文学评论》，1995年第1期，第115页。

② Pierre Macherey. *A Theory of Literary Production*. Trans. Geoffrey Wall. London, Henley and Boston: Routledge & Kegan Pall Ltd., 1978, p. 133.

是尚未完成的意识，它在这种未完成状态，这种由此产生的间离状态以及这种源源不断的批判的推动下，通过演出而创造出新的观众。这些观众是在剧终后开始演出的演员，是在生活中把已开始的演出最后演完的演员。[①]

在这段评论中，阿尔都塞表明，作为观众的大众已经习惯于通过理性的、说教的方式即科学的方式来认识意识形态现实，也就是说已经形成了自动意识，如同死水微澜般产生不了效果。同时，直接通过否定的方式来打破他们对意识形态的幻想，则无益于培养人们对意识形态的一种批判性意识。艺术的目的不仅在于打破意识形态神话，而且更在于获得新的认识，并将这种新的意识带入生活，从而完成艺术对生活的改造。要达到这个目的，最为根本的是要首先促发观众的意识，最有效的手段就是创造距离。就像布莱希特的"间离化"一样，有意识在演员与所演的戏剧实践、角色之间，观众与所看演出的戏剧实践、角色之间制造一种距离或者障碍，使演员和观众都能跳出单纯的情景幻觉、情感体验或共鸣，以旁观者的目光审视剧中人物、实践，运用理智进行思考和评判，获得对社会人生更深刻的认识。间离化（陌生化）"首先意味着简单地剥去这一事件或人物性格中的理所当然的、众所周知的和显而易见的东西，从而制造出对它的惊愕和新奇感。"[②]它"使所要表现的人与人之间的事物带有令人触目惊心的、引人寻求解释的、不是想当然的和不简单自然的特点，这种效果的目的是使观众能够从社会角度做出正确的批判"[③]。

因此，艺术的特点在于它能够制造出它自身与意识形态之间的恰当的距离，让人们感受到意识形态存在的现实。然而，吊诡的是，如果说真正的艺术不是意识形态，那么，马舍雷在《作为一种意识形态形式的文学》（"On Literature as an Ideological Form"）一文中不正是要证明文学的意识形态样式吗？文章指出，文学自身作为意识形态的一种形式，把现实中的矛盾和自我的分裂状态加以"想象地解决"。文学作为意识形态手段的审美效果，表现在它的认同效果。每一种意识形态都有其特定的模式，每一种都把一个或更多的适当名称给予主体，因而也给予其他真正的或想象的主体。这些主体直面个体，以个人的形式对向它呈现的意识形态表示认同。但在文字中，构成主体和确立相互认可关系的过程必然通过虚构的世界和价值而走迂回的道路，因为那个过程（构成和确立）在它的圈子内包括了文本表现的具体的或抽象的人。因此，文学不是虚构的产物，而是虚构的

---

①［法］路易·阿尔都塞：《保卫马克思》，顾良译，北京：商务印书馆，2017 年版，第 143 页。

② 张黎：《布莱希特研究》，北京：中国社会科学出版社，1984 年版，第 204 页。

③［德］贝·布莱希特：《布莱希特论戏剧》，丁扬忠、张黎、景岱灵等译，北京：中国戏剧出版社，1990 年版，第 83-84 页。

生产，确切地说，是虚构效果的生产。但是，文学的确产生一种现实效果。它同时产生一种现实效果和一种虚构效果。那么，虚构和现实不是用来说明文学生产的概念，相反，是由文学产生的概念。这意味着，那个外在于文学话语的真正参照物，既是虚构的也是现实的先决条件，在这里并未起到先在于文本而存在的非文学话语的锚点的作用，但它的确发挥了话语的作用。所以，文学话语本身以幻觉的方式规定和投射了真实的在场。文学以幻觉现实的符号，或以极小偏离现实的虚构符号，严格控制它所言说、所描写、所设定的东西。

6.2.1.2 艺术与意识形态话语的距离

就阿尔都塞而言，审美价值是通过文本与它们所隐含的意识形态话语的距离或断裂来体现的：如果文本表现了这种距离或断裂，它们就符合要求，被算作文学，被赋予价值；否则，就被打入另册。

那么，本身作为一种意识形态的文学，又如何能够在自己与意识形态之间拉开一定的距离来暗示或批判意识形态呢？文学作品在这种距离中是怎样表现这种意识形态的虚幻性呢？人们怎样才能通过意识形态的幻象认识到意识形态本身呢？对于这些类似的问题，马舍雷提供的答案在于文学作品意味深长的“沉默”。在作品同意识形态的关系上，与其说关键在于它说了什么，还不如说在于它没有说什么。一部文学作品中总是存在许多的空隙和省略，恰恰在这些表明不在场的空白处体现了意识形态的存在。当然，这种“空隙”和“省略”不是指语义修辞上的“含蓄”或“言外之意”，而是指因为受到意识形态的限制欲说却不能、欲罢又不休的那些隐性话语。如果作品的形式是显性话语，意识形态就是其隐性的话语，所谓形式表现内容就是显性话语表现隐性话语，以非意识形态的形式表现意识形态的内容。

对于文学作品中沉默、空隙的强调，让马舍雷反对文学作品的中心结构观和有机整体观。他认为：“结构就是这么一种东西，它从外部将作品的虚假内部特征以及秘密的原因从作品之中驱逐了出来，而且揭示了那种基本的缺无（没有这种缺无，作品便不能存在）。”[①]也就是说，结构就是揭示作品中没有说出的那些东西的基本线索，作品中的秩序就是一种想象的秩序。在这种意义上，文学作品没有结构，也无秩序，只有沉默，沉默指示着一切。意识形态本身就是一套非系统的意义整体。在托尼·本尼特看来，这种经验或者体验已经不是一种纯粹的，而是一种观念划定的现实，“意识形态浸透一切人类活动，它和人类存在的‘体验’本身是一致的：正因为如此，在伟大小说里让我们‘看到’的意识形态的形式，以个人的‘体验’作为它的内容。这个‘体验’不是一个给定的值，不是由

---

①［法］皮埃尔·马舍雷：《文学分析：结构的坟墓》载于董学文、荣伟：《现代美学新维度：“西方马克思主义”美学论文精选》，北京：北京大学出版社，1990年版，第363页。

某个纯粹的‘现实’所给定的，而是意识形态在其现实事物的特有关系中自发产生的‘体验’”[①]。

尽管如此，文学性仍然具有相对自律性。文学不是意识形态，与意识形态的关系是相对自律的，两者之间存在着距离。阿尔都塞坚定地认为，只有在真正的艺术中，才能开辟文学性与意识形态性的距离。在一般或平庸的作品中绝不会存在这种情况，因为通俗小说或大众文学只是对它们所传递的意识形态的反映或公式化的复制。布莱希特创作的史诗剧的核心特征就是间离化，即有意识在演员与所演的戏剧之间、角色之间，观众与所看演出的戏剧之间、角色之间制造一种距离感或障碍，使演员和观众都能跳出单纯的情景幻觉、情感体验和共鸣，以旁观者的目光审视剧中人物，运用理智进行思考和评判，获得对社会人生的深刻的认识。正如他所说，间离化或陌生化首先意味着简单地剥去这一事件或人物性格中的理所当然的、众所周知的和显而易见的东西，从而制造出对它的惊愕和新奇感。卢卡奇·格奥尔格（György Lukács）论述典型文学人物的关键所在时指出，典型不同于通常，也不等同于怪异，从技法意义上讲，当一个人物的内心世界由社会的客观力量所决定时，这个人就是一个典型人物，因为一个特定历史时期的决定力在他们身上得到了集中的体现，但是，尽管很典型，但不能一眼即明，一看就穿，需要有距离感。

托尼·本尼特以阿尔都塞、马舍雷的理论为基础，从阅读的角度明确强调，文学文本是将读者转化为政治化审美主体的唯一场域。他认为，对于政治效果的谋求必须考虑读者问题，“文本不是意义生成的源泉，而是意义—不同的意义—生产得以发生的场域。文化所发挥的社会作用并不是在文本内部，而是在文本与文本之间以及文本与读者之间：不是一些理想的、脱离现实的读者，而是从历史角度、结合具体事实来看文本的读者，他们的阅读行为在一部分受到文本的限制。也受到与不断进行的文本生产与再生产有密切联系的整套意识形态关系的影响。”[②]因此，在这个意义上，他将文学性纳入社历史领域进行分析，目的不在于分析文学文本自身蕴含的政治因素，而是试图论证在更广阔的社会——文化的消费模式中的读者关系。按照这种模式，文本的阅读既通过解读特定的艺术符码体现出审美维度，也通过与阶级、种族、区别以及民族等生成的更广阔的生活经验图景联系起来体现出社会维度。在他看来，文学性不在于文本的形式特征，也不存在于文本之内，而是文本所履行的一种特定功能，“实际上，文学性并不主要取决于文本自身形式上的特征，而是依赖于文本建构的这些特性在主流意识形态领域母体中所占有的地位。文学性没有存在于文本中，它存在于文本内部文本间的互文

---

①［法］路·阿尔都塞：《一封论艺术的信》载于中国社会科学院外国文学研究所、外国文学研究资料丛书编辑委员会编：《西方马克思主义美学文选》，陆梅林、陈燊等译，桂林：漓江出版社，1988 年版，第 521 页。

② Tony Bennett. *Formalism and Marxism.* London and New York: Routledge, 2003, p. 141.

关系中。它不是一样‘东西’，不是文本占有的本质，而是文本所履行的功能。并且，一特定文本是否履行这一功能，从某种程度上讲，取决于文本的外部独立定位”[①]。为了解决这问题，托尼·本尼特改变了以往阅读研究的路径，以阅读构型将读者与文本联系起来，使文本与社会建立有效关联，从而文学批评“成为政治进程中积极的一部分，在真实的社会进程中定义了一系列的干预措施，同时为社会进程中所谓的文学文本的作用而斗争”[②]。

在西方当代马克思主义批评理论话语中，文学既是对意识形态的神秘化，也是对意识形态的去神秘化，所以，它的目的不是制造一个审美对象，不是揭示已经先验地构成的文学，而是进行社会意义的生产和再生产。在这个过程中，文学形式与意识形态的联系并不是一种简单的对称关系。文学或艺术作为一种象征性行为，开始于生产，产生其自身的语境，在语境出现的同一时刻又从中退却出来与之保持距离。文学从根本上说是一种物质现实、一种社会活动、一种话语实践。在这一实践论的框架中，文学不再有内外之别。由于这种内外区分的超越，外部世界得以进入文学内部，而文学性在新的视角中得以重释。

6.2.2 历史的诗性与诗性的历史

亚里士多德将历史学家和诗人之间的根本区分阐述为，前者叙述已经发生的事，后者叙述可能发生的事。一直以来，这种区分传统被保持了下来，历史学以其再现过去的真实成为科学，小说（文学）则以其虚构和想象成为艺术。但是，随着 20 世纪的语言学转向，人文社会科学领域出现了一种向叙事回归的潮流，后现代主义的文化运动中，这种趋势增加明显。在这种背景下，那种历史与小说之间基于真实/虚构二元对立基础上的传统划分标准受到了质疑，历史学理论中历史再现与叙述话语之间的关系作为一个重要的论题凸显了出来。

叙事是一种话语形式，正如巴特所说，叙事产生于我们关于世界的经验和我们用语言描述该经验的努力之间。自希罗多德（Herodotus）以来，传统的历史编纂学家们坚信，历史由许多鲜活的个人的和集体的故事构成，历史学家的任务就是发现这些材料，通过叙述再现它们。叙事或再现的真实性就在于讲述的故事与过去人物的经历保持一致性。而为了使叙述对读者而言显得生动有趣，可以在风格上进行修饰，如亚里士多德所说的，“希罗多德的著作可以改写为韵文，在这样的修辞格式下，它也是一种历史”[③]。相对于小说家作品的虚构或创造，史学家不存在虚构的问题，他在遵循史实的基础上只是使用了一些修辞手段而已。如果

① Tony Bennett. *Formalism and Marxism*. London and New York: Routledge, 2003, p. 48.

② Tony Bennett. *Formalism and Marxism*. London and New York: Routledge, 2003, p. 120.

③［古希腊］亚里士多德、［古罗马］贺拉斯:《诗学·诗艺》, 郝久新译, 北京: 九州出版社, 2006 年版, 第 35 页。

说历史与小说之间存在着关系，那么，这种关系就体现在它对修辞方法的使用上。然而，这种观点受到了现代历史学家的驳斥。在他们看来，历史的叙事性远非如此。叙事话语远不是用来真实再现历史事件和过程的中性媒体或一种形式，远非一种可以填塞不同内容的话语形式。无论是实在的或虚构的内容，实际上，在言说或书写中被现实化之前，叙事内容就已经被确定了，或者说叙事的话语形式已经被某种预设的概念填充了。用这种概念来再现真实事件的时候，这些事件就被赋予一种虚幻的一致性，并被赋予各种意义。因此，他们对历史的科学主义立场秉持质疑的态度，认为将历史限制在科学的领域实则是对历史意义的限制。怀特便是其中的重要人物之一，并因此而成为新历史主义文学批评的领军人物。

怀特认为，在历史的科学化之前，史学是修辞和伦理学的一个分支，因为那些经典的史学家们的动机并不在于呈现关于过去的真理，而是探究这种真理对现实的人具有什么意义，即探究我们应该做什么。这是一个关乎道德的问题，科学的领域中不能解决这个问题，只能留给艺术。正是从这一点入手，怀特将历史学与想象连接了起来。在怀特看来，任何叙事本身，无论主题是什么，本质上都是虚构的，那么，任何实在物不可能以任何方式讲述自身或成为叙述自身的主体，无论这种自我讲述或叙述呈现得多么逼真，“他们能很好地充当一个话语的指涉物而被谈论，但不应摆出叙事主体的样子”[①]。也就是说，任何历史的事实一旦被组构成为叙事，就必定带着史学家特定的选择、倾向和偏好，而这些属于道德和审美领域，从某种意义上否认了客观叙事的可能性。无论叙述的形式显得多么的一致，想象与虚构永远存在。怀特将这种叙事性展现的最佳场所归于历史编纂学，其中，“我们对想象和可能的欲望与对实际和实在的需求相抗争”[②]。这就意味着，当历史学家面临着如何把了解的东西转变为可以讲述的东西时，最重要的不是内容，而是话语或文本形式。既然是文本形式，那么，就属于符号系统，是一种符号装置，这种符号装置“通过把所指（概念内容）有系统地替换成作为指涉对象的超-推论（extra-discursive）实体，从而生产出意义”[③]。

正是从上述后现代叙事性视角，怀特在《元史学：19 世纪欧洲的历史想象》（*Metahistory: The Historical Imagination in Nineteenth-Century Europe*）一书中详细分析了历史学家和历史哲学家是如何通过叙事来进行建构并生产出意义的。怀特首先声称，“就历史写作继续以基于日常经验的言说和写作为首选媒介来传达人

① Hayden White. *The Content of Form: Narrative Discourse and Historical Representation* . Baltimore and London: The Johns Hopkins University Press, 1987, p. 3.

② Hayden White. *The Content of Form: Narrative Discourse and Historical Representation* . Baltimore and London: The Johns Hopkins University Press, 1987, p. 4.

③ Hayden White. *The Content of Form: Narrative Discourse and Historical Representation* . Baltimore and London: The Johns Hopkins University Press, 1987, p. x.

们发现的过去而论，它仍然保留了修辞和文学的色彩。只要史学家继续使用基于日常经验的言说和写作，他们对于过去现象的表现以及对这些现象所做的思考就仍然会是'文学性的'，即 '诗性的' 和 '修辞性的' ”[1]。换言之，怀特所指的文学性包括诗性和修辞性两个方面。综合他对黑格尔、儒勒·米什莱（Jules Michelet）、利奥波德·冯·兰克（Leopold von Ranke）、亚历西·德·托克维尔（Alexie de Tocqueville）、雅各布·布克哈特（Jacob Burckhardt）、卡尔·马克思（Karl Marx）、尼采和贝奈戴托·克罗齐（Benedetto Croce）等几位史学家和历史哲学家的分析，史学著述中的诗性和修辞性具体体现在以下几个方面：

第一个方面是虚构性，或者怀特所称的预构性（prefigurality）。历史著述中对于过去发生的真实事件的呈现，是在史学家的预构行为中产生的。他们预构了历史领域，并将它设置成施展其特定理论的场所，这种理论的目的在于用来说明在该领域中"实际"发生了什么。怀特将历史学家的这种预构行为界定为一种诗性的行为。包括历史哲学在内的各种历史著述，都是由所使用的材料、用来解释这些材料的理论概念以及用来具体地表现假定发生在过去的各种事件的一种叙述结构组合在一起，包含了一种深层的结构性内容，这种结构"一般而言是诗学的"[2]。他将历史著述中的概念化分为编年史、故事、情节化模式、论证模式和意识形态内涵模式几个层面。其中，编年史和故事是历史记述中的原始要素，是材料从未被加工的历史文献中被选取出来进行排列的过程，以便对某一种特殊类型的读者来说，更容易理解。从编年史到故事要经历一个转变过程。首先按照事件发生的时间顺序将历史领域中的要素排列组织成为编年史，然后把事件进一步编排到事情的场景或过程的各个组成部分，成为故事。因而，在对历史领域正式分析之前，史学家就创造了分析对象，也预先确定了对此进行解释的概念策略的形式。

第二个方面是故事阐释的情节化。将编年史中的事件组织成为一个具有完整故事的整组事件的结构，需要情节化解释（explanation by emplotment），即"通过鉴别所讲故事的类型来确定该故事的'意义'"，以此"让被设计形成故事的事件序列逐渐展现为某一特定类型的故事"[3]。在这里，为了说明叙事的人类普遍性和元始性，怀特借用了弗莱在《批评的解剖》中对原型批评叙事结构的划分，确定了四种情节虚构的原型：浪漫剧、悲剧、喜剧和讽刺剧。浪漫剧是那种带有基督教神话中圣杯或基督复活传说之类的故事，体现了具有超凡能力的英雄征服和摆脱经验世界的成功，是一种自我认同的模式。反讽剧正好与之相反，是一种

① [美] 怀特：《元史学：19 世纪欧洲的历史想象》，陈新译，南京：译林出版社，2013 年版，第 1 页。

② Hayden White. *Metahistory: The Historical Imagination in Nineteenth-Century Europe.* Baltimore and London: The Johns Hopkins University Press, 1973, p. ix.

③ Hayden White. Metahistory: *The Historical Imagination in Nineteenth-Century Europe*. Baltimore and London: The Johns Hopkins University Press, 1973, p. 7.

反救赎的模式，人类永远无法征服世界、战胜黑暗的力量。喜剧中，人类获得征服世界的短暂胜利，人与人之间、与社会之间暂时达成妥协。而在悲剧中，人与人之间呈分裂状态，通过故事主角的陨落及其生活世界的动荡给予人们的意识，即主人公反抗世界的努力正是支配人类生命的规律。每一种历史都以其中的某种方式得以情节化，如米什莱的悲剧模式，兰克的喜剧模式，托克维尔的悲剧模式，布克哈特的讽刺剧模式。正是这四种故事形式的原型，为史学家在叙述的情节化层面获得不同的解释效果提供了一种手段。这些原型结构各有其含义，具有重要的认识论价值，在它们“提供一种历史真实形态的想象这一过程中，史学家努力解释的正是‘真正发生的’究竟是些什么”[①]。事实一旦被构成为历史话语，它就脱掉了纯粹事实的面貌。

第三个方面是比喻理论（theory of tropes）。怀特利用传统诗学、雅各布森和列维-施特劳斯关于诗性语言或比喻性语言的分析以及维柯关于诗性的四种比喻，提出了四种比喻类型，即隐喻、提喻、转喻和反讽，来概括一个史学家预构历史领域时使用的语言规则，它们描绘出了史学家的历史编纂风格。这四类比喻构成语言预构的基本类型，怀特称之为“四种主要的诗性话语模式”。[②]某一特定史学家在论证、情节化、意识形态蕴含的层次上，将倾向于选择某种解释模式，以呼应比喻的各种需要，而这些比喻贯穿于他用来预构被挑选出来研究的历史事件领域的语言规则。换言之，正是这种比喻性预构策略与著作中使用的各种解释模式之间的各种相互关系，可以用来描述特定史学家的风格。

概言之，19 世纪欧洲重要史学家和历史哲学家在其历史著述中，叙述主体的诗意行为表现在：通过其早先预设的概念阐释策略对材料进行选取，并组成为一个具有完整结构的故事，该故事的意义通过四种不同阐释模式得以生产出来。那么，历史学中将历史领域构成为一种可能的分析领域的行为本质上“是比喻性的语言行为”。在这种行为中，令行为得以在其中完成的主导性比喻“一方面将确定作为材料可能出现在该领域中的暗中对象，另一方面将确定设想会在这些对象之间获得的可能的关系。”[③]

在怀特的话语中，文学性、修辞性、虚构性、比喻性和创造性这几个词具有相同的含义，都意指历史学话语的本质，如他所称：“我愿意称其为‘文学性’，或者如果你愿意，可以称其为历史学家话语的修辞性，也就是说，这一话语的创

① Hayden White. *Metahistory: The Historical Imagination in Nineteenth-Century Europe*. Baltimore and London: The Johns Hopkins University Press, 1973, p. 11.

② Hayden White. *Metahistory: The Historical Imagination in Nineteenth-Century Europe*. Baltimore and London: The Johns Hopkins University Press, 1973, p. 426.

③ Hayden White. *Metahistory: The Historical Imagination in Nineteenth-Century Europe*. Baltimore and London: The Johns Hopkins University Press, 1973, , p. 430.

造性、虚构性，当它假装描述自己的指代物时构成其主体地位的言语表现。”[①]他追溯19世纪欧洲历史学的叙事话语建构，是因为他认为，在19世纪的历史进程中，历史学为使自己成为一门科学，一门特殊的学科，摈弃了19世纪之前具有的文学元素。但是，他通过详细分析和论述指出，实际上，这种元素在历史话语结构中是构成性的，是本质的和固有的，因而，是无法抛弃的，历史学虽然“可能会脱离哲学和科学，但它不能脱离文学。”[②]

以一个历史学家的身份确证历史著述中的文学性成分，怀特并非旨在将历史或历史学划归文学或者诗学。他的历史诗学通过揭示历史话语的诗性要素，标注出历史中的艺术成分，是为了将被历史真理的妄称所掩盖的历史的艺术性揭示出来，如他所言，“人们常常论及历史是科学与艺术的混合物，近来的分析哲学家已经表明历史在何种程度上被视为科学，但很少有人关注它的艺术成分。”[③]可见，虽然他认为这种艺术成分或者诗性要素在任何时代的历史作品中都存在，且不可回避，主张故事是创造的，不是被发现的，但是，他并未否决历史中的科学成分，因为历史毕竟是关于过去的真实事件。正是在这个意义上，他表明历史处于诗歌和演说之间。历史一方面在形式上是诗学的，另一方面在内容上确实是实在的。也就是说，因为历史学家面对的是过去发生的实在的事情，所以，他既不具有诗人要求的那种完全随意创造的自由，也不具有演说家为特定演讲而选择运用事实的目的性。[④]但是，如同他认同的R. G. 科林伍德（R. G. Collingwood）的观点，即科学是有局限性的，在寻求真理时，它忽视了知识的真正对象，即宇宙的独特层面——精神。[⑤]鉴于此，他的最终目的不是主张一种历史的相对主义或者怀疑论，而是让历史学家能够超越历史作为科学的局限，像19世纪历史黄金时代中那些历史学大师们那样，能够自由地对历史进行概念化，理解其内容，用与自己的道德和审美愿望最相符合的意识模式来构成阐述历史过程的叙事，以恢复历史学19世纪前具有的艺术身份。这样，历史意识就将敞开胸怀，重新建立它与诗学、科学和哲学的宏大关怀的联系，因为“历史没有诗歌是了无生气的，而诗歌没有历史则是乏味

①［美］海登·怀特：《叙事的虚构性：有关历史、文学和理论的论文（1957—2007）》，［美］罗伯特·多兰编，马丽莉、马云、孙晶姝等译，南京：南京大学出版社，2019年版，第200页。

②［美］海登·怀特：《叙事的虚构性：有关历史、文学和理论的论文（1957—2007）》，［美］罗伯特·多兰编，马丽莉、马云、孙晶姝等译，南京：南京大学出版社，2019年版，第257页。

③ Hayden White. *Metahistory: The Historical Imagination in Nineteenth-Century Europe*. Baltimore and London: The Johns Hopkins University Press, 1973, pp. x-xi.

④ Hayden White. *Metahistory: The Historical Imagination in Nineteenth-Century Europe*. Baltimore and London: The Johns Hopkins University Press, 1973, p. 89.

⑤［美］海登·怀特：《叙事的虚构性：有关历史、文学和理论的论文（1957—2007）》，［美］罗伯特·多兰编，马丽莉、马云、孙晶姝等译，南京：南京大学出版社，2019年版，第48页。

的。”[①] 可见，怀特所持的历史叙事观本质上是一种自由的人文历史观。

6.2.3 文学之觞

后现代理论语境中，一切话语都与诗性或文学性发生了关联。人们很可能把自阿诺德时代起的文学批评看作与那个时代的诗歌和小说一样有趣，也有可能把西格蒙德·弗洛伊德（Sigmund Freud）的《梦的解析》（*Interpretations of Dreams*）、基督教的《圣经》、德里达的《丧钟》（*Glas*）、巴特的《恋人絮语》（*A Lover's Discourse: Fragments*）等的作品作为一种文学来看待。按照 J. L. 奥斯汀（J. L. Austin）的说法，文学使用的是一种非真亦非假、故而只是不认真而已的语义，只需把它悬置起来，不染指哲学话语的纯洁性，便于事无妨。但是，在解构主义者看来，无处不在的语言修辞性使得严谨如斯的哲学反倒具有了文学性。德里达曾转引过象征主义诗人保尔·瓦莱里（Paul Valery）的一段话，“如果我们摆脱习惯的思想方法，而就知识领域现状来看，不难发现，由它的产品即文字所界定的哲学，客观上是文学的一个特殊例子。”[②] 保尔·瓦莱里（Paul Valery）说，哲学的定位决不能离诗太远。福柯认为知识是权力扩张和意识形态控制的方式或手段，一切话语都渗透着权力关系，这些关系波及经济、性、知识、政治、情感等存在的所有领域，永远不可能显现为一个特定的母题，而文学作为一种话语形式也参与了权力的游戏，与哲学、史学、伦理学、人类学，以及意识形态、国家机器等上层建筑中的一切领域一样，成为一种话语现象。在海德格尔存在主义现象学看来，日常语言就是一首被用竭了的诗，真理就是一个其虚构性被人遗忘的虚构的故事。文化诗学使文学研究走出了学院派研究的固守模式，进而把文学放回其自身的历史语境之中去阐释和理解。怀特探讨历史话语与文学话语如何相互转换等一系列元史学理论问题，在他看来，史学家对历史事件的叙述是一种语言学的建构，是一种诗意的修辞行为，历史也只是一种语言结构，一种具有阐释功能的语言结构，在历史文本的表层之下，存在着一个潜在的深层结构，它本质上是诗性的，具有诗人式的想象性和虚构性，只要史学家仍然继续着自己的言说和写作，那么，他们对于历史事件的思考和写作就依然是文学的，也就是诗性的和修辞性的。卡勒在重新梳理了对文学性的种种探询后指出，文学性甚至已经渗透理论自身，列维-施特劳斯、拉康、福柯、巴特、德里达、本雅明、阿多诺等理论家的理论话语也被视为富有文学性的色彩。

在后现代文化景观中，体裁、风格、类别等概念更是被颠覆得面目全非。多

---

① [美] 海登·怀特：《叙事的虚构性：有关历史、文学和理论的论文(1957—2007)》，[美] 罗伯特·多兰编，马丽莉、马云、孙晶姝等译，南京：南京大学出版社，2019 年版，序言，第 4 页。

② Jacques Derrida. *Margins of Philosophy*. Trans. Alan Bass. Brighton: The Harvester Press, 1982, p. 29.

元平面的思维习惯、不确定内在化的文化艺术论，把后现代的体裁论、文本论带入边缘交叉、是非生死不明的境域。边缘交叉的文本，将不同类型的体裁、风格、语义、表现手法混淆在一起，重组为一种新的文本，查尔斯·纽曼（Charles Newman）称之为“无体裁”，“当它们抵制其自身的分类学框框，拒绝成为‘公共载体’时，它们就变得模糊起来。”① 边缘体裁首先是文学与社会生活、社会科学、自然科学之间进行边缘交叉的文本。后现代主义将未经艺术处理的生活径直进入艺术文本，将生活中偶然、片断、破碎、琐碎的事件搬入作品中，主张作品在无中心、无主题、无深度中充分空间化、网络化、平面化。随着新闻事业突飞猛进的发展，许多报章读者变成作者，文学的专门化标识因而使文学增加了新闻文学、纪实文学、报告文学等边缘文本。后现代在这种边缘文本中增加了边缘话语，把未经艺术加工的报纸摘要乃至广告作为作品中的重要内容，有的甚至把新闻资料剪贴、组接、拼凑起来，作为文学话语，当作文学作品。德国文学评论家乌尔里希·格莱纳（Ulrich Greiner）认为，对于后现代写作来说，类的概念已经消失，过去关于体裁、文类及其表现手段等种种流行的规范仅仅是人为设置的禁忌，强加在作者身上的枷锁。现在，这种禁忌已经被打破，枷锁已经腐烂，再也不存在应该如何写作的统一标准了，从根本上来说，一切仅仅是单纯的刺激材料而已。大众文化趋向于文学的扁平化和创作的游戏性，主张无我性，无深度性，因为流行的看法是，大众不必背负沉重的精神锁链去塑造凝重、严肃、有着深刻蕴含的精神世界，他们从事简单劳动，不需要佯装复杂的作品。

由此观之，历史、哲学、批评、日常语言等都成为文学，而文学便成了其他一切话语形式皆从中而出的源语。它变为复数的形式，有大写的、不带引号的文学，这种文学表明的是一种具有全球性文学写作实体的概念，亦即传统上归入经典的文学。也有小写的、带引号的文学，这种文学表明的是那些具有些许创造性或想象性写作技巧、有些文学性可言、属于写作性交流的一种平凡普通的形式。因此，即使是最彻底的文学批评家，也不会轻易地接受那种单一的文学观念了，或是认为关于文学这个概念只能有一种基本定义，只存在某种天生的、自我确证的文学要素的定义。事实上，的确存在许许多多的文学，而非一个单一的文学。对不同的人来说，文学乃意味着不同的事物，尽管这是默认的、下意识的，或者不会公开承认的。

然而，究其实质，这是当代西方文学批评逐渐理论化产生的必然现象。理论挑战了之前关于文学的基本预设、阅读方式以及价值判断标准。其中，受到挑战最大的就是文学性概念。在宽泛的理论而非文学理论的语境中，文学不再具有理

① ［美］查尔斯·纽曼：《后现代主义写作模式》载于王岳川、尚水编：《后现代主义文化与美学》，米佳燕译，北京：北京大学出版社，1992 年版，第 337 页。

论阐释中的中心或本体地位。但是，这并非意味着文学性本身的消解，因为作为批评对象的文学性本来就不是固定在一个层面上的，正是文学批评或多或少地明确地去测定作品的特质。也就是说，所谓文学，其实是按照批评所设想的形象来建构制作出来的。在这方面，理论占有强大的优势。在当代文学研究向文化研究转变、文学批评向理论转向的学术语境中，理论成了整个学术领域中笼罩一切的一介术语，无论是大写的理论，还是小写的理论，都大大超越了文学的范畴，在全球范围内促进了一切话语形式的重新阐释和调整，成了激进的文化政治的一部分。理论家笔下的文学，其实成为他们进行理论阐释对象的众多文本的一种类型、多少有点意义的再现形式之一。

6.3　具体性与普遍性之间

学术界一种普遍的看法是，当代文学理论中文学性话语逐渐衰减，表征着一场严重的文学危机，预示着文学的终结。但也有学者不尽以为然。辛普森认为文学实则完成了对其他人文学科领域的统治，卡勒在重新梳理了对文学性的种种探询后指出，因为理论的优势，以语言学模式与叙述结构技巧为特征的文学性不再被看作是文学特有的属性，它也渗透到人文社会科学和理论自身，由此推断，“文学可能失去了其作为特殊研究对象的中心性，但文学模式已经获得胜利：在人文学术和人文社会科学中，所有的一切都是文学性的。”[①]看来，在文学批评的理论转向时代，是文学性而不是文学显得过于深入人心而被过度消费了。在这种情势下的文学性已经不复有原初的意蕴或含义，关于文学性的表述以及关于文学的价值及其评价，都需要在新的语境下进行再界定、再确定，并重建其信誉，设法表明它在如今的文化主流话语、文化生产形势与交流方式中所处的地位和发挥的作用。

6.3.1　理论中的文学性

卡勒认为，人们抵制理论的重要原因之一是认为理论灌输的一定是非文学的价值。但是，他表明，理论中没有涉及文学的问题只是人们的一种幻觉。无论理论源自何处，它们都会让我们意识到所有话语中发生作用的各种文学性，因而以自己的方式确定了文学的中心地位。但是，他又承认，关于语言、欲望、权力、身体等的著述的确忽视了文学和文学系统特定的理论问题。对此，他认为要采取的补救办法是让理论转向文学，并使理论中的文学性呈现出来，拆卸掉 20 世纪 70 年代以来横亘在理论与文学之间的障碍。

---

① Jonathan Culler. *The Literary in Theory*. Stanford: Stanford University Press, 2007, pp. 117-131.

其实，理论忽略文学是最近发生的事情。当代文学理论诞生之初正是为着要建立一门真正的文学研究科学。俄国形式主义理论家提出文学性概念，很大程度上旨在改变长期以来形成的文学研究附属于其他学科的不利境况，将其从中解救出来，以实现文学科学的独立。为此，他们将文学性界定为语言手法和技巧带来的文学语言的陌生性。对于英美新批评理论家而言，将诗歌或艺术视为一个由形式构成的自足存在的结构，认为这个结构统摄了各个文本中可能存在的各种冲突，但最终又将这些冲突以一种审美方式给予平衡、协调和统一，这有利于他们建立一种可以通过文本细读法在课堂上教授给学生的客观的、规范的、理性的文学批评方法与实践，最终帮助他们在大学学科体制内实现学科独立。法国结构主义批评家从建立科学的文学系统观出发来规定文学性的意义，真正实现文学研究或诗学作为一门科学的预测功能。所以，文学理论的任务是建立一种系统的、理性的、科学化的或原则化的话语体系，如 R. S. 克莱恩（R. S. Crane）评述美国"芝加哥学派"（Chicago School）时所说，他们"赞成对文学研究进行根本的改革"，让文学研究整个事业"大胆转向，从历史式研究转向批评式研究"①。可见，最初的理论是关于文学的理论，文学理论的中心任务是将文学语言的独特性或文学的独特性理论化，因而保持了文学的中心地位。

理论则不同，它关注的是批评本身的特征和价值，而批评可以涉及多种学科和多种文本，所以理论不限于文学，涉及文学、哲学、历史、人类学、政治学、影视、绘画等。马克思主义批评、女性主义、后结构主义、后现代主义、后殖民主义以及同性恋等当代理论都以各自不同的方式扰乱并打断了上述各方面的关系。但是，正是这些理论说明了近 20 年来批评理论与实践发展在几何形态上的多样性、不平衡性。理论界的论争对文学研究产生的影响已然十分强大，要想无视这些论争是难以想象的，要想占有一个完全没有理论的空间是根本不可能的，而要鄙视甚至摈弃理论的传统做法也已不再适用。毫无疑问，严肃的读者都会关注重要的理论家们提出的关于文学及其社会关系的论争，这些论争对于我们在思考小说中意义的构成、诗歌中意识形态的存在或者应该如何评估文学作品的价值之类的问题的时候，有助于避免一种天真的思考或肤浅的认识。当然，也许有人会认为，普遍化的理论与概念只能僵化他们对文学作品那种自发性的感受。但是，究其根源，没有任何文学话语是没有理论的，甚至明显的自发性的讨论也离不开事实上的理论，只不过是这些隐在的理论被时间神圣化了，变成了自然化的常识的一部分。换言之，理论实际上无所不在。

既然理论的发展已经不可逆转，后理论时代并未如诟病理论的人所期待的那

① R. S. Crane. *Critics and Criticism: Ancient and Modern.* Chicago and London: The University of Chicago Press, 1952, Introduction, p. 1.

样，成为理论终结的时代，那么，如何将文学再置于理论活动的焦点，使之回归曾占据过的中心地位，则是那些经过理论历练、希望站在文学本身的立场上向理论话语的统治地位发起挑战的人们关注的首要问题。他们希望为讨论文学文本、阅读经验、评论文本找到一条道路。要寻求问题的答案，关键的第一步是要弄清什么是文学性的问题。伊格尔顿说，文学理论要么从研究对象上确定自身，要么从研究方法上确定自身。卡勒则看来，询问文学是什么，实则是一种争论如何研究文学的方式，两个问题具有同一关系。例如，如果将文学确定为一种高度模式化的语言，那么，文学研究就是探究这种模式，而不是关注它可能表达的作者心理或者可能反映的社会现实。也就是说，探查文学性质问题实质上就解决了关于批评方法的论争，也就解决了关于理论的论争，因为理论本身就是关于批评本身。

那么，如何将理论问题与文学性问题联系起来呢？卡勒首先确定了已有的探询文学性问题的两种方式。第一种是采取本质主义方式，将文学视为一种具有固定的、内在特殊性质的语言，如俄国形式主义、英美新批评、法国结构主义诗学对文学语言的描述。但是，这种将文学性定义为一种特殊的文本事实的方式，不能带来令人满意的对文学的描述，结果往往是在其他文化现象中发现大量的文学性的存在，从文学叙事到弗洛伊德文本到广告标语等等，无不如此。第二种方式是一种看待文学的方式，即文学不是一种特殊语言，而是一种看待语言的特殊方式。如费什所做的那样，将一串语言学家的名字写在黑板上，结果，学生以宗教诗歌的方式进行解读。但这种以读者意图行为的方式及其结果也不太令人满意，因为它最终将文学阅读归于一种心理机制驱动下的行为方式。实际上，事实已经证明，采取两种方式中的任何一种，结果都可能产生泛文学化的问题，这是因为，无论将文学特性还原为一种客观的语言特殊性，还是视之为一种主观地看待语言方式的结果，在回答文学性是什么这一不可避免的问题时，每一种理论都只是注意了文学性的某些方面。但通常情况是，在理论认为是最为相关的事物或最为相关的批评方法的同时，理论往往会排斥或忽视其他也许被认为是最基本的或者最独特的方法，无论认为文学是语言技巧的陌生化，还是认为文学是语言结构各个层面的有机统一，抑或认为文学是互文的建构。这既是理论的特点，也是理论的局限所在。

然则，如何将理论与文学性联系起来？首先，要摈弃那种以文学性作为区分文学与非文学的标准并根据这个标准进行正确或错误分类的观念。雅各布森最初提出文学性概念，并非意在将文学与非文学区别开来，而是旨在确定文学研究成为一门科学的研究对象，并以此将文学研究从隶属于其他学科的情况中独立出来，或者说将文学研究与其他学科区别开来。那么，摒弃上述观念，就是回到文学性问题得以提出的始发点，也就是回到文学研究为区别于其他学科而设定自己的研究对象这一问题。在当今情势下，这一问题就是，理论应该明确以什么作为自己的研究对象而表明自己是文学理论，不是其他理论。正是基于这一点，一些理论家对理论问题与文学问题之间的关联性进行了探讨。

6.3.2 文学的范例性

克纳普秉着一种反理论的立场声称，文学确实具有其独特性，但这种独特性不在于文学语言的特性，而在于文学兴趣，“我开始明白，不能作为对文学语言描述辩护的东西可以作为对一种再现的辩护，这种再现激发了某种兴趣。文学是一种语言再现，吸引人们对自己的兴趣，它将自己指涉物的情感、价值等具体化，并把指涉物插入不能脱离开借以再现自身的具体语言和叙述结构的新的场景。”[①]这种具体的再现结构就是文学话语中的层次结构。克纳普将其呈现为不同主体层次之间的平行结构。例如，诗歌作者写作过程中的行为与诗歌中发生的事情之间有着类似的结构，由此将置于文学作品外的主体问题纳入文本之中。当阐释问题不再仅仅是一种兴趣，而且也是出于对平行结构的兴趣，这种结构的独特性和复杂性就赋予文学作品以特殊的文学状态。

克纳普寻求以主体性来重新阐释一直以来被视为文学特点的结构复杂性。对于此，卡勒认为它“深刻阐明了文学性的问题”[②]。之所以如此认为，是因为他将之前的两种文学性界定方式都视为无效，即文学性是一种特殊的语言和文学性是一种看待语言的特殊方式，因为这两种方式割裂了理论问题与文学问题应有的关联性。克纳普将文学性辩护与主体性的发展关联了起来，而主体与文学理论中称为具体的普遍的结构有关，它是一种具体性与普遍性的特殊连接。亦即说，文学正是通过个体的主体性再现和展示，将特殊性与普遍性、具体性与抽象性、个体性与群体性结合起来，从而成为一种范例性的特殊结构，以真实的人不具有的方式，体现了开放的、普遍的意义。这种范例性正好体现了理论与文学之间的张力。就身份问题而言，文学作品一般塑造个人，因此，关于身份的斗争就是个人内部以及个人与群体之间的斗争，表现为人物抗拒社会规范和要求。然而在理论话语中，关于身份的讨论往往集中在群体身份，例如探讨身为一个女人、黑人、男同性恋、男人意味着什么的问题。因此，与小说对于身份问题的具体的、精细的再现相比，理论阐释则显得简约。但小说通过个体案例来呈现普遍存在的问题，具有一种隐性的普遍化的力量，从而为理论观点及其阐释提供了支撑点以及思考的材料。

从上述意义上讲，文学的（the literary）最终成了理论的（the theoretical）。

---

① Steven Knapp. *Literary Interest: The Limits of Anti-Formalism*. Cambridge and London: Harvard University Press, 1993, p. 167.

② Jonathan Culler. *The Literary in Theory*. Stanford: Stanford University Press, 2007, p. 17.

其实，这一点早在浪漫主义诗人那里就得到了体现，以柯勒律治的哲学批评为代表。柯勒律治受德国思想的影响颇深，对康德、弗里德里希·谢林（Friedrich Schilling）、赫尔德、弗里德里希·冯·施莱格尔（Fridrich von Schlegel）等哲学家著作的阅读使他对哲学产生了兴趣，并且这种兴趣在他的文学批评中得到了深刻体现。他在《文学传记》（*Biographia Literaria*）一书的首页上说明该书的主要目标之一，是把从哲学中推导出来的原理运用于诗歌和批评。此外，按照韦勒克的看法，柯勒律治与他之前的英国作家的不同之处在于，他在对认识论和形而上学的寻求中提出并发展了其美学及文学理论与批评原则。职是之故，他在文学批评中采用哲学的方法便不足为怪了。《文学传记》为描述和评估诗歌提出了一套系统方法，并创造出一套诸如幻想、想象、象征等术语，试图让这套术语范畴具有超越特定时间与特定情境的普适性，适用于任何文学艺术作品及其代表的经验范畴。瓦尔特·佩特（Walter Pater）称之为柯勒律治的艺术或想象性产品的哲学，并将其本质概括为把艺术世界恢复为井然有序的世界的一种尝试，以表明天才的创造活动与思想活动不过是一种普遍逻辑和诸种法则所导致的产品。换言之，柯勒律治将诗歌同化到系统思想之中，把艺术升华为一种更高的力量。因而，他的著述鼓励人们对所阅读的作品进行认识论意义上的追问，以及对方法和体系的热爱，以至于有人将他称为现代专业性批评的真正父亲。当然，在很大程度上，所谓专业性批评指坚持文学有机统一体说的英美新批评。但柯勒律治作为真正的父亲还有另外一层含义，即他将哲学的、文学的和批评的文本有机地统一在自己的文本中，为英美批评提供了一种成熟的批评范例。

安德鲁·本尼特（Andrew Bennett）在其《文学的无知》（“Literary Ignorance”）一文中甚至将文学的范例问题追溯到了亚里士多德时代。亚里士多德认为，历史学家的作用是描述已经发生的、个别的事情，诗人的作用是描述可能发生的事情，即按照可然律或必然律判断可能发生的事情，因而，诗比历史更富于哲学意味，更应被严肃地对待。菲利普·锡德尼爵士（Sir Philip Sydney）在《为诗辩护》（“An Apology for Poetry”）中就文学、历史与哲学的区分进一步做出了有益的阐述。他指出，哲学家的知识建立在抽象和一般化的东西上，历史家局限于存在了的具体事物，而诗人却二者兼能做到：对于哲学家所说的应该的事情，它通过虚构的人物给予了完美的图画，由此将一般的概念和特殊的实例结合起来。因此，他认为诗既不是历史，也不是哲学，而是一种栖居于历史的特殊性和哲学的普遍性之间的某种不确定空间的写作类型，在特殊性与普遍性之间建立了一种独特的联系。基于此，安德鲁·本尼特认为：“每个文学文本（这里也许就是我们可以做出的一个关于文学文本的声明的范例）既是唯一的、独特的，也是普遍的：文学是以一种神秘的、不确定的方式成为范例的。它的语言既是语词性的，也是概念性的。

它既可以翻译，也不能被翻译。”①

对于这一传统，维姆萨特早在50多年前就给予了评论，认为从早期到当今的文学理论家都认为，一部文艺作品是对个别的或具有普遍性的事物或两者的一些奇特的感受。德里达也曾提出，当他谈论某件事的时候，如果无法确定是否在谈论某件事（此事本身，这一件事，就事论事），或者，如果举一个例子，却无法确定这个例子用来说明什么事，或无法确定自己所谈论的是否是某事的一个事例，当这一切都不可能的时候，文学的某事就已经开始了。他举例说，当莎士比亚在谈论哈姆雷特的时候，我们会发问，他到底想谈的是一个个体呢，还是想为我们提供某种个体的、行为的、思想的、动机的、恐惧的、欲望的、希望的、梦想的范例呢？德里达立场中隐含的命题是，要解决这个问题，恰恰要化解使一部作品成为文学的那个东西，化解它的文学力量、文学作用和文学有效性。当然，这是一种德里达式的扭曲和翻转，他所称道的化解方式，实质上就是取消文学对某件事的所指，或文学对某件事的例子的所指。如此一来，文学除词语本身外，就会无所指，无所确定，也就失去了它的文学力量、文学作用和文学有效性，成为语言符号能指的集合，正如他所说的，没有对于意义和指涉的悬置关系就没有文学。

辛普森在《学术后现代和文学的统治》（*The Academic Postmodern and the Rule of Literature*）中也阐述了相同的观点。他认为，文学的独特性，在于通过对具体性和历史特殊性的追求呈现普遍性的诉求，亦即在具体中呈现普遍。正因为如此，他声称，文学可能作为一个具体的研究对象失去了其中心性，但它的模式胜利了。他所谓的文学的模式，就是文学通过具体个例呈现普遍抽象的范例模式，它已经成为理论的话语方式。在这个意义上，辛普森明确声称，理论就只剩下文学的了。因此，卡勒声称，“只要理论成为一种话语，寻求主题向非一致性、他性、他者、不确定性或工具理性外的其他处所或事件等敞开，那么，它就将自己刻写在了后启蒙诗歌宏大的文学谱系之中。”②

小　　结

20世纪70年代之后，文学批评迅速转向文化诗学后所带来的理论和方法的多样性和广泛性，使得这些理论方法在意义方面没有根本的一致的、共通的东西，它们以意识形态为轴心，从世界和历史、政治和文化、男权和女性、建构和解构等多重维度，较为全面地展示了文化诗学的复杂性和多重性。因此，在后现代泛

---

①［英］本尼特：《文学的无知：理论之后的文学理论》，李永新、汪正龙译，开封：河南大学出版社，2014年版，第202页。

② Jonathan Culler. *The Literary in Theory*. Stanford: Stanford University Press, 2007, p.39.

文化语境中，一方面因无法取得对象客体的统一性，另一方面也因不能获取方法上的一致性，文学理论面临着难以为自己划定清晰的和特定的研究领域的困境，也因此而无以标明一套供自己使用的目标、原则和标准。可以说，文学理论已经泛化为哲学、语言学、心理学、文化和社会学的思想，抑或反过来，哲学、语言学、心理学、文化和社会学的思想已经渗透进了文学理论。文学在这种批判和政治色彩中越来越丧失自原有的主体性地位，一些保守的传统主义者抱怨甚至哀叹，在这种批评的理论化趋势或浪潮中，人们对文学文本的分析过于集中在种族、阶级、性别、帝国主义或殖民主义等政治的、社会的或意识形态因素而非语言属性、文本结构、文本价值等美学因素，文学研究已经被降低为政治学和社会学的一个分支。对这些抱怨的人来说，理论正是产生问题的核心所在，让人感到它因缺失了更真实、更富有活力、更有本质意义的东西而成为对文学研究正道的一种偏离，因而，理论应该回归诗学，回归文本，也就是回归到它极力挑战的文学性概念。

然而，在文化研究模式下，文学性的界定方式发生了变化。文学性既不是一种固定的文本特性，也不是看待语言的一种方式，而是一种由理论所预先设想的文学的某种特殊功能或特殊用途。路阿尔都塞、马舍雷、托尼·本尼特等马克思主义批评家将文学视为表现被意识形态化了的个人生活经验的独特方式，这种独特方式明确了文学的规定性。文学作品不是直接呈现关于意识形态现实的理论的一般图景和逻辑推演，而是赋予意识形态以特殊形式和结构，使其隐藏起来，而隐藏起来的目的是使人们在与意识形态的疏离中更强烈地感知它的存在和现状。这一切，只有文学或艺术才能做到。就阿尔都塞而言，审美价值通过文本与它们所隐含的意识形态话语之间的距离或断裂来判定：如果文本表现了这种距离或断裂，它们就符合要求，被算作文学，而被赋予价值。

在文学批评的理论转向时代，是文学性而不是文学显得过于深入人心而被过度消费了，在这种情势下的文学性已经不复有原初的意蕴或含义，关于文学性的表述以及关于文学的价值及其评价都需要在新的语境下进行再界定、再确定，并重建其信誉，设法表明其在如今的文化主流话语、文化生产形势与交流方式中所处的地位和发挥的作用。探查文学性质问题实质上就解决了关于批评方法的论争，也就解决了关于理论的论争，因为理论本身就是关于批评本身的。

要将理论与文学性联系起来，首先，要摈弃那种以文学性作为区分文学与非文学的标准的观念，而是回到文学性问题得以产生的始发点，即回到文学研究为区别于其他学科而设定自己研究对象这一问题。在当今情势下，这一问题也就是理论应该明确以什么作为自己的研究对象而表明自己是文学理论，不是其他理论。正是基于这一点，作为文学特性的文学范例性被提了出来。卡勒认为，从文学语言的特性或语言的看待方式来界定文学性的两种途径，都割裂了理论问题与文学问题应有的关联性。通过回到亚里士多德思想传统、浪漫主义诗性思想等方式，克纳普、辛普森等认为，文学的特性正是表现在它是一种具体性与普遍性之间的特殊连接。亦即说，文学正是通过个体的、具体的展现，将特殊性与普遍性、具体性与抽象性、个体性与群体性结合起来，从而成为一种范例性的特殊结构，体现了开放的、普遍的意义。这种范例性正好体现了理论与文学之间的张力：从表现普遍性的意义上讲，文学的就是理论的；从在个体事物中体现其普遍意义上讲，理论的就是文学的。

第 7 章 文学性的意义

自 20 世纪初以来几乎整整一个世纪中，作为西方文学理论话语体系中的一个关键词，文学性概念在文学理论从语言学范式到现象学范式、再到修辞学范式、最后到文化学范式的转换过程中经历了一个内涵不断嬗变与更替的过程，其意义也经历了一个从学科意义到经验意义、再到修辞意义、最后到理论意义的不断建构与重构的过程。

20 世纪初，雅各布森提出，文学性就是使文学成为文学的东西，实则从两个方面规定了文学性概念，即它的内涵和意义。从内涵角度而言，文学性就是内在于文学的、决定文学语言本质的形式特性。从意义角度而言，文学性成为文学研究的对象，旨在将文学研究与其他学科区别开来，赋予其科学研究之名，以摆脱文学研究在整个学科体制中的边缘和附属地位。如果结合 20 世纪西方文学研究和理论发展情况来进一步考察这两个方面之间的关系，则不难发现，两者之间存在着一种相互影响相互确定的关系，且意义的规定性大于内涵的规定性。也就是说，“文学性何所是？”与“文学性何所为？”是两个密切相关的问题，且在某种意义上，是后者规定了前者。例如，俄国形式主义者将文学性界定为以语言手法技巧为主的形式性，那么，研究这种语言形式与常规或标准语言的偏离，则凸显了文学研究不同于其他以社会、文化、历史等为研究对象的学科，以艾亨鲍姆的话说就是，“所谓的形式方法源自为文学科学所进行的抗争，文学应是一种独立且真实的科学，它不是某一特定方法论的产物。”[1]具体而言，首先将文学研究设定为一门科学研究，而科学的研究对象必须是独立的、客观的、真实的，所以，作为研究对象的文学性的具体内涵，自然而然就会被确定在文学的语言形式性方面，研究对象和方法都居于意义规定之后。

---

① Boris Eikhenbaum. “The Theory of the‘Formal Method” in *Russian Formalist Criticism: Four Essays* Ed. and Trans. Lee T. Lemon and Marion J. Reis. Lincoln: University of Nebraska Press, 1965, p. 112.

如果说文学性的规定意义确定了它的内涵指向和要素，那么，又是什么规定了它的意义呢？关于这一点，我们从库恩关于科学革命即新旧范式替代的重要论述中获得鲜明的启示。根据库恩的观点，新旧范式或新旧理论之间的替代意味着以下几个方面的内容。[①]第一，现有的范式之所以被替代，是因为它面对新现象或反常现象已经不起作用。第二，一种新范式或新理论应当讨论这种新现象或反常现象。第三，讨论必须改变旧有范式中确立的和熟悉的概念的意义，以便重新确定方向的原型，正是最终的概念变化造成对已有规范的决定性的破坏。第四，新规范一旦确立，就确定了一套理论、方法和标准，它使得研究者用不同的方式去看待研究工作约定的世界。第五，一个人所接受的规范构成他解释的前提条件，决定了其所见以及对其所见的解释，因为规范决定着巨大的经验领域。第六，对同样问题的回答取决于规范的存在，而且作为范式改变的一种结果，这些问题得到的是不同的回答。第七，新旧范式之间的论争归结为一个总的问题：解决哪一个问题更有意义？由此可见，研究者所采用的范式具有首要的、决定性的作用。首先，范式确定了他在自己经验领域中的关注对象和观察范畴，从而才出现了所谓的新现象，产生了所谓的新问题。其次，范式决定了概念意义的重构、理论形态的重建和研究取向的重定。最后，范式决定了研究者对观察到的新现象和产生的新问题的理论视角、解释模式与解决方式，“毕竟，一旦有了恰当的范式，具体的事物就会自行安排，因为所有使用的目的都会自行到位。”[②]以此而论，文学性概念的意义则由文学理论范式而定，范式不同，则意义不同，进而内涵也呈现出差异。

我们可以从宏观和微观两个层面来看待这种不同和差异。从宏观层面看，20世纪西方文学理论四大范式围绕文学性概念设定的内涵和意义有着根本的区别。从微观意义上讲，尽管立足于同一根本点，各种理论范式下的具体理论对文学性内涵与意义的规定又体现出细微但重要的不同。

语言学范式中，透过语言符号这一视点，在特定的经验领域中呈现并凸显出来的是构成文本的语言形式、结构层次、文本类型以及文本结构等与语言相关的要素。这些要素体现了文学具体的、真实的、客观的、物理的存在形态，既可以从语音、语义和语篇等方面进行微观语言学分析，也可以从样式风格、叙事模式、体裁类型等方面进行宏观语言学分析。因此，文学性内涵的根本指向就是文学文本自身，这种指向得以将文学文本视为一个独立的、自主的、自足的空间、结构或系统，因而在很大程度上是封闭的，拒绝它与社会、政治、历史、文化、心理

---

① 见［美］T. S. 库恩:《科学革命的结构》，李宝恒、纪树立译，上海：上海科学技术出版社，1980年版，第76-111页。

② Howard Felperin. *Beyond Deconstruction: The Uses and Abuses of Literary Theory*. Oxford: Clarendon Press, 1985, p. 27.

等的意义关联。同时，这种范式也将文学语言视为一种特殊形式的语言。之所以特殊，是因为认为这种语言不传达信息，不传递意义，不指涉事物，它自身作为媒介的存在就是本真的存在，如霍华德·菲尔皮林（Howard Felperin）所述，“这种文学语言，无论被认为是一种陌生化和识别的语言，还是悖论、反讽和含混的语义，都被赋形成为一种永久的、普遍的本质存在，因而经典化为一种文本的传统。”[①]文学性内涵如此规定，源自该范式下设定文学性的学科意义。无论是作为一门科学研究，堪与其他科学并肩，一竞高低，还是作为大学里的一门学科建制，与其他学科媲美，以获取相应资源和学科地位，文学研究首先都要确定自己独立而非共享的研究对象。为此，确定文学性作为文学研究的对象有着其他科学或学科无可媲美的优势，从而在与其他学科派别抢夺地盘、争取地位的纷争中，划定了文学研究得以唯我独尊、依我而治的范围和疆域。

但是，虽居于同一研究范式之内，有着一致的根本出发点，俄国形式主义、英美新批评、法国结构主义诗学三者在文学性内涵和意义的规定上还存在着差别。在俄国形式主义者看来，文学性的意义在于改变长期以来形成的文学研究附属于其他学科的不利境况，将其从中解救出来，以实现文学科学的独立。为此，他们将关注点置于文学的形式层面，侧重从文学语言的特殊性出发，将文学性界定为语言手法和技巧带来的文学语言的陌生性：通过各种手法和技巧等语言形式的创新，让读者产生一种审美的陌生感，凸显语言自身作为本体的存在。同时，在通过感觉陌生化不断克服感觉自动化的过程中，建立起一种辩证的、动态的语言发展和进化历史观。对于英美新批评理论家而言，将诗歌或艺术视为一个由形式构成的自我存在的结构，认为这个结构统摄了各个文本中可能存在的冲突要素，但最终又将这些冲突力量以一种审美方式给予协调统一。这有利于他们建立一种客观的、规范的、理性的文学批评与实践，一方面可以摆脱印象式、主观化、鉴赏式的文学批评，另一方面可以克服语文学、历史考古等实证主义的极端。更重要的是，这种客观的、规范的批评实践是可以通过文本细读法在课堂上教授给学生的。因此，他们得以在大学学科体制内最终实现学科独立，争取体制资源。相对于俄国形式主义者的文学语言观和英美新批评派的文学结构观，法国结构主义批评家从文学系统观出发来规定文学性的意义，有助于发现并建立超越具体文学作品却支配着这些作品的一套内在的、抽象的法则和程序，最终生产出文学作品所产生意义的可能条件，真正实现文学研究或诗学作为一门科学的预测功能。基于此，他们将文学性设定为文学的不及物性。文学作品只是一个没有信息的编码集合，它不指涉任何外部事物。托多洛夫关于文学的抽象性、巴特关于文学的符号

① Howard Felperin. *Beyond Deconstruction: The Uses and Abuses of Literary Theory*. Oxford: Clarendon Press, 1985, p. 24.

性以及热奈特关于文学性的多元建制从不同角度说明了这一点。

现象学范式打破了语言学范式建立起来的文本传统。在意向性观念的支配下，它不再关注文学文本或文学语言是什么，而是关注读者对文本做了什么，或者文本对读者做了什么。也就是说，文学成为一个事件，只有当读者参与到事件中来，事件才能产生意义和秩序，由此，文本与读者经验密不可分。那么，在这种理论视角下，文学文本的意向性成为文学性的内涵所在。一方面，文学作品本身既非自然存在的客观实体，也非纯粹主观意识的产物，而是一个意向性结构，由处于结构两端的意向性主体即读者和作者、意向性客体即物理存在的文本组成。作为意识活动的客体关联性的意向性，既可以由意向性主体指向意向性客体，也可以由意向性客体指向意向性主体。因此，作者、作品和读者之间的关系是一种现象学意义上的关系：作品是物质的、物理的，没有作者就没有作品，但没有读者更不会产生作品。此种文学性设定的意义在于，通过将读者的阅读经验以及这种经验产生的文本意义置于中心加以考查，既破坏以作者为中心的优先权，又质疑以文本为中心的客观论，将阅读或批评提高到与创造同等的高度，将批评家和读者擢升至与作者同等的地位，如简·P. 汤普金斯（Jane P. Tompkins）的评价，“阅读和写作联起手来，交换位置，最终除了成为表明同一活动的两个名称之外，没有其他差别”，[①]或者用伊瑟尔的话说，读者取向的研究“从政治方面看是文学批评领域的一次民主转向”。[②]

具体而言，以日内瓦学派批评、哈特曼和米勒的意识批评为代表的意识批评，侧重文学文本的意识纯粹性特点，凸显作品中作者的纯粹意识，强调文学作品是作者意识的纯粹再现，其意义则在于将批评和创造等同起来，强调批评的创造性与批评家扮演的重要角色。以英伽登、伊瑟尔和姚斯为代表的读者接受理论凸显文学文本作为意向性客体的意向性特征，侧重于文学文本表现其意向性的各个方面，重点揭示文本意义生成所依赖的主观的、客观的、社会的可能性条件和机制。英伽登认为，在意识之外存在着实在的世界，认识对象有独立于意识的存在方式和形式结构，因此，一方面，文学作品具有其本身的层次结构，构成读者须据以理解的基础，另一方面，读者也是一位创造性发挥想象力的主体，具有其意识能动性，因而，文学阅读最终成为一种想象性的具体化行为。伊瑟尔从文学作品的艺术极和审美极出发，认为文学作品本身明显地既不可等同于作者文本，也不可等同于它的实现，而是居于两者之间，以虚在性为特征，既不能化约为文本现实，也不能等同于读者的主观活动，正是这种虚在性使得文本具有了能动性。姚斯从

---

① Jane P. Tompkins. *Reader-Response Criticism: From Formalism to Post-Structuralism*. Baltimore and London: The Johns Hopkins University Press, 1980, p. X.

②［德］沃尔夫冈·伊瑟尔：《虚构与想象：文学人类学疆界》，陈定家、汪正龙等译，长春：吉林人民出版社，2003 年版，代序，第 12 页。

文学史的特定来界定文学的特性，认为文学的历史性并非建筑在一种事后的、人为编造出来的文学事实的联系上，而存在于读者对作品的接受过程之中，正是文学的特殊历史性决定了文学作为一种事件与历史事件的区别，或者文学事实与其他事实的区别。费什强调读者主观性或能动性，将文学的意义限定为读者经验，从而将文学描述为一种活动艺术。那么，作为一种活动，文学就是一种语言经验的综合体，或者是由作品所引起的反应以及作品所产生的经验的综合体，这种活动是一种真实的客观存在，因而对活动本身以及正在发生的事件进行的分析才引导人们通向阅读经验中读者主动而且一直活动着的意识。

如果说现象学范式中文学性的意义在于体现读者主动的经验或艺术活动，那么，修辞学范式中文学性的意义则在于呈现文本阅读对于读者的效果，即一种修辞效果。伯克认为，修辞就无处不在，因为人一旦运用语言，就不可避免地进入了修辞环境，修辞因素存在于一切话语中。而作为话语研究，修辞学与诗学两者之间并没有绝对的区别。修辞学研究包括演讲和日常讲话在内的所有象征活动，诗学研究诗歌和其他文学形式的象征活动，它们都是运用语言在听众或读者身上唤起情感，形成态度，并诱发行动。因此，新修辞学将视角从传统的政治生活转向一切以言语为主的象征性的交流活动，从狭义的对演讲的研究转向广义的话语研究，使得修辞学的认知性得以确认。这就意味着诗学包含于修辞学之中，从而具有了修辞的意义。

布斯的小说修辞学批评正是在传统修辞学意义上来看待文学的。传统意义上，修辞学被视为一门劝服的学说，以在观众或听众达到某种情感效果、进行劝说为目的。那么，修辞就不仅仅是一种写作技巧，而是一种话语模式。这种话语模式存在于一切伟大的作品中，呈现为作者、叙述者、人物和读者之间的潜在对话，类似于修辞学中演说者和听众之间的关系。通过这种交流模式，作者向读者传达自己的信念、思想和判断，并对读者进行引导。因为作者、叙述者、人物和读者之间存在着多种距离，主要是理解认知、道德观念、情感体验和身体等几方面的差异，阅读过程中，这些距离是富于动态变化的。最佳的阅读效果就是随着阅读的展开，作者与读者之间的距离消失，即信念规范达成一致。也就是说，读者接受了作者的价值规范。

德里达和德曼从后结构主义观出发，发展了对于修辞学的观念。根据德里达的批判观，西方传统的文学模仿说是以形而上哲学的逻各斯为基础的。它假设文本之外存在一个客观的、超验的被模仿者，主宰和控制着文本的思想和意义表达，语言只是这种思想和意义的言说不在场的替补。同时，文本作者作为该思想和意义的创造者，被视为上帝般的存在，被赋予了神性的作用。因而，一般的文学阅读或批评就成为一种先验的阅读，是一种形而上学意义上的意义追寻或形而上的哲学求证。但是，通过读者真正的或解构的阅读，如德里达式的解读，却发现文本内部其实没有所谓的真实的东西，除了无休止的替补、异义的扩延、幻象等，没有任何确定的东西，不显示文本故事以外的任何可以辨认的内容，显示出不可读的性质。这是一种隐喻式的替代，或者说是能指的替代，永无止境，没有实指。德曼所谓的修辞学就是两种不相容的、互相自我毁灭的观念，排斥任何对真理的、起源的、本质的或普遍性的寻求，且存在于一切语言中，也构成了文学所固有的悖谬。对于诗人或作者而言，只有他恰恰在放弃对外在真实的、本质的或普遍的任何要求时，才获得了最大的说服力。对于读者或批评家而言，这一个悖谬设置了不可克服的障碍。传统阅读建立在内部和外部牢固关系基础上，按照特别严格和系统的方式与构成的文本相一致。德曼打破了这种模式，赋予阅读以独特的含义。他称这种阅读为修辞性阅读，或曰阅读的寓言。它服从字面意义和比喻意义、真理与谬误的两极性，永远在这两极中处于不确定的、矛盾的、悖论的状态，永远阻碍着对意义的理解，而意义却永不停止地吁求对它的理解，最终，“阅读”失却了任何的指称意义。

但是，文化学范式中，文本的个体审美效果被泛化的社会意识形态功能代替，文学性要么成为掩饰政治意识形态神话的一个武器，要么成为破解科学神话的一种方式，从而被赋予了很强的理论意义。在后现代泛文化语境中，一方面因无法取得对象客体的统一性，另一方面也因不能获取方法上的一致性，文学理论面临着难以为自己划定清晰的和特定的研究领域的困境，也因此无以标明一套供自己使用的目标、原则和标准。文学理论已经泛化为一种理论，或者是一种社会批判理论，文学批评泛化为社会意识形态实践活动的一个分支。这种文学研究的泛理论化和批评的泛社会实践化致使人们将文学性问题与理论性问题结合了起来，将文学性设定为一种由理论预先设想的文学的某种特殊功能或特殊用途，其意义在于表明在新的文化主流话语、文化生产形势与交流方式中文学和理论各自所处的地位和发挥的作用，同时也帮助解决学术界关于理论的论争和关于批评方法的论争。

阿尔都塞、马舍雷、托尼·本尼特等马克思主义批评家将文学视为表现被意识形态化了的个人生活经验的独特方式，这种独特方式明确了文学的规定性。文学作品不是直接呈现关于意识形态现实的理论的一般图景和逻辑推演，而是赋予意识形态以特殊形式和结构，使其隐藏起来，而隐藏起来的目的是使人们在与意识形态的疏离中更强烈地感知它的存在和现状。怀特以一个历史学家的身份确证历史著述中的文学性成分，并非旨在将历史或历史学划归文学或者诗学，而是通过揭示历史话语的诗性要素，标注出历史中的艺术成分，将历史中的艺术性揭示出来，摧毁历史科学神话或历史真理的妄称，恢复历史的宏大关怀。卡勒等将文学性内涵设定为范例性。文学通过个体的、具体的展现，将特殊性与普遍性、具体性与抽象性、个体性与群体性结合起来，从而成为一种范例性的特殊结构，体现了开放的、普遍的意义。

综上所述，从语言学范式到现象学范式、再到修辞学范式、最后到文化学范式，文学性的内涵经历从一种文本事实到一种意向性活动、从一种修辞到一种范例的过程。在这个过程中，文学文本抛弃了最初制度化实践带来的封闭状态，逐渐从自足的、具体的、个人的状态走向开放的、普遍的、社会的完整性状态。决定并伴随着这种发展的，是文学性从语言学范式中的学科意义到现象学范式中的经验意义、再到修辞学范式中的修辞意义、最后到文化学范式中的理论意义的转变。这样一个意义不断被建构与重构的过程，体现了 20 世纪西方文学理论发展中文学性概念所扮演的重要角色。

有学者曾于 2003 年对国内的文学性问题研究作了总结。他认为，国内学界 80 年代以来的文学性研究存在着三个问题。第一，只关注文学性在形式方面的特征，并将它认定为人类普遍的审美经验，没有追问文学性与西方现代性的关系，也没有追问如何反映了西方内部的文化矛盾以及审美与现代性的冲突。第二，没有将文学性作为西方独有的观念，或是把它看作是异己的观念而加以排斥，使得文学性所浸透的西方文化霸权得以销声匿迹。第三，中国知识分子文学性的诗意阐述超越了中国学术自身所固有的本土性和地理局限，将在现实中无法解决的文化矛盾中加以“象征性”地解决。基于此，他得出结论：

> 中国 20 世纪末盛行的文学性概念弥平了东西方的文化差异，创造性地解决了当代知识分子认同西方现代性所带来的身份危机。在这里，现代/传统、进步/落后等二元对立所造成的自我否定均得以克服。本土知识分子在“世界”（西方）历史进程中的主体位置得以建立。在这个意义上我们可以说，文学性在中国成为一种不平等文化关系的表述，是西方文化霸权的“转喻”，是世界体系里中心与边缘关系的能指。它如此成功地为我们矛盾着的现实生活和分裂着的心理状态勾勒出一套完整的意义系统，成为特定历史条件下出现的文化实践活动。①

时过十余载，以目前的文学性研究境况来进行审视，以上结论性表述则略显普泛，对文学性意义的建构有失公允。一方面，它过于夸大了文学性在学术体制外的作用，或者说过度泛化了文学性的政治意义。不同于西方理论界的文学性概念，中国文学界的文学性观念偏重一种通过主体感悟的文学的生命意识或精神存在，体现的是一种对文学的抽象的、总体的认知和认识。西方语境中的文学性概念自其诞生之日起，便被抹上了非常浓厚的理论色彩，被赋予了极具韧性的理论张力。唯其如此，才有了一个世纪以来西方文学理论界围绕该概念生发的各种阐

① 周小仪：《文学性》载于《外国文学》，2003 年第 5 期，第 62 页。该文章以“文学性”为词条，编入赵一凡等：《西方文论关键词》，北京：外语教学与研究出版社，2006 年版，第 592-612 页。

释，以及由此引发的关于文学与非文学的各种辩解与争论，林林总总，洋洋大观。在中国，自 20 世纪 90 年代以来，文学性研究已经经历了近 30 年的历程。其间，既有着大量对西方文学性概念的引介、分析、讨论与质疑，也不乏结合本土新时期纯文学发展境况进行的文学性之思、之见、之忧。从这些思考、见识和忧虑中，我们可以察觉并体味到，本土的文学性被赋予了一种堪与生命本体媲美的高度、深度与厚度，已经与人类的情感、精神乃至灵魂交融在一起，密不可分，因而远远超越审美而成为一种救赎力量。如果说西方的文学性概念折射出的是一束理性之光，旨在理论探幽，那么，中国本土的文学性观念撒播的则是一片人性光泽，旨在盈润精神。同时，之所以国内学界对文学性给予非常大的关注，乃是因为它与源自中国新文化运动时期的纯文学观念密切相关。新时期是纯文学经历了革命文学、政治文学等之后进入的一个新的发展时期，此时将西方文论界重要的文学性概念引介进来并加以研究，无论对于文学创作实践，还是对于文学理论探索，都可以提供更多的理论资源和方法论借鉴，且恰逢其时，在学术上是一个合乎常理的现象。

因此，事实上，本土的文学性表述呈现出了与西方文学性概念的差异性，且这种差异性表述在很大程度上正是基于中国自古就有的“文以言人”传统，还有伴随着现代化进程衍生的纯文学情怀，结合了当代中国社会文化境况中的文学困境，因而并没有被西方的文学性概念同质化。何况，就学术研究而论，理论互鉴与思想资源共享应该是一种常态和惯例，在全球化加速和共建人类命运共同体的今天尤其如此。如果忽视那些差异化表述，且将本为学术上的借鉴视为西方霸权的浸淫，乃至为不平等关系的体现，则意味着仍然以西方中心主义眼光看待自身。在这种眼光下的自身将永远是一个弱者，一个处于世界秩序之外的边缘人和他者。

另一方面，称文学性为中国知识分子用以想象性地解决认同西方现代性所带来的身份危机、克服现代/传统、进步/落后等二元对立所造成的自我否定、以此建立自身在“世界”（西方）历史进程中的主体位置而勾勒出一套完整的意义系统，成为特定历史条件下的文化实践活动，这种说法实则将文学性的作用过于夸大，让它担负了不应该担负的重担。不论是作为概念的文学性，还是作为生命意识领悟观念的文学性，都不应该在超越自身的意义规定范围之外进行言说，否则将失去言说的合理性和有效性。从 20 世纪西方文学理论的发展轨迹来看，文学性概念是在特定的理论范式中被建构与重构的产物，既与文学相关，也与文学不相关，具有理论指向性，但不是理论本身。对于中国而言，文学性一直与文学相关，尤其在 20 世纪 80 年代进入新时期后，为呼应纯文学发展的需要，文学性被擢升至关于人的存在层面，成为人的存在的经验性体现，如吴晓东所言，“‘文学性’天生就拒斥历史理念的统摄和约束……它是与人类生存的本体域紧紧相连的，或者说，它就是人类的经验存在和人性本身的体现。从这个意义上说，坚守文学性的立场是文学研究者言说世界、直面生存困境的基本方式，也是无法替代的方式。”[①]那么，就文学性本身而言，它自身作为被理论建构出来的概念，并非如文学或理论一样构成一种文化实践活动，何以能创造一个完整的意义系统？诚然，本土语境中的文学性被赋予了抗拒中国现代性进程中人作为主体面临的精神危机的意义，但是，这种抗拒并不是基于西方/中国、现代/传统等二元对立秩序中来克服自我否定，而是针对中国特定时代中的权利知识话语、意识形态思想、商品经济意识等对文学的侵蚀与污染，目的在于救赎纯文学，救赎文学情怀。

因此，可以认为，无论何时何地，当我们谈论文学性何所是与文学性何所为的问题，都应当考虑语境问题，否则就会出现对它的误解，甚至误判。客观地讲，就以阐述的学理性、阐释的深刻性和阐发的系统性而言，西方文学性概念的建构和重构经验及其与理论范式之间的活性张力，对于我们新世纪建构本土的文学理论具有很大的启发性和借鉴意义。

21 世纪以来，新世纪的中国文学面临着全面转型。龚举善总结出新世纪文学的八大趋向：文学观念多元化、人文视野全球化、艺术表现自便化、题材范型都市化、生活关怀纪实化、生态主张明朗化、传播路径电子化以及接受行为市场化。[②]简言之，文学在新世纪呈现出全球化、都市化、生活化、市场化、消费化、技术化、媒介化等特征。其中，相比较而言，尤以技术化与媒介化最为突出。随着信息技术的快速发展，网络文学、博客文学、手机短信文学、手机微信文学、文学类微信公众号等形态纷呈，喧嚣不已。一方面，文学的图像化、媒介化、网络化或者数字化，使得新世纪的文学景观热闹非凡，写诗的人比读诗的人还多。但是，另一方面，面对这种景观，之前确立起来的文学批评规范或文学理论阐释力却面临着失效、失语甚至失声的尴尬境地。一直困扰人们的一个核心问题是：在创作变为写作的时代，产品还是作品吗？或者说，网络时代的文学还有文学性吗？若有，究竟是什么？迄今为止，除了偶尔有个别人撰文浅议一下，没有人敢贸然回答这个问题，因为很难回答。然而，正是它难以回答，才隐藏着巨大的理论潜力，正如一个世纪以前雅各布森提出文学性概念一样。

之所以难，并非因为这个问题太深奥，而是因为缺乏一个理论视点，或者说一种研究范式的引导。技术支撑下的各种文学机制，包括文学生产机制、文学传播机制和文学消费机制，都发生了根本性和深刻的变化。以库恩的科学革命理论来说，就是出现或产生了反常的新现象。既然这种新现象不再适用于旧有的规范，或者旧有的规范已经丧失了对反常现象的解释力，这个时候，就必须打破旧规范，确立新规范。只有规范的改变才能使得人们用不同的、创新的视角和方式看待熟

---

① 吴晓东：《文学的诗性之灯》，上海：上海书店出版社，2010 年版，序，第 2 页。

② 见龚举善：《“新世纪文学”八大趋向》载于《甘肃社会科学》，2007 年第 1 期，第 158-162 页。

悉的现象世界，从而做出新的发现。因此，围绕新的经验现象和新的问题，我们应当静下心来，仔细分析并结合中国当下文化语境，认真梳理挖掘古今中外的重要思想和理论资源，形成看待这些问题的合乎学理性的特定视角。这种视角一旦形成，那么，一幅新的文学性的面目就会自然呈现在我们的面前。只要我们敢于打破固有的传统观念，放弃大而全的思维定式，始终坚持一种理论思维，那么，正如学者指出的，“当今学界普遍认同文学理论的危机，”但是，“文学理论的危机可以通过文学性对文学理论范式的变革来拯救”[①]。

谁会说不是呢？

① 董馨：《文学性与历史性的融通：海登·怀特历史诗学研究》，北京：中国社会科学出版社，2010 年版，第 253 页。

参考文献

[德]艾克曼:《歌德谈话录》,洪天富译,上海:上海三联书店,2016年.

[德]艾克曼:《歌德谈话录》,王颖波译,长春:时代文艺出版社,2004年.

[英]爱丁顿:《物理世界的本质:科学思想的变化与哲学的本质》,张建文译,北京:中国大地出版社,2016年.

[英]安德鲁·本尼特:《文学的无知:理论之后的文学理论》,李永新、汪正龙译,开封:河南大学出版社,2014年.

[英]安纳·杰弗森、戴维·罗比等:《西方现代文学理论概述与比较》,包华富、陈昭全、樊锦鑫编译,长沙:湖南文艺出版社,1986年.

[英]巴巴拉·哈洛:《赛义德、文化政治与批评理论——伊格尔顿访谈》载于《国外理论动态》,吴格非译,2007年第8期,第48-53页.

[法]巴尔特:《文艺批评文集》,怀宇译,北京:中国人民大学出版社,2010年.

[苏]巴赫金:《文艺学中的形式方法》,邓勇、陈松岩译,北京:中国文联出版公司,1992年.

[古希腊]柏拉图:《柏拉图对话集》,王太庆译,北京:商务印书馆,2019年.

[古希腊]柏拉图:《柏拉图全集》,王晓朝译,北京:人民出版社,2015年.

[古希腊]柏拉图:《理想国》,郭斌和、张竹明译,北京:商务印书馆,2019年.

[德]贝·布莱希特:《布莱希特论戏剧》,丁扬忠、张黎、景岱灵等译,北京:中国戏剧出版社,1990年.

[英]本尼特:《本尼特:文化与社会》,王杰等译,桂林:广西师范大学出版社,2007年.

[德]本雅明:《本雅明文选》,陈永国、马海良编,北京:中国社会科学出版社,1999年.

毕光明、姜岚:《虚构的力量:中国当代纯文学研究》,北京:社会科学文献出版社,2005年.

[美]布鲁克斯:《精致的瓮:诗歌结构研究》,郭乙瑶等译,上海:上海人民出版社,2008年.

[法]布瓦洛:《诗的艺术》,范希衡译,北京:人民出版社,2009年.

蔡志诚:《流动的文学性》载于《人文杂志》,2007年第2期,第104-110页.

曹顺庆、支宇:《重释文学性——论文学性与文学理论的悖谬处境》载于《湖南社会科学》,2004年第1期,第125-130页.

陈伯海:《杂文学、纯文学、大文学及其他——中国文学传统中的“文学性”问题探源》载于《红河学院学报》,2004年第5期,第4-7页.

陈晓明:《被劫持的文学性——德里达关于“残酷”文学性的论述》载于《南方文坛》,2007年第2期,第24-29页.

陈晓明:《纯文学的情怀——评毕光明、姜岚的〈纯文学的历史批判〉》载于《文艺争鸣》, 2014 年第 1 期, 第 151-153 页.
陈晓明:《审美的激变》, 北京: 作家出版社, 2009 年.
陈晓明:《文学性是处于一切的边缘的幽灵》载于《黄河文学》, 2007 年第 10 期, 第 111-112 页.
[法]茨维坦·托多罗夫:《俄苏形式主义文论选》, 蔡鸿滨译, 北京: 中国社会科学出版社, 1989 年.
[法]茨维坦·托多洛夫:《批评的批评——教育小说》, 王东亮、王晨阳译, 北京: 生活·读书·新知三联书店, 2002 年.
[英]丹皮尔:《科学史及其与哲学和宗教的关系》, 李珩译, 桂林: 广西师范大学出版社, 2009 年.
[法]德里达:《多重立场》, 佘碧平译, 北京: 生活·读书·新知三联书店, 2004 年.
[法]德里达:《解构与思想的未来》, 杜小真等译, 长春: 吉林人民出版社, 2010 年.
[法]德里达:《论文字学》, 汪家堂译, 上海: 上海译文出版社, 2015 年.
[法]德里达:《书写与差异》(上), 张宁译, 北京: 生活·读书·新知三联书店, 2001 年.
[法]德里达:《书写与差异》(下), 张宁译, 北京: 生活·读书·新知三联书店, 2001 年.
[美]德曼:《解构之图》, 李自修等译, 中国社会科学出版社, 1998 年.
董馨:《文学性与历史性的融通: 海登·怀特历史诗学研究》, 北京: 中国社会科学出版社, 2010 年.
董馨:《文学性与历史性的融通——海登·怀特的反本质主义历史诗学》载于《中州学刊》, 2007 年第 4 期, 第 221-225 页.
董学文、荣伟:《现代美学新维度: "西方马克思主义"美学论文精选》, 北京: 北京大学出版社, 1990 年.
董学文:《文学理论学导论》, 北京: 北京大学出版社, 2004 年.
鄂霞、王确:《文学性与文学艺术终结论》载于《东北师范大学学报》, 2008 年第 1 期, 第 135-140 页.
[德]恩斯特·卡西尔:《人论》, 甘阳译, 北京: 西苑出版社, 2003 年.
范永康:《"诗性政治"论——兼及文学性和政治性的融通》载于《广西社会科学》, 2010 年第 2 期, 第 103-106 页.
范永康:《纯粹文学性与依存文学性: 文学性新论》载于《中州学刊》, 2018 年第 3 期, 第 154-160 页.
方珊:《形式主义文论》, 济南: 山东教育出版社, 2002 年.
冯巍:《回到雅各布森: 关于"文学性"范畴的语言学溯源》载于《文艺理论研究》, 2018 年, 第 38 卷第 3 期, 第 88-97 页.
[荷兰]佛克马、易布思:《二十世纪文学理论》, 林书武、陈圣生、施燕等译, 北京: 生活·读书·新知三联书店, 1988 年.
[德]弗里德里希·威廉·尼采:《尼采读本》, 周国平译, 长沙: 湖南文艺出版社, 2018 年.
[德]伽达默尔:《效果历史的原则》载于《哲学译丛》, 甘阳译, 1986 年第 3 期, 第 58-62 页.
干永昌等选编:《比较文学研究译文集》, 上海: 上海译文出版社, 1985 年.
龚举善:《"新世纪文学"八大趋向》载于《甘肃社会科学》, 2007 年第 1 期, 第 158-163 页.
郭宏安、章国锋、王逢振等:《二十世纪西方文论研究》, 北京: 中国社会科学出版社, 1997 年.
郭宏安:《"日内瓦学派": 学派的困惑》载于《欧美文学论丛》, 2004 年, 第 97-139 页.
郭宏安:《文学随笔: 一种自由的批评》载于《外国文学评论》, 2004 年第 4 期, 第 105-108 页.
[美]海登·怀特:《叙事的虚构性: 有关历史、文学和理论的论文(1957—2007)》, [美]罗伯特·多兰编, 马丽莉、马云、孙静姝译, 南京: 南京大学出版社, 2019 年.
[美]海登·怀特:《元史学: 19 世纪欧洲的历史想象》, 陈新译, 南京: 译林出版社, 2013 年.

韩侍桁：《大小文章》载于《现代》，1933 年第 3 卷第 3 期，第 319 页.
[德]汉斯-格奥尔格·加达默尔：《真理与方法：哲学诠释学的基本特征》(上)，洪汉鼎译，上海：上海译文出版社，1992 年.
贺桂梅：《“纯文学”的知识谱系与意识形态——“文学性”问题在 1980 年代的发生》载于《山东社会科学》，2007 年第 2 期，第 29-42 页.
贺桂梅：《文学性与当代性：洪子诚的当代文学史研究》载于《文艺争鸣》，2010 年第 5 期，第 126-132 页.
[美]赫伯特·马尔库塞：《审美之维》，李小兵译，桂林：广西师范大学出版社，2001 年.
[德]黑格尔：《美学》(第二卷)，朱光潜译，北京：商务印书馆，1979 年.
[德]黑格尔：《美学》(第三卷)，朱光潜译，北京：商务印书馆，1979 年.
[德]黑格尔：《美学》(第一卷)，朱光潜译，北京：商务印书馆，1979 年.
洪进：《走出“文学性”研究的二重误区——兼与余虹先生商榷》载于《延边大学学报》(社会科学版)，2004 年第 37 卷第 4 期，第 82-86 页.
洪迈：《容斋随笔》，长沙：岳麓书社，1994 年.
胡经之、张首映：《西方二十世纪文论选》(第一卷)，北京：中国社会科学出版社，1989 年.
[德]胡塞尔：《纯粹现象学通论：纯粹现象学和现象学哲学的观念》(第一卷)，李幼蒸译，北京：商务印书馆，1992 年.
[德]胡塞尔：《胡塞尔选集》(下)，倪梁康选编，上海：上海三联书店，1997 年.
胡适：《中国新文学大系 第二集 建设理论集》，赵家璧主编，上海：上海良友图书印刷公司，1935 年.
胡适：《文学改良刍议》载于姜义华主编《胡适学术文集·新文学运动》，北京：中华书局，1993 年，第 20 页.
胡涛：《“文学性”研究》，华东师范大学博士学位论文，2013 年.
胡涛：《雅各布森与“文学性”概念》载于《外国文学研究》，2014 年第 3 期，第 37-45 页.
江飞：《“文学性”的两副面孔——雅各布森与英美新批评的语言诗学比较》载于《南京社会科学》，2017 年第 2 期，第 136-142 页.
江飞：《重返“文学性”：语境、内涵、意义及问题》载于《汉语言文学研究》，2018 年第 2 期，第 83-94 页.
姜义华：《胡适学术文集·新文学运动》，北京：中华书局，1993 年.
蒋孔阳：《二十世纪西方美学名著选》(下)，上海：复旦大学出版社，1988 年.
金受申：《中国纯文学史》(上)，北平：文化学社，1933 年.
[德]康德：《判断力批判》，邓晓芒译，北京：人民出版社，2002 年.
[德]康德：《实用人类学》，邓晓芒译，上海：上海人民出版社，2005 年.
[美]克里格：《批评旅途：六十年代之后》，李自修等译，北京：中国社会科学出版社，1998 年版.
[美]肯尼斯·D. 贝利：《现代社会研究方法》，许真译，上海：上海人民出版社，1986 年.
[美]库恩：《科学革命的结构》，李宝恒、纪树立译，上海：上海科学技术出版社，1980 年.
[罗马]昆体良：《〈雄辩术原理〉选》，任钟印译，武汉：华中师范学院教育系，1982 年.
赖大仁：《图像化扩张与“文学性”坚守》载于《文学评论》，2005 年第 2 期，第 154-157 页.
[美]兰色姆：《新批评》，王腊宝、张哲译，南京：江苏教育出版社，2006 年.
[古罗马]朗吉努斯、[古希腊]亚里士多德、[古罗马]贺拉斯：《美学三论》，马文婷、宫雪译，北

京：光明日报出版社, 2009 年.
[美]雷·韦勒克、[美]奥·沃伦：《文学理论》，刘象愚、邢培明、陈圣生等译，北京：生活·读书·新知三联书店, 1984 年.
[美]雷纳·威莱克：《西方四大批评家》，林骧华评，上海：复旦大学出版社, 1983 年.
[美]雷纳·韦勒克：《近代文学批评史》(第二卷)，杨自伍译，上海：上海译文出版社, 1989 年.
[美]雷纳·韦勒克：《近代文学批评史》(第六卷)，杨自伍译，上海：上海译文出版社, 2005 年.
[美]雷纳·韦勒克：《近代文学批评史》(第一卷)，杨岂深、杨自伍译，上海：上海译文出版社, 1987 年.
[美]雷纳·韦勒克：《近代文学批评史》(第七卷)，杨自伍译，上海：上海译文出版社, 2009 年.
李海斌：《俄国语言学研究中的词典化现象》，黑龙江大学博士学位论文, 2015 年.
李玮：《纯文学: 1930 年代文学发展的另一种可能性》载于《南京师大学报》(社会科学版), 2006 年第 4 期，第 145-150 页.
李艳丰：《“后理论”时代的“文学性”话语反思——兼论元叙事的弥散与本质主义诗学的理论困境》载于《文艺理论研究》, 2016 年第 36 卷第 1 期，第 183-192 页.
林建法：《讲故事的人》，沈阳：辽宁人民出版社, 2014 年.
刘淮南：《“后文学时代”的文学性问题》载于《北华大学学报》(社会科学版)，2005 年第 1 期，第 19-22 页.
刘淮南：《“文学”性并文学“性”》载于《文艺理论研究》, 2006 年第 2 期，第 19-24 页.
刘经庵：《中国纯文学史纲》，北京：东方出版社, 1996 年.
刘为民：《“赛先生”与五四新文学》，济南：山东大学出版社, 1997 年.
[法]路易·阿尔都塞：《保卫马克思》，顾良译，北京：商务印书馆, 2017 年.
[法]路易·阿尔都塞：《列宁和哲学》，杜章智译，台北：远流出版事业股份有限公司, 1990 年.
[法]罗·埃斯卡皮：《文学社会学》，王美华、于沛译，合肥：安徽文艺出版社, 1987 年.
[法]罗兰·巴特：《S／Z》，屠友祥译，上海：上海人民出版社, 2000 年.
[法]罗兰·巴特：《批评与真实》，温晋仪译，上海：上海人民出版社, 1999 年.
[法]罗兰·巴特：《神话修辞术》，屠友祥译，上海：上海人民出版社, 2016 年.
[波兰]罗曼·英加登：《对文学的艺术作品的认识》，陈燕谷、晓未译，北京；中国文联出版社, 1988 年.
罗芃：《意识的对话——论日内瓦学派》载于《欧美文学论丛》, 2004 年，第 140-155 页.
[英]罗素：《西方哲学史》(下卷)，马元德译，北京：商务印书馆, 2017 年.
[英]洛克：《人类理解论》(下)，关文运译，北京：商务印书馆, 2017 年.
[英]马尔赫恩：《当代马克思主义文学批评》，刘象愚等译，北京：北京大学出版社, 2002 年.
马汉广：《“文学性”概念的多重蕴涵与当下意义》载于《文艺研究》, 2014 年第 7 期，第 31-40 页.
马汉广：《论文学研究范式转变: 从“文学”到“文学性”》载于《文艺理论研究》, 2013 年第 33 卷第 4 期，第 45-53 页.
[法]米·杜夫海纳：《审美经验现象学 》(上)，韩树站译，北京：文化艺术出版社, 1996 年.
[法]米·杜夫海纳：《审美经验现象学》(下)，韩树站译，北京：文化艺术出版社, 1996 年.
[捷]米兰·昆德拉：《小说的艺术》，孟湄译，北京：生活·读书·新知三联书店, 1992 年.
[美]米勒：《小说与重复: 七部英语小说》，王宏图译，天津：天津人民出版社, 2007 年.
[美]米勒：《解读叙事》，申丹译，北京：北京大学出版社, 2002 年.

[法]米歇尔·德·蒙田:《蒙田随笔全集》(第二卷),马振骋译,北京:人民文学出版社,2017 年.
[德]尼采:《古修辞讲稿》,屠友祥译,上海:华东师范大学出版社,2018 年.
[德]尼采:《尼采:查拉图斯特拉如是说》,杨佩昌译,北京:中国画报出版社,2012 年.
[德]尼采:《哲学与真理:尼采 1872—1876 年笔记选》,田立年译,上海:上海社会科学院出版社,1993 年.
[美]诺曼·N. 霍兰德:《文学反应动力学》,潘国庆译,上海:上海人民出版社,1991 年.
[加]诺斯诺普·弗莱:《批评的解剖》,陈慧等译,天津:百花文艺出版社,2006 年.
欧力同:《孔德及其实证主义》,上海:上海社会科学院出版社,1987 年.
[法]皮埃尔·麦舍雷:《列宁:托尔斯泰评论家》载于《黄淮学刊》(社会科学版),赵长征译,1991 年第 4 期,第 64-71 页.
钱穆:《现代中国学术论衡》,北京:生活·读书·新知三联书店,2001 年.
[美]乔纳森·卡勒:《当代学术入门:文学理论》,李平译,沈阳:辽宁教育出版社,1998 年.
[比利时]乔治·布莱:《批评意识》,郭宏安译,南昌:百花洲文艺出版社,1993 年.
[法]热奈特:《热奈特论文选》,史忠义译,开封:河南大学出版社,2008 年.
[英]塞缪尔·泰勒·柯勒律治:《文学传记:柯勒律治的写作生涯纪事》,王莹译,北京:中国画报出版社,2019 年.
施蛰存:《十年创作集》,上海:华东师范大学出版社,1996 年.
史忠义:《一家言:“文学性”的定义之我见》载于《中国比较文学》,2000 年第 3 期,第 122-128 页.
[美]斯坦利·费什:《读者反应批评:理论与实践》,文楚安译,北京:中国社会科学出版社,1998 年.
苏汶:《“第三种人”的出路:论作家的不自由,并答复易嘉先生》载于《现代》,1932 年第 1 卷第 6 期,第 767-779.
[瑞士]索绪尔:《普通语言学教程》,张绍杰导读,北京:外语教学与研究出版社,2001 年.
谭君强:《叙事学:叙事理论导论》,北京:北京师范大学出版社,2015 年.
汤拥华:《重构文学性:中国现当代文学史写作的一个理论问题》载于《扬子江评论》,2015 年第 6 期,第 56-64 页.
[英]特里·伊格尔顿:《当代西方文学理论》,王逢振译,北京:中国社会科学出版社,1998 年.
童行白:《中国文学史纲》,上海:上海大东书局,1933 年.
童庆炳:《谈谈文学性》载于《语文建设》,2009 年第 3 期,第 55-59 页.
[法]托多罗夫:《诗学》,怀宇译,北京:商务印书馆,2016 年.
[法]托多洛夫:《象征理论》,王国卿译,北京:商务印书馆,2004 年.
[捷克]托马斯·格兰茨:《作为一个集群的俄罗斯形式论学派》载于《社会科学战线》,刘丹译,2016 年第 11 期,第 233-246 页.
[英]托尼·本尼特:《形式主义和马克思主义》,曾军等译,开封:河南大学出版社,2011 年.
[英]托斯·艾略特:《艾略特文学论文集》,李赋宁译注,南昌:百花洲文艺出版社,1994 年.
[英]王尔德:《道连·葛雷的画像》,荣如德译,济南:山东文艺出版社,1999 年.
[英]王尔德:《王尔德全集:评论随笔卷》(第四卷),杨东霞、杨烈等译,赵武平主编,北京:中国文学出版社,2000 年.
王逢振、盛宁、李自修:《最新西方文论选》,桂林:漓江出版社,1991 年.

王宏图:《坚守文学性与文化研究》载于《中国比较文学》, 2003 年第 62 卷第 2 期, 第 30-36 页.
王宁:《也谈场外理论与文学性——答张江先生》载于《探索与争鸣》, 2015 年第 1 期, 第 27-29 页.
王晓路:《关键词与文学研究》载于《外国文学》, 2019 年第 2 期, 第 84-92 页.
王一川:《理论的批评化——在走向批评理论中重构兴辞诗学》载于《文艺争鸣》, 2005 年第 2 期, 第 14-18 页.
王岳川、尚水:《后现代主义文化与美学》, 北京: 北京大学出版社, 1992 年.
王岳川:《后现代"文学性"消解的当代症候》载于《湖南社会科学》, 2003 年第 6 期, 第 128-133 页.
[美]威尔逊:《阿克瑟尔的城堡: 1870 年至 1930 年的想象文学研究》, 黄念欣译, 南京: 江苏教育出版社, 2006 年.
[美]韦恩・布斯:《小说修辞学》, 华明、胡晓苏、周宪译, 北京: 北京联合出版社, 2017 年.
[意]维柯:《新科学》, 朱光潜译, 北京: 商务印书馆, 1989 年.
[俄]维克托・什克洛夫斯基等:《俄国形式主义文论选》, 方珊译, 北京: 生活・读书・新知三联书店, 1989 年.
[俄]维谢洛夫斯基:《历史诗学》, 刘宁泽, 天津: 百花文艺出版社, 2002 年.
[德]沃尔夫冈・伊瑟尔:《虚构与想象: 文学人类学疆界》, 陈定家、汪正龙等译, 长春: 吉林人民出版社, 2003 年.
吴晓东:《文学的诗性之灯》, 上海: 上海书店出版社, 2010 年.
吴晓东:《文学性的命运》, 广州: 广东人民出版社, 2014 年.
伍蠡甫:《西方文论选》(下卷), 上海: 上海译文出版社, 1979 年.
[德]席勒:《审美教育书简》, 张玉能译, 南京: 译林出版社, 1984 年.
[俄]谢・伊・科尔米洛夫:《二十世纪俄罗斯文学史: 20—90 年代主要作家》, 赵丹、段丽君、胡学星译, 南京: 南京大学出版社, 2017 年.
谢有顺:《文学的常道》, 北京: 作家出版社, 2009 年.
修雪枫、王纯菲:《在文学性的生成与消解之间——20 世纪 90 年代以来纯文学创作的别种形态》载于《辽宁大学学报》(哲学社会科学版), 2016 年第 5 期, 第 143-149 页.
修雪枫:《传统与惯例的延伸: 从纯文学到文学性》载于《关东学刊》, 2016 年第 4 期, 第 92-99 页.
徐贲:《意识形态和"症状阅读"——阿尔图塞和马库雷的文学意识形态批评》载于《文学评论》, 1995 年第 1 期, 第 114-124 页.
徐亮:《"理论"对文学的疏离与文学对理论的掌控: 对近百年"理论"与文学的关系的一个考察》载于《文艺理论研究》, 2013 年第 33 卷第 6 期, 第 12-18 页.
许道明:《京派文学的世界》, 上海: 复旦大学出版社, 1994 年.
[法]雅克・德里达:《声音与现象》, 杜小真译, 北京: 商务印书馆, 2010 年.
[法]雅克・德里达:《文学行动》, 赵兴国等译, 北京: 中国社会科学出版社, 1998 年.
[法]雅克・德里达:《胡塞尔〈几何学的起源〉引论》, 方向红译, 南京: 南京大学出版社, 2004 年.
[古希腊]亚里士多德、[古罗马]贺拉斯:《诗学・诗艺》, 郝久新译, 北京: 九州出版社, 2006 年.
[古希腊]亚里斯多德:《修辞学》, 罗念生译, 北京: 生活・读书・新知三联书店, 1991 年.
杨矗:《文学性新释》载于《上海师范大学学报》(哲学社会科学版), 2010 年第 2 期, 第 107-118 页.
姚文放:《"文学性"问题与文学本质再认识——以两种"文学性"为例》载于《中国社会科学》, 2006 年第 5 期, 第 157-166 页.

姚文放:《文学理论的范式转换与话语更新》载于《文艺理论研究》, 2014 年第 34 卷第 5 期, 第 161-170 页.
姚文放:《文学性: 百年文学理论的现代性追求》载于《社会科学辑刊》, 2007 年第 3 期, 第 207-212 页.
余虹:《文学的终结与文学性蔓延——兼谈后现代文学研究的任务》载于《文艺研究》, 2002 年第 6 期, 第 15-24 页.
[英]约翰·洛克:《教育漫话》, 徐诚、杨汉麟译, 石家庄: 河北人民出版社, 1998 年.
[美]詹姆逊:《快感: 文化与政治》, 王逢振等译, 北京: 中国社会科学出版社, 1998 年.
[美]詹姆逊:《语言的牢笼: 马克思主义与形式》, 钱佼妆、李自修译, 南昌: 百花洲文艺出版社, 1997 年.
张汉良:《"文学性"与比较诗学—— 一项知识的考掘》载于《中国比较文学》, 2012 年第 1 期, 第 19-34 页.
张华:《现代性与文学性——关于中国现代文学研究的反思》载于《文史哲》, 2006 年第 6 期, 第 75-83 页.
张杰、汪介之:《20 世纪俄罗斯文学批评史》, 南京: 译林出版社, 2000 年.
张开炎:《文学性真在疯狂扩张吗?——与陶东风教授商榷》载于《文艺争鸣》, 2006 年第 3 期, 第 35-40 页.
张黎:《布莱希特研究》, 北京: 中国社会科学出版社, 1984 年.
张清华:《现代性逻辑与文学性危机》载于《文艺争鸣》, 2009 年第 2 期, 第 1-3 页.
赵一凡等:《西方文论关键词》, 北京: 外语教学与研究出版社, 2006 年.
赵毅衡:《"新批评"文集》, 卞之琳等译, 天津: 百花文艺出版社, 2001 年.
周启超:《俄国象征派文学理论建树》, 合肥: 安徽教育出版社, 1998 年.
周小仪:《文学性》载于《外国文学》, 2003 年第 5 期, 第 51-63 页.
周晓亮:《休谟哲学研究》, 北京: 人民出版社, 1999 年.
朱刚:《从"批评理论学院"看当代美国批评理论的发展和现状》载于《英美文学研究论丛》, 2001 年第 1 期, 第 295-310 页.
朱刚:《二十世纪西方文论》, 北京: 北京大学出版社, 2006 年.
朱刚:《批评理论的今天和明天: 李奇教授访谈录》载于《外国文学研究》, 2009 年第 5 期, 第 1-9 页.
朱希祖:《朱希祖先生文集》(一), 台北: 九思出版有限公司, 1979 年.
[德]H. R. 姚斯、[美]R. C. 霍拉勃:《接受美学与接受理论》, 周宁、金元浦译, 沈阳: 辽宁人民出版社, 1987 年.
Abrams, M. H. *The Mirror and the Lamp: Romantic Theory and Its Tradition.* New York. Oxford University Press, 1953.
Adams, Hazard & Searle, Leroy . *Critical Theory Since Plato.* 3rd edition. Beijing: Peking University Press, 2006.
Alexandrov, Vladimir E. "Literature, Literariness and the Brain" in *Comparative Literature,* 2 (2007), pp. 97-118.
Allan, Michael. "How Adab Became Literary: Formalism, Orientalism, and the Institutions of World Literature" in *Journal of Arabic Literature,* 2-3 (2012), pp. 172-196.

Althusser, Louis. *Lenin and Philosophy and Others.* Trans. Ben Brewster. New York and London: Monthly Review Press, 1971.

Aristotle. *Poetics*. Trans. Anthony Kenny. Oxford: Oxford University Press, 2013.

Aristotle. *The Art of Rhetoric*. Trans. H. C. Lawson-Rancred. London: Penguin Books, 2004.

Arnold, Matthew & Garnett, Jane. *Culture and Anarchy*. Oxford: Oxford University Press, 2009.

Arnold, Matthew. *Essays: Literary and Critical.* London: J. M. Dent & Sons Ltd.; New York: E. P. Dutton & Co., Inc., 1906.

Arnold, Matthew. *Lectures and Essays in Criticism.* Ed. R. H. Super. Ann Arbor: The University of Michigan Press, 1990.

Attridge, Derek. *The Singularity of Literature.* London: Routledge, 2004.

Bennett, Tony. *Formalism and Marxism.* London & New York: Routledge, 2005.

Berman, Art. *From the New Criticism to Deconstruction: The Reception of Structuralism and Post-Structuralism*. Urbane and Chicago: University of Illinois Press, 1988.

Bloom, Harold. *Romanticism and Consciousness: Essays in Criticism.* New York: W. W. Norton & Company, 1970.

Bloom, Harold. *The Anxiety of Influence: A Theory of Poetry,* New York: Oxford University Press, Inc., 1973.

Brooks, Cleanth & Warren, Robert Penn. *Understanding Poetry.* 4th edition. Beijing: Foreign Language Teaching and Research Press, 2004.

Brooks, Cleanth. "The Formalist Critic" in *Kenyon Review*, 13 (1951), pp. 72-81.

Brooks, Cleanth. *Modern Poetry and Tradition.* Chapel Hill: University of North Carolina Press, 1939.

Brown, Edward. *Major Soviet Writers: Essays in Criticism.* Oxford: Oxford University Press, 1973.

Burke, Kenneth. *A Grammar of Motives*. Berkeley: University of California Press, 1969.

Burke, Kenneth. *The Philosophy of Literary Form: Studies in Symbolic Action.* 3rd edition. Baton Rouge: Louisiana State University Press, 1941.

Burwick, Frederick. *Thomas De Quency: Knowledge and Power*. New York: Palgrave, 2001.

Cain, William E. *The Crisis in Criticism: Theory, Literature and Reform in English Studies.* Baltimore and London: The Johns Hopkins University Press, 1984.

Carter, Ronald & Nash, Walter. "Language and Literariness" in *Prose Studies,* 2 (1983), pp. 123-141.

Cherwitz, Richard . "Rhetoric as 'Way of Knowing': An Attenuation of the Epistemological Claims of 'the New Rhetoric'" in *Southern Speech Communication Journal,* 3 (1977), pp. 207-219.

Coleridge, Samuel Taylor. *Lay Sermons.* 3rd edition. London: Edward Moxon, 1852.

Crane, R. S. *Critics and Criticism: Ancient and Modern.* Chicago and London: The University of Chicago Press, 1952.

Culler, Jonathan. *Literary Theory: A Very Short Introduction.* Oxford: Oxford University Press, 1997.

Culler, Jonathan. *The Literary in Theory.* Stanford: Stanford University Press, 2007.

Cumming, Robert Denoon. *Phenomenology and Deconstruction.* Chicago & London: The University of Chicago Press, 1991.

Cunningham, Valentine. *Reading After Theory.* Oxford: Blackwell Publishers, 2002.

de Man, Paul. *Blindness and Insight: Essays in the Rhetoric of Contemporary Criticism*. Minneapolis: University of Minnesota Press, 1971.

de Man, Paul. *Allegories of Reading*. New Haven and London: Yale University Press, 1979.

de Man, Paul.*The Resistance to Theory*. Minneapolis : University of Minnesota Press, 1986.

de Montaigne, Michel. *The Essays of Michel de Montaigne*. Trans. and Ed. M. A. Screech. London: Penguin Books, 1991.

Derrida, Jacques. *Margins of Philosophy*. Trans. Alan Bass. Brighton: The Harvester Press, 1982.

Eagleton, Terry. *Literary Theory: An Introduction*. Beijing: Foreign Language Teaching and Research Press, 2004.

Eagleton, Terry. *The Function of Criticism*. London and New York: Verso, 2005.

Ehninger, Douglas. *Contemporary Rhetoric: A Reader's Coursebook*. Glenview: Scott Foresman, 1973.

Empson, William. *Seven Types of Ambiguity*. London: Chatto and Windus, 1949.

Enos, Richard Leo. "Review on *Validity and Rhetoric in Philosophical Argument: An Outlook in Transition* by Henry W. Johnstone" in *Philosophy & Rhetoric*, 2 (1980), pp. 140-143.

Federman, Raymond. *Critifiction: Postmodern Essay*. New York: State University of New York Press, 1993.

Felperin, Howard. *Beyond Deconstruction: The Uses and Abuses of Literary Theory*. Oxford: Clarendon Press, 1985

Fish, Stanley E. "Interpreting 'Interpreting the Variorum'" *in Critical Inquiry*, 1 (1976), pp. 191-196.

Fish, Stanley. *Is There a Text in This Class?*: *The Authority of Interpretative Communities*. Cambridge, Mass: Harvard University Press, 1980.

Forster, E. M. *Aspects of the Novel*. London: Hodder & Stoughton, 1993.

Frye, Northrop. *Anatomy of Criticism: Four Essays*. Princeton: Princeton University Press, 1957.

Frye, Northrop. Ed. *Romanticism Reconsidered: Selected Papers from the English Institute*. New York and London: Columbia University Press, 1963.

Graff, Gerald. *Poetic Statement and Critical Dogma*. Evanston: Northwestern University Press, 1970.

Groeben, Norbert & Schreier, Margrit. "Descriptive vs. Prescriptive Aspects of the Concept of Literature: The Example of the Polyvalence Convention" in *Poetics*, 1 (1998), pp. 55-62.

Harland, Richard. *Literary Theory: From Plato to Barthes*. London: Macmillan Press Ltd., 1999.

Hartman, Geoffrey H. *The Unmediated Vision*. 2nd edition. New York: Harcourt, Brace & World, Inc., 1966.

Hartman, Geoffrey H. *Criticism in the Wilderness: The Study of Literature Today*. New Haven: Yale University Press, 1980.

Hartman, Geoffrey H. *Minor Prophecies: The Literary Essay in the Culture Wars*. Cambridge and London: Harvard University Press, 1991.

Hartman, Geoffrey H. *Saving the Text: Literature/Derrida/Philosophy*. Baltimore and London: The Johns Hopkins University Press, 1981.

Hartman, Geoffrey H. *The Fate of Reading and Other Essays*. Chicago: University of Chicago Press, 1975.

Hassan, Ihan. *The Postmodern Turn: Essays in Postmodern Theory and Culture.* Columbus: The Ohio State University Press, 1987.

Herman, Vimala. "Introduction: Literariness and Linguistics" in *Prose Studies,* 2(1983), pp. 99-122.

Hirsch, E.D. *The Aims of Interpretation.* Chicago: Chicago University of Press, 1976.

Hirsch, E.D. *Validity of Interpretation.* New Haven: The Yale University Press, 1967.

Hjelmslev, L. *Prolegomena to a Theory of Language*. Trans. F. L. Whitfield. Madison: University of Wisconsin Press, 1961.

Hoy, David Couzens. *Critical Resistance: from Post-structuralism to Post-Critique*, Cambridge, MA and London: The MIT Press, 2004.

Hume, David. *A Treatise of Human Nature* (Volume 1). Ed. David Fate Norton and Mary J. Norton. Oxford: Claremdon Press, 2007.

Ingaden, Roman. *The Cognition of the Literary Work of Art.* Trans. Ruth Ann. Crowley and Kenneth R. Olson. Evanston: Northwestern University Press, 1973.

Ingaden, Roman. *The Literary Work of Art.* Trans. George G. Grabowicz. Evanston: Northwestern University Press, 1973.

Iser, Wolfgang. *Prospecting.* Baltimore and London: The Johns Hopkins University Press, 1989.

Iser, Wolfgang. *The Act of Reading, A Theory of Aesthetic Response.* Baltimore and London: The Johns Hopkins University Press, 1987.

Jakobson, Roman & Pomorska, Krystyna. *Dialogues.* New York: Cambridge University Press, 1980.

Jakobson, Roman. "Poetry of Grammar and Grammar of Poetry" in *Lingua,* 1968(21), pp. 597-609.

Jakobson, Roman. *Selected Writings: Poetry of Grammar and Grammar of Poetry.* Ed. S. Rudy. The Hauge, Paris, New York: Mouton Publishers, 1981.

Jameson, Fredric. *Postmodernism, or the Cultural Logic of Late Capitalism.* Durham: Duke University Press, 1992.

Johnson, Barbara. *The Critical Difference*: *Essays in the Contemporary Rhetoric of Reading.* Baltimore and London: The Johns Hopkins University Press, 1980.

Johnstone, Henry W. Jr. *Validity and Rhetoric in Philosophical Argument.* Pennsylvania: Dialogue Press of Man and World, 1978.

Juven, Marko. "On Literariness: From Post-structuralism to Systems Theory" in *CLC Web: Comparative Literature and Culture,* 2(2000), pp. 30-52.

Kaur, Tejinder. *R. S. Crane: A Study in Critical Theory.* New Delhi: Atlantic Publishers & Distributors, 1990.

Kermode, Frank . *Pieces of My Mind: Essays and Criticism 1958-2002.* New York: Farrar, Straus and Giroux, 2003.

Khlebnikov, Velimir. *Collected Works of Velimir Khlebnikov* (Volume One). Trans. Paul Schmidt, Ed. Charlotte Douglas. Cambridge and London: Harvard University Press, 1987.

Knapp, Steven. *Literary Interest: The Limits of Anti-Formalism.* Cambridge and London: Harvard University Press, 1993.

Koopman, Eva Maria. "Effects of 'Literariness' on Emotions and on Empathy and Reflection After

Reading" in *Psychology of Aesthetics, Creativity, and the Arts,* 1(2016), pp. 82-98.

Kreiger, Murray. *The New Apologist for Poetry*. Bloomington: Indiana University Press, 1963.

Leitch, Vincent B. *American Literary Criticism from the Thirties to the Eighties*. New York: Columbia University Press, 1988.

Lemon, Lee T. & Reis, Marion J. *Russian Formalist Criticism, Four Essays*. Lincoln: University of Nebraska Press, 1965.

Lentricchia, Frank. *After the New Criticism*, Chicago: University of Chicago Press, 1980.

Lodge, David. *The Novelist at the Crossroads and Other Essays on Fiction and Criticism*. London: Routledge and Kegan Paul, 1971.

Longhitano, Sabina. "Communicating the Ineffable. A Pragmatic Account of Literariness" in *Procedia-Social and Behavioral Sciences,* 158(2014), pp. 187-193.

Lukács, George. *Soul and Form. Trans. Anna Bodtock.* Cambridge, Massachusetts: The Mit Press, 1974.

Macherey, Pierre. *A Theory of Literary Production*. Trans. Geoffrey Wall. London, Henley and Boston: Routledge & Kegan Pall Ltd., 1978.

McAdam, E. L. & Milne, George. *Johnson's Dictionary: A Modern Selection.* London: Pantheon Books. 1963.

Miall, D. S. & Kuiken, D. "Oregrounding, Defamiliarization, and Affect: Response to Literary Stories" in *Poetics*, 22(1994), pp. 389-407.

Miall, D. S. & Kuiken, D. "What Is Literariness? Three Components of Literary Reading" in *Discourse Process*, 2 (1999), pp. 121-138.

Miall, David S. "Science in the Perspective of Literariness" in *Scientific Study of Literature,* 1 (2011), pp.7-14.

Miller, J. Hillis. *The Ethics of Reading.* New York: Columbia University Press, 1987.

Mitchell, W. J. T. *Against Theory: Literary Studies and the New Pragmatism.* Chicago and London: The University of Chicago Press, 1985.

Norris, Christopher. *Deconstruction and the Interest of Theory.* Leicester and London: Leicester University Press, 1992.

Norton, Glyn P. *The Cambridge History of Literary Criticism* (Volume III). Cambridge: Cambridge University Press, 1999.

Peer, W. Van, Hakemulder, J. & Zyngier, S. "Lines on Feelings: Foregrounding, Aesthetics and Meaning" in *Language and Literature,* 2 (2007), pp. 197-213.

Plato. *Phaedrus*. Trans. Christopher Rowe. London: Penguin books, 2005.

Rabbaté, Jean-Michel. *The Future of Theory.* Oxford: Blackwell, 2002.

Ransom, John Crowe . "Criticism , Inc." in *Virginia Quarterly Review*, 1937(4), pp. 586-602.

Ransom, John Crowe . *The World's Body*. New York: Kennikat Press, 1938.

Richards, I. A. *Principles of Literary Criticism*. 2nd edition. London and New York: Routledge & Kegan Paul, 1926.

Richards, I. A. *Science and Poetry.* London: Kegan Paul, Trench, Trubner & Co. Ltd, 1926.

Roman Jakobson. "A Postscript to the Discussion on Grammar of Poetry" in *Diacritics.* 1(1980), :

pp. 21-35.

Rosenthal, Bernice Glatzer . *Dmitri Sergrrvich Merezhkovsky and the Silver Age: The Development of a Revolutionary Mentality*. Martinus Nijhoff: The Hagure, 1975.

Said, Edward. *Literature and Society*. Baltimore and London: The Johns Hopkins University Press, 1980.

Salaro, Massimo. "How Literary Can Literariness Be? Methodological Problems in the Study of Foregrounding" in *Scientific Study of Literature,* 2 (2015), pp. 229-249.

Scott, Robert. "On Viewing Rhetoric as Epistemic" in *Central States Speech Journal,* 1 (1967), pp.9-17.

Selden, Raman, Peter Widdowson and Peter Brooker. *A Reader's Guide to Contemporary Literary Theory*. 5th edition. London: Pearson Longman, 2005.

Shrage, Calvin. *Communicative Paris and the Space of Subjectivity*. Bloomington: Indiana University Press, 1986.

Simpson, David. *The Academic Postmodern and the Rule of Literature: A Report on Half-Knowledge*. Chicago: Chicago University Press, 1995.

Simpson, Lewis P. *The Possibilities of Order: Cleanth Brooks and His Work*. Baton Rouge: Johns Hopkins University Press, 1976.

Tate, Allen. *Essays of Four Decades*. Chicago: Swallow Press, 1968, p. 612.

Tompkins, Jane P. *Reader-Response Criticism: From Formalism to Post-Structuralism*. Baltimore and London: The Johns Hopkins University Press, 1980.

Tredell, Nicholas. *The Critical Decade: Culture in Crisis*. Manchester: Carcanet Press Limited, 1993.

Wellek, René . *Concepts of Criticism*. New Haven and London: Yale University Press, 1963.

Wellek, René. "The New Criticism: Pro and Contra" in *Critical Inquiry,* 4 (1978), pp. 611-624.

Wellek, René. *Discrimination: Further Concepts of Criticism*. New Haven and London: Yale University Press, 1970.

White, Hayden . *Metahistory: The Historical Imagination in Nineteenth-Century Europe*. Baltimore and London: The Johns Hopkins University Press, 1973.

White, Hayden. *The Content of Form: Narrative Discourse and Historical Representation* . Baltimore and London: The Johns Hopkins University Press, 1987.

White, R. J. *The Collected Works of Samuel Taylor Coleridge*, Vol. VI . Princeton: Princeton University Press, 1972.

Winters, Yvor. *The Function of Criticism: Problems and Exercises*. London: Routledge & Kegan Paul Ltd, 1962.

Wolfreys, Julian. *Introducing Criticism at the 21st Century*. Edinburgh: Edinburgh University Press, 2002.

Zarnora, Margarita. "Historicity and Literariness: Problems in The Literary Criticism of Spanish American Colonial Texts" in *Modern Language Notes,* 2 (1987), pp. 334-346.

后　记

本书关于当代西方文学性话语的研究，受启于自己数年前的杰弗里·哈特曼文学批评思想研究。在哈特曼批评思想研究过程中，我发现，在20世纪西方文学理论流派众多、观点视角多维多面、阐释话语纷繁多彩的现象背后，隐含的是对“文学性”这一文学研究最基本范畴的多元化阐释。也就是，在很大程度上，对文学性内涵的界定决定了各主要文学理论的根本性立场和观点，而界定的不同就决定了这些理论之间的差异。因此，在完成哈特曼批评思想研究之后，我就着力于收集、整理、研读国内外相关文献，在此基础上，于2014年以《当代西方文论范式转换中的文学性研究》为题申请了国家社科基金项目并获批立项，经过近6年的研究，终于完成这部与课题同名的初稿，后几经修改，最后定稿，如期结题。如今，书稿交于出版社付梓之际，数年来压在心头的巨石终于放下，昔日的辛酸劳苦都觉得不值一提，代之而起的是一股股油然而生的欣慰之情。

之所以说是一块压在心头的巨石，是因为20世纪关于文学性的话语，国内外学界已经积累了众多研究成果，那么，如何既能从已有研究中吸取资源、又能从中独辟蹊径，做到发人之未发、言人之未言，体现本研究特色和独到之处，便成为研究的关键和核心问题所在。所幸的是，经过较长时间的阅读和思考，我最后将文学性定位于20世纪西方文学理论范式转换下的产物，是理论视角的不同产生了文学性的不同内涵，随着理论视角的转换，文学性内涵也呈现出相应的变化。换言之，是什么样的文学理论决定了什么样的文学性，而不是相反，即什么样的文学性决定了什么样的文学理论。这样一来，文学性概念的衍变也就富有了一定的内在理论逻辑，也衍生出一定的意义来，既摆脱了文学性言说的本质主义或基要主义窠臼，也避免了那种将文学性视为一团无章可循、无迹可求的乱麻的相对主义或怀疑主义，从而赋予20世纪文学理论及其变迁以一种新的视角。当然，这可能算不上是一种全新的洞见，但至少从某种意义上，通过这种方式来对20世纪西方文学理论中关于文学性的话语进行比较系统的、较为全面的梳理、归纳、分析、评价，在此基础上总结出文学性的意义所在，对于推进学界的相关研究，尤其是推进新世纪国内文学理论话语的建构，有着一定的参考价值和积极作用。

书稿虽已完结，我却深知一定有着某些方面的遗憾，也相信一定会引发某些异议，同时，也企盼着有某些方面的批评。然而，这不正是科学发展尤其是人文科学发展的常规逻辑吗？有遗憾才有进步，有异议才有争鸣，有批评才有希望。在这个意义上，本书并非一个终结，而仅仅是一个过渡，或者是一个新的开端，不敢说以光辉照亮别人，但还是希望能让人感觉到有光亮的存在，则足矣！

能够完成本书，还因得到了家人、朋友和同事等的慷慨帮助。林忠教授、张新军教授作为项目组成员，在项目申请、书稿撰写过程中提供过许多宝贵的意见和建议；肖旭、唐欣玉、王婷等几位朋友在收集、查阅文献等方面提供了有价值的资料和资料线索；研究生廖建虹、丁梦琴在整理书稿等方面提供了不可或缺的帮助。没有这些无私的、真诚的帮助，这本书就不能如期出版。话语有尽，情义无价，寥寥数语无以表达对他们的深深谢意，唯愿可以一起共享这份喜悦。

王　凤

2021 年 9 月

于西安